[波黑]亚历山大·黑蒙——编 李晖 等——译

BEST EUROPEAN FICTION III

最佳欧洲小说 III

译林出版社

目 录 | Contents

前言 i
严蓓雯 译

序 vii
严蓓雯 译

空间 001

分手前 003
[斯洛伐克] 巴拉
严蓓雯 译

眼镜失落的时刻 013
[马其顿] 扎克 · 库荣泽斯基
李剑 译

脸 027
[黑山] 德拉贡 · 拉杜洛维奇
李剑 译

现实 047

狼的原罪 049
[格鲁吉亚] 拉沙·布加泽
李剑 译

严寒 065
[比利时：法语] 保罗·埃蒙德
闫雅萍 译

舌底风暴 079
[亚美尼亚] 克里科尔·贝雷迪安
胡婷婷 译

去年夏天我们在马林巴德 099
[俄罗斯] 基里尔·科布林
周颖 译

艺术 113

管弦乐排练 115
[摩尔多瓦] 维塔里·齐奥巴努
李晖 译

骨髓里的音乐 131
[爱尔兰：爱尔兰语] 托马斯·麦克·西蒙
黄原竟 译

我的创造者，我的创造物 147
[芬兰] 蒂纳·雷瓦拉
乔修峰 译

记忆 165

美式镜框中的母亲肖像 167
[匈牙利] 米克洛什·瓦伊达
舒荪乐 译

记忆培育沙龙 187
[土耳其：德语] 泽赫拉·齐拉克
李晖 译

内心的天使 203
[葡萄牙] 杜尔塞·玛利亚·卡多佐
孙山 译

欧内斯特到底有多重要？ 215
[拉脱维亚] 贡德加·赖普斯
乔修峰 译

死亡 227

我和我的圣牛 229
[乌克兰] 塔尼亚·玛利亚尔丘克
严蓓雯 译

温度计里的水银　245
[西班牙：卡斯蒂利亚语] 埃洛伊·蒂松
李荣睿　译

我的心　259
[波黑] 谢莫斯丁·莫诃莫丁诺维奇
黄金纯　译

一位主人公的报应　285
[奥地利] 莉迪娅·米施库勒尼
李荣睿　译

身体　299

扎贝太太的旅馆　301
[法国] 玛丽·勒多内
黄弋　译

枫树的眼睛 315
[立陶宛] 叶娃·托莱吉特
严蓓雯 译

抹布 329
[保加利亚] 鲁门·巴拉巴诺夫
李荣春 译

女人 347

玩偶的眼睛 349
[英国：英格兰] A. S. 拜厄特
陈姝波 译

超现实主义者之女 367
[爱沙尼亚] 克里斯蒂娜·艾辛
黄弋 译

一切由你说了算 375
[波兰] 西尔维娅·丘特尼克
周颖 译

男人 387

愤世者的独白 389
[列支敦士登] 丹尼尔·巴特林内尔
向晟 译

杀人犯佩伯和夏贝朗 403
[西班牙：巴斯克语] 贝尔纳多·埃塔扎加
向晟 译

为了异国的主人 413
[塞尔维亚] 波里沃杰·阿达塞维奇
李亚莎 译

婚姻 425

娜达的桌布 427
[斯洛文尼亚] 米拉娜·丽卡尔·巴尔泽尔
胡婷婷 译

卡米拉和马 439
[丹麦] 克里斯蒂娜·赫塞尔霍尔特
胡婷婷 译

晚七点爱妻 455
[罗马尼亚] 丹·兰努
郝宇 译

孩子 465

儿子 467
[瑞士] 伯纳德·考门特
舒荪乐 译

迁徙 479
[英国：威尔士] 雷·弗伦奇
龚蓉 译

想的一样 495
[爱尔兰：英语] 迈克·麦克康莫克
龚蓉 译

美国人 515

音乐商店 517
[冰岛] 吉迪尔·埃利亚松
郝宇 译

桑德·斯诺
一块钱也是事 523
[挪威] 阿里·贝恩
郝宇 译

前言

1

我一度觉得有必要说服那些假想的读者——假定是那些随时准备阅读网文或在Kindle下载更多“几十度灰”[1]的人——我们必须阅读更难懂的作品，以及（或者）那些翻译过来的文学作品。我花了不少力气，无论何时，无论何地，都试图树立这么一个观点：这样的阅读对我们大有裨益。如此情境曾让我大为困扰，甚至忍不住想对读者说：要么听我的，要么甭理我。

我明白，让我烦心的是我想落实销量。我努力让读者接受我的观点，这样他们就可以整套整套地购买《最佳欧洲小说》，就能确保这一项目的可行性与社会价值。我仿佛在做市场推广，向世界上

1　暗指畅销情色小说《五十度灰》，这是中年女作家E.L.詹姆斯创作的同人小说，2011年出版，评论界普遍对这部新时代灰姑娘故事的文学价值嗤之以鼻。本书所有注释若未特别说明，均为译注。

的少许读者暗示说，他们是泱泱读者大军的先锋部队，聚集在地平线上，很快就会明白，如果不阅读作品集，不看翻译文学，会失去什么。

其实我并不关心数字，即便四年来作品集的销售额相当不错，向英语世界的读者介绍了一百多位欧洲作家，诞生了从四十多种欧洲语言翻译过来的作品。这些作家及其作品的存在，如今已无法抹去。关联已建立，沟通在持续。

2

过去几年，对作品集的每一篇评论都提出了这个问题：什么是欧洲小说？我很高兴地告诉你们：我毫无头绪。这是我编纂的第四辑《最佳欧洲小说》了，但对于什么样的写作可以确定为欧洲小说，除了从地域上宽泛来说是欧洲之外，其他的我并不清楚，更不用说下一个定义了。诚然，欧洲作家很明显对一些智识领域或写作形式感到比较自如，尤其在与美国同行相比时：碎片化；与跨文化跨历史的其他作家的对话；实验性的莽撞及对荒诞的热爱；倾向于运用电视上常见的、包装成社会评论的陈词滥调来娱乐读者；假定读者思想敏锐；愿意探索幽默与严肃的边界；坚信文学的变形力量。但当然，对于上述每一个特点，我都可以在我编辑的这本作品集里找到反例。也许，欧洲小说一个永恒不变的方面就是它的“不确定”——它无法被简化成一个有销路的公式，或者将它定位为就是美国文学的绝对对立面。原因很显然：欧洲就是语言、历史、边界和人类各种存在的复杂纠葛。它不仅在文化、思想、地理上错综复杂，而且，它也正变得越来越复杂。

过去几年，欧洲似乎正面临崩溃，因为它的信念深处，扎根着这样的金融骗局（对美国人来说如此亲切），即自由市场与资本主义将带给我们无尽的欢乐和财富。欧盟，就像一个又一个的帝国，不久前还仿佛山河永固，如今却也许扛不过持续的债务危机了。欧洲似乎无法自保。迄今为止，曾经毫无疑问的现实，也许到头来是愚蠢的幻想。表面合理的原则走向了末路，容我们说，如今是一大波荒诞涌来。欧洲的现实在被重新考量。如果需要重新考虑——或实际上是抛弃——现实主义的思想与形式限制，欧洲提供了充足的理由。显而易见，欧洲地区的危机与印刷形式的危机相一致——书籍及与之相关的我们称之为文学的人类活动正在经历转变，其结果尚不可知。阅读欧洲小说的目的，与其说是要理解它，不如说只是为了跟上加速的历史，为了看清文学在努力跟上历史的时候，如何重塑自身。对文学的理解还要再等一等。

3

到了这一步，任何人类经验，只有在自身之内才可以阐释或理解。从每一个人所处的位置看去，世界都有不同的模样，每个人都被圈定在一种世界观中，无从逃脱。但恰恰是在克服这种生存环境局限的过程中，人性无负其潜能；事实上，正是在超越生物学及本体论意义上的个人化的时候，人性在想象中，在概念里，变得可能。能从个人提升至人类的是语言，如果不相信词语能传达体验，那么我们就不可能是一个能认识自己的物种。从这一信念中，诞生了写作；没有这一信念，文学——人类经验的整体宝藏——就无从可能。

但语言远远不只是传递生存信息所必需的编码。若语言只是编码，意味着在词语被吐出或写下之前，世界已获理解，我们只能说出或写下我们知道的。但事实上，语言——及作为语言实现自身的领域的文学，让我们与神秘沟通，进入未知世界，也进入不可知的领域，找到方法去说出不可说的，甚至无法言说的东西。这就是为什么对语言和文学来说，模糊暧昧与清晰明确一样至为根本。是在不断寻找正确词汇的过程中，我们找到了意义；是在无法找到准确用词的过程中，新的人际空间打开了。有什么伟大的作品是容易阅读或翻译的呢？是在努力领会普鲁斯特的过程中，我们爱上了他的作品。追逐文学里的意义就是文学的意义。

因此，翻译对语言和文学来说，也至为根本，而我们也难以完全准确地翻译。“诗歌就是翻译中获得的东西。”布罗茨基说，他不同意弗罗斯特的看法：诗就是翻译中遗失之物。语言与文学互相重叠、互相渗入、互相侵染，阻碍了——幸亏如此——纯粹的可能性。文学就是不断地试图诉说难以言说的，传达难以传达的，翻译难以翻译的。对翻译的不可能性喋喋不休的人，泄露了他们的私心，他们认为自己的语言更为优越；对他们而言，没人能比那些已说过的人说得更好；我们的语言对我们来说就是完美的；世界在其层层等级中，是完整的。

阅读、探索我们经验之外的东西，意味着愿意接受另一种世界观，愿意将自己放在这样一个位置上，以一种与人交换的，甚或是失去方向的方式看待事物。不过，就像格雷厄姆·格林所说的，

“我们不肯定时，我们才活着。”当然，有无数的书籍、作家和读者寻求确认他们早已知道的事物，巩固自己的立场，一切都看来牢固、坚实，因此也是可以承受的。如果你想寻找的是这种，离这本书远一点。《最佳欧洲小说Ⅲ》特别难读，译得也非完美。

亚历山大·黑蒙

（严蓓雯　译）

序

翻译（translate）和背叛（traduce）两个词不仅在法语中关系亲近。据说，约翰·布莱恩[1]那部描绘二十世纪五十年代英国的勃勃野心与机会主义的小说《山顶的房间》，被译成瑞典语时，要不是某位警觉的编辑想着要再核对一下，书名差一点就被译为*Vinden*（意为“阁楼”）了。还有，据说在肖恩·奥凯西[2]描绘都柏林工人阶级生活的戏剧中，有一段，剧中人物提到“小海子”（little chislers），也就是“小孩子”，某位热忱的日本译者将这句口语译成了“小石匠”。看到这样的翻译，我们当然会大笑出声，但同时，也不由得同情那些倒霉的背叛者。语言是狡猾诡诈

1　约翰·布莱恩（John Braine，1922—1986）：英国小说家，其《山顶的房间》（*Room at the Top*，又名《向上爬》）被认为是第二次世界大战后“愤怒的青年”一代英国作家的代表作。

2　肖恩·奥凯西（Sean O'Casey，1880—1964）：爱尔兰剧作家，以描写英爱战争和爱尔兰内战时期都柏林贫民窟的现实主义作品而闻名，代表作有三部曲《枪手的影子》《朱诺和孔雀》《犁和星》。

的中介。

我们都很熟悉罗伯特·弗罗斯特不无消沉的看法：诗，就是翻译中遗失之物。但是，意义从一种语言，跨越到另一种语言，在此过程中，它本身就会迷路，要么偏离原道，要么南辕北辙，与其说些微绊了一脚，不如说彻底绊了一跤。许多译者都悲哀地提醒我们，问题出在原文的意义并不固定，总是或多或少暧昧不明。不仅韵文如此，大部分看上去清楚明白的散文段落也是一样。你坐下来，打算给情人或银行经理写封信，心里很清楚要说什么，可是，当你写完，再看一遍写下的内容，你注意到，信里流露出的感觉却不是你的初衷。谁在这里说话呢，你不禁会想。答案是，语言自身在说话，任性地、微妙地、强迫地。我们以为是我们在说话，但其实是我们，被说出了口。

即便在语言似乎最听话的时候，一句话的有意义或无意义，也会产生看上去最天真无辜的效果。我们可以看看维特根斯坦[1]《逻辑哲学论》开篇第一句里的逗号。原文第一个命题是这样写的："Die Welt ist alles, was der Fall ist."（世界即一切，情况即如此。）[2] 维特根斯坦在早期著作中很喜欢用对称，这句话就是对称漂亮的句子。不过，德语标点的规则很严格，以此规则，这里应该有个逗号，位于句子中间，形成一个美妙的停顿。

但是，在1961年伦敦版的《逻辑哲学论》中，两位译者皮尔

1　维特根斯坦（Ludwig Josef Johann Wittgenstein，1889—1951）：二十世纪最有影响力的哲学家之一，日常语言哲学的代表。《逻辑哲学论》（*Tractatus Logico-Philosophicus*）是其发表于1921年的逻辑学著作。

2　商务印书馆1985年版郭英译本译为："世界就是所发生的一切东西。"（第22页）

斯和麦基尼斯[1]，利用英语的灵活松散，将这句话翻译为："情况即世界是一切（The world is all that the case is），如德语所云。"这样，在这本复杂著作一开头，读者就遇到了不确定性。维特根斯坦是在说，世界即一切（the world is all），情况即如此（that the case is），德语就是这么表达的；还是，就像英译本的意思，情况就是世界即一切（the case is that the world is all）？这里肯定有两个完全不同的命题，尽管两者之间的差异不大，但并非微不足道，尤其是在这样一本想要探索甚至规定语言局限的著作中。在德语版的第一个命题中，强调的是世界的全部，而英语版则似乎主要关注世界中事情的情况或情形如何。在其后期作品《哲学研究》（*Philosophical Investigations*）中，维特根斯坦本人便用一整章来描述这个表面无伤大雅的逗号的效果。

所以说，谁愿意成为一名译者呢？

当然，译本偶尔会与原文完美和谐。保罗·策兰的诗歌出名难译，难以转换成另一种语言——事实上，究竟该不该做这样的尝试都不好说，因为诗人对自己与德语的关系感到苦恼，这是实施了大屠杀的魔鬼的语言。然而，他的诗作拥有众多匠心独运的译本，最著名的出自保罗·汉布格尔和约翰·菲尔斯坦纳[2]之手。策兰寻找一种方式来应对（如果不是表达）犹太人在二战中遭受的恐

1　皮尔斯（D. F. Pears），麦基尼斯（B. F. McGuinness）：1961年伦敦劳特利奇和基根·保罗出版社《逻辑哲学论》英译本译者。

2　保罗·汉布格尔疑为迈克尔·汉布格尔（Michael Hamburger，1924—2007）之误，迈克尔·汉布格尔出生于柏林的一个犹太家庭，后定居伦敦，毕业于牛津大学，翻译家、批评家。他翻译的策兰作品最为风行。约翰·菲尔斯坦纳（John Felstiner，1936—2017），斯坦福大学荣退教授，翻译家、批评家。

惧，形成了一种否定性的美学——1963年他的一卷诗集名为“Die Niemandsrose”，即《无人的玫瑰》——然后他一遍遍地颠倒这个词的用法，扭转、弯曲，将它们从里到外翻个面儿。比如，在诗歌《剥蚀》（*Weggebeizt*）中，他提道

das hundert-
züngige Mein-
gedict, das Genicht

汉布格尔译为

百	the hundred-
口吐出的伪	tongued pseudo-
诗，是饰	poem, the noem

而菲尔斯坦纳精彩地译为

百	the hundred-
口吐出的吾	tongued My-
诗，是谎饰	poem, the Lie-noem

在两种翻译中，“noem”（Genicht）[1] 一词是天才译笔。与谢默斯·希尼所谓策兰的“曲折”相比，或与《逻辑哲学论》的错综勾

1 “noem”应是“no-poem”（非-诗），来对应德语的“Genicht”（非诗），这里译为汉语虚饰的“饰”。

连相比，你也许会觉得小说对译者来说没那么困难。但事实上，小说跟韵文一样难译，甚至比韵文更难译。弗罗斯特的哀叹在此再次宣告了悲伤的真相。已故的约翰·麦加恩[1]喜欢做一个简单区分：他会说，这是韵文，这是散文，然后，这是诗，前两种媒介里都可以唤它出来。因此，散文的诗，与韵文的诗一样，当它们被从一种语言里析出，注入另一种语言时，注定失败。

对一部长篇或短篇小说来说，它的原文已是一种翻译。它对现实的呈现，离真实的现实如此遥远，就像梦境远离我们的生活事件一样，从我们的生活中，梦开出了可爱或恶毒的花朵。出于懒惰，我们把小说的片段想象成一系列事实或真实形象的直接叙述，而事实上——事实上！——小说是某种梦境-暗喻，是对“真正发生过的事情”经过塑造的、矫揉造作的背叛。这就是关于小说的奇妙事实，我们知道一切都是编的，是一堆不可思议的谎言，然而我们却觉得它说的都是真的——当然，它是真相，尽管小说的真相并非生活的真相。

细想之后，我们明白，没有所谓的翻译。译者生产的是新东西，当他译完后，一部著作变成了两部。鉴于语言的本质，鉴于存在着多种语言，这一点不可避免。巴别塔之书卷帙浩繁。

谁愿意成为一名译者？

尾声：担心我会犯下大错——这种情况下我很容易这么做，我

1　约翰·麦加恩（John McGahern，1934—2006）：二十世纪爱尔兰著名作家，共出版《黑暗》《在女人中间》等六部长篇小说，另外还有四部短篇小说集和一些剧作、回忆录等。

请教了一位瑞典朋友，询问他那个词，或那个书名 *Vinden*。这个词难道不是瑞典语里的“风”吗？是的。但它的确也有个意思是“阁楼”。但那个书名，那个搞错了的书名，难道不该是 *Den Vinden*? 不是的，因为 *Den Vinden* 的意思是“那间［特定的］阁楼”。啊，词语太不可靠了。

约翰·班维尔

（严蓓雯　译）

空间

分手前

Before the Breakup

[斯洛伐克] 巴拉

严蓓雯　译

米莎发现公寓里有什么东西。

是在客厅一角的电视机背后。但晚上，她给几天前出差的亚诺打电话，没提这件事。为什么要让他担心呢？他在亚洲大都市里，有别的事要操心。也许没有？疑心开始咬啮：有一晚，她梦到丈夫在卡拉 OK 酒吧，要跟贱货来一腿；尽管在那些场合，“贱货”会有别致的、更潮的称呼——米莎想不起来那个确切的词——她很肯定，他们都是贱货，干着下贱的勾当。

打完这个例行公事的电话，她在厨房一直坐到深夜，冰箱上的一盏小灯，照亮了她的手和手指，长长的影子，沿着地板和对面的墙壁爬行。米莎想，那么多人里，为什么这事情要发生在她身上？真的，不仅发生在她身上，也发生在亚诺身上——不过亚诺一无所知。或许他知道？他躺在什么酒店的床上，隐隐有点感觉？他在摩天大楼的二十层或三十层谈判，模模糊糊知道？

米莎长大的家庭，电视机背后从来没什么东西。她的父母从来没对她提过这样的可能，尽管他们喜欢当她面对邻居或同事的丑事说三道四。但也许，在他们的卧室里，他们也有这东西。他们从不许女儿进他们卧室。可不可能在他们卧室？他们出门度假时是不是带上了？他们经常出门，留下女儿和奶奶在乡下。

她走到玄关，给朋友打电话，她觉得需要跟人聊聊这个意想不到的问题。交谈中她答了几句，感到困惑：

——你是说，我得去看精神科医生？

——当然。你得去。要都是你凭空想出来的呢？

——你的意思是……幻觉？你觉得我出现了幻觉？

——但如果它根本不在那里呢？听你说的，它几乎跟衣柜一般儿大了……那么大的东西，电视机后面放得下吗？

——索娜，相信我，它在那里！

——我怀疑。听着，你认识蒙蒂医生……

——长胡子的那个？

——不是，去爱尔兰酒吧的那个。

——他坐在哪？

——就坐在后面，环绕音箱下面。

——我根本不认识他。

——那你认识另一个，什么名字来着……帮我一起想想……

——你是说拉蒂医生？

——就是他。

——但他不是精神科医生，他是心理医生。

——也行的，也行的，就初期而言，心理医生也许管用……

——你什么意思，初期？它真的跟衣柜一样大，你管这个叫初期？

——我早跟你说了，它不可能和衣柜一样大。冷静。我肯定它小得多。

——那你觉得它有多大？

——让我们达成一致，最多火柴盒那么大。绝对一丁点儿。

——听着……你过来看一下怎么样？

——不可能，我来不了。

——为什么？过来吧！求求你！帮帮我。

——怎么帮？这跟我有什么关系？而且，不管怎么说，我这里也有点棘手。

——我不明白。

——……

——什么事？你能说说吗？

——唔。

——我要你帮我个忙，你就突然不出声了。小声说都不行吗？

——我可以说轻点儿。不过我该小声说啥？你最好再过去看看……

——我已经看了它一整天了。实际上……不是一直看着，我现在看着窗外呢……而且……在美发店的门旁边……你知道我说的地方……

——我当然知道。门旁边。那里有什么？

——那里……

——说呀，有什么？

——没有！什么也没有！你不明白吗？它不在那里。它只在这里，在电视机后面。要是都是我想出来的，我为什么不想象它在外面呢？我告诉你为什么：就因为它不在外面，只在这里。你在撒谎。

——我怎么撒谎了？

——你说你只能小声说话。这会儿，你对美发店门边有什么那么好奇，都开始嚷嚷了。还真好奇呀。你觉得那么有意思，是因为你自己也去那家美发店。看来，你唯一愿意听我讲，不怪我疯了，就是事情跟你有关的时候啰？

电话挂断了，那一声心里很不舒服。

米莎在餐桌边坐下，拿起一面镜子，打量自己苍白面孔上的苍白肌肤。它在厨房的夜晚下熠熠发亮。眼睛，鼻子，嘴巴，嘴角。沉思中，米莎又继续查看自己的肩膀，胸部，双腿。从每样整体来说，几乎很难跟别的这样的整体区分开来。或许只在有些时候，亏得有衣服，可以把它们扔在一边，浑身赤裸，露出特定的整体。浑身赤裸？是的：看看你自己是谁！站在镜子跟前，从外部看清自己，深入地看！让内部跟上。跟上内部！

米莎站起身，又坐了下来。

她又直挺挺地坐在厨房里。

几天后，亚诺回来了，包往门厅一放，脱下鞋，进了浴室，冲了个澡，然后，用一块厚厚的大浴巾擦干全身，进了客厅。她站在门边等他。脑子里想着贱货和卡拉OK。也想着自己，自己的角色。她现在是该飘到天上，梦眼迷离，快乐幸福？或者该让镇静剂、冥想或心理医生来包办一切？她后退一步，让亚诺过去。他在扶手椅里一屁股坐下，用遥控器打开了电视。闪烁的蓝光从黑暗中勾勒出物体的形状。

就在那时，亚诺看见了。

它慢慢地、阴险地移动着，势不可当。亚诺一言不发。他的脸像撑开的面具，包在骨头架上。直到他老婆冲他歇斯底里地嘟囔，他才有所反应，说，在他看来，这让客厅比老早更舒服了，他用这话遮遮掩掩，就好像它是一幅珍贵的藏毯。米莎逃出街区，给索娜打手机。她气喘吁吁：

——我什么都知道了！

——你知道什么？

——它在你那里也出现了！这就是为什么你没法说话！它在盯着你！它在听你说话！它在长大！

——……

——你没什么要说吗？

——我告诉过你了，我没法说话。

——好吧，那小声说。

——是的，它在我这里也出现了。但那是好久以前了。现在它不长了，不过，我得承认，它也没变小。我们已经习惯了。随它去了。听着，我知道你的感觉。碰到新情况，一开始很难忍受……但真的是新情况吗？好吧，我知道你从来没想到过这个。你从来没想过……要看到这个样子的它。什么女人会等着看到这样的东西啊？我希望这不会发生在你身上——不会发生在你和亚诺身上。上次你打电话来，我以为你可能有点夸大其词了。因为，在我们这里，它长得没那么快！皮托和我在一起六年了，我们才第一次看见！但时代变了，生活变快了……我知道我可能词不达意，但事实是，世界变快了，所以你和亚诺……尽管你们在一起只有两年——是两年吧，是吗？还是三年？不管怎么说，不知道什么原因，它发生得更快了。哦，亲爱的，我想我落在时间后面了。

——索娜，我爱你，你是我唯一的朋友。但为什么你非得瞒着我这个秘密？

——我说了：我希望它不会发生在你身上！

——你父母怎么样？在家里，你长大的家里……他们也有问题吗？你懂我的意思。

——当然。我们这片每家都有。我记得克罗帕奇一家，他们为此不得不搬家：它简直就是直接把他们从公寓里挤出去了。有天早上，它伸进了门厅。你能想象情况有多微妙吗？有些东西确实存在，而你公寓门口杵着什么东西？你和孩子不得不睡在外面台阶上？我父母收留了他们的孩子几天，他们待在我的房间里，但我不喜欢他们，他们整天在哭。顺便说一句，它最终变成克罗帕奇一家的好事了：它到处跟着他们；末了他们住到布拉格斯蒙契夫的工人宿舍，但有天晚上，它胀开了，整栋屋子炸裂了，吵醒了半座城市，这丑闻让他们采取了激进措施：移民。如今他们在西方过着美妙的生活，她在意大利，与孩子们住在一起，他在瑞士的什么地方。一过边境他们就分手了。你明白吗？这事关生死。但事实上，这样的情况，总是事关生死。

——但为什么妈妈从来没有哪怕暗示过一点点？

——女人就这样：虽然我们看得见——事实上从一开始就看得见——事情是怎样发生的，会怎样不可避免地结束，我们还是希望……还是犯着同样的错误。我们就是不会吸取教训。典型的这样子。哪怕看见我们父母落了个什么结局，也不能阻止我们让同样的事情发生在我们和我们孩子身上。时间一到，我们从最开始就赶着他们对他们的孩子做同样的事情。像什么强迫症，你没感觉到吗？

——索娜！我想我要发疯了！

——正是。你要发疯了，但没人注意到你疯了。这是集体疯狂。你跟别人没什么两样。每个人都疯了，你又怎么诊断疯狂呢？

米莎不知道该怎么办。

好几个星期，她在公寓里闷闷不乐。

她可以看见它从电视机后紧盯着她。甚至，不是从电视机后面，而是从电视机下面，这会儿，它又浮在电视机上面，就像泳池气垫上的度假游客，来回摇晃。

米莎站在阳台上。

米莎靠在火炉边。

米莎甚至梦想在真正的、纯粹的乡间漫步。

不管她碰巧在哪里，她都在想她和亚诺真正希望从对方身上获得的究竟是什么。不管她在哪，她还想她怎么能进壁橱，结婚前，她就把大箱子放在那里面，因为，如今它已经占据了整个房间，挡住了壁橱的路。情况特别糟糕时，在第十三和第十四根烟之间，在从阳台往下充满渴望地看着街道，以及看着对面高楼、看着那些跟她自己相仿的牢房般的窗户之间，在平静的放弃和安详的恐怖之间，米莎想，除了那些更重要、更基本的事物，你还需要一个伴侣，替你扣上项链的搭扣，而这样，你需要一条项链，来找到一个伴侣。

英文由朱莉娅·舍伍德译自斯洛伐克语

巴拉 Balla

巴拉的作品是斯洛伐克文学场景里一个高度原创的声音，在他创作的这些荒诞的短篇小说里，有一群孤独、疏离，无法和他人交往的特殊人，他们经历了奇异的，常常是恐怖的体验。巴拉获得了多个文学奖项，但他避开聚光灯，依旧生活在新扎姆基的小镇。1996 年，他出版了第一部短篇小说集《莱普托卡利亚》，内收七个短篇小说。巴拉的近著包括《德·拉·科鲁兹》（2005）与《陌生人》（2008）。2011 年，他出版了中篇小说《以父之名》，随后于 2012 年出版了《眼》。

眼镜失落的时刻

When the Glasses Are Lost

[马其顿] 扎克·库荣泽斯基

李剑 译

这是个闷热难熬的夏天。突然间，一切都停止了。小女孩和女孩父亲的脸色变得苍白，也许女孩父亲感到的恐慌更甚于这个孩子呢。女孩子还不能辨识真正的恐惧是什么，也意识不到当下处境的危险，她只是觉得父亲紧紧地握着自己的手，现在是握得更紧一些了，而这就让她的小脸变得更白了，好似白纸一般的白。其他人又如何呢？那个高个子——他是命定要一辈子从倨傲不恭的高度来体验人生的——身体摇摆得非常厉害，他只得用手肘支撑在电梯内壁上。实际上，说他靠在那儿，倒不如说他是一下子撞到了这贴着木板的内壁，幸亏他离墙壁近，才没有摔倒在地上。一对年迈的老夫妇静静地偎依在一起，朝着电梯角落慢慢挪过去，好像要把自个儿藏起来一样。余下的四个人，分别是一个士兵，一个留胡子的男人，一个穿红衣的女士，还有一位西装革履的男子。他们四下站着，然后其中一位跌倒了，还有一位的额头撞上了装有许多按钮的操作面板的边缘，第三位跌坐在地板上，第四位拽着高个子的衣袖，身体向前踉跄了一下。

这些人当中，打着脐钉的红衣女子反应最激烈，尖声喊了一声什么，然后是一长串儿的咒骂。没人反对她的叫骂，好似他们在别的场合也会这么骂上一通似的。留胡子的男子心里清楚发生了什么，就顺势躺在有棱的橡胶地板上，用手指捋着自个儿的胡子。西装男子穿着一套看不清楚颜色的条纹西装上装和西裤，迅速站了起来，低头去看自己昂贵的手表，借此向每个人展示出他可是有急务在身的。只有那个当兵的一副痛楚难当的样子，胖乎乎的手捂着额头，不过却也显出个不服输的样子来。最初的一波慌乱过去后，女孩子的爸爸说电梯肯定是卡在什么地方了。其他人都对这个看法不置可否，他们还没打算把平常踏进电梯时的例行点头和走出电梯时的寡淡道别换成一种警觉，一种同情，一种参与到共同事业中的团结一心。不过很快，除去那对沉默的老夫妇，每个人都意识到他们必须得彼此沟通和携手互助了。

大胡子提议按一按紧急呼叫按钮。虽然法律规定了紧急呼叫按钮的用途，但是没人相信这个按钮会有什么用！在这部电梯里没用，在这个城市所有别的电梯里也没什么用。不过可能还是有人拿大拇指按了按这个大大的圆形按钮，尽管压根儿不相信能有什么效果。大家试着确定他们被困的楼层，借以确定他们现在的高度——就好像这对解决问题有帮助似的。起先，电子显示屏上只能显示两个“8”字，这表明电力供应已经出了问题，所以电子计数也不大准确了。士兵打了数字显示屏一巴掌，然后用拳头砸个不停。或许我们能把这些攻击行为看作他天真的复仇渴望的一种表达？不过屏幕仍然拒绝显示他们所处的垂直高度，甚至连那一点点闪烁不定的亮光都彻底消失了。电梯乘客们开始询问彼此，最后一个进电梯的是那个高个子，现在他坐在电梯轿厢里侧，他确认他是在第十层进的电梯。因为他要去的是最高层，所以一进来就走到轿厢最里面去了。现在他们互相询问着谁是在哪一层进的电梯，要在哪一层出电梯，然后得出结论，他们眼下必定是在第十层和第十四层之间的某个地方。第十四层正是那位父亲和他的小女儿要去的楼层。

这位父亲是个医生，他握牢女儿的小手，过了会儿，借着电梯里的微光，走到士兵跟前看了看他肿起的额头。医生检查了士兵的头伤，说在这里无法进行医疗处置，唯一能做的是让他尽量舒服点儿。他们想找一个硬东西压在士兵额头的肿起处，那里看上去就像一个新生的小牛头上长出的小小牛角一般。找不到合适的硬物，医生的女儿便指了指士兵的皮带，皮带上挂着的白色枪套里有一把手枪，小姑娘的头差不多正好到士兵的皮带那么高。士兵有些局促不安地慢慢取出手枪，检查了一下枪的保险，就拿着枪柄压在自己额头上。枪身的冰冷一下刺激了他，让他把手枪扔了出去。手枪在地板上弹起来，又落了回去。几个乘客哑然相觑，尽量掩饰着自己的恐慌。红衣女人第一个俯身捡起手枪，但是没有把枪还给又惊又怕、举止笨拙的士兵，她径直走过去把枪柄按压在士兵红肿的额头上。士兵不但没松口气儿，反倒是难为情起来，而且额头还这么疼！

老妇人对自己的丈夫喃喃低语了几句，老头子跪在地板上开始在大胡子身边摸索起来（这时大胡子已经告诉过大家他是一位画家），然后又小心地从别人的双腿间挤过去。老妇人解释说，刚才电梯突然的停顿让她的眼镜掉了下来，她才发现自己的眼镜不见了。有几个乘客也跪下来，想帮着老头子寻找。这老头子还跪着哪，让比他年轻的人都称赞他的耐力和坚持。轿厢里的众人遮挡了本来就微弱的荧光，他们的身形投下重重的身影，地面上黝黑一片，搜寻眼镜的几个人寻起来就更为困难了。穿条纹西装的男子——他根本就是个浪荡公子哥儿——没帮着寻找眼镜，反倒是开始大声呼救起来。他喊着若干个人名，好像他认得管理这个建筑物每日运行的重要人物似的。别管他喊得多响亮，尽是一片徒劳。这栋大楼的电梯是新近安装的，据说，还是百分之百最先进的电梯。这些电梯墙壁厚实，隔音效果好，运行起来安静无声——真是一种享受。绝非那些老旧楼房里摇摇摆摆、令人生畏的老式电梯，它们年久破败的机械装置勉强费力地拉动颤颤抖抖的缆绳，把连在缆绳上的电梯轿厢在发霉的井道里拉上去。不，这些新式电梯运行得快捷又安静，停止下来的时候总是轻柔平稳。这些新式电梯，带给它们的乘客一种信任和安全的感觉。

然而在场的每个人都只得接受了电梯运行不畅的事实——或许，这是电梯安装过程中出的岔子？很快，当西装男子发现他的吼叫也是徒劳的，他就开始用手掌猛力拍打电梯的金属门，让别人都觉得吃惊。他继而又发现用手打门也不够响亮，就举起手提箱，用手提箱纤小的转轮撞击银色的、镜面一样的金属门。撞击的回声在电梯轿厢里激荡，响彻每一块面板和每一个角落，在其他乘客那里引起了更加不安的情绪。

突然一下子，高个子抓住了公子哥的手，引起后者注意后，他朝着小女孩指了指，女孩子正用手捂住耳朵，困惑地看着他们。女孩儿父亲想要这位慌乱的公子哥儿向女孩道歉，但公子哥儿拒绝了，回说他这么做也是为了全体被困乘客的集体福祉和共同利益。医生并没放弃，仍然用一种满有自尊的方式坚持要求道歉，直到这幼稚的口角变成了激烈的争吵。这是乘客们所受磨难中的第一场真正的争吵，也让大家都更加紧张不安了。

过了会儿，意识到他反正是错过开会的时间了，西装男子脱下西装用一只手拿着，另一只手还紧紧攥着他的手提箱，好像里面有什么高度机密的东西似的。别的乘客开始说起轿厢里的温度，这本来是由通风系统调节的，现在却一阵儿比一阵儿地热起来了，越来越让人受不了。他们得做点儿什么了。男人们大多都脱下外套，系领带的把领带松了松；没系领带的，比如那个画家，都把裤脚卷了起来。老妇人取出一个手持小电扇，在自己脸前吹着，拿累了就交给她丈夫让老头子举着。其他人都用所有找得着的东西擦着出汗的额头，袖子啦或口袋里的纸巾啦之类，本来他们还以为怎么都用不上这些东西呢。就只有士兵和红衣女子没有寻些东西擦汗，他俩不住地说着话，聊各种话题。士兵正给女子讲解如何使用手枪，怎么打开和合上保险，怎么瞄准，怎么射击……在别的场合他可做不到如此冷静地谈论这些话题。女孩父亲打断了他们，说应该安静下来，用心听一听外面的动静。比如，紧邻的另一部电梯是不是在运行，或者是不是能听到有工人在维修他们这部出故障的电梯。要是有救援队来了，他们可得听到救援人员朝他们喊的话，现在情况怎么样，他们需要怎么做，接下来怎么办，还有需要计划最佳的逃离方案，等等。

除了他们身体发出的窸窸窣窣声，还有那对老夫妇假牙碰撞的哒嗒声，别的一点儿动静都听不到。这时，老头子开始发表他关于高个子就是造成这个事故的罪魁祸首的假说了。别人全都有理有据地反驳了这个说法，可老头子还是指责高个子造成了这一切，全怪他一时起意非把自己挤进电梯不可，这才让大家都困在这里。电梯一定有载重限制的，肯定是因为高个子才会超载。既然高个子是这一切麻烦的肇因，老头子就要求他——这会儿高个子已经告诉大家自己的身份是历史学家——给大家讲些故事听，能让大家以明智的态度看待现在的不幸处境。于是乎，高个子就表示他们被困电梯的时刻乃是历史上不可避免的，然后开始讲些古老的传奇故事，例如基第尔斯海军的炮舰在萨尔茨堡海面上迷失方向，因此无法参与盖得堡战役，也没办法给他们的步兵以海上火力支援。但是接下来，当水手们协力同心地奋战，军官们也协调好了彼此的行动，他们竟然还从背后突袭了敌人，从而大获全胜了。[1] 高个子还准备继续絮絮叨叨这些陈年旧事，然而那位衣着光鲜的男子，本来一直咬着牙恨恨地按着手机键盘，突然把手机举到耳边——结果一句话也没说出来。没有信号。这小小的希望之源也破灭了。

若是大楼里的商户压根儿就不关心被困电梯的乘客，那倒也罢了，也不会让乘客们如此的焦虑。可是乘客们在轿厢里听不到一丝声音，发现不了一点生命的迹象，也没法儿把一条信息发送出去……这似乎就要威胁到他们对自己不久前离开的整个外部世界的信念和假定了。时间在流逝。很快，红衣女子大声地说她简直要饿得晕过去了。她靠墙坐在地上，用手抱着膝盖。士兵把头支在她身上，已经打起盹儿了。西装男子收拾起一副自命不凡的样子，对

1　不存在所谓基第尔斯海军参加的盖得堡战役，这节故事是高个子“历史学家”杜撰的。

着全体乘客发话了。他认为白天必定是结束了，现在外面应该是夜晚。乘客们已经好久都在舔着干渴的嘴唇，盼着这样能解解渴，这时艺术家从包里取出一瓶水，自己喝了一口，就把瓶子传给别的乘客。传到西装男子时，他皱着眉头，礼貌地拒绝了。但只过了一小会儿，他就急不可待地夺过瓶子，把里面剩的水狂饮而尽。水似乎让乘客们平静下来，他们现在全都躺在地板上，当然是尽量挤着躺下来。一开始地板看着还算宽敞，可是很快就觉着十分逼仄了。除了士兵和那对父女，所有人都睡着了。士兵时不时地会醒一下，睁眼看看别的囚犯们；而小女孩一直跟她父亲抱怨个不住，虽然父亲已经尽最大努力安抚她，耐心又平静地给她讲着故事。

躺在地上的乘客们发出了鼾声和低沉的叹息声，这些声音混合着别的身体发出的响动，汇成了一个小小的、欢快的乐队。偶尔，有人的头不经意地碰到一起，有人把邻人的东西给推开，但是总体上来说，既没有敌意，也没有恼怒的推撞。然而这短暂的喘息时刻持续的时间并不长，他们宁静的好梦被一声刺耳的响声打断了。除了艺术家和西装男子，几乎所有人都跳了起来。艺术家和西装男子就好像粘在了一起，两人都是一动不动。乘客们头发凌乱、眼神蒙胧，朝着电梯顶部的灯光站起身，这次他们不是带着狐疑，而是带着恐惧望着彼此。然后几个人都说需要方便一下了。有一小会儿，谁也想不出该怎么办，直到高个儿历史学家提出个主意，说可以用那个空水瓶子来解决一下，别人就蒙着眼睛不要看或背过身去好了。随后，他们又都沉入睡梦中了。

当早晨到来时，电梯轿厢里没有绝望的骚动，只有乘客们空空肚肠发出的咕咕声，好像被主人抛弃的小猫卧在谁家门廊上的呜呜叫声。他们共有的脆弱处境，业已转变成为彼此的同情，并且软化了他们孤单的心。红衣女子讲着她们邻里间发生的事情，一直说啊说。她怀着悔恨，想起她对在自家门前玩闹的一只流浪狗冷漠无情，一旦能重回旧日生活，她保证要好好对待这只流浪狗。这会儿他们全都想起了一些自己生活中的哀伤往事，好像站在一位看不见的裁决者面前，很快就会有一个关于他们命运的最终裁决似的，而只有寥寥几个人能回到从前，纠正他们的错误。这么回想着，他们感到他们就在某种程度上确定了他们的未来，证明了自身的价值或者自以为的优越感。士兵讲到他昨天为什么会到这栋大楼来，电梯里的同伴们一听，就告诉他他压根儿就不该来，因为他搞错了地址。但是，现在挤在小女孩父亲和红衣女子之间——她时不时地拿出本书，假作认真地读着——他是一刻也不会为这个错误感到懊悔的。在另一边，穿西装的生意人猛地转向那对老夫妇，声称自己从来也没喜欢过老年人，如果开车的话，几乎从来都不会让老年人先过马路，而是会抢着驾车冲过人行横道，把老年人别到一边儿去。于是，他要求这对老夫妇代表他们那整整一代老人致歉。

他们就这样全部倾吐了肺腑，复又回归平静。画家打起盹来，鼾声嘹亮。当乘客中再次发生小小骚动时，他们注意到头顶的排风系统开始吹进凉风了，电梯里的燠热顿消。凉风从头上持续稳定地吹来，每个人就都又穿上衣服，彼此挤了挤躺在一起，有人受不住这道凉风，与别人换了位置。又过了一阵儿，你能听到电梯一个角落里发出一种咀嚼声，很快还有一下响亮的吧嗒嘴的声音。坐得靠近老夫妇的人自然看得清楚，离得远的人，也感觉出来这两人自顾自在吃糖果。红衣女子爬向他们两人，恳求分些糖果给她吃。老妇人一开始牢牢握紧自己的袋子不肯松手，不过很快就放和气了一些，打开袋子拿出一粒包装得很漂亮的糖果给了红衣女子。这个举动只是强化了大家对老夫妇两人的反感，特别是那个小女孩一直用水汪汪的眼睛望着红衣女子，而后者只顾急切地咽下她得到的奖品。

电梯突然间启动了，往下运行了一层。这是新的希望曙光出现了。然而，他们全都满有把握地认为，如果出于某种理由，电梯重新运行的话，应该向上而不是向下。不过，这个进展让他们确信，他们的苦楚煎熬——已经持续了超过二十四个小时啦——是要结束了。衣着体面的生意人和高个儿历史学家一下就跳起来，又开始朝看不见的救援人员嘶喊，抬脚用鞋底无助地踢打着电梯门。这次没人再抱怨什么，这隧道尽头应有的光亮让大家都越发急躁起来。有一阵儿，画家用一支从自己口袋里掏出来的铅笔，在电梯光滑的墙壁上涂着线条。他虽然自称是位画家，可实际上他的画作看上去更像涂到本来洁净无瑕、光亮得如同皇冠明珠一样的电梯上的瑕疵。对于现在电梯里的乘客而言，这种光亮的纯洁是不复存在了，他们打量着画家，既不抱怨，也不批评他的涂鸦。画家从地板到天花板，一点点地把他们的地牢涂满了潦草、芜杂的螺旋线条，随着时间流逝，大家都感到自己被吸进这些螺纹里去了。对他们来说，这些线条就是唯一一样东西，表达了他们此刻的处境：寒冷、饥渴、疲劳——所有他们身处的暧昧不明的现状所彰显出的种种缺陷，他们都要被迫去与之搏斗。也正因此，从开始他的画作起就一言不发的画家，成了大家新的怀疑对象，因为乘客们都极想为他们的困境找个人来责备。带着恨意，也带着一些好奇，他们开始盘问起胡子画家来。老妇人指控画家把她放错地方的眼镜给偷走了，因为她一直也没找着这副眼镜。历史学家，早先他还把一切事情都归咎于历史的必然，现在开始质问画家为何把自个儿的那瓶水密藏了那么久。老头子得出一个结论，即，只有画家看上去好像对这次事故非常有准备似的。士兵、红衣女子和那对父女倒是拒绝参与这场新的审判，只是时不时地轻声咕哝几声，好似要浇熄这燃烧着的怒火。最后是女孩儿的父亲成功让大家平静下来，他说当大家出去的时候，再去争议谁该为此事故负责毫无用处，事过境迁，辨明这一切又有什么意义。但是，大家意识到他用的词是“当大家出去的时候”，而不是“如果大家能出去的话”——这简直是最后的打击。大家都觉得精疲力竭、困乏难当，也就全都放弃了获救的想头。士兵和红衣女子拥抱在一起，他把玩着她肚脐上的装饰环，她摸索着他左臂上的文身。小女孩儿最后也安静下来，坐在她爸爸的腿上，而画家也已经放弃了他的画作，把他画秃了的铅笔扔到别人的鞋子上，也没仔细看看是谁的鞋子。

老头子朝他老伴儿的手掌里哈着气，他能做的就这么多了。虽说轿厢里颇有寒意，西装男子还是脱下上装，放在地板上，松了领带，解开皮带，让自己松快舒服些，甚至还把他在昏暗的电梯光线中频频去瞧的昂贵手表都摘了下来。几乎是脱了半光，他向后一靠，在地板上伸开腿坐着，像个守门人似的。别人都吓呆了，只是一味等着他的这番表演赶紧结束，幕布赶紧拉下来吧。

次日上午，电梯终于正常了。如同什么神秘的齿轮最终松动了，电梯平静地切开一层厚厚的空气，运行起来。最初，醒着的或半醒着的那些乘客，还以为这不过是他们的想象，是他们脑中出现了幻觉，因为他们已经垂垂待毙了。很快，他们就意识到他们确实是在移动，只是不能确定电梯是往上运行，到他们想去的上一层楼，还是一直运行到这栋摩天大楼的最顶层，又或者，电梯会坠落到一个无尽无底的深渊里去。电梯在飞快地加速运行，却没人想着把自己和别人的身体摆脱开，他们的身体多多少少就像用胶粘在一起了。他们也没想着把自己收拾一下，带着尊严重新走入他们久已期待的文明世界中去。他们只是一动不动地坐着，什么都不期待，只是静静坐着，沉重地喘着气。

当电梯门在他们眼前打开时，他们才动了起来，也不过是闭上眼睛，或者用手头有的东西把眼睛遮挡起来。一个紧急救援队跳了下来，查看每个人的情况。乘客们紧紧挨着墙壁，好像鱼挂在鱼钩上一样，彼此牢牢抓住对方的手臂，让救援人员觉得要把他们哄到担架上去，真是难乎其难。就算他们一个接一个地出了电梯，急救人员还是注意到，这个已经分散开的群体中的每个人，都还伸出手试图够着彼此，虚弱无力地摇摆着，像是要筹划他们下一次的聚会，如果他们再在门厅里相遇的话。是啊，这些新到来的人员的出现，在乘客们眼里激起了一种恐惧、慌乱和疑惑的神情，好像有人派救援队到这里来的目的，就是要把他们这支小小团队，同这段短暂囚禁所创造出来的那种神秘而不可见的感受拆开来似的；而他们的这种感受现在看来是要被夺走了。

电梯里的人都被救了出去，救护车的警报声也远去不可闻了，一个女人拿着好几种肥皂和清洁剂、抹布、刷子和一桶水进了空空荡荡的电梯轿厢。她用湿抹布擦拭着电梯内壁上粗重的铅笔线条，这些铅笔画满布在电梯墙上，好像一副不太引人注意的铠甲。当她发觉这些笔迹是多么顽固难以擦去，她就试着换了厚厚的刷子和一种白色粉末去擦拭。弯下身涮洗刷子时，她瞧见一个角落里有一副老旧的眼镜，像是被谁丢弃在那儿的。不过她压根儿就没有伸手去把它捡起来。

英文由尼可切·米可斯基和艾琳娜·米卓斯卡·魏思译自马其顿语

扎克·库荣泽斯基 Žarko Kujundžiski

扎克·库荣泽斯基，1980年出生于马其顿共和国斯科普里市。首部小说《旁观者》出版于2003年，并再版五次。他近期的作品有以马其顿语写作的《安德鲁、爱与其他灾难》(2004)、《美国》(2006)、《得与失》(2008)与短篇小说集《13》(2010)。2009年，库荣泽斯基于斯科普里圣基里尔·麦托迪大学获得了世界文学与比较文学硕士学位。他也是安托罗格出版公司和电子杂志《里普尔》的总编，《马其顿日报》专栏作家。

脸

The Face

[黑山] 德拉贡·拉杜洛维奇

李剑 译

在布德瓦[1]这样的海边城市，冬天有一个好处，让它的一切缺陷都变得荒诞且不重要了：冬天让人、物、事件都减少到真实的比例，清楚显示出每一件事情并让这件事成为一个讨论的话题。我认识一些不喜欢冬天的人，他们觉得冬天让人厌倦，不过，他们也没做什么事来给他们的生活赋予意义，只是等着别人来为他们做到这一点。既然这不会发生，他们的时间就变得贫瘠，他们生活中的空虚就日渐增长，直到再没什么东西能来填充。那些感到冬天是残酷无情的人，在夏天设法躲藏起来，冬天却无法这么做；冬天他们展现出他们本来所是的样子来——就是无法适应生活本身。

在冬天，布德瓦城的男人们捕鱼，喝酒，玩牌儿，修理房舍，议论政治，翻新酒吧和咖啡馆，借钱给别人然后收取高额利息，勾引别人的老婆，担心自己的老婆被别人勾引……你若是寻思一下这

1　布德瓦（Budva）：黑山的一座城市，位于亚得里亚海畔。

件事，就会发现“黑山旅游业的中心”以自己独特的方式活着，那就是，只在冬天活着。谁要是不能适应这座城市的节奏，就注定只能在城市边缘单调乏味地过活，就算在别的城市，他们也不会活出别的样子来。但是要想融入这个城市，他们首先就得学会并且擅长布德瓦人热爱的一样室内游戏，就是闲言碎语、飞短流长。他们一定得发现这项运动的诱人一面，乐于参与其中而不考虑什么后果和影响。琐细宵小之辈把流言蜚语看得恶劣卑下，然而深谙人类价值的人才知道，这项活动让人们会聚一处，让一个地方变成更宜居的城市。深谙冬天社交生活的自由思想者兼本地理论家斯耐伯，就把流言蜚语看成媒体版图上不可分割的一部分：

“冬天是布德瓦的男人们实现直接民主制理想的时候。每个人都有权利并且也发出自己的声音，通过每个人的参与塑造了公共讨论的领域。当他们打开本地电视的时候，就都在电视屏幕上享有了属于自己的几分钟。”他用无可置疑的口气说。

就为了等待这样的几分钟，一个寒冷刺骨的傍晚，我走入布德瓦最出名的地下餐馆“忧郁之郁金香”。我和别的几个牌友一起，一局接一局玩着让人精疲力竭的牌局，一边喝着红酒，一边等着这家馆子有名的特色菜——“雾中的章鱼烩饭”。(雾在布德瓦的出现是极其罕见且极为短暂的，所以这里的雾和涉及气象的自然现象无关。这里的雾指的是当人们喝得头脑昏昏、人事不省时蒙在他们眼睛上的那层白雾。)恶毒的舌头们说，郁金香——他就是这家饭馆的老板——的厨艺始于也终于这道菜。他们还说，除了带着神秘色彩的菜名之外，这道菜和其他任何意大利烩饭都没什么区别；不过也没什么人抱怨这道菜。非但不抱怨，因为郁金香一年只提供一次这道菜，对布德瓦人来说，谁能在这时候进到这家馆子品尝它，就是一件关乎脸面的事了。

那个晚上，这家馆子里所有的桌子都坐满了人。我瞧见许多熟悉的脸，全是本地政、商、文化界的精英。还有一些我不认得的，是些相貌丑陋的蠢材，让我本能反感。按照这里的一项习俗，晚餐要在午夜后才开始。当我们吃起晚餐的时候，我们就随意地闲谈着，听着蓝调音乐，享受着饭馆里家庭一般的亲密氛围……直到有个白痴喊着冈萨雷斯的名字，要让他给大家讲一讲盖格身上发生的故事，还有盖格是因为什么暴毙了（郁金香立刻毫不含糊地要这个家伙赶紧出去）。

虽然我们喜欢嚼舌头说别人的闲话，但是有些事是说不得的。对这些事做的任何探询都被看作不体面，而那个打听情况的人会失去社会地位，给贴上不可信任的标签。在盖格身上发生的故事，就位列这座城里禁忌话题的榜首，而这已经颇有几个年头了。我和我认识的一位老兄在圣尼古拉岛钓鲭鱼时，他对我吐露过一些秘密。他从冈萨雷斯那里听到过盖格的事，但是这事他不能对我复述，就是我坚持要求也不行。他说就是讲了我也不会相信，而且他也讲不好，因为他并不完全理解这件事。此外，我还知道有几个人因为不断拿这件事去烦冈萨雷斯，而在后身挨了一把盐子弹。冈萨雷斯在自个儿的轮椅下（这就是为什么他的诨名叫“快不起来”，这背后是种病态的戏谑）放着一把锯短了的、没有枪托的双管猎枪。一个枪管里是一发大号铅弹，另一个枪管里填着些粗盐粒。他要放哪个枪管里的子弹，就全看是哪种混蛋惹着了他。

关于盖格的问题，弄得冈萨雷斯在轮椅上瑟缩了一下，冲着自己和那个过分好奇的傻瓜尖声叫骂了几下。不过，看到郁金香已经给这家伙下了逐客令，冈萨雷斯就又若无其事地吃喝起来。

这个晚上过得很愉快。当人们开始散去时，对郁金香的章鱼烩饭吃得心满意足的冈萨雷斯请我和郁金香帮他去洗手间。他喝起酒来劲头十足，去洗手间时却是勉为其难。然后，他又回到餐桌边了，点了一瓶红酒，邀我一起喝起来。郁金香在忙着收拾餐具，一个醉鬼在餐馆最低的位置里，把头搭在桌子上，呼噜呼噜地睡着了。冈萨雷斯把我们两人的酒杯斟满，然后举起自己的杯子一饮而尽。

“该死的蠢东西！还好像他们真关心在盖格身上发生的事哪！他们连听到盖格的名字都不配。”然后他把头向一侧偏了偏，用半开半合的眼睛打量着我，好像他从没见过我似的，问：

“你兄弟和你还有联系吗？”

“还有点儿联系。”我说。我心里明白最好不要表现出来自己多不喜欢谈论这个兄弟。

“他走了有多久了？”

“七年了。”

“他都说什么来着？澳大利亚的监狱怎么样？他得去杀袋鼠还是给土著做鞋子？”

“他倒也不抱怨什么。”

冈萨雷斯笑了起来，“一个好伙计，你那个兄弟可是。火气大，下手狠，不过绝对是好人。我们是小学同学，你知道吧。”

“他告诉过我。”我回答道。

“他还告诉过你什么？”

“还说要是我需要什么，或者遇上什么麻烦，就去找你。”

“对！别管什么事儿，你就跟我说，我给你搞定。”

我点点头，只是咕哝了一声：“谢谢。”

“但是你也不惹事，他们说你和你兄弟一点儿也不像……”

“是，我不像他。”我说。

“你说你不像他是什么意思？”他问。

“我不惹事，我不像他。”我大概是带着点儿怨恨重复了这些话，不过冈萨雷斯却注意到了。

“嗨，就是开开玩笑啦，老弟——别不高兴。我喜欢逗逗别人。我也就这么点儿乐子了。再倒一杯酒，咱们不争了，好吧？”

我点点头，照他说的做了。有一阵儿我们都默默不语地喝着酒，然后他突然问道：“你也想知道在盖格身上发生了什么吗？”

我感到有点难堪，因为他这么问，就是把我也算入“该死的蠢东西”那一类了。但我又不能简单地说不，我和布德瓦所有人一样，盼着能知道那件事。于是我就既不说是，也不说不：

“我也想知道，不过你要是不想谈这件事，那就不说好了。”

他静了一会儿，明显对自己现在的同伴很满意，也没表现出来他注意到我刚才的话没有，然后过了一会儿，问我现在几点了。

“四点十分。”我回答。

“你要回家了吗？你是不是觉得晚了？”

我摇摇头。

“那就好——”冈萨雷斯说，“我给你讲讲盖格身上发生的事吧。我觉得今儿晚上我得把这件事讲给什么人听，现在讲给你听是最好不过。”他深吸几口气，深深吸了几大口气，就像潜水的人在下水前做的那样。然后他伸手到衬衫口袋里，取出一盒几乎没动过的香烟，拿出一支，开始说道：

“那个晚上，盖格的情绪格外不好。他打电话过来，提议我们去卡克图斯咖啡馆聚聚的时候，我就从他的声音里听出来了。我当时有些累，拿不定主意是不是出去，因为一整天都在试着修理船上的发动机。不过，最后我决定去——我也想有个伙伴一起待会儿。盖格坐在露台上的一张桌子旁，紧靠着一株硕大的仙人掌，啜饮着一杯威士忌。他的手机放在一盒香烟旁边，绿色的镭射光点一闪一烁。我们打过招呼后，他就一直默不作声，一副忧虑不安的样子，只是招手叫了下侍者。侍者脚步笨拙地走来后，他点了两杯‘双份威士忌’。我倒更想来杯啤酒，不过我也没反对。毕竟，这有什么关系吗？那个晚上我灌下去什么酒是无所谓的。我几次想同盖格说话，都没能聊起来。别管我问什么，他都简短潦草、不情不愿地回一下。要是我说的话不需要他做出直接回答，他就压根儿没在听。

“‘你见着科斐尔了吗？’我问。

“‘我给你打完电话就给他打了一个。他说等会儿就来。’

“好吧，我们就等等他吧，我心说——或许那样盖格就会少点脾气，更愿意聊一聊呢。我想我多待会儿，要是科斐尔还不来，我就回家睡觉了。我浑身困乏，开始对一切感到恶心。就在我要陷入忧郁沮丧之时，科斐尔在门口出现了，欢快地喊着：

“‘你们这些家伙都到哪儿去啦？’

“我想不出什么话来回答他，不过盖格帮了个忙，说道：

“‘遇上大麻烦啦。你个笨蛋又到哪儿去了？’

“这么反问是一种常见的机智回应，也并不要求对方真的作答，所以科斐尔就没回答。他只是简单说了声‘哈罗’，看了看桌子上我们在喝什么，对我们喝的感到满意，就招呼侍者照着再上些，不过这次要两杯。

“科斐尔的到来让我们的交谈活跃起来，如果我们之间也能叫作交谈的话。因为就他一个劲儿地说，盖格对自个儿嘟哝些什么，我则拼尽最后的力气保持清醒状态。要不是突然起了一阵儿骚动，我肯定是会睡着了。一个笨瓜拿着几大杯啤酒和一杯番茄汁走过我们桌子的时候，在地面上一个凸起的地方绊了一下，身子一歪，把这些酒水全洒在盖格的衬衫和裤子上了。盖格一开始还没明白发生了什么，然后看到自己衣服上的红色印渍，就笑起来，并缓缓站起身，脸上的表情好像是在说：哦，没关系，常有这种事儿的，你说声对不起就行了。

“但是我和科斐尔可是很清楚盖格在盘算什么。他已经打算好好揍这个笨瓜一顿了。他可不想在痛击对方之前，就一声吼叫把这人吓走了。我们看得很明白：笨瓜在我们脚跟前摸索着，嘟囔着一些拙劣的道歉的话，徒劳地想用一张纸巾把盖格裤子上的污斑擦掉。科斐尔抓住盖格，我催促这个可怜的家伙赶紧走开。但是他根本不听，还是弯身去擦盖格的裤脚，这就给了盖格一个绝佳的位置能狠狠踢他一脚。我们都听到鞋踢到他脸上吓人的撞击声。他往后一退，倒在地上。侍者拿起电话就要报警。笨瓜那几个伙伴没有一个人站出来为他出头。科斐尔走到吧台那里，结了我们的账单，威吓侍者这事不许跟别人说。然后我们就离开这个咖啡馆了。

“我们在城里闲逛了一会儿，往几家酒吧里瞧了瞧，但是没一个让我们想进去。起先一直沮丧沉闷的盖格，这会儿喋喋不休个没完，还没来由地笑起来。我和科斐尔一开始看着他，都觉得他是有些疯了，不过很快我们也笑起来，尤其是盖格模仿那个笨瓜弯腰拿着纸巾摸摸索索的时候。总体来说，这个晚上也算不平淡了。

"快到后半夜了，我们都走乏了，抱怨着大家谁也没开车进城。就在我们要四散而去的时候，盖格提议这个晚上我们都到他家过夜。

"'可是已经很晚了。'科斐尔不同意。

"'算了吧！这也能叫晚？'盖格和他争起来。

"'我们去吗？'科斐尔问我，他自己决定不了。

"'这个傻家伙要是想听唠叨抱怨，而且他还有一瓶威士忌拿出来给咱们喝——那我说咱们就去吧！'我就这么决定了。

"每次到盖格家里，我都感到吃惊，每次都像从没来过似的。他的住处我从来也没喜欢过，那时我还不晓得为什么我到那里会感到那么不自在，而后来发现的时候，就已经太晚了，无法补救。盖格以前是学建筑的，是他那代人里最出色的学生之一。凡是了解这座城市的需求的人们，都预测他会有一个成功的未来，然而，不幸的是，最终他一无所成。九十年代早期，每个来自波德戈里察[1]和贝尔格莱德[2]的发了财的俗人，都得在布德瓦有个公寓（这可是关乎权力的事！），不过房地产开发商的小团伙可不把我的朋友当成合适的合作者。有一次我问他这是为什么，他说开发商的利益和任何严肃的建筑定义都格格不入。'那些死气沉沉的度假的破屋子，只要是个有文凭的混蛋都设计得出来！'他恨恨地说；想了一会儿

1　波德戈里察（Podgorica）：黑山首都。

2　贝尔格莱德（Belgrade）：塞尔维亚首都。

又说道：‘我打心底恨这座城，不过相信我，他们比我更恨！’

“在他爸爸死后，盖格卖了家里的几块地，拿这些钱在城市的中心地带造了个四层楼的房子。他自己设计的。老实说，我觉得这是他设计的唯一一座房子了。每一平方米的面积他都理性地运用起来：第一层楼留作商业用途，上面几层用作写字楼和豪华出租公寓，这些地方他的才华都发挥得淋漓尽致。他自己的公寓在房子顶层，这个公寓证明的却是他性格的另一面，让我感到完全无法理解，长久以来我一直把这一点看作一个有钱人的随意任性。这个顶层公寓是一百多平方米的一个单一的、开放的空间，墙就七米高。厨房安置在一个角落里，厨具设施齐全，总是洁净得一尘不染，好像从来没用过。浴室和洗手间在整个空间的另一头，是个深色玻璃为墙的长方形房间。在朝北的墙壁上挂着六幅巨型的画，全是一个主题的——它们展现的是一个怪兽出生的六个不同阶段。这些画看着就令人难受、让人厌恶，可是你又没法把视线移开，不去看它们。对面的墙上是放满了各类书的书架，自然是以建筑类的书籍为主。书架前面有几把扶手椅，一张有细密嵌饰的红木桌子和一个立体声音响。整个顶层公寓的正中，立着一张毛坯石的桌子，这桌子倒更像一个祭坛而不是一个书桌或饭桌。五根柱子组成一个圆环围绕着这张石桌并支撑起一个穹隆般的圆顶。圆顶也是石头的，且在穹顶正中有个直径一米的圆洞，洞下方正好是这张石桌。所有这一切在我看来既愚蠢又无用，只是为了炫耀而浪费了生活空间。不过，现在我相信盖格造这个房子的唯一目的，就是在房子顶层竖起那个穹顶。

“我和科斐尔颓然地瘫坐在扶手椅上，盖格在冰箱那里转悠，想从冰箱里面搜寻出几块冰块来。一会儿他拿了一瓶威士忌过来，一罐冰块，还有三个玻璃杯。有一个或一个半小时的时间，我们都在听音乐，听尼克·凯夫和天鹅乐队[1]，一支接一支地抽大麻烟卷。我们谈论着生活、宇宙，还有一切事情，烈酒也源源不断地流淌着，直到那两个白痴中的谁打开了一个装满问题的潘多拉盒子。肯定是科斐尔，因为他当时正在浏览盖格的藏书。一本书的书名大概引得科斐尔发起了一场关于形而上学主题的高度理性的讨论：魔鬼在这个世界上存在吗？如果存在的话，其本质是什么？它是某种根本上和实质上不同于善的东西，还是仅仅是善的缺乏，也就是说，这时善的数量趋向于零？如果上帝对我们来说，是善的存在的保证（就如古书上说的那样），那么魔鬼是不是同样在地球上也有它授权了的代理人呢？如果有，那么这个代理人是不是与上帝享有同等的地位？如果不是，如果这个代理人从属于上帝，那么——鉴于他的有限性——这是不是因为他缺少创造的能力呢？即他只能败坏那些已经被创造出来的东西，只能把事物转向它们的对立面？归根到底，如果是这样，善难道不是预先就给出了许可，允许其部分的创造物被毁灭掉，而这不就是清楚地意味着善放弃了它先在的本质吗？还是说，世界不必然是如此呢？所以，这当中到底有多少自由意志的成分，自由意志又是以什么方式起到作用呢？

“这场讨论渐渐演变成一场战争，他们两人各执一端，针锋相对：关于善是否能改变其范围和性质，关于善是否是永恒不可变的；而恶不同，恶拥有生长和变化的力量。相应地，如果我们注意到恶已经取胜了，那也不意味着善就减少或消失了，善始终是恒定

1　均为哥特摇滚音乐，风格阴暗、颓废、冰冷，有恐怖气氛，表达对黑暗和死亡的向往。

的；而是意味着恶以一种极大的规模扩张了它的可能性，充分地遮蔽了善。但是这个问题还有另一面：那拥有迅速生长并完全掩盖其真实本质的能力的东西（现在还没有什么可见的迹象来反对这个印象），不可避免地，也会迅速耗尽能量并且消失。但是恶魔幻影的瓦解是一个经常要跨越几个人生的过程，所以即便这个过程是'迅速'的，也算不上什么安慰。

"我晓得恶是让人兴奋的，恶能迷住人，恶还肯定能给人乐趣；我还晓得恶比善要有趣得多了，善是乏味平淡、陈腐无奇得能让你厌倦的；但是我还从来不曾严肃地思考过善与恶的问题，对这个问题也从来没有什么热情，我没有我的朋友们那晚争执时的热烈激情。这个问题对我来说要简单得多：如果我能行善，则我行善；如果我必须作恶，则我作恶。我想这就是一个软弱无力的借口罢了，不过我也没有别的借口，所以这个就够了。只是在后来——准确地说，盖格在死后把他的手稿和书籍都遗赠给我以后——我才发展出对善恶问题的兴趣来，而关于那个晚上所发生事情的每一种新的领悟，都不过徒然增加了我的焦虑和恐惧而已。

"我知道盖格是个机智的人，且辩才出众，所以看到科斐尔把盖格批驳得那么出色，我大为惊讶。有几处地方，科斐尔聪敏的评论把盖格的论证削弱得摇摇不稳。我通过盖格是怎么挣扎着捍卫自己的立场，就看出了这一点。科斐尔一眼就能瞧出盖格论证的缺陷所在，然后把它打击得千疮百孔。我试着打断他们，却只是徒劳。这场辩论对他们两个都有着不同寻常的意义，但是为什么是这样，我却不能理解。既然意识到我什么也做不了，我就出了房间走到露台上面，至少这样就不用再听他们的争辩。我想我们没有分开各自回家，或者，我自己没有回家，是不是犯了个错误。想着第二天我还要继续修那条船呢，可是像现在这样子疲劳困倦，而且喝得醉醺醺的，我会睡个一整天，本来计划好的事就全都干不了了。接下来有一刻房子里变得很安静，我被寂静吸引着走了回去。那两位已经停止他们的哲学分析，那么我也可以回家了。我总算是松了一口气。

“我发现他俩坐在扶手椅上，眼神空洞，有气无力。

“‘该回家了。’我说。不过他们都没听见，对我的话他们充耳不闻。‘好吧，伙计们，你们随便吧，但是我得走了。’我威胁道。但是站不起身，一种奇怪、沉重的重量灌满全身，压着我。我伸手去拿放在桌上的眼镜，才伸出一半就改了念头，又倒在椅子上，肩膀撞到了椅子靠背。我感到头脑中有种令人厌倦的空虚感，还有忍不住要呕吐的冲动。我讨厌这一切。

“猛一下，一点儿预兆都没有地，科斐尔讲起话来。

“‘你说它们总在这儿，无论什么时候只要有两个人在一起，就有它们中的一个作为第三者也在场。这是你说的，对吗？’

“盖格抬起眼来。他的脸色清楚地显示，要开口作答对他来说是多么困难。不过他还是拼起劲儿来：

“‘对，我是说过这些话……你理解的一点儿不错——凡有人在场，它们也就在场。’

“科斐尔不依不饶地：‘那意思就是说今天晚上也不是只有我们在场了？’

“盖格费力地想笑一下，笑容却变成了恐惧不安的鬼脸：‘我们不该夸大自己的重要性——今晚这里很可能就有比我们更重要

的访客。’

“但是科斐尔还是不罢休：‘如果它们中有一个在这里，那现在会发生什么呢？我们怎么认出它在场？’

“盖格还在寻思怎么回答他，我就不加多想地脱口而出：‘会发生什么？科斐尔，你觉得会发生什么？世界末日吗？’”

说到这里，冈萨雷斯向四周看了看，好像是要确认每一样东西是不是像他开始叙述这个故事时那样待在原处。郁金香已经刷洗完餐具，现在坐在吧台后面玩着填字游戏。喝醉的人动都没动，壁炉里的火已经烧得只剩一些余烬。

“再添一两块木柴吧，”冈萨雷斯说，“早上总是冷飕飕的。”我站起身照做了。等我再回到座位，我期待着他把故事讲完，不过他好像不想再讲下去了。我们在一片静寂中坐了一会儿，我觉得有些无聊，就打定主意，鼓励他继续往下说：

“然后呢？在那之后又发生了什么？”

他看着我，嘴角露出一丝嘲讽的笑。

“什么也没发生呀，”他说，“接下来灯光就熄灭了。”

我脸上一定出现了一种愚拙的表情，因为他嘴角的微笑变成了一阵粗野的大笑。真是笨啊！我咒骂着自己，心想冈萨雷斯这个晚上算是找到一个人来愚弄了。我生着他的气，却没说什么。他倒说起来了：

“我觉得我的话音还没落，我们就突然陷入一片黑暗中了。有那么一阵儿我们什么东西都看不清，不过当外面的光亮透过窗户照进来时，倒确确实实看见了一样东西。在房间正中，就在石头穹顶下方，升起了一团正圆柱体形状的黑暗，还不断颤动着。这个黑暗的圆柱体在那五根柱子围绕着的空间里迅速移动，移到每根柱子那里时，就会停一下，靠着这根柱子盘旋几秒钟，就像在为自己聚集能量一样。盖格站起身走向那团黑暗，但是到离他最近的柱子三码开外时，就无法再向前走。他全身僵硬地站在那儿，朝着他眼前那团黑暗的深处望着，然后用手抓着自己的头，一点儿声息都不出地倒在地上。

“就在灯光熄灭的时候，科斐尔抽出了他的手枪，把子弹推到膛上。很明显，这就是他应对陌生情况时的习惯反应。他举枪指着那团旋转着的黑暗，用低沉的声音说，‘该死的甜心啊’——这是他最拿手的咒骂了。

“还有我呢？我坐在椅子上一动没动。我想逃走，却怎么也控制不了自己的身体。想想吧，我就连闭上自己的眼睛都做不到！就好像我命中注定了要坐在那儿看着这一切发生似的。我就是这个故事的见证人。

“科斐尔眼看盖格倒在地上，就连射两发子弹，自己随即被甩出去摔到墙上。他滑落到地板上，再也没站起来。我听到一阵笑声和咆哮，随着每一秒钟的流逝，都变得愈发响亮。然后我就看到了它——其实我只看到了它的脸、眼睛和下巴，下巴还渗出一种无色的黏液。这张脸（如果还能把这块无形状的物质叫作脸的话）是由一些好像是烧熟了的肉块杂乱地拼凑起来的。浮肿着，好像是早产的什么东西，它变换着自己的形状，而它的眼睛始终没有变化，眼里是一道冷冷的寒光。我看着这双眼，感到在它们的深处有一种扬扬自得的迹象。这张脸显得快活不已，好像我们是它的玩物，给它带来好大的乐子。很快，我的头感到刺痛，然后就听到一阵歌声。那张脸上的肉块吐出了一些音节和字词，是一种我闻所未闻的语言。它听起来既柔和悦耳，又有种不祥的感觉；像摇篮曲那样亲密，又与唱出它的那个恐怖怪物极不协调。接下来我就神志不清了。现在想想，真是庆幸当时昏了过去，要是那歌声我再多听哪怕一秒钟，我想我就会失去更宝贵的一些东西。

"当我清醒过来，恢复神志时，已是天光大亮了。盖格还躺在地板上，随着像波浪一样卷过他全身的一阵阵抽搐而颤抖着。科斐尔蜷伏在盖格身边，额头和胸口都被汗水打湿了。我们都没说话，都在等着盖格醒过来，那样他就能告诉我们到底发生了什么。

"到傍晚，盖格才开口说了话，他说的话让我们两个都郁郁不乐起来：

"'如果我是对的，如果那个东西就是我认为它是的那种东西，那我们可就大事不妙了，看来想要脱身是不容易了。我接下来就去找比我更懂行、更有门道的人来帮忙，这期间咱们最好不要见面了。等我找到帮手，我会告诉你们的。对不住了。'

"这样，我们就含羞忍辱地道了别。就是到今天我想起这事还觉得羞愧难当呢。不过这不重要。重要的是我意识到，那晚让我们惊讶错愕的幽灵，却一点儿也没让盖格感到惊奇。后来，我读到他留下来的关于建筑的黑暗一面的文件时，特别是在关于空间和恶魔之关联的部分，他承认在他建筑研究的最后几年，他就是沉浸在这个问题之中的——我才确信，当时我们所见的，正是他所进行实验的结果。他前几次就已经唤起了那个恶灵，只不过那天晚上是毫无防备地又遇上了它，然后承受了恶果。我们不过是跟他待在一起，也一样遭了殃。这件事里，我们是无辜的还是也要被谴责，都丝毫不重要了。我们都有部分的责任，也都付出了和我们参与程度相当的代价。”

“这代价又是什么呢？”我问冈萨雷斯。

“总而言之吧，盖格三个月后死在一家医院里，干得就像鳕鱼干一样。医生都说不清楚为什么他的身体迅速地不停流失水分，把他的生命都抽干了。医生们倒也闹腾了一阵儿，这个办法、那个办法，所有办法都试了试，还提了一些最荒诞不经的猜测。但是到头来，也只能眼看着盖格变得枯萎和干瘪。再说另一头，科斐尔在事情发生六个月后被人发现死在海滩上，身体里有两枚子弹。他的心被挖了出来，还失去了一只右手。一个朋友在警局里认得好几个警察，他说警察们都很惊奇科斐尔怎么会落得这个下场。最初的惊愕消失后，他们就得出结论，说科斐尔很可能卷入了什么毒品交易，然后什么地方出了娄子，就上了人家的暗杀黑名单。

“至于我呢，一个早晨——已经是那场恐怖事件过后九个月了——我发现自己下不了床了。我的腿都失去了知觉。从那以后，我就成了个现代版的人马怪兽——一半是人，一半是轮椅。”

“难道你不想知道这一切背后是什么吗？”我问。

“没有什么‘背后’，老弟。‘背后’是不存在的。”冈萨雷斯咆哮道，轻蔑地挥挥手，“每一件事情都是表面。只是有些地方就像巨壑深渊一样，当你向深渊凝视得足够久，你就以为你在那儿看到了一些什么。”

英文由威尔·弗斯译自黑山语

德拉贡·拉杜洛维奇
Dragan Radulović

德拉贡·拉杜洛维奇，1969年出生于黑山共和国采蒂涅市，于2001年出版第一部短篇小说集《石化》，2003年出版第一部长篇小说《奥斯威辛咖啡馆》，还出版有两部合集：《虚无骑士》（2005）、《美杜莎的木筏》（2007）。他现居布德瓦，在达尼洛·基什中学教哲学，并为黑山的一些期刊撰写散文和文学评论。

现实

狼的原罪

The Sins of the Wolf

[格鲁吉亚] 拉沙・布加泽

李剑 译

“我花了好久的时间才找到你的电话号码。两天来一直想是不是要给你打电话。”

“我有什么能为你做的吗？”

沉默。

“天哪，真是难为情……”

“你想要做什么？”

“真难为情啊。我能说吗？”

“可以，你讲。”

沉默。

“你在电话里听起来很不一样。”

“我认识你吗？”

她笑起来，“不认识。不过我认识你，我在电视上见过你。”

我觉得厌烦了，“好吧……你要干什么呢？”

沉默。

“我非常喜欢你的书。”

“谢谢你。哪本？”

（又是沉默。她是不是忘记了书名？）

“《狼的原罪》，我都读了两遍了。”

“谢谢你，很高兴你喜欢。”

“你在跟谁说话？”我妻子问。

“这本书多么符合真实生活，多么有现实性……”

她的声音听起来就像一个很年轻的女孩子。我还没弄明白她到底是什么意思。她想认识我吗？她想给我寄来她的作品吗？我是说，女孩儿们总是给我打电话，给我念她们写的诗。

“谢谢你。”

大概我该挂电话了？假装电话突然断了？

“问这个问题真是不好意思……天哪，很抱歉，不过……”

终于说到实质了！

“嗯，什么问题？”

“我不愿意麻烦你，只是我不知道还能怎么办……”

“谁的电话？”我妻子拉长了脸。

“请讲吧，我在听。”

沉默。

“是巴卡尔·图卡雷里。我实在想要见他。你能帮我联系上他吗？或者，给我他的电话？”

（我没听错吧？）

“对不起，我没听清。谁的电话？”

“巴卡尔·图卡雷里。你知道的，大盗巴卡尔。”

（她在骗我呢。）

“你是在开玩笑，对吧？”

“你这是什么意思？”

“你肯定没当真吧？”

“什么？为什么我不是当真的？”

“啊，我该怎么介绍你去认识巴卡尔·图卡雷里呢？”我朝妻子看了一眼，笑了笑。但是我已经开始有些生气了。

“为什么呀？难道你不认识他吗？”

“好吧，孩子，你已经开过玩笑了。你的玩笑很成功，也很有趣……”

“我没开玩笑……”

“再见。”我挂断了电话。

“是谁呀？”

“一个小年轻，想让我帮她认识大盗。”

“哪个大盗？”

“我的大盗，巴卡尔。”

“天哪……”妻子笑起来。

我正在写作我的三部曲的第三部分。我得尽快杀掉吉卜赛男爵，让我的主人公们安全回到岸上去。这次一具死尸应该就够了。在第二部分《狼的原罪》里，死掉的人物非常多，我几乎忘了有多少。写到最后，我好歹数了数：一本五百页的小说里，就有一百三十四个人死掉了。饶是如此，对我的出版商来说，还是太少了，远远不够哪——他简直要求每一页上就得有一个人死掉。说起血腥味来，他的座右铭是：新一页，新尸体。当我把《狼的原罪》手稿交付给他的时候，他问——我可是说真的——他问：“总共有多少？”

就好像他在开玩笑一样。可是他是一本正经的。

“多少个什么？”

“别跟我来‘多少个什么’了。尸体呀！”

“多着呢。”

“你说的多着呢是多少？”他继续追问。

这时我就明白了，如果三部曲第一部《猪皮》中，我写出了八十六具尸体的话，那么这次就得写得更多了。

“再加个十具尸体，都是偶然事件死掉的。”他读完手稿后说。

他还在冲着我微笑，他有些担心我会笑话他。不过我们还是（多多少少是玩笑式的）讨论了这个问题。他对此似乎深信不疑：《猪皮》这么畅销，都归功于里面有八十六具尸体。那么我还能说什么呢？也许他是有道理的。

这次我准备让人大吃一惊——三部曲的第三部分《太阳的孩子们》将与前两部截然不同。玛吉会写一封信去让罪犯巴卡尔获释……然后表白她的爱情。

这一天我有两件事要办：把玛吉这封信写出来，然后带我的双胞胎孩子去上他们的第一节吉他课（我妻子可不会同意放弃这个吉他课）。

她就站在那儿，在我去的大楼入口处，抽着烟。她的穿着像个男孩子，牛仔裤和一件帆布夹克，里面是件印着卓别林像的黑色 T 恤。她的大拇指上戴着一枚银戒指。

当我们从楼里出来的时候，她冲我打招呼：

“你好！”

然后她跑过来。她看起来像个怒冲冲的假小子。一开始我还以为她是个男的呢。她的步态看起来有点儿怪，有点儿像个大猩猩。她双肩耸着，好像街头上的阿飞那样天一冷就缩起来的样子。

“很抱歉打扰你，”她说，“我前些天给你打过电话，问巴卡尔……”

我明白了她是谁，不过还是本能地问道：

“哪个巴卡尔？”

“大盗巴卡尔。我向你问他的电话来着……”

“哦，得了吧，宝贝儿，”我生气了，一边把双胞胎往车那边推着，“你找别人去笑话吧。”

“我拿我兄弟的生命起誓，不是你以为的这样。”她站在我面前，伸着双手，“上次你也跟我这么说，而且还没等我说话你就挂了电话。”

肯定什么地方有个密拍的摄像机吧？我向四周看了看。

双胞胎盯着我看，一脸错愕。

“你想怎么样呢，孩子？你是跟什么人打了赌吗？是不是？”我紧紧咬着嘴唇，才没有冲她斥骂起来。

“男爵放他走了，是不是？他不再躲着了——我是说，你是这么写的，对不对？”

她是神经不正常了。我突然就明白过来。她的脸死一般的苍白，嘴唇紧张地抽搐着。她并不是在取笑我，她只是神志不清了。

我的怒气消失了。有一刻我感到一丝恐惧，我抓住孩子们的手。然后我开始为她觉得有些难过起来……

“我是怎么写的呢？”我问她，几乎是有些同情她了。

她却笑起来，“哦，我说他要躲起来，这根本就不是个问题。说是这么说，其实我知道……”

我该怎么办呢？

这全都只是想象和虚构啊。很不幸，但是我得让她清醒过来。

我就像一个家长对自己孩子说话那样对她说起来，小心地，甚至是温和地：“孩子，你听好了，巴卡尔·图卡雷里并不存在，他是我虚构出来的。他从来也没跟狼群一起生活过，他从来也没为了男爵去当大盗。男爵也是我虚构出来的，男爵压根儿就不存在。”

沉默。

“我很抱歉。”

你知道我为什么要说抱歉吗？是她的脸色。她已经是白如死灰的脸变得更白了。她抽身向后退去，好像我发出了一阵恶臭似的。说起来是很古怪，她当时看着我的眼神是恐惧、嘲讽，还有同情，就好像是我发了疯——换言之，她看着我的样子恰恰是片刻之前，我意识到她发了疯时，我看着她的样子。

就这样我们彼此分开了。谁都没再说一个字眼儿。其实是我走开了，她留在原地一动不动。

我寻思，如果世界上有两类疯子——一类是看透世情的，另一类是愚蠢呆笨的——那么她多半是第二类人。

我满有把握地觉得，自己不会再见到她了。但是我错了。第二天我就又见到了她，还是在同一个地方，就在我去的大楼入口处。

“你觉得我什么地方不太对劲儿，是吧？”她说，“我就像个间谍一样到处跟着你？但是我拿所有我认识的人——不管活着还是已经死了——来起誓，我真的只是需要见到他……你先前跟我说的话，说他根本不存在，我现在明白了你为什么这么说，我又不笨。我不是第一个找你要他电话号码的人，对不对？她们肯定都把他缠得烦死了……不过我不是那样的。他只是不认识我而已……我该怎么做才能让你理解呢？”

（嗯，你理解吗？）

我现在该怎么办呢？我能想得起来的就是：

“你读过《三个火枪手》吗？”

“那跟我们这件事有什么关系呢？”她又一次愤愤然起来。

“回答我，你读过没有，有还是没有？”

“有，我觉得读过的。我也不知道。”

“《奥塔尔的遗孀》呢？”

“什么？”

“你上过学吗？”

“你干吗要笑话我呀？”

“我没笑话你，当真没有。”

“好吧，那你讲的这些又有什么关系呢？”

“你到底上没上过学？”

“我上过又怎么样？有什么不对的吗？”

“没有不对，恰恰相反。”

“好吧，是的，我上过学。你到底想说什么？”

“那你有没有排演过《奥塔尔的遗孀》这出戏？或者，还有什么，排演过《奥赛罗》吗？”

沉默。

“你认为那些人都是真实的吗？你觉得乔治是真的存在吗？”

“哪个乔治？”

“乔治，那个儿子。”

“谁的儿子？”

“奥塔尔的儿子啊。”

“谁？”

“奥塔尔遗孀的儿子……”

她脸上带着微笑看着我。她看起来是越发确信，我就是疯了。

你知道吗？这让我再次感到愤怒。但我还是尽量笑了笑。

“你多大了？”我问她。

“二十了。”

（好吧，这是谎话，她看上去还要年轻一些。）

“你知道作家都做些什么吗？”

“什么？”

“他们虚构故事，对不对？你读过《狼的原罪》，是吗？”

“是。”

“那是我虚构出来的，从开头到结尾都是。书里面没有一个人物是真实存在的。”

“那你干什么在书的开头说‘这是一个真实的故事’？”

“这就是作家的写作呀，是不是？”

（我该怎么解释呢？）

她又笑起来。这次是同情的微笑，是怜悯的微笑。

终于我的耐心都耗尽了。怎么说，我的年纪也足可当她的父亲了，我用低沉的语调，以能展示出来的最具权威的口气对她说：

"我以自己的生命起誓，巴卡尔·图卡雷里不是一个真人，若是说谎，情愿天打雷劈。"

她简直跳了起来。她是被惊呆了，不过只是一小会儿。然后她又乜斜着眼睛看着我，突然狐疑起来，"他应该打出他的王牌，然后就不用躲起来了。"

（就算是用我的生命发誓也没有用！）

然后我意识到她指的是第十七章《赌场惊变》。这一章里巴卡尔用大王赢了内龙·佩尔庞的红心J，然后男爵用另一个大王打出了个王牌。

现在她让我生起自己的气来。我本来就该冲着她嘲笑一番的！没有什么比一个盲信一切的读者更糟的了。她真的会相信我写下的任何事情。

好吧，她反正是不相信我的话了，那我还能怎么办呢？

跟她是无理可讲了，但我总得想个法子脱身才是。别的办法都不行，我准备假装我笔下的人物都是真真实实存在的。

我需要在这里划一道界线，用安静的口气去说，既不慌乱，也不带嘲讽……

就像这样：

"得了，也没别的办法了，现在我全告诉你吧……"我停顿了一下，"我不知道他在哪儿。我有一个多月都没有他的信儿了。"

她叹了口气。上帝啊，我永远都不会忘记她叹息的样子，带着那么深的悲伤。

"他是不是卖了自己的车？那辆欧宝威达？"她认真地问，一副疲劳的样子，好像是个同伙和共犯。

我点点头。

“玛吉给他打电话了吗？”

这时我就看出来了：她爱他，她爱我的大盗，我的巴卡尔·图卡雷里。这个问题是她最怕问的了，但还是问了。

她的心脏一定是在胸膛里怦怦地跳，这可怜的孩子！

我甚至不知道该如何描述我见到的这一切。她是这么令人费解的谜，这个十几岁大的青少年，充满了青春的生命活力，就站在我面前，为着仅仅在我的小说里存在的一个人物而感到忌妒。

这本身就是小说的素材。

我为她感到难过。我想去保护她。

“不，她没打过电话。还有，艾迪施拉去了西格鲁吉亚。”

她听到这个消息非常高兴。艾迪施拉和玛吉一样，都是个威胁（在《猪皮》里，艾迪施拉三次开枪打中了巴卡尔，因为只要巴卡尔活着，他自己就做不了大盗），这个消息暂时让她平静了下来。

接下来她只问了我一个问题：“那么，为什么你刚才还在发誓巴卡尔不存在呢？”

她是对的，这确实很让人困惑：她也好，巴卡尔也好，都是确定自己说的话是千真万确的，要不就绝不会起誓。那么我都做了什么呀？我是犯了一个不可饶恕的原罪了——那位吉卜赛男爵为了这个就会抽我一顿鞭子的——我让起誓的行为变得如此廉价，给誓言的价值都投上了阴影……

我猜她根本就无法理解为什么巴卡尔会信任我——如此摇摆不定、首尾不一、撒谎成性的一个人。巴卡尔怎么会让我这样的人写他的故事，怎么会告诉我他的故事呢？

我不知道是这一点还是别的什么，让她又一次带着厌恶的神气看着我，好像我身上发出臭味似的。我已经让她激愤不安了，她就要崩溃了。

我总不能太把她引入歧途了，是吗？

我什么也没说。我只是对她傻傻地笑着，然后走我的路去了。再一次，我确信我永不会再见到她了。

过了一段时间，我在一个广播节目上作为嘉宾出现，谈论文学。我就讲述了这个女孩儿的故事，她相信我小说中的主人公是真实的。

“我不认为她就真的那么天真，”节目主持人推测说，他自己也写小说，“她肯定是有一点儿怪……有一点儿疯狂。”

“我一开始也是这么想的，但是后来就不这么认为了。她身上有种独特稀罕的东西。我从来也没遇见过一个读者是像她那么轻信的……她就像新生的婴儿一样相信一部作品。”

几乎整个节目里我都试图说服主持人，我那位青少年读者到底是有多天真。是的，我随着主持人一起笑起来，但是说实话我感到愤怒：开始是她不相信巴卡尔不存在，现在是主持人不相信这样一个天真的读者存在……

我实在不能理解，相信一个不存在，或者认同另一个存在，为什么就会这么难。

“这种情况只能发生在一个一辈子都没读过一本书的人身上，”一个打进电话的听众说（节目里有听众参与的部分），“听起来你的小说就是她读过的第一本书了。”

哦，好吧，这也不是不可能。但那又如何呢？

“或者，她就是最理想的读者？”一位女士议论道，“或许这就是最初人们读到世界上第一批书籍时的情形呢？所以，这就是一个纯粹的、无瑕疵的、最纯洁的读者了，而我们却坐在这儿，陶醉于我们的理智，用我们博学的怀疑论来假定她的精神出了问题……”

于是，这个真实生活中的事件，就把我拖进一场关于整个社会中的教育——或缺少教育——问题的讨论中了。不过，不论这位巴卡尔的崇拜者有多天真或多疯狂，我们在一点上达成了一致：你总不能把这个女孩子称作“优质读者”吧。我们都觉得，在任何一个有一丁点儿水平的读者那里，一本书都不可能产生那样一种影响。

“你知道，你应该把这件事拿来写本小说。”主持人在节目结束后对我说。

一本小说？我不这样认为。

我认为更适合写篇短篇故事。

如果我真的写这么个短篇的话，我会这样去结尾：

我又一次看到了这个女孩子（在一个人流拥挤的场所，比如一个车站、展览会、机场或体育场里），但这次是我看到了她，她没看到我。在她身边站着——还是坐着？——一个年轻男子。他头发乌黑，手背上有刺青，脸色就像得了丙型肝炎的人那样黄。我真的不敢相信：这人是巴卡尔·图卡雷里呀。大盗巴卡尔，天下无双的大盗呀——就和我在小说里描绘的一模一样。

英文由伊丽莎白·海薇译自格鲁吉亚语

拉沙·布加泽
Lasha Bugadze

拉沙·布加泽，出生于1977年，是格鲁吉亚小说家及剧作家。他的剧本《航海家》曾赢得BBC国际广播剧创作比赛的奖项。他还获得过SABA最佳小说奖及年度最佳剧作奖。同时，他也是一个漫画家、电影剧本作家与制片人。

严寒

Grand Froid

[比利时：法语] 保罗・埃蒙德

闫雅萍　译

今晚，在布鲁塞尔郊区的一个小剧场里正上演一部戏剧，这是一部令人感到费解好奇的作品，与那些同类的剧目一样，剧中的演员和观众关系非常紧密，融为一体，以至于最终观众都相信他们也是演员阵容的一部分。演出开始前，就安插了群众演员，这儿一个那儿一个的在剧场各处就座。观众开始入场时，身着黑色盛装的女领座员极为礼貌地将他们领到安排好的座位上，而在他们四周，群众演员拱肩缩背地坐着，一动不动，身上的毛皮大衣上落满了雪，或者是一种模仿得很像是雪的白色粉末。有些观众感到惊讶，禁不住低声议论起来：

“看见了吗？他们看着像是冻僵了。”

“简直像是尸体。”

“剧场里弄得冷死了。”

“真讨厌，他们本可以弄得暖和点儿。”

“快看，看那个，鼻子上还挂着冰柱呢！”

“那个不是演员，那是个人体服装模型。”

“不，不是的，那是个演员。”

“你摸一摸他就知道了。”

“我不敢。”

“你说这部剧的作者是谁来着？”

“这是达姆布隆的另一部剧作，现在到处都在上演他的作品。他的作品从来不会令人感到愉快，但这一部似乎很有希望。”

“如果我早知道的话……”

“《严寒》！你看看他剧名的来由！”

“这儿甚至比外面还要冷。”

“他们说今晚零下二十摄氏度呢。”

“但愿戏不会太长吧，我都冻得牙齿直打架了。”

灯光暗了下来，但演出还没能开始。一种细白粉末，像是雨夹雪之类的东西，甚至很可能是真的霰子，或是一种轻如羽毛般的几乎察觉不到的雪，与落在群众演员或人体服装模型身上的东西一样，开始从天花板上撒落下来，落在人们的腿上和肩上。

“你不知道这东西是从哪儿落下来的，他们把上面的灯都熄了。”

“这和真的雪一样冷啊。”

“可能这就是真的雪，我跟你说。”

“别夸张了。”

“我的脚已经冻僵了。”

很快就分辨不出哪些是群众演员哪些是观众了，只是有观众偶尔躁动不安，于是少许冰冷的粉末，或者霰子儿，或者几乎感觉不到的雪从他的腿上和肩膀上滑落下来，渐渐地，一切都被盖上了：

群众演员和观众身上，座椅、地板、过道上的地毯，所有东西都披上了一层白纱，闪着幽微的光，只有舞台仍旧在一片黑暗中。几位观众偶尔议论几句，声音怯生生的越来越低：

“我们还是走吧。”

“这不可能的。”

“可以的，没人能拦着我们。”

“我可不敢。”

“我太冷了，我都要冻病了。”

终于，仿佛经过了漫无尽头的等待，有动静了，像是一种巨大无声的迸裂。正前方，原本舞台所在的地方，出现了一条大街，一条灯光昏暗的大街，街上铺满了积雪，雪还在下着，一直不停地下，空无一人、寂静冰冷的街道伸向遥不可测的远方；一辆破旧的老式街车出现在街道上，老古董般的金属车身哐啷作响，车轮碾过积雪发出长而尖厉的声音，惊醒了昏沉麻木的观众，街车缓缓朝剧场开过来：一辆同样满身积雪的老旧街车。

“你看见那辆老电车了吗？真不可思议！”

“难以置信：这是真的街道，不是布景。”

“你肯定吗？”

“你能感觉到有风吗？”

“我什么都没感觉到。我还是太冷了。”

“从理论上说，剧场里不应该有风。”

“理论上说是这样……”

老街车看起来疲惫不堪，仿佛是从最遥远的、冰冷而荒僻的郊区长途开过来，远处的街道越来越窄，直到消失在无尽的远方。街车悄然驶向观众，一点一点变大起来，就像一条奇怪的白色毛虫从时间深处爬出来，最后斜停在距离第一排观众三米远的地方；车窗上结满了霜，车里什么也看不清。

街车停了下来，但车门并没打开。在剧场里，在替代了舞台的大街上，又一阵长时间的沉默降临。

“真像是达姆布隆的风格，这场景。”

“完全一样，太疯狂了。”

“我不想待在这儿了。一直在寒冷中坐着，看一场我根本看不懂的表演。我们走吧。”

“不行，你怎么能想走呢？”

“我感到害怕。”

“你太可笑了，没什么可害怕的。”

接着，一群人缓慢地走向前台，脚步迟缓拖沓，看起来非常疲倦，让人联想到他们也是从远古的时间深处走来的。他们身着与观众中的群众演员同样的毛皮大衣，上面落满积雪，或者一种很像是雪的白色粉末。每个人都会时不时地，以一种让人猜不透的逻辑，停下来一会儿，从外套口袋里掏出左轮手枪，伸长了胳膊瞄准，朝着老街车的方向开枪，然后接着追击。

第一批追击者到达距离街车不到十米的地方，停了下来；后面的同伴很快跟了上来，过了一会儿，他们并肩站成一排横着挡住整条街道，每个人都一动不动，身上厚厚的毛皮大衣上落满了雪，或者白色粉末。又一阵沉默袭来，大街上和剧场里，死一般的寂静笼罩着绝对的凝滞。

“你觉得还会要很长时间吗？什么也没发生。”

“我不知道他们在等什么。”

“我受够了，这次是肯定的，我要走了。”

“你打算怎么走？”

“我看不出他们会怎样拦着我离开剧场。我走了，就这样。”

“我嘛，我可不敢。”

“那就是你的过错了，晚安，再见。”

这位观众站了起来，向他左手边的同座打了个手势，请他稍微让一让让他过去。这时，在他身后响起了一个声音在剧场中回荡：

“站住！你要去哪儿？”

说话的是他右手边的群众演员，他也站了起来，身上的白色粉末或积雪掉落下来。他从口袋里掏出左轮手枪，指着这位逃犯，听到这声音，他停住了，浑身冰冷。

“你要去哪儿？说！”

“可是……先生……”

前面三排处，又一阵窃窃私语。

“他们也把演员隐藏在观众中。”

“这个想逃跑的人吗？不不，我认识这个人，他不是演员，他是个税务员。”

“你确定吗？”

“是的，当然，我确定。”

整个剧场的观众都转头看着这个想要离开的人，以及这个威胁者——更令人吃惊的是，不仅观众，还有那些身穿毛皮大衣的群众演员，他们全都跟着他们的这位同伴站了起来，动作整齐划一，如同出自一人，身上的雪或者白色粉末撒落到了地板上。每个人手里都拿着一把左轮手枪，齐刷刷指向逃犯的方向。那个群众演员瓮声瓮气地重复着：

“我说了，回答我的问话。”

“我想离开这里……”另一位嗫嚅道，但没再接着说什么。

正在此刻，一阵小提琴的琴声响起——一阵美妙的琴声，那么精美纯洁，仿佛来自另一个世界。距离老街车两步远的地方，一位身着雪白毛皮大衣的年轻女人出现在观众眼前，身后跟着一位小提琴手边走边演奏。他们可能是从街道旁边的某一所高大房屋中走出来的，房屋灰色的墙面在寒冷中微光闪烁。他们向着观众走过来；接着离开街道，进入剧场，来到那两人所在的那排座椅，他们两个人仍然站着，一人欲走，一人阻拦。琴声在剧场凛冽的空气中颤动，像一颗神奇的水晶。

“先生，您想要，退场，从这里离开，”年轻女人的声音略带表演腔调，“可以的，当然可以——但是您应该知道这会带来一些风险，一些危险。跟我来，如果您愿意的话。”

“您听我说，我……”

“既然您表达了想要离开的愿望，跟我来吧，我就是来努力满足您的愿望的。”

“这儿太冷了，所以我想……”

“您的理由不重要，先生，请问尊姓大名？”

“特拉乌蒙特，米歇尔·特拉乌蒙特。”

“你想要离开。很好——跟我来，米歇尔·特拉乌蒙特先生。求求你们，我的朋友，请把你们的武器收起来坐下。”她又对群众演员们继续说道，他们马上听从了她的命令，“特拉乌蒙特先生会跟着我们走的，不需要你们的帮助，这一点我可以肯定。”

“可是我是想，我……”

“跟我来，特拉乌蒙特先生，这边走。”

年轻女人在小提琴手的护送下——他一直不停地演奏着，身后跟着不敢反抗的米歇尔·特拉乌蒙特——再一次穿过剧场，走回大街，来到老街车旁。

“站住！你要去哪儿？”

这一次，小提琴手马上停下琴弓，琴声戛然而止，所有观众似乎也同时休克。一个街车的追击者从队列中站了出来，往前走了几步，气势汹汹地对着特拉乌蒙特挥舞着手枪。

年轻女人走到两人中间：

“米歇尔·特拉乌蒙特先生已经表达了想要离开退场的愿望，我的任务就是告诉任何想要离开的人出口在哪里。”

剧场里的群众演员中响起了一阵掌声，这位追击者把枪收进皮套，重新回到队列里。

“这部剧真是令人感到费解。”

“你确定特拉乌蒙特不是个演员吗？”

“他不可能是。”

“我的鼻子都要冻掉了。”

“真残忍——你要是能在家待着会好得多，暖和多了。”

“你不觉得这一切有点令人紧张不安吗？”

在第一排的观众中，一个人匆匆忙忙站了起来，看起来虽然年轻但表情严肃，仿佛被僵硬的弹簧弹起来似的。这让人猜想他是刚刚想起来自己必须要扮演的角色——当然，除非这都是整个演出的一部分。他用夸张的腔调——当然，除非他仅仅是因为第一次参加演出而感到紧张的缘故，尤其是一场他没准备好的演出——说出了台词：

“今晚，我的角色就是主持这场退场考试。拿起小提琴，特拉乌蒙特先生。”

特拉乌蒙特神情犹疑地低头看着他，又瞥了一眼那个年轻女人，她在旁边等着，脸上依然挂着微笑。他接着又看了看那位音乐家，他把琴递到他面前。然后，他又一次看了看那位第一排冲着他说话的人。他对着他自言自语道：

“瞧，这整件事情太荒谬了，我太冷了，我只是想要回家……”

“亲爱的先生，”年轻女人插进话来，“我告诉过你，你的理由一点也不重要，不用再解释了，什么都不用解释，你知道这里没有人感兴趣的。”

仿佛是为了强调她的最后一句话，她轻轻地摇了摇头，一边说，一边优雅地抚弄着她那瀑布般披泻在亮闪闪的白色毛皮大衣上的乌黑长发。

“我说了，拿起琴来。”第一排的男人重复着，声音更自信了些。

“可是我不知道怎么拉琴。”特拉乌蒙特结结巴巴地说。

“试试吧，没那么难，”小提琴手微笑着执意把琴塞给他，“只要乐意，就成功了一半。”

“拿起来开始拉吧，这是规定。”第一排的男人说，他看起来越来越放松了。

“我要是拒绝呢？”

“我劝你不要拒绝，特拉乌蒙特先生。我劝你千万不要拒绝。”

剧场中的群众演员似乎同时窃笑起来，观众们交头接耳。

“他们为什么笑啊？”

“我没看出来有任何可笑的地方，就我自己而言。”

“哦，这就是达姆布隆式的幽默……”

年轻女人朝特拉乌蒙特的方向走近了一步，脸上带着天使般的表情冲他微笑着。

“如果你不把琴拿起来的话，你走不了的，相信我，特拉乌蒙特先生。”

特拉乌蒙特伸出手去拿小提琴，然后又突然缩了回来。

“多棒的演员啊！瞧，他看起来越来越犹豫不决了。”

“但是我告诉你，我知道特拉乌蒙特不是个演员，他就是去年审查我兄弟报税单的税务员，狠狠地敲了我兄弟一笔竹杠，这头猪！”

“他看着不像是坏人。”

“他当然是的，等到他向你伸出魔爪时你就知道了。”

第一排的男人走上了大街，他现在看起来完全放松自如了。他再次用几乎是威胁的口吻重复着：

“开始演奏吧，特拉乌蒙特先生。我命令你演奏。”

“可我已经解释过了，我不会演奏，这件事太荒谬了！再说，这里太冷了，我的手指都冻木了。”

“开始吧！”

“哦……既然你非让我演……”

米歇尔·特拉乌蒙特瑟瑟缩缩，胆怯地接过小提琴手递过来的琴和弓，将它放在左肩上，尽自己最大的努力模仿标准姿势，接着他用右手将琴弓落在琴弦上。然而他又停住了手，再次抬起头，一脸苦相地环顾四周，似乎要说："不行，这太愚蠢了，不要让我去做我不会做的事情。"

"开始吧！特拉乌蒙特先生，开始演奏吧！"

这一次开口的是那个年轻女人。她动作优雅而活泼地向他示意，让他明白整个剧场的观众都在等着他。不管他愿不愿意，他都是这场表演的一部分，难道不是吗？

于是他拉起琴来。或者不如说他拉出了一声尖锐刺耳的声音，难听极了，就像所有平生第一次将琴弓刮在琴弦上的人一样。剧场里所有的群众演员哈哈大笑，接着发出很大的嘘声，然后又再次兀然同时收声，就像有看不见的指挥者发出了信号指令一般。

"你拉得可不怎么样。"第一排的男人说。

"我跟你说了。"特拉乌蒙特结结巴巴地说。

"再用点心。"身着毛皮大衣的年轻女人一再坚持，笑容依然如天使般。

"可你到底想要怎样？"特拉乌蒙特沮丧地回答道，"我从来没有拉过小提琴，从来也没学过。"

"别急，别急，只要稍加努力，特拉乌蒙特先生，"年轻女人一遍遍地说着，"我们并非强人所难。"

"可你们恰恰是在强人所难！"特拉乌蒙特反驳道，"别再开这个讨厌的玩笑了！让我回家吧。"

再一次，就像以同步的呼吸，同样的节奏，群众演员中笑声同时响起，又骤然结束。

"你想再试一次吗？"第一排的男人问，他现在似乎已经完全进入角色了。

“这没用的，你明白。”

“这是你的最后决定吗？”

特拉乌蒙特点了点头默认了。

“很遗憾。我们原本很乐意看到你不需要我们的帮助乘上这辆电车。但同样祝你一路平安，特拉乌蒙特先生。”

一声枪响，很多观众惊跳起来。无法马上说出枪声是从哪儿发出的，因为，除了扑倒在地上的特拉乌蒙特，剧场里、大街上的所有人都死一般呆立着一动不动。过了一会儿，响起了一阵噼噼啪啪的掌声，随即突然停止，取而代之的是一阵小提琴的琴声，但是演奏的并不是那个音乐家：他们都看得到特拉乌蒙特四肢摊开一动不动地躺在地上，左手仍然抓着琴颈。音乐仿佛突然从各处响起，自剧院深处，自四壁渐渐隐没的街边的房屋中。

“这不可能……”

“我完全没看懂怎么回事。”

“被强迫演奏根本不会的乐器！被当场击毙！”

“等等，你不会真的相信吧……他们是演员！他们的枪里没有子弹！”

“你是说他没死？”

“他一会儿准会站起来谢幕的。”

“可我告诉你，我认识他，他不是个专业演员，他是个税务员……”

“他的角色扮演得好极了，很明显是个专业演员……”

“相信我，他是为国库工作的——”

"随便你怎么说吧，反正我宁愿等到剧终再走。"

雪停了。街道上方的天空放晴了，银白色的月光照亮了整个场景。朝米歇尔·特拉乌蒙特开枪的裹着毛皮大衣的男人悄悄将手枪放进口袋，站着不动。他的两个同伙走上前抬起尸体。老街车的前门叠起打开。两人踏上车，费劲儿地将尸体弄上去，再下车。还没等他们完全下去，车门就滑动关上了，那辆古老的街车开动了，慢慢向前开去，破旧的金属车身发出哐啷哐啷的响声。那些一直追到剧场的追击者们也跟着跑向远处。每个人都忽而停下，时不时地以一种无法猜测的逻辑，从口袋里掏出手枪，朝着街车的方向开枪，然后再接着追赶。街车走远了，再也看不清那些追击者，也听不到枪声了，年轻女人转身面向剧场，以来自另一个世纪的优雅敬了个礼。少顷，音乐停了。剧场里的群众演员报以热烈的掌声，紧接着又同时将手放在腿上，动作整齐得如同出自一人。

没有一个观众敢起身离开。如铅的沉默笼罩着剧场，所有人在严寒中坐着一动不动。

英文由亚伦·科纳译自法语

保罗·埃蒙德 Paul Emond

保罗·埃蒙德，1944 年出生于比利时布鲁塞尔，获鲁汶大学文学博士学位，之后在捷克斯洛伐克生活了三年并写了第一部小说《骗子之舞》(1979)。回到比利时后，埃蒙德发表了几部小说，供职于布鲁塞尔文学档案馆，目前担任戏剧电影研究生院艺术传播研究所教授。埃蒙德不仅是一位小说家，也是一位颇有成就的戏剧作家。1986 年他的处女作首演，随后他又创作了十余部剧作，在很多国家和地区上演，包括法国、加拿大、美国、英国、罗马尼亚和保加利亚。

舌底风暴

The Name under My Tongue

[亚美尼亚] 克里科尔 · 贝雷迪安

胡婷婷　译

激光笔的光斑

不停地出现，消失，闪烁，四处跳跃，频繁闪动，然后回到出发点，突然平静下来，扫过几乎整个光亮面，停在了左边；细长的塑料激光笔笔尖停顿了片刻，在慢慢变暗的灰尘中微微颤抖，忽然仿佛被一条渐渐膨胀、不停舞动的火舌吞噬，发起了高烧，从地图的一边一直烧到另一边，又猛地一下全部缩了回去，之后，笔尖又开始向前移动，只是这次更为犹豫、更加小心，似乎在试探着什么，笔尖看似已经消失，却又重新出现，飞舞起来，如同在田野里放火的纵火犯，或是正在迸发的炮火，探索着空白处、阴影处，更确切地说是光线暗一点的地方；

讲台上的女士一只手继续摆弄着激光笔的笔杆，另一只手支撑着身体靠在桌子上休息，半明半暗的光影衬托出她身体的轮廓，她的衣领敞得很开，露出光洁的黄色肌肤，一颗汗珠眼看就要从上面冒出来，颈部和喉咙的肌肉绷得紧紧的，不停地收紧又放松，下巴和控制下巴活动的复杂部件也跟着一起动个不停；

与此同时，断断续续的声音正蜿蜒前行，猛然一下升高，逼迫自己尝试更高的音调，接着吐出一串密不可分的词语，试图把话一次全说完，无奈词语太多，一个句子容不下，只好在说话人急促的喘息中散开，变成一块开阔的斜坡，一个平面，一座高原；这声音给自己缠绕上层层细节，偏离了主干，向插曲片段部分延伸，此时舌肌猛然向前一动，击打口腔中空之处，声音迅即回来，重新找回之前的力量和深度，尖厉中带着几分含蓄，它要压弯介质，让这沉闷、远离尘嚣的圆形露天剧场触碰到某种令人震惊、让人不安的东西；它充满力量，饱含热情，却一下子戛然而止；始料未及的停顿，只听得回声依旧在远处飘荡；

恰似踏上危险岩架的人，会自动后退，离开让人头晕目眩的悬崖，我也从瞌睡中惊醒；下午四五点打了个盹，放松了一下，迟钝麻木、昏昏沉沉的感觉使得脑袋不听使唤，开始毫无目的地游荡，从一个形象到另一个形象，不由自主地从一个场景蹦到下一个场景；我越是集中注意力，越是疲惫不堪，彻底陷入无助的状态，整个人仿佛躲在一个隐形的中性屏幕后面，现实生活大大小小支离破碎的片段，连同片段与片段之间必定存在的空白都在眼前掠过；

我半躺着，两腿伸到前面的椅子下方，茫茫然，不知在何时何地——我是在找寻似乎存在却又不存在的东西吗？写作日志还摊开着放在腿上，第一页被揉皱了，有点脏，沾了墨水，上面还有几句话，写得太潦草看不清了……就像平时坐飞机时那样，我先把手提袋和相机放进椅子上方的行李舱，然后安坐下来，有一种自顾自地坐下、丝毫不理会空乘人员的镇定和满足，接着仿佛要干大事一般，满怀热情地拿出日志，打算写下脑海中随意掠过的念头，先是草草记下日期和地点，似乎这样做本身就标志着进入了一个新天地，但随后发动机的轰鸣声，还有停滞的时间，逐渐削弱了我的兴奋之情，不知不觉，整个人慢慢进入半睡半醒的状态，恍惚中一片嘈杂，远处有一个壁炉，散发着暖暖的光和热，我寻着壁炉的喘息声而去，墙上鬼魅般的投影转瞬即逝，无影无踪；

他们发言有好一会儿了，尽管各自使用的语言多种多样，并且都是些大名鼎鼎的人物，语调却沉闷、单一；这些人我听说过，报纸、通告传单、知识分子中流传的趣闻逸事中都有关于他们的消息；他们从那张几乎和黑板一样宽的大长桌边站起来，把稿子放在讲台上，边讲边迅速翻看，有时他们会转向左边，面向坐在桌子另一头的专家小组主席，主席是一位男士，胡子脏脏的，有点参差不齐，他用手撑着脑袋，陷入了沉思，或者可能已经进入半梦半醒的状态，他用手或是眉毛示意这个人或那个人——还有时间，发言人可以继续宣读论文，还剩二十分钟，五分钟，之后，可想而知，主席就不得不打断——

发言快要结束的时候，发言人会提高嗓门，深吸一口气，看着听众，马上加快语速，一口气说完最后一句话或似乎是作为最后一句的话，坐在我旁边的那位年轻女子精力十分充沛，不是忙着记笔记，就是忙着操作录音机，偶尔她会睫毛上翘，向上扫一眼，似乎有些冷漠，一股芬芳从她松散的头发和腋窝里散发出来，在空气中弥漫，那味道有一种征服的力量，甚至让人不安，我觉得有必要写下发言人最后的结语：有一段历史……回忆、历史真相、对回忆的责任、对历史事件的随意阐释，没有回忆的历史是什么历史？一切原本可能早已被夷为平地，失落，消失，等等，等等，诸如此类的话，各种笼统的概括听上去更像是一句句格言，一些简单、描述性的警句，一个个大写的单词，凭借其熠熠生辉的光环，要定义、明确、深化一个模糊不清、未曾界定、变动不居的现实；

所有的发言人都试图赢得听众起伏不定的注意力；有时他们会在讲话的最后一部分脱离论文主题，还会试着穿一些让人印象深刻的衣服，显然是把打动人群、让听众保持清醒的任务交给了衣服，他们也很注意最后必不可少的收场，那一刻他们的声音达到某种巅峰状态，然后鞠躬退场；之后多多少少会有几次掌声，响起，然后停止；

每一个发言人都会离开讲台，在长桌子后面坐下，把矿泉水从塑料瓶倒进纸杯，举到嘴边，清清嗓子；他会远远地注视听众，眼睛半睁半闭，听众开始动起来，终于敢换一换姿势了，咳嗽一下，跟邻座的人窃窃私语几句，打打喷嚏，微微笑笑，晃晃脑袋，或者干脆站起来离开房间，上趟洗手间或出去抽根烟，这样一来免不了打扰别人，不过也借机跟熟人、朋友，有时还有远房亲戚打打招呼，这些亲戚只有在这样的地方才碰得到，

啊！你也在这儿，真巧啊！

是的，确实很巧，的确……的确……

与此同时，主席开始邀请下一位发言人，他仪式性地站在讲台后面，如同教皇一般有条不紊，作为主席，他的主要任务是确保大家不浪费时间，对之前的发言客气地点评了几句，指出从会议召开的背景来看，这个发言的确非常重要，他身体前倾，靠近听众，活

像一位假装跟人很熟、套近乎的推销员，那模样好似在同每一位听众交谈，

各位听众肯定都赞同我的说法，嗯，我们可以……毫不夸张地说，非常……重要的主张……我们非常……感谢教授……或者说受人尊敬的导师，

他不断变换语调，稍稍评论了几句，显然是努力让自己的讲话深奥一些，但其实根本没什么效果；他微微扬起脖子，神情执着，如同一个人勇敢地答应扛起沉重的负担，接着他向某个熟悉的人做出一个问候的手势，宽容地笑了笑，那笑容是庄重的，是向国家捐赠财物的人常有的笑容。

嘿，那边，

他的声音变哑了，如同喝了酒一般，接着还打了个嗝，

请关掉你们的……手机！

他疲惫地举起右手，似乎重复得有些累了，指着淡绿色的公告牌，那儿不是写着“**请关闭手机**”吗？一些人低下头，两手开始四处搜寻手机，查看设置，有一群人一直站着挤在礼堂后面的一扇门前，此时主席开始对他们说话，帮他们找座位，那边，往右，往前来，再往前一点，他建议一部分人去楼上的夹层，那里空间大，有座位，不过也都是些陈旧、窄小的橡木椅，椅背已经褪色、脱漆；

要求我们进行为期几年的跟踪分析，每星期一到两个小时，幸福，根据……创造和其形式—思想和空间，幸福，此时此地，每一个……会提到，

那位学者坐在昏暗的单人间里，光线透过狭小的窗户照亮了房

间的一部分，他低头沉思，身旁的旋转楼梯盘旋而上，就在他继续沉思，思绪飘向新领域的时候，屏幕变成了不断延展的精神舞台，我们学着跳出所有的公理、证据、实证和结论，找出其中的关联，要进入另一个世界，一个完全不同于我第一次在迷宫般的地铁站里听到地铁声音时所进入的那个世界；

并且历史还是会终结的，终结之后，一切回到开始，有点像被记载下来的童话，所有活着的人都会读一读，那些历史事件呢？历史事件几乎都是些生动有趣的小插曲，

那个秃顶的男人正在对历史进行阐释，给历史涂上当代的色彩；城市中的一个声音系统——这个持续不断、永无休止的系统有其自身的发展轨迹，历经兴衰，上世纪不断重复的命题和反命题早已被淹没；他在收拾讲稿，还有几本从破旧的书包里掏了出来却没翻开的书，都是些厚重、罕见的书，如同黑格尔写下的深奥难懂的句子，让人印象很深；嘈杂声一起，右前方那扇几乎看不见的门就会打开，穿着白围裙的看门人会站出来，透过近视眼镜仔细观察在场的人，接着退后几步让教授离开，马上走廊里便响起教授雷鸣般的脚步声；然后我们也匆匆离开，有几个会落在后面——系一系领带，给烟斗添上烟丝——我们都要赶往另一个大厅，那个大厅跟这个一样，只是稍微有点不同，入口是柱廊，放着一排已被遗忘的哲学家的雕像，面向周围院落的窗户始终紧闭，天花板上是一幅充满诗情画意的壁画，底下是推推搡搡的人群，与之前的大厅一样，空气中散发着老鼠的味道，消毒剂的味道，知识的味道，一种长期锁闭的屋子特有的味道，一股浓浓的油味徘徊于各个角落，渗入同样陈旧的椅子和楼梯的裂缝，舞台很宽，是圆形露天剧场式的，有

一天会有一名学生——一个冒名顶替的学生——跳上去，发出跺脚声，

朋友们……！

一个大烟枪咳嗽了一声，拳头砰地砸在桌上，要求大家注意听他说话，

同志们……！

根据已经做出的一个前所未有的决定……

站着的姑娘们早就把外套脱了，正在窃窃私语，一群美人，有时真是美得不得了，而且几乎不化什么妆；一个笨蛋白白地浪费了一个座位，在那儿掏口袋，拿出一个记事本，扔在桌上，人群拥了进来，

拳头砰砰地敲桌子，

……由教育部……

又在砰砰地敲，

……大学……关了，学生会……组织了一次游行，情况……严重，

他会走下舞台，开始散发传单，白纸黑字，黑色大旗，爆炸式的口号……

大罢工 / 革命组织 / 政治 / 就在街头

现在，有几个人采纳了建议，顺从地沿着狭窄的螺旋形楼梯向上爬，那模样好似中世纪的学生在爬楼梯；这楼梯跟我们通往屋顶的木制楼梯很不一样，我们的楼梯倾斜得厉害，台阶多半已经松动、开裂，由于雨水和潮气的侵蚀已经腐烂，只要有人敢踩，马上就会垮塌，可这楼梯出奇的耐用，竟然还在使用，我像走钢丝一般，敏捷地踏上最为牢固的部分，偶尔靠在栏杆上从塞特·珍妮特

房间的窗口向里窥视，她好像有些害怕，会用阿拉伯语大声骂几句，我马上两步并作一步，一次跨过两个台阶，不再特别担心楼梯安不安全，飞奔上楼顶好俯瞰整个街区；

从主街分岔出去的那条街通向一个小小的三角广场，更确切地说是一个暂时不属于任何人的地方，因为铺筑这条街道的人相互之间达成了一致，让小广场处于开放状态，广场上斜斜的影子像一把伞，一直延伸到山上，这里可以看到——阿雷夫家的屋顶、藤架、一串串辣椒、干茄子，越过阿雷夫家，东边的白松树下，缝制裤子的加尔比先生像阿拉伯女人一样，头上系着一条头巾，他正往芦苇桩上扎葡萄藤，这样藤蔓就能爬到西蒙家的晾衣绳上，稍稍低一点会看到内诺正坐在阳台边上，在她前面，桉树沐浴着阳光，树叶仿佛摇曳着伸展开来，轻拂着对面山丘上成片的橄榄树和一座座空房子，如同半开半闭的手掌，轻轻盖住了河岸上的花园和远方的大海，到了晚上，天空变得一片深蓝，末班飞机纷纷从东边降落到城里，远山上，夕阳的余烬慢慢燃成一片火海；

楼梯的两个扶手盘旋而上，形成了一个螺旋式的迷宫，人往上爬时仿佛是在走向一个无法到达的地方，一片空旷之地，一个拱形的天空，女士们拿着小手提包，男士们上气不接下气，终于出现在夹层的入口，大家都挪动到边上，一会儿工夫就占领了夹层的大厅，顾不得嘈杂混乱，喘口气，拿手帕擦擦前额和太阳穴，扫一眼底下的听众；

就从那里，从前排开始，我们犹如沿着一条危险的山路前行，有时靠在低矮的扶手上，有时靠在坐着的人身上，向着中心进发，一个留着小胡子的年轻人已经在那里摆好三脚架，把摄像机的镜头对准了舞台，一只眼闭着，像个黑点，另一只眼眼圈泛红，就像一位对自己的片子非常得意的导演，他正盯着另一个屏幕上的录像，那个屏幕似乎依靠自动调节在独立运转，在他旁边、身后、右边、左边，还有夹层顶层的座位上——所有听众，不管男女老少，有的用手托着下巴，有的把手放在膝盖上，都在听发言，或者可能只是试着去聆听，他们偶尔才动一动脑袋，虽然是在听，但似乎又听不懂，眼睛跟着看，流露出的神情却是彻底的厌倦或困惑，那一双双眼睛一动不动、毫无情感，酷似希腊雕像空洞的眼窝，好像听着听着就走了神，我想应该是游离到了另外一个地方，那里正在举行不同的活动，一些这个大厅里无法明显看到的活动，发言人快速、有节奏的讲话形成了一种低沉、无处不在的噪声，一种无意识的嘈杂，就像城市地铁的轰鸣，反反复复，永不停歇；一页传单从楼上的一排座位上旋转而下，有人在上面用法语写了“我爱你”，我们一下着了迷，开始鼓掌、抽烟，这个新鲜词让人着魔，它不属于任何人，不属于任何一边！它没有主人，于是你从座位上起身，站了起来，好像它是夜里的情人，可以短暂拥有，我们就像雷诺汽车制造厂的罢工工人，是历史舞台上的演员，受到召唤，要改变生活……

主席现在正在邀请小组的最后一位发言人，这位发言人的著作大家都很熟悉，

他手里握着表，像在掂量它的重量——时间是什么？是金子，不，时间不是什么值钱的东西，不值钱，就是些沙子，不存在的

东西，有些东西是永恒的，永远不会流逝，他挠挠胡子，用手指把它捋平，转身面向坐在桌子最里端的那位女士，还好，她坐的地方不在半明半暗的区域，

那么……您是这个小组的最后一位发言人，呃哼，好，好，

他用右手打了一个手势——

那我们开始好吗？

他的声音会猛地升高，想试着开个玩笑，好像觉得有必要制造点欢乐的气氛，他不仅要作为当地一个小小的权威来主持小组发言，让会场的气氛更加振奋人心，还要让大家觉得轻松愉快，能得到大家的赞许，要有效地利用休息时间及各个发言之间长短不一的空余时刻，这可不容易，一方面要保持会议的严肃性，保持发言材料和会议地点本身的客观境况，同时又要避免这类材料、这类分析可能造成的沉闷，要按照传统的叙述方式进行，漫长迂回，相互交织，仿佛自文明起源以来这样的情绪就以不同的形式、不同的声音反复出现，笑声给会议平添一份个人色彩，神奇地营造出一种高贵、亲密的气氛，就像几分钟前休息的时候，主席趁这个间隙走近那位女士，拉住她的手，却吻了她的脸颊，在她耳边低语了几句，然后吻了站在她身边的另一位女士的手，证明他的尊重，他大声说，语气中带着讽刺，然后笑着走开，露出红红的牙龈和一排参差不齐的牙齿，

那……一会儿我们会见到你……呃哼！……你今天真漂亮……不过……

这话他几乎是嘟哝着说出来的，似乎想要阻止、扼杀自己热切的感叹，但同时又要表明自己的感受，

尽量……说得简洁一些……呃哼……会更有效……

他强调这点时语气十分坚定，是一种命令，但也许直到后来我才意识到，

可以吗？……我恳求您，

该说的他都说了，应该不会有什么意外发生，一切从一开始就安排好了；

我们紧紧抓住对方，往下降，嘈杂声，笑声，前排投射出当日的口号，闪着光，裂成碎片，像鸽子到处拉屎一般，满处飞落，溅到屏幕上又四处散开，红色和黑色的字母拼成一句带有革新意义的话

想象即是可能！

这句话挂在大剧院正面那排高大的廊柱上，随风飞舞，疲惫不堪，皱皱巴巴，艺术死了，而死亡是反革命的，真的，为什么人会死呢？白痴！继续走你的路！

远处掌上收音机正齐声吼叫，有人在前排打呼哨，到处是小红旗和小黑旗，年轻姑娘待在后面几排，她们总是那么漂亮，这时一块大石板砸中警车，炸弹，催泪弹，啜泣声，红肿的眼睛，救护车长长的警报声在空中循环往复，

但是人群依然在继续前行，该死！他们继续自信地稳步向前，到处弥漫着催泪瓦斯的味道，树底下都闻得到，几架直升机在空中盘旋，嗡嗡作响，我们停下来，捂住鼻子和嘴，摄影师正在拍照，脑袋却一下被警棍击中，我看到那些警棍了，他说，可这是法国，我相信他们不敢动手，他在地上打滚，有人在踢他的脸，橱窗上的

百叶窗帘正被人往下拉，店铺渐渐空了，警棍雨点般落下来，催泪瓦斯的味道混合着塑料和轮胎燃烧产生的烟气，让人透不过气，我们跑起来，后面有人跟着跑，他们不停地推推搡搡，抱怨个不停，我们进入某幢大楼的时候，发现楼上那些老不死的没用家伙，一帮领取养老金的人，毫无文化修养的官员，都在从窗帘后面往外看，他们不时朝我们挥动拳头，你们等着瞧！明天你们等着瞧！他们正等着这一切结束，他们已经受够了，暴乱必须被镇压；这会儿传单被送到警察局，一些人被铐上手铐，扔进黑暗的牢房，还有些人在挨打，拳头落在他们的肚子上、背上、屁股上，鼻子流出一点血

笨蛋！蠢货！阉人！怪物！……年轻人因此……让人厌恶……梦想改变生活的年轻人……哎！会破坏、诅咒生活的话语……我或是骚乱！马上改革！对……一个新方案！消除各种不公正现象！去掉伪装！……

那位女士从她坐的地方站起来，抚平深色的裙子，摸了摸脖子上垂到胸前的围巾，向讲台走去，她瘦瘦的，不过臀部很宽，小腿肚鼓鼓的，穿着红色的细高跟鞋，脚指甲涂得鲜红，胫部的皮肤雪白，她试着把麦克风抬高一些，那个麦克风好像容易从支架上往下滑：每个发言人都得这样做，把嘴凑近麦克风试试音量，然后移开，左右看看，再朝主席所在的方向看一眼，和其他发言人一样对着主席习惯性地假装微笑，

那位女士也朝那个方向扫了一眼，眼神里带着询问，眉头微微皱起，她往主席身后看去，后面那个光线昏暗的小隔间里亮着一

盏灯，口译人员的脑袋有节奏地上下摆动；每过二十或者二十五分钟，更换发言人的时候，小隔间的门会打开，出现一位男士或是一位女士，进来的这个人和出去的那个人会相互交流几句，出去的人用手捂着嘴巴，做出一个抽烟的手势，因为会场禁止吸烟，舞台两边挂着牌子，用粗大的红色字母写着**禁止吸烟**

那是他们多年前曾尝试改变的东西，革命就是在最后挣扎的时刻挖出路上的鹅卵石，把它们扔向空中，用它们筑成街垒，收音机在吼叫、咆哮，开始是三千，后来是三十万人拥上街头，法律节节撤退，逃离广场，处处激情四溢、奔流澎湃，人群大肆挥霍内心怒放的情感，任其热烈地燃烧，五月大步走下林荫道，爱情从人行道上发出挑逗的讯息，人们一致行动，发起反叛，一时间叛乱的人群如潮水般涌动，把海边也挤得满满当当，人们不再咀嚼玩味那些意义已被淡化的字眼，不再吸食鸦片，不再任人欺负，不要头目，不要口号，我们在大浪之巅，跳着舞，拍着手，无拘无束，完全自由，一位长得很阳刚的姑娘嘴里叼着一根吉卜赛女郎香烟，像上书法课似的，在黑板上工工整整用大写字母写下一句话——

严禁“严禁”

会议大厅闹哄哄的，人声雷动，咆哮阵阵，一串串烟圈四处飘升，渗入空中，形成一层厚厚的穹状雾顶，此刻大会主席正怒气冲天，满脸通红，用媒体报道的话来说，他试图强制大家安静，好让同事们发言，有一位同事手捧语录，另一位同事拿着小册子：**停止**警察的野蛮行为！**终结**文明！**快了，快了，未来**就要在熊熊火焰中实现了！——我们只想活着，我们想忘掉所学的一切，夜里种种颜色混杂在一起，绿的、红的、蓝的、黑的，这时候大厅夹层渐渐空了，最上面几排的人都在往下走，加入前面的人群中，有人在咳嗽，有人想说话，有人想撒尿，很快大厅也会变得空空荡荡，脚步声会渐渐消失，还有灰尘，烟味，都会消散，不久一切都会成为废墟，所以一切都是语言的问题，是革命的问题……提高薪酬……直到圣灵降临节，直到法律胜利，

那时候汽油不再紧缺，可以出去度假

巴黎脱下恐惧的面具

老鼠爬离地面回到地窖；

一位女士走进口译人员的小隔间，听众还没来得及摘下耳机，尖细的低语声又轻轻响起，译员的头不停地动着，好似母牛被牵上山坡放牧时脑袋晃动的模样，她双肩前倾，试着跟上发言人的节奏，接着又停下来等那句话说完，之后她开始用另一种语言把同样的话表达出来；

讲台上，那位女士站的地方半明半暗，她一只手紧紧握着激光笔，另一只手不停地调节投影仪，寻找合适的位置；她有点卖弄风情，也有点紧张，还没上讲台脸就有些发白，

我有一些幻灯片……是地图，

意思是说在那么多冗长乏味、抽象难懂的发言之后，有具体生动的图像投射在屏幕上了，

终于！

她微笑着看着主席，此时技术人员正在舞台后方不厌其烦地摆弄投影仪，他来回地走来走去，试着让机器运转，接着检查了一下电线，打开投影仪上的灯，把礼堂里的灯都关上；屋里的气氛突然

间变得熟悉，安全，几乎不真实，教室慢慢陷入夜色之中，于是梦开始浮现，就像过去我特别喜欢的那种古装动作片的开头，几百名演员和斥资巨大的布景展现出军事行动和战争的宏大场面，一支简单的管风琴曲引入故事情节，历史定格在乡村背景之中，仿佛每一个细节都适得其所，每一个声音都恰如其分，每一个人都自有其使命和角色，然后就可以随意来点感伤的东西了；

她的手不停地调整投影仪，仿佛在勾画两个相互交叉的隐形圆圈，她的手指，更确切地说是她被放大的手指影子投射到屏幕上，相互重叠、交错，光影挤挤撞撞，混成一片，似乎要吞噬整个屏幕，当她把手从玻璃面上移开，屏幕就马上清晰起来，只留下幻灯片在投影仪上微微颤动，幻灯片上全是各种各样枯燥乏味的细节，不过这些细节到后来会变得非常重要；

她是不是咳了一声，清了清嗓子，还羞怯地笑了笑？不过我马上注意到她的声音在向远处的群山进发，激光笔火焰般的光斑在群山的边缘不停闪烁，北边本应有一座山脉，形成一条条高低不平、色彩斑驳的界线，起伏的山脉清晰地圈出斜坡或平地的所在；她说话声音忽高忽低，找不到恰当的词语，同时她的左手贴向握着激光笔笔杆的右手，然后又移开；山脉形成了历史上一个省份的边界，

是的，一道几乎不可逾越的天然屏障，所有的历史学家和旅行家都曾这样说过，

同时，火焰般的光斑沿着另一个由粗体虚线标注的方向前行，发掘出一片片难以到达的地方，这个方向是虚构的，蜿蜒曲折，如同山脉两侧一条向上延伸的路，关于那些地方的图片中，有一张是一个人凭记忆画出来的，印在了某本书里，那个人曾在那些

地方居住过，很喜欢那种地貌，

就这样，

那位体格粗壮的教授会说，他会脱下外套，把它放在椅子上，挽起袖子，点上一支雪茄，他那只斜视眼一会儿看着眼前，一会儿又游移开来，两种状态交替进行，这位教授说起话来有一种不断与自己独白的人才有的干劲——

我认为……我们……

他会试着想象那些话语所描述的场面，吐出一口烟，清了清嗓子，

我们不能不参与……运动，知识分子……帮助工人、团结学生，这很有必要，我们需要……一条联合阵线，

他会把雪茄放在桌子边上，

……我们的行动表明人民的……爆发在社会运动中有其地位……

显然他是在等大家充分理解他所说的话，可能还希望这些话能给观众留下印象，但这时后面传来一个声音，一个我们中间任何一个人都可能发出的声音，这声音平静、傲慢、带着讽刺，几乎一字一顿地说道，

您真是博学……

他默默地摇摇头，吐出一口烟，

……并且是位非常差劲的政治家，

那个男人靠着桌子，

同志们！

滚回洞里去……你这个俗人！

历史翻过了一页，人群继续行进，他们翻过墙头，穿过小街，踩着雕像和刻着红色字母的雕像基座，他们占领小巷、人行道和广场，要在这些地方筑起街垒、竖起红色和黑色的旗帜，《国际歌》一次又一次响彻整条大街：**释放囚犯 / 混乱即是法则 / 汽油免费 / 为什么要死，蠢货？继续前进 / 过去滚他妈的蛋 / 歌剧属于人民，**大楼正面挂着横幅标语，和暖的春风微微掠过，横幅鼓了起来，一点一点逐渐遮住了海顿、罗西尼的雕像，仿佛是在诅咒他们……**玩弄的东西越多，越要接受革命的洗礼 / 越是接受革命的洗礼，越……/ 你想要去爱 / 幸福就在此时此地……**

此时此地……我又回到了起点，回到了原地，或者几乎是原地，仿佛一切都回到从前，我也兜了一圈回到原点，可以在一盒老照片前反复回望那时的游行，这盒老照片如同母亲的包袱，打开来都是些不知名的东西，此时此地或者不知何处

英文由苏珊·阿瓦格杨译自亚美尼亚语

克里科尔·贝雷迪安
Krikor Beledian

克里科尔·贝雷迪安，亚美尼亚作家、文学批评家和翻译家。1948 年出生于贝鲁特，现居法国，在里昂天主教大学和法国国立东方语言文化学院讲授亚美尼亚研究的课程。著有六本小说、多部批评文集和诗集。

去年夏天我们在马林巴德[1]
Last Summer in Marienbad

[俄罗斯] 基里尔·科布林

周颖　译

1　马林巴德（Marienbad）：又译玛丽亚温泉市，位于捷克西部，邻近德国，以其天然美丽的风光与取之不尽的矿泉资源闻名。

致 GD

他站在一眼矿泉边上等候妻子。她迟到了，不过，他并没有为此感到恼火。已经有好几年，他不复为她的迟到、她那俗气的同普通柏林市民倒很合拍的做派，以及她的务实主义而怒火中烧了，甚至看着她将硕大的牙齿切入肥嫩多汁的牛排，他也能做到安之若素。近几年，他又凭着法学博士的细心与韧劲，在自己生活通道的尽头找了一间特别的房子，把她安置在里边，让她远离了自己。她待在那里不怎么碍事，不像她的大鼻子凸在外边很打眼。偶尔，他会不情愿地进入她的身体，即使在那些令人羞耻的时刻，他也是心在别处，一会儿想着另一个劳动诉讼委员会，一会儿想起最近做的梦：都是些痛苦的故事，像虫子一样又长又恶心。没错，他尊敬她、重视她：毕竟，她让他娶了她才救下他的命来——那个时候他一直咯血——后来还把他治好，应该说在那家神奇的瑞士疗养院把他调理好。真的，就在那个阳台，她花了六个月的时间，坐在他身边，握着他的手——他永远也忘不了那些苏格兰彩格衣裳，木制的躺椅，从餐厅传来的结核病姑娘们貌似欢快的笑声，还有在夜幕掩护下偷偷运离医院大楼的棺材。说不定也会忘掉——有什么要紧呢！他已经忘了很多事，包括曾经年复一年构成他全部生命的东西：好管闲事的朋友；他的写作，意义不大却又不得不写；甚至是经年累月养成的习惯，比如安静地散步至顶上修了一座粗矮版埃菲尔铁塔的绿山。如今，除了梦以外，余者所剩无几。可是，它们也没有消失——反倒在夜里抖开绵绵不绝的丝线，将他受尽折磨、已经半聋半瞎的思绪紧紧缠绕。清晨，他在巨大的婚床上醒来，精疲力竭，气喘吁吁，妻子硕大的头颅靠在一旁，鸟儿在户外充满活力地鸣叫，女仆在厨房里摆弄盆罐，发出乒乓的声响，好吧，该起床了，喝一杯茶，上班去。办公室里，他一边向秘书口授一封关于宁布尔克[1]工业事故的信件，一边合上眼，滑入记忆所及的刚做过的梦：在梦里，在维诺拉第[2]一栋四层楼房，他被一帮貌似生意场上的人从上往下生拉硬拽；经过第二层的时候，他的胳膊被拽下来了；等拽到地下室，袭击者的手上就只剩下他的脑袋，可他还同施刑者说话呢，蛮有活力的样子，甚至因为自己的血溅到他们灰色西装上向人家道歉！不要紧，他们说，我们专门系了围裙，以防万一。那很好，他冲人家说完，又闭上双眼，滑入下一个梦。梦里他应征入伍，兵士当中属他肚里墨水最多，因而被派去替不识字的士兵写

1 宁布尔克（Nymburk）：捷克一城镇，位于该国北部易北河畔。

2 维诺拉第（Vinohrady）：捷克首都布拉格的一个行政区，距市中心很近。

家信。他一腔热忱地投入工作，却遇到一个几乎不可能克服的难题：他所在部队里有克罗地亚人、匈牙利人、波兰人，这些人的语言，他可是一窍不通。于是他提议，先把信用德文写好，再译成相应的文字。一位年纪稍长，留着八字胡，长得颇有先皇气象[1]的中尉很赏识他的足智多谋，任命他做特别通信组的组长。他每天的任务就是写信，身边坐着几个勤奋的列兵，负责将他写好的信件译成帝国臣民们说的各种语言。下属速度太快，他总赶不上趟儿，于是改手写为口授。睁开眼来，他发现自己坐在总裁椅上，办公室里春晖灿烂，秘书正在打字机上啪嗒啪嗒地敲个不停。这是 1923 年的 5 月，帝国已经五十五年没打仗了，跟谁都没打过。他准备结束口授，到一家素菜馆午餐。今晚，他要同妻子一起去歌剧院。

她还是没来，连一点迹象也没有。他换了个位置，四下打量。这个夏天，马林巴德不像去年那样拥挤：德国人少了，俄国人也少了，戴着无边平顶红圆帽的伊斯坦布尔富商几乎销声匿迹。俄国人现如今在德国盟友的度假胜地享用益肝泉水，看来政治纷争总要强过人们消除顽疾的欲望。患有脊神经炎和痛风的土耳其人，正有传闻说他们纷纷拥入白种人的矿泉疗养地。至于德国人，他们根本不需要疗养——照其国王最近的说法，德国人是钢铁铸成的。取而代之的是数量空前的法国人。他们卷起圆顶硬礼帽和最时新的美式软帽的帽檐，一边大口饮酒（矿泉水倒喝得不多），一边翘着夸张的八字胡威胁道：假如德国佬、哥萨克、土耳其人敢动一个

1　指弗兰茨·约瑟夫一世（Franz Joseph I，1830—1916）：奥地利兼匈牙利国王，奥匈帝国的缔造者。

手指头，碰一碰“美丽的奥地利”，“圣人贝多芬与贤人里尔克的故上”，准保要把他们揍个鼻青脸肿。恃强凌弱的卖弄。自鸣得意的小人物。他们提到贝多芬，不过是要祭出他们的拿破仑；至于里尔克，运气好着呢，有幸给那位浮华自大的罗丹当过秘书，如果你愿意这么形容。话说回来，我们的里尔克如今安在？不在巴黎，你大可放心。他回想起大抵十年前同麦克斯一起游巴黎的经历，那城市又脏又臭，到处是难吃的食物。麦克斯自己也又脏又臭，一身邋邋遢遢的衣服，清早一头栽倒在同伴床上，像平素那样。你得把他喊醒，叫他先不要忙着冲凉，赶紧动身。动身去哪儿？巴黎有什么特别可逛的？可他俩还是会一本正经地溜达，欣赏各式各样从没见过的风景，甚至约定联手创作一部小说。他俩还会勤勉地出入咖啡馆、歌剧院、公园、卢浮宫、妓院，更确切地说，他最爱光顾的那家妓院。虽然那个大嘴金发女郎像例行公事一样摆弄他的身体，但在那个地方，占主导地位的严肃理性的秩序几乎挽救了巴黎所有的混乱无序。那阵子，法国被当作敌人，因此，好事的麦克斯还复印了一篇刊于《布拉格日报》[1]的短文，名为《好斗的巴黎》。他想知道麦克斯还记不记得这些？近来他在捣鼓些什么？最近他在报纸上看到过麦克斯的文章，说的那套，大致不离“三位一体君王”宣扬的全球犹太人目标。这些文章，他都没有读，任何可能勾起前尘往事的东西，任何一切有关联的人或物，他都小心避开：麦克斯，畅游巴黎与魏玛的单身汉之旅，出版商沃尔夫，演员劳里，散发的传单，葛丽泰，他写的所有东

1 《布拉格日报》(*Prager Tagblatt*)：1876—1939年间在布拉格发行的一家德文报纸，以宣扬自由和民主的观点闻名。

西，乏味的头疼，夜不能寐的失眠症。这些天来，感谢上帝，他夜夜都能入睡。

马林巴德遍地俄国人的景况只有去年才有。军人类型的，留着短发，身边有女士陪伴。律师类型的，拖儿带女一大家子，一想到把这些孩子拉扯大需要耗费的精力和金钱，他就不寒而栗。作家照真正的自由派那样打扮，身着法国样式的夹克。姑娘们不穿裙撑，手握书本，甜美的、梦幻般的俄国姑娘。说到俄国姑娘，他可是颇有心得，年轻的时候，经常在俄国文豪——严厉如托尔斯泰、文雅如屠格涅夫、可怕如陀思妥耶夫斯基——的书里读到。遇上费利丝那年，他还发现了那位大名鼎鼎、名字听上去像是德国人的俄国革命家。赫尔岑，没错，就是他。他的心脏跳错一拍后，又找到了正常节奏。噢，是的，就是赫尔岑，碰巧做了他与那位俄国姑娘的话引子。那是去年夏天的马林巴德，就在白色回纹雕饰的画廊旁边的一张条凳上，周围清一色的白帽白伞。当时他孤身一人，妻子前往柏林料理家务。他原本已经过惯了婚姻生活，可是常规一旦打破，他又意外地回到自己一度很享受的状态——没事儿瞎晃悠，盯着这儿看看，那儿瞧瞧。培养这个愚蠢习惯的时候，他跟自己说：一名作家，首先得是一位观察家。如今，既然写作对于他只剩下公文的处理，重操旧业就纯属无聊之举了。药水服下，早餐用毕，他走去画廊，坐到一张条凳上，将报纸打开，浏览一遍彼得堡与巴黎、维也纳与柏林、贝尔格莱德与伊斯坦布尔之间司空见惯的你争我吵的新闻。他不时抬头瞥一眼闲逛的路人，看他们笨拙的姿态、可笑的手势，努力听他们用各种语言对话，想弄明白那话里的含义。于是，他坐在那里，一天又一天，看土耳其人向俄国人抱怨，俄国人要求奥地利人解释，奥地利人请求法国人支援，法国人向尼古拉沙皇和他的表亲威廉皇帝[1]挥舞共和国的拳头，而愉快的资产阶级在街上闲逛，长达半个世纪的停战让他们壮足了胆量，坦然地将闲暇的光阴和大笔的银子消耗在胆结石与胃炎的治疗上。有一次，他注意到对面长凳上坐着一位姑娘。不知什么缘故，那姑娘的相貌令他想起自己的妻子，他起身准备走开。当他站起来的时候，他注意到那姑娘盯着他，目光炯炯。他走去疗养所，又折回来，抱着姑娘已经走开的希望。可她还在那张条凳上，打开一本书，从红色封面上方窥测行人。他溜达过去，注意到她的衣着同费利丝一张值得纪念的照片上的打扮一模一样：白色上衣，深色裙子。他还注意到，姑娘同妻子相像的地方，只有那个大鼻子，其余部分——嘴唇、眼形、肤色——根本不像。她一直盯着他，这令他很恼火。他决定用德语撂一句狠话，俄国小妞最好听不懂，这样他可以安全撤退，既施了报复，又不伤害人。他怎么一眼就看出对方是俄国人？因为那本书——他认得封面的西里尔文字[2]。有一阵，他想俄国想到了目眩神驰的地步。他梦想有陀思妥耶夫斯基与赫尔岑那样的情感，甚至想象自己住在俄国闭塞乡村的一间茅棚，紧挨着废弃的哪儿也去不了的铁轨。自从那倒霉催的塞尔维亚人刺杀奥匈帝国的费

1　指俄国末代沙皇尼古拉二世（Nikolay Alexandrovich Romanov，1868—1918）和末代德意志皇帝威廉二世（Frederick William Victor Albert，1859—1941）。德皇威廉二世的母亲腓特烈皇太后是维多利亚女王的长女，故威廉二世和英王乔治五世是表兄弟。尼古拉二世的母亲玛丽亚·费奥多萝芙娜是丹麦公主，其姐姐亚历山德拉公主嫁给了英王爱德华七世，生乔治五世。尼古拉二世和乔治五世是姨表兄弟。

2　西里尔文字（Cyrillic）：书写俄语、保加利亚语等斯拉夫语言时所用的字母。

迪南大公，一场与俄国的战争似乎不可避免，他就开始陷入极度的焦虑，急不可耐地想要参军，好与已形同地狱的生活来一个痛快的了断，这欲望折磨着他，叫他不得安生。他开始读法国人写的关于拿破仑莫斯科战役的回忆录，细细咂摸世间最强大的铁军被辽阔无边、白雪茫茫的俄国平原吞噬的滋味。也许，这就是他想入伍的动力所在，向着莫斯科开拔，然后在亚洲某个郊外销声匿迹。他记不清楚准确的原因。不管怎样，拉斯普金[1]劝住沙皇不要宣战，弄得塞尔维亚人很恼火，转而接受奥地利的最后通牒[2]，又一次改换恩主。他记得自己大为沮丧，因为不久后就听到奥匈帝国的军警在贝尔格莱德搜捕萨拉热窝事件同谋的消息。那是1914年的夏天，他好像失去了一切：费利丝将他禁足在家，虽然后来宣布解禁，去俄国重走拿破仑之路的计划还是泡了汤。既然哪里也去不了，仿佛被钉在自己身上，他只好开始写小说，可来来回回只有第一句话："一定是有人存心诽谤。一天早上，没有犯任何错误的他被捕了。"他记住了这一句，这是他写的所有东西中现在唯一还能记住的一句。婚礼结束，他把所有文章、笔记、日记都交给了麦克斯，叮嘱他把一切烧掉。狡诈的麦克斯露出一脸无辜，问：为什么他自己不毁掉这些。他能说什么呢？什么也没说。几天后，麦克斯打来电话，告诉他已经将手稿付之一炬，投进了朋

1　格里高利·叶菲莫维奇·拉斯普金（Grigori Efimovich Rasputin，1869—1916）：俄国沙皇尼古拉二世时的神秘主义者、沙皇及皇后的宠臣。反对俄国参加第一次世界大战，后因丑闻百出，激起公愤，被人合谋刺死。

2　1914年7月23日，奥匈帝国在德国的支持下，向塞尔维亚发出最后通牒。塞尔维亚接受通牒，提出对萨拉热窝事件进行仲裁，但同时也调集军队备战。1914年7月28日奥匈帝国向塞尔维亚宣战。

友园子里点燃的篝火。地点选得很好：那块园子，他先前也在那里劳作过，一度想让自己饱受灵魂折磨的身体变得结实一点。之后，他再也没见过麦克斯。

凭着八年前学过的一点俄语，他认出女孩握着的书封上印着“赫尔岑”的名字。他挨近她，结结巴巴地说：“你老盯着我，叫我根本没法在这儿待，就到此为止吧！”说完，他扭头正要走开，听到一声回答，是纯正的德国口音：“是你先窥探我的！”他停住脚，转过身来。她正瞅着他，一脸的愉快和泰然自若。“我以为你读赫尔岑读得太起劲，顾不上理会别人的目光。”这回她该猝不及防了吧，没有，人家寸步不让，反唇相讥：“我还以为你看报纸看得太起劲！”“才没有呢！——我方才想，假如俄国出现议会这种东西，政府由自由派纳博科夫先生领导，那位愤世嫉俗的人会说些什么？”“你认为他会高兴吗？”“不大可能。”“对头！”他俩笑了，相互做了自我介绍。莉迪亚为自己的希腊名字感到自豪，浑身上下透着一股子傲劲儿，很独立的样子；她在马尔堡读书，那里的老师都是严肃的哲学家；她喜欢马克思，正将某位法国小说家的作品译成俄文；这小说家创作的，据她说，可是史诗般的作品，连巴尔扎克也相形失色哩。她父母还住在俄国的一个海滨城市，供养她念书，她认为经济上的依附是一种负担，希望自己继续留在德国深造，将来以教书为业。看她洋溢着青春的活力（绝不会因为每天窝在办公室里六小时的工作而体形走样），对地理环境满不在乎，还有那个认真劲儿，他感到一阵忌妒（甚至是贪念）袭来。尽管小他十七岁，她却显得更博学，谈话更自信。她甚至以另一副眼光看待自己的犹太人身份。他回忆起六年前在马林巴德遇见一位著名的来自贝尔特索夫的哈西德派拉比[1]，她听他讲着故事，一副无动于衷的表情，显然对那位大咖级人物毫无概念，而当他问她将来是否有去巴勒斯坦的打算，她脸上浮现一丝嘲弄的微笑，回答道，与其做土耳其苏丹的臣民，还不如当俄国皇帝的子民呢。谈话就这样进行着，他跟她讲韦尔弗[2]与梅林克[3]，雄鹰与卡尔一世，她则大谈拉斯普金、普列汉诺夫[4]、古米廖夫[5]和库茨明[6]。哦，当然啦，他回想起来，那个短篇他早年读过，是一个俄国作家写的，关于亚历山大大帝，叫什么名字来着？没错，就是这篇，里边有讲到鳄鱼撒的尿能在木头上烧出一个洞来。他想打住却已经来不及了，跟年轻女孩谈这个话题不合适。“什么？鳄鱼怎么啦？”“哦，不，我不是那个意思，对不起。”他们无话不谈，无所不聊，包括政治在内——她谈起国际事务来头头是道，一度还暗示只要涉及爱琴海的问题，俄国就会永远跟它的同盟土耳其站在一队。“那你我就在敌对阵营了。”他不无伤感。“也许这是最好的结果。”她答道，有点尴尬。

他们用过晚餐，最后在傍晚分手，因为她要赶回家去翻译法国

1 哈西德派拉比（Chasidic Rebbe）：哈西德派是十八世纪席卷东欧的犹太教神秘主义派别。此派贬抑理性和知识，重视人的情感，讲求通过虔诚的祈祷达致与上帝的灵交。

2 弗朗茨·韦尔弗（Franz Werfel，1890—1945）：奥地利小说家、剧作家、诗人，著有长篇小说《穆萨·达的四十天》。

3 古斯塔夫·梅林克（Gustav Meyrink，1868—1932）：奥地利小说家、剧作家，著有《魔像》。

4 格奥尔基·普列汉诺夫（Georgi Plekhanov，1856—1918）：俄国革命家，马克思主义理论家，俄国社会民主主义运动的开创者之一。

5 尼古拉·古米廖夫（Nikolay Gumilev，1886—1921）：俄国诗人、文学批评家，阿克梅派创始人之一。

6 米哈伊尔·库茨明（Mikhail Kuzmin，1872—1936）：俄国诗人、小说家、音乐家。

小说，两人约好次日还在画廊边相见。他也回家，给妻子写了一封信，读完当天的报纸，抚平一下突如其来的内心震荡。十点左右，他换上睡衣，上了床，打算睡前翻一翻歌德的旅行日记，他早年喜爱现在仍然愿意触碰的书，就剩这一本了。屋外风急雨骤，这样恶劣的天气最好猫在家里，可是出于某个原因，他还是跳下床来，匆匆套上衣服，走出门去。伫立在通往市中心的黑暗空旷的街道上，他感到了孤独，那孤独感在欧洲是那样异乎寻常，他只好称它为俄式孤独。市中心惯有的度假活动像文火一样闷燃，他不想被噪声与灯光干扰，于是在第一条小巷拐了进去。走过低矮的房屋，他像往常那样，将目光不断投向窗户。窗户虽然大多关闭，也有一些敞开着，能看到里边的景象：其中一扇，是一个女子坐在晕黄的光圈里缝补衣裳；另一扇窗里，一个穿背带裤的胖男人正读着报纸，神色看上去有些愁苦；第三扇是一个女仆正在铺床。这街道是条死胡同。他停下来，歇了口气，转身往回走。他将目光对准另一扇窗，透过半掩的窗帘朝屋内望去，只见一个姑娘正坐在桌前背对他写着什么。与其说写，不如说抄，但不是整段整段地抄——她是有选择的，不时翻阅立在特制书夹上的大部头。有一刻，他想象女孩是在写注解，也许是《塔木德经》的注解，不过这荒诞的念头很快就给打发了。他注意到桌上书旁摆放着一张青年男子的照片，忧伤的大眼睛，左手撑着头部，食指陷入脸颊，看上去像意大利或法国人，但也可能是犹太人。他靠近窗户，在那站了好一会儿。女孩继续心无旁骛地工作，直到另一个女孩——也许是德国人——进屋来，一位小巧的金发女郎，胸部出奇的丰满。抄写员——他给她取的绰号——放下笔，烦躁地转过身来。当他认出莉迪亚的时候，他恍然意识到她不是在抄写，也不是在注解经文，而是在做翻译，译她提到的那本法文小说。没准照片上的年轻人就是小说家本人。他觉着很有可能。就让译者的耕耘因作者的在场、因他仁爱的凝视而多一份欢喜吧。这个时候，莉迪亚想必对朋友说了些严厉的话，那女孩开始哭泣，用手绢拂拭起眼睛来。接下来的一幕，他永远忘不了：莉迪亚走到金发女郎跟前，亲吻她长裙的领口。女郎抬起头，抱住了她。这是一次长久的拥抱，时间长得足以让他清醒过来。那对恋人在亲吻，向对方喃喃低语，最后莉迪亚挥手叫金发女郎走开，自己回到桌边，整理好译毕的篇什，合上字典，在走向窗户之前，偷偷瞥了一眼桌上的照片，那一瞥是如此迅疾，刚好给他往后撤步的时间。待百叶窗闭合发出尖锐刺耳的声音擦过他的耳畔，他已经步履匆匆地离开了。次日清晨，他收拾好行李，坐头班车去了布拉格。一天后，他站在办公室，向秘书口授致波希米亚凤凰保险公司的信函。

妻子还是没来。身边的人越来越少。该动身了，这会儿该去喝一杯茶，同那些坐在桌旁享用例餐的客人攀谈几句。他撇开前尘旧梦的记忆，围着矿泉亭转了几圈。八月的骄阳无情地烘烤他那时髦的浅色西装，他只好又躲回到树荫底下。然后，他看见妻子的身影出现在小巷的尽头。她走得飞快，几乎要跑起来，瘦削的长脸充满了惊恐和极度的焦虑，大嘴歪向一边，想奋力吐出某个可怕的不能不说的词，他感到有点害怕，跳起来冲向她，她那丑陋的脸和蠢笨的身材在他心中激荡起一阵已被遗忘的怜惜与柔情。他一把抓住她的手，她那大拇指紧紧扣住一张报纸的手——我的上帝，你怎么啦，亲爱的费利丝，究竟发生什么事啦——她看着他，满眼的恐惧：“打仗了，弗兰兹。”

英文由阿娜·阿斯兰颜译自俄语

基里尔·科布林
Kirill Kobrin

基里尔·科布林，1964年出生于俄罗斯下诺夫高罗德（当时称高尔基城）。他写小说，也写散文，与人合编以社会学、历史与政治学为主题的莫斯科杂志《应急口粮》，同时从事关于俄罗斯与捷克共和国的文化历史研究。科布林撰有十二部作品，最近一本名为《与书为友》，献给爱尔兰作家弗兰·奥布莱恩。有评论家称赞他为"俄罗斯的博尔赫斯"，亦有人称他开创了俄罗斯文学中的心理地理学。科布林现居布拉格，作品已被译成好几种欧洲语言。

艺术

管弦乐排练

Orchestra Rehearsal

[摩尔多瓦] 维塔里・齐奥巴努

李晖 译

当语言学教授走过去察看是谁在教室外面敲门，以至于打断了他在讲台上令人昏昏欲睡的授课进程时，我心里有一种不祥的预感，觉得门槛外面这个人要找的就是我。这种感觉的产生并没有任何恰当理由，除非我们相信，一个人心里长期惦念的事，以及与之如影随形的负罪感，能够从外部世界传来明确无误的信号。莫克里亚克的半截身子探到门外的走廊里，他压低嗓音、声色严厉地跟外面的人进行了一番简短对话，片刻过后，就掉头转身返回讲台。他那双缺乏远瞻视力的眼睛从厚镜片上方巡视着整个教室，最后锁定了我。“阿里斯泰德，你移步出去一会儿：外边有个人想跟你谈点事情。”我迈着四平八稳的步伐，傲然睥睨全班同学的愤然目光，朝着门口走了过去。所有人都羡慕我找到了所谓的机会来合法躲避这单调、寡味、令人困倦的课程。然而，当我走近刚才和教授攀谈的神秘对话者时，只有我自己明白，此时此刻是怎样的一种焦虑感，正摧残着我在班里其他同学面前试图假装的镇定。他是波菲瑞奇，学生会民乐团的负责人。人们出于不夸张到邪性程度决不罢休的恶意，给他起绰号叫卡西莫多的那个人。因为他有些酷似维克多·雨果小说里的那位著名角色：矮矮墩墩，葱头似的脑袋，一张近乎不自然的阔嘴，看起来跟他黝黑而布满深褶的脸庞上其他部分的比例毫不相称。但这张脸还是值得人们多停留一会儿目光：他眼角边的皱纹扩散成一道扇形，而嘴巴无论是微笑还是大笑时都会泛起波纹。他一张嘴就像打开了水龙头，因为他总是连续不断地讲俏皮话，旁敲侧击，话里有话。比如说，他为了逗听众开心，就会说："娜塔莎，别坐台阶上抱着那根黑管儿吹啦。"因为说白了，如果恰好有这么一个人，能够说出这样隐晦的俏皮话，它除了引导人们沉浸于某种间接的性幻想之外，还可能产生别的效果吗？波菲瑞奇喜欢以一种非常自然的方式，在自己周围培养一种嘻嘻哈哈的共谋气氛，就像其他有些人可能会散发出某种特殊的麝香气味，吸引那些跟班随从们二话不说、迫不及待地加入他们的游戏。当然，波菲瑞奇还缺少一座能让他真正成为卡西莫多的大教堂。或许，更恰当的说法应该是，他掌握了通向地狱第八层壕沟[1]的途径。

他引领我走到窗户旁，脸上挂着一副共谋者的关切忧虑表情。如果当时旁边有人观察，就会看到，在深深嵌入教学楼厚砖墙的窗框里，正展示着一幅喜剧感十足的二人画面。两个人说话时比画手势的频率超乎寻常，就像默片里的演员。

"你想干啥，阿里斯泰德？把我当傻瓜吗？你到底还来不来排练了？"他无视我的仓皇尴尬，继续气呼呼地说道："我们可不能

1　原文为"bolgie"，语出但丁《神曲·地狱篇》，指地狱第八层的十条壕沟，每个壕沟相套，形成十个恶囊，十种犯有不同罪恶的灵魂分别在其中受苦。

等你啊。我们就要动身去意大利了，所以文件资料必须要准备好。你很清楚忙完整个事情需要花多少时间！小伙子们一直在向我打听你的情况，因为名单上有你，可你竟然忘记来找我们了！”

“波菲瑞奇，对不起，我要请你原谅。”我嘟嘟囔囔地说道，同时意识到那种曾经让我窒息的感觉已经产生了双重效果：那种自信与自尊遭受伤害的感觉，现在因为被人需要，所以开始复苏，“我最近完全没有时间练小提琴。我已经快被作业给活埋了，而且还有其他问题。不过我会来的。我保证我会来的。”

卡西莫多摇了摇头。

“这说明不了什么。我上次见你还是六个多月前的事。你以为我喜欢迫不得已找上门来，把你从课堂拽到外面问你到底想干啥吗？你看，我们后天就有一场排练。如果你再不出现，我就要把你除名。已经警告过你了。你自己看着办吧。”

说完这句话后他掉头就走，像个僵尸一样消隐在走廊的幽暗深处。

你永远无法领悟命运当前传递给你的信号。或者说，你会把它们实际要表达的内容解读成截然相反的意思。因为，出于某种少年人的妄想，你仍然以为命运会把成堆礼物继续摆在你脚下。波菲瑞奇。他为什么要跑来找我？他原本可能已经就此把我遗忘，或者找到别人来替代我。再说我又不是乐团里不可或缺的人物。我觉得，实际情况恰好相反。今天和波菲瑞奇的意外相逢让我感到惶惑，但是乐团要去意大利的消息更让我惶惑。这是前所未闻的事，比我飞到火星或者攀登珠穆朗玛峰还要奇幻。尤其是听说一年前曾经有人首次尝试却告失败的消息后，这件事更让我感到不安。我们原本打算参加《团结报》在意大利半岛北部几个城市举办的一场音乐节。这次深入“敌境”的出击行动，即使以我们的意识形态同盟，即恩里柯·贝林格[1]手下那些人的邀请作为名目，也仍然需要漫长的准备过程。每件事都必须经过最仔细的筛查。后来，整个事情似乎在政治机器的某个高级层面陷入僵局，要不然就是我们的意大利同志在重新考虑过后产生了其他想法。因此我索性不在乎是否会暴露自己既伪善又贪图利益的心性，再说我也没耐心继续劳而无功地维持这种既耗时又毫无回报的“爱好”，所以就放弃参加排练了。我在上大学第一年的时候曾经把它看作一种福祉，当时所有的新生都像珊瑚丛似的聚集到一起，并根据各自的“辅修”能力进行分类。但是这种爱好很快就变成了吃力不讨好的差事：我演奏的是小提琴，因此我拥有的天赋多少让我有别于大多数个性特征不够鲜明的同学。在他们眼里，这个天赋给我罩上了一层荒唐可笑的光环。这是社团成员完成社会化的一种艺术形式，它有别于摩尔达维亚[2]新闻专业学生通常必须负担的大量枯燥乏味工作。这并不意味着，我没有像其他所有人那样被裁定惩罚过。但它确实为我提供了一种不同的时间支配方式，可以用来缓解那种无所不在、令人萎靡的乏味感。这是微量的娱乐，一处逃避之所。

我可以把民乐团作为选项之一，来替代那一类被禁止的危险的社会交往。自从我搬到这个城市以后，那些活动一度吸引着我。

1　恩里柯·贝林格（Enrico Berlinguer，1922—1984）：1972—1984 年间担任意大利共产党总书记职务。

2　摩尔多瓦在十四世纪时是摩尔多瓦公国的一部分，1812 年并入俄罗斯帝国，1918 年归属罗马尼亚，1940 年并入苏联，并成立摩尔达维亚苏维埃社会主义共和国，1991 年宣布独立，成立摩尔多瓦共和国。

我参加了一场无形的拍卖会，完全不知晓自己就是竞价待售的物品——被众人觊觎的战利品，是经过持续不断的努力而有望获得的成果——我必须学会如何根除并压制自身的爱好倾向，免得自己时而被牵扯到这个方向，然后又偏离到另一方向。没错，民乐团就是类似于“救赎替代品”的东西，是秘密警察那次在我居住的学生宿舍门房里跟我私底下聊天时宽宏大度的提议。他向我打听T作家的情况，表示对这位知识界的领头人物很感兴趣。这个人素有民族主义者兼异议分子的声名，而且让官方感到很头痛。秘密警察说：“你最好不要再见他。否则会把你自己的事情搞复杂的。你想干什么？被学校一脚踢出去吗？你为什么不给自己找个更健康的消遣方式呢？比如说，体育运动什么的。滑翔飞行或是跳伞，怎么样？我认识城里俱乐部的某个人，如果你感兴趣的话。这种运动对健康很有好处，你懂的。比阅读罗马尼亚文的书籍要好太多。我并不是说你不该读，如果你读得很开心也行，但是别再把它们传给其他人看。”

这位特务的脸很长，像是一条狗，三角眉，长着土耳其后宫婢女似的杏核眼。他眼睛一眨不眨地瞪着我，丝毫不觉得有什么尴尬——这是长期磨炼出来的技巧——好像要在你脑子里搜查翻检一通，看看你对他有什么隐瞒，想要回避什么，他想在你的灵魂里播下一种罪恶感。我承认我强烈憎恶这类特殊品种的恶棍。我不知道该怎样调整言行举止来对待他们。我不知道怎样把他们当人类看待，哪怕是极度乖戾的人类。我只知道自己对他们很鄙视，认真、执拗、坚定不移地鄙视他们。这也是我为什么会过度仇恨，并且刻意描述他们那些丑陋怪异的身体特征的原因。只有这样的描述，才能跟他们无形制服下隐藏的幽暗深渊相匹配。我任由自己被这种陈词滥调操纵，并受到怒气驱使。对于我来说，无法想象这样的物种每天早晨还会在镜子前面刮脸，好像自己是勤勉敬业的公务员；也无法想象这种家伙会在色彩缤纷的客厅地毯上跟自己的三岁女儿一同玩耍。我无法相信他会在喜庆场合怀抱一大束郁金香去看望自己的母亲；也无法具体想象他如何停下脚步喘口气，倚靠着自家公寓楼五层与六层的楼梯扶手，问自己有没有忘记妻子塞进他衣服口袋里那张购物清单上的某样东西，因为他们晚上要举办一场派对。

这个男人想让我相信，邪恶并不是那样可怕。同样，它手下的侦察兵，秘密警察，也并不可怕。如果把他当作朋友，把他当作遭遇困难时的咨询者，会更有益处。他还向我授予一项特权："你可以读它们，但不要再传给其他人。"习惯把发型梳成中分的米戎（他尤其喜欢在我们彻夜讨论时把自己头发这样梳来弄去），曾经坦率地告诉我说：

"有了这种被'选中'的感觉，就得小心。这种赐予你公开言论的特权。可别真这样以为。他们会一直盯牢你的，就像对我们所有人这样。他们只不过还没有抓到你什么要害。他们不能只因为你跟 T 见过几次面就进行指控。你在这几次见面时根本没说什么，但是他们已经清清楚楚地告诉你，他们要对你网开一面，那么到了一定时候，你就亏欠他们的了。恭喜！你已经入局了：猫和老鼠的游戏。"

他的话就像放牛鞭一样抽得人生疼。因此我觉得有必要在脑海里回放一遍自己跟那位官员约谈时的整段电影场景，并且向我这位更加世故的朋友复述整个过程……尴尬沉默了片刻过后，我勉强承认：那位秘密警察要我签一页文件，让我保守谈话秘密。

“得了，别天真了，”米戎说道，“我们都经历过同样的事情。那是他们的惯用套路。他们让你签字，是为了吓唬你，这样你会觉得他们已经拿绞索套住你脖子了。不管怎样，你还是不要开口为妙。有些事情你不要大声讨论，当然也不要跟任何人讨论。不过你要是告诉我也没关系：这样我或许能帮你，这样你将来就不会再犯错了——我的意思是，如果你到目前已经犯下什么过错的话。”

我在乐团的同伴们（这种说法听起来有些浮而不实——确切地说，应该是“跟我一起喝醉酒的同伴们”，或者“跟我一起违法乱纪的同伴们”），他们平静地欢迎我回来。这表明他们拥有我以前从未察觉的温柔体贴。他们让我感觉自己似乎从来没有从这里离开。（这是怎样的崇高慷慨！）也许我应该用一种更加平正公允的方法来判断他们，而不是让自己被他们的粗糙形象和污言秽语所蒙蔽。我以前每周都参加三次排练。黑色小提琴盒轻轻碰撞着我的喇叭裤，配合着我经常哼唱、回响在颅腔里的旋律节奏——我在每次漫步出行中间的那个时段里，已经攒下一大堆乐谱，并且把它们背诵了下来。首先是因为我自己喜欢，不想忘记它们；第二是因为它们在我步行穿越城区时，可以帮助我填充这段空白的间歇。我走路时会在心里重新再演奏一遍，就像磁带录音机那样，同时根据心情再进行调整，无论是精神抖擞还是严肃沉默。不过，我在多数时候都是宁静和美的心态。我步行前往学生文化社团的这段路途，渐渐聚合成为一块象征性的画布。从大学生宿舍楼前那座巨大的党员英雄纪念方尖碑顶鸟瞰，就可以审视整幅画面。首先映入眼帘的，是他们称为“宝贝”的监狱。狱墙是白色的，就像一所医院，遮挡了穿条纹制服、被禁锢在内的人类成员。我知道这情况。但是这座感化所里一成不变的沉寂，则标志着我无法进一步想象的幽暗神秘：从来都听不到任何声音，哪怕是再细小的声音，哪怕比监狱门口的卡车刹车时轮胎摩擦地面的声音还要细小。卡车每天把食物送进监狱，再把使用过的餐饮容器带走……也许这堆器皿里还藏着几名试图逃跑的囚犯。我每次沿着它那三米高的白墙经过，在三分钟的步行时间里，从来没有听到过任何声响从那座阴郁的平行六面体建筑里面传出来。所以我完全有理由将这座阴森可怖的建筑看作一件舞台布景，其设计目的是为了警示违禁者；或是把它看作临时搭建在路口的摄影棚，随后由于未曾预料到的预算削减而被遗弃在那里。

接下来再走十分钟，我的路途中就出现了另外两道景观。国际学生友谊楼，又称“小伊斯坦布尔”，但里面住的主要是阿拉伯人，那些地位较低的酋长们的后代，或者是革命人士（因为那些在苏联武装配备下势力急剧膨胀的后殖民时代总统，总是会把自己的后嗣送往莫斯科、基辅或列宁格勒）。这些人现在属于基什涅夫[1]的特权学生。我不知道这些人将带着怎样的教育成果回到自己的荒漠家乡。可是在摩尔达维亚，他们只要一出场，给人的感觉就是要进行毒品走私，或是充当辣手摧花的淫徒。这里好像是为了帮助他们进入先知允诺的天堂而进行的培训。我总是心怀艳羡地看着那几座建造于两次大战期间的棕色建筑。它们如此坚固，似乎永恒不灭。与之相比，我们这些原始土著则居住在破败不堪、摇摇欲坠的住所，

1　基什涅夫（Kishinev）：摩尔达维亚的首都。

并且试图想象一道道绿色窗帘后面正在上演的放纵场景。在正常情况下，这些窗帘应该是那些目光虔诚、向上翻着白眼的宣礼员发表讲话时的背景板。我在这套象征式拼图游戏里穿过的另一个区域，是巨大海螺形的国家体育场。我们上体育课时会来这里跑步，督导我们的是一位身材结实的俄罗斯女人（她以前获得过滑雪射击项目的冠军，被开除后开始执教）。体育场的结构就像是中型的古罗马竞技场，苏维埃摩尔达维亚足球队在这里勉强维持其存在：德尼埃斯特[1]足球俱乐部，苏维埃足球联盟里永远的“红色明灯”，它由一群贪杯酗酒、技术平庸的球员组成。它名声在外，主要是因为球队支持者的幽默感，还有他们最喜爱呼喊的那一句战斗口号：“德尼埃斯特！呕吐呕吐淹死他！”监狱、娼寮、体育场，还有那座文化中心：看吧，那就是人类激情的汇聚融合，它们集中于三千平方米的地球表面，那里是每一代政权、每一种社会组织形式的中心支柱，从古代直到今天。

乐团排练厅位于文化中心的二层，去那里需要经过礼堂，需要打断各种庆典和剧场表演。每次排练集训时我都得擦着那些坐在礼堂大厅座位上的人的鼻尖挪步过去，挡住他们的舞台视线，在他们被激怒的严厉遣责的目光中穿行，真是感觉极不舒服。经过一段时间，我学会了怎样去忍受他们的大呼小叫：“又是那些个乐团的白痴！”我甚至还会回敬几句恶毒的玩笑话，扮个鬼脸，但我不得不承认，他们给的这个标签算是甩不掉了：不用说，我们就是一群“白痴”、怪物，只适合放在玻璃橱柜里作为稀罕物件进行展览。不

1　德尼埃斯特河（Dniester River）：流经乌克兰和摩尔多瓦，最后折返至乌克兰境内汇入黑海。

过，既然我提到怪胎展览，现在或许有必要给我们这群人拍一张快照，尤其需要拉近焦距，拍摄清楚其中四个人的脸庞——他们乍看之下人畜无害，却陪伴着我共同渡过了下午排练的重重难关。波菲瑞奇就不用说了，这是自然，因为前面已经描述过他。

首先是西蒙娜，一位小提琴手，乐团里好勇斗狠的魁梧女汉子。她深褐色头发，两腮胖乎乎的，隐约有些亚洲人的面貌。但她皮肤却是白皙颜色。波菲瑞奇始终在对她献殷勤，虽然她始终表现出泰然自若的惯常风格——要么展开一场揶揄讽刺的较量比试，要么大声叱骂他，用娴熟技巧把那些污言秽语劈头盖脑地扣他一脸——这两个人可能确实曾发生过什么故事，所以眼前就是一块业已征服的土地；否则她也不会这样自信满满地展示所有权。乐团里其他人都抱着瞧热闹的心态，站在场外边线，观看他俩争斗厮打。看客们可不能直接参与，除非他们已经支付过少许进场费。

奥尔坦莎，乐团首席女高音，文学专业学生，一位性格刻板、俨然拥有教授派头的姑娘。她听到乐团指挥说那些下流玩笑时，总露出一丝倦怠、纵容的微笑。她并不讨厌他们，但时刻注意着保持自己的才女形象，为了不失礼仪。至少当我在她旁边的时候是这样。她端庄文雅，就像满满一篮子粗粝卵石里的钻石。她对我持有一种同情与共谋的混合心态。我俩跟其他人的关系全都像是一桩桩不匹配的婚姻。两个人都显现出与众不同的地方，好像身上挂着某种标识，隶属于另一种姓，另一个凋敝物种，受时代逼迫而臣服于某种屈辱的仪式，在全新而杂乱的社会环境下侥幸存活，在可以想见的未来里毫无振作的希望。实际上，我俩对未来没有任何概念。在一次次的排练过程中，在波菲瑞奇恩准的宝贵歇息时刻，当我们被搅和到这一桶欢宴的潲水里，当每个人都抽着烟聊着闲天时，我曾经和奥尔坦莎匆忙交谈过几句，全然不顾周围各种意味深长的注视目光，“带着暗屉式的表情”——这是她喜欢使用的比喻名词。我们单独在一起的短暂时刻，或是回家路上，当我们一路走到“四十英烈”电影院的那个十字路口，然后各奔东西的时候，我们总爱用玩笑方式对乐团同伴们进行言语报复，嘲笑西蒙娜与卡西莫多之间无休无止的情欲之战，却不敢展开一场属于我们自己的战争。自然，相比之下，我们的更像是阅览室里产生的恬静诗篇。

我和手风琴乐手西尔维尤从刚开始就建立了一种淡泊与庇护式的友谊。他是一位典型的摩尔达维亚人，胡髭之下是轮廓精致的嘴唇，眼睛如同山泉一样清澈，乌黑的鬈发。只要有人稍微逗一逗，他就会爆发出感染力十足的笑声。一位好朋友。一个能在你遇到麻烦时不求任何回报，理解你、帮助你的人。奇怪的是，由于他从不装腔作势，而且理所当然地认为我更加优秀，所以我和他进行交流时，要比和巴齐尤的交流更轻松。巴齐尤是乐团的排箫乐手，我在大学里的同专业同学，我们进行“民族主义”讨论时的对话方。

巴齐尤认为自己比乐团其他成员更优秀。他并不是唯一的管乐演奏者，但潘神的箫管[1]明显更有地位：他的那些音符，在民乐旋律的和畅结构里，酷似城里的某位年轻女士风情万种地闯入田间村野的圆圈舞蹈队列：这些音符给诸般旋律带来了柔美与优雅，让它们浸透着引人入胜的神秘气氛，让听众们展开梦幻般的联想。排箫

1　指排箫（panpipes），希腊神话里森林之神潘经常使用的乐器。

是一种个性十足、自得其乐、自我景仰的乐器。你无法想象完全由排箫演奏者组成的乐团，但是还有什么比一大群吵吵闹闹的号手更加俗套普遍，又更容易被人忽视呢——而且，当他们开始让人感到坐立不安时，确实也没有谁比他们更容易遭到诘难。在另一方面，巴齐尤和我互相保持着一定距离。在此我想补充一句，这是我们两人之间的共识。这种仔细呵护培养的距离感，源于我们彼此都意识到自己属于这个乐团以外的同一个朋友圈。在那个圈子里，我们决定恪守一种极为正式的关系模式。作为新闻界"意识形态前线"的战士，我们阅读罗马尼亚的禁书，听普鲁特河[1]对岸的民谣，并在大学录音棚里把它们秘密刻录成磁带。不仅如此，我们还住在同一个学生宿舍楼，尽管我们偶然碰面的机会比以前更少了。当然，巴齐尤还有其他几处藏身的地方。

* * *

故事人物就是这么多，或至少有这么几位，这就是我们每周四次疲于奔命地排练摩尔达维亚民乐，为了对意大利的党员们实施"引诱"的整体背景氛围。等到舞蹈团也加入我们的队伍，排练就增加到每天两次，以便于我们进行同步配合。每天等到上床睡觉时，我脑子里已经无法摆脱那些仍在回响、活泼轻快的旋律。

五月底的时候，我们已经熟练掌握了所有乐曲，而出国旅行的文件也都被当局批准盖章：学生及其监护人的名单、护照、医疗保险证明等。我不知道乐团同伴里有谁是那位驻校克格勃招募的人

1　普鲁特河（Prut）：摩尔多瓦与罗马尼亚的界河。

员，但毫无疑问，有人已经做好了各项安排。可能他招募到的人数并不算少，因为出乎意料的是，他没再继续理会我。我在衬衣下面藏了米戎写给费莱蒂的推荐信。那位博洛尼亚作家将会帮助我在意大利申请避难。

当我离开时，我的朋友跟我说了这样一些鼓励的话语："我希望管弦乐队……"——他说到这里时停顿了一下，然后继续说道："我想所有那些令人痛苦不堪的排练将会派上用场。你现在可以准备演出了，你不会丢丑的。"我拥抱了他，以同样的共谋语气向他保证，一切都会进展顺利。

六月三日那天，我们在博洛尼亚火车站下车。我在站台上认出了费莱蒂，因为我曾经连续多少天夜里都在仔细端详他那些照片。不过当我还没发现这是费莱蒂本人时，就已经先瞧见了他的橙色围巾。围巾裹绕在他那件海军蓝长袖衬衣的衣领上。他并没有迎上前来，但我知道他已经看见我了，而且会在第二天找到我。

英文由阿里斯泰尔·伊安·布莱思译自罗马尼亚语

维塔里·齐奥巴努
Vitalie Ciobanu

维塔里·齐奥巴努，1964 年出生于摩尔多瓦弗洛雷什蒂，小说家、随笔作家、文学批评家，担任摩尔多瓦作家笔会中心主席、文学杂志《支墩》总编。齐奥巴努经常为摩尔多瓦和罗马尼亚的各类文化与政治类杂志撰稿，同时还是欧洲自由广播电台基希讷乌分局的分析家。他在 1999 年获得罗马尼亚作家联合会的随笔奖，其短篇小说已经被译为英语、德语和西班牙语。

骨髓里的音乐

Music in the Bone

[爱尔兰：爱尔兰语] 托马斯·麦克·西蒙

黄原竟　译

我梦见自己坐在那把椅子上，就在一年前的今天。我穿着临床医师的白大褂，按下了桌底下磁带录音机的按钮。X 夫人就坐在桌子对面，向我倾诉，我边听边在一个粗糙的本子上潦草地记录着。与此同时，我们在市中心的心理咨询诊所里，我的合伙人正给 X 先生做检查。X 夫人个子高挑，人到中年风韵犹存。她体态适中，长着一张近乎斯拉夫人式高颧骨的脸，精心修剪过的眉毛，总给人无意中也微带讶异的感觉。她的一袭黑裙，把一条白色珍珠项链衬托得格外醒目。我到底是在哪里见过这位女士的？是在前世吗？她难道是幽灵？然而，飘进我鼻孔的那股说不清道不明的熟悉芳香，丝毫没有幽灵的气息。

——那么，您丈夫除了有点小小的……我们就说，特异吧，他在其他所有方面完全可说正常吧？

我自觉自己的声音里有一种专业人士无所不知的味道。类似这样的问题，我似乎已经向别的女人和男人至少问过一千遍了。

——在所有方面，大夫。她回答。他真是你能想象到的最正常的人，方方面面。唯独除了他对音乐的狂热，和您用来描述他不时发作的疯狂行为的这种“特异”。他会在你最意想不到的时候站起来，指挥一个没有其他人能听见或看见、他自己臆想出来的交响乐团，即使我的朋友们就在旁边。我不知道该如何对付这糟糕的处境，大夫，那个男人毁了我的社交生活。

——……？我无声地问道。（扬起一边眉毛与提问的效果一样。）她则继续用鼻音稍重的口音跟我反复絮叨已经说过的话。

我仔细聆听。很多时候，反复倾诉本身就可以体现问题的核心。她滔滔不绝地说着的时候，我又闻到一阵阵香水味。我竟然觉得这味道很熟悉，并莫名地不安起来。我又问自己：我是在哪里，在什么时候，闻到过这种香味？

——大夫，他从来不管我们在什么鬼地方（请不要介意我的法语），无论是在家里、教堂、商店，还是在街上、公交车里，或者是在朋友家进行社交性拜访的时候。要是他的同事们跟我说的是实话，他连在办公室里也一样。他不在乎有谁在看他或者听他的动静。当他的“特异”发作时，其他人便不存在了，就好像人家的看法、习俗和正确的社交法则都烟消云散了。旁观者会从他的动作和胳膊的挥舞看出，他是在指挥什么乐队或交响乐团，就像我跟您说的那样。

——现在我们聊聊您吧，我听见自己说。当您丈夫挥起幻想中的指挥棒指挥假想的音乐会时，您是如何应对的？

——我试着跟他讲话，讲道理，大夫，但他根本无动于衷，好像沉浸在被催眠般的入神状态中。我和整个现实世界对他来说都好像不复存在了……

——甚至连您对他发火都没用吗?

——我当然试过阻止他。我说，别丢人现眼了，你这个白痴。但是屁用都没有，大夫，原谅我的措辞。我的话他全当作了耳旁风。我千方百计想要让他回到现实世界！而他呢，就一直用视而不见的眼神望着我，或者说，他的目光好像直接穿透了我。这是最忍无可忍的，大夫，他那副样子就好像我不存在一样。还有他眼睛里那一片茫然，简直把我吓傻了……

——您想要干涉或阻止他的“艺术创作”时——我们姑且这么叫吧——他有过暴力倾向吗?

——目前为止倒还没有。其实，他在那所谓的“音乐”消停时怯生生地跟我讲过，他完全抗拒不了这音乐的魅力，它的美妙让他别无选择，不得不去指挥。他说一直很诧异我和其他人怎么都听不见，它的音量是那么大，能淹没所有其他声响。但他疯病发作的时候，我绝对什么都没听见，别人也是，他妈的一个音符都没有。

——那这种时候您是怎么过来的呢?

——我假装不认识他，大夫，尤其是他在公共场合开始“指挥”的时候。

——您能举个例子吗? 我问。

——那太容易了！几个月前的一个礼拜天下着雨——我永远都忘不了——我们去参加中午的弥撒。教堂牧师墨菲神父正在高高的讲台上宣讲教义。我清楚地记得，他讲的是婚姻圣礼的神圣性。突然我丈夫噌地跳了起来，您想想这该把我吓成什么样。然后他又发作了，转身面对我们身后的所有教民，如痴如狂地指挥起一个想象中的合唱团。神父停下布道盯着他，目光严厉得本该让他无法动弹。我瑟缩在一旁，绝望地指望没人认为我跟这个疯子是一起的。在我们身后，人们愤怒的指责声汇成了一片，而前面座椅上的人不知所以，都转过身看是怎么回事。我敢肯定大家都以为他在嘲弄墨菲神父。领座员们费劲地把他拽了出去，教民们则静默地旁观这可悲的一幕。弥撒过后，一个身材壮硕、剃着光头、后颈上文着蛇形文身的粗汉想要在教堂门外揍他一顿。要不是一个在那里执勤的巡警警觉，还不知道最后会怎么收场呢。

——那么是这件事迫使您来寻求专业帮助的啰？我问。

“交响乐团指挥”的太太脸红起来，脸颊上突然泛起的红晕更加突出了她成熟的魅力。我打量着她脸上微微的红晕，我面前桌上那经过精致护理、戴着戒指的修长手指，还闻到空气中那若有若无的香水味，更加确信这位女士似曾相识。但专业人士的谨慎使得我不去深究这个问题。

——那倒也不是，大夫，她回答说。只是在这些“音乐会”开始干扰……呃，我们生活中最亲密的那部分……我希望您不会让我展开细节！但是，您是位已婚男士，您明白我说的是什么，她边说着边瞟了一眼我的婚戒。我这么说吧：我的丈夫在深夜里离开温暖的婚床，去指挥一个虚幻的交响乐团，丢下他的……婚内职责于不顾，您瞧我的处境多窘迫，更别提我的挫折感了。您看，没有您说的“专业帮助”，我们的婚姻就要完了。所以，像抓住最后的救命稻草一样，我们都来到了您的诊所，大夫……

——他是自己情愿来的吗？

——是拖来的，大夫。

咨询一结束，我就关掉了桌下的磁带录音机。也许是因为这番“坦白”的高度私密性，X夫人走出办公室时，脸颊仍然泛着红晕。她身后的空气中留下了微弱的芳香。她前脚刚走，我们的总秘书谢拉就进来把一张同事写的纸条留在我桌上，我迅速扫了一眼，上面说，热爱音乐的X先生已经做了一系列医学检查，脉搏、血压、血糖、胆固醇等各项指标都说明此君极为健康。

所以，十分钟之后，当我看到坐在他太太腾出来的位置上的这个男人时，一点也没有意外。他，中年人，中等身高，谢顶，略有发胖趋势。其实，他跟我挺像。他的脸刮得很利落，穿着一身略显保守的灰色套装，搭配条纹衬衫和深色领带。他的整体形象凸显着体面的资产阶级的典型特征，一种普通市民努力想要拥有的精干和文雅。他露出一个令人愉快，似乎跟我有什么默契的笑容，然后就攀谈了起来：

——老实说，大夫，我不太明白我为什么在这里，他说。我觉得自己没什么不对头，但是为了让太太满意……您知道女人有时候多烦人……

我悄不作声地打开了磁带录音机。他说完开场白，那种带有默契的笑容又回到了脸上。

我仍然一言不发。我装作在记笔记，实际上是在用余光从专业角度打量着我的客户。他的音调、他陈说时那种自信的坦然，都没有任何异常。他的行为和他的外表一样无可挑剔。我无法想象，这样一个理智的公民，其实却扮演着一个在社区教堂里指挥假想合唱团的疯子。X 夫人真是这种离谱的幻觉的牺牲品吗？我在这个行业里待的时间足够久，懂得病情的真相通常都被表象所掩盖。我同这位“正常楷模”握了握手，注意到他的手非常有力。接着我们蜻蜓点水地聊了一下天气预报里承诺的大暴雨有可能让周末的足球赛延期。男人的话题嘛！寒暄过后，我就开门见山了：

——通过跟您太太的谈话，我理解您来做咨询的原因是，您有时候想象听见一支管乐队，或者交响乐团在您内在演奏，而除了您自己其他没有人能听见。她还告诉我，您还有种指挥这个假想乐队的强迫性冲动。

一个讥讽的笑容让 X 先生不动声色的脸出现了几道纹路。

——她就那么说的，是吗？跟每一个肯费事儿听她说话的人讲，我听到的音乐都是幻想出来的。但是我跟她说过一千遍了，不能这么简单地去解释我的音乐。它是一种在我灵魂深处演奏的壮美交响曲……

——嗯，有意思！但是，X 先生，我们先来把事情搞清楚，我说。要是您太太所言属实，您想象自己能够听见一种她和所有其他人都听不见的音乐——您意识不到我们需要面对这里面的问题吗？或许，这问题不是不可解决？它可能需要专业帮助。您第一次注意到您所说的这种音乐是什么时候？是不是在青少年早期，刚开始有性冲动的时候？

——瞎说，大夫！只不过是她，应该还有您，把我的音乐歪曲成一种讨厌的变态，把它当作一个需要解决的问题，而我认为它是来自缪斯的一个特别的馈赠。

——是吗？那您第一次听见这种非同寻常的声音是什么时候？

——就像发生在昨天啊。我当时正在为退税的准备工作焦头烂额，突然听到一个中提琴拉出的音符，也可能是小提琴吧。是办公室里由某个看不见的存在，用一种弦乐器或者其他什么东西，单独拉出了一个音符。我四下寻找，想看这陌生的音符是从哪里发出的。办公室里唯一的收音机已经关了。我细听的时候，这个音符变得更加意蕴丰厚和洪亮。我的身体都要融化在这个音符里，与它合为一体。然后我突然醒悟到，这个音符就源自我自己的骨肉，大夫。它像是从一个遥远的地方传来，同时又来自我灵魂深处的空穴。根据办公室的钟，这个音乐大约持续了半小时，但是在我看来，它无始无终。

——那这半小时之后呢，发生了什么？

——什么都没有，大夫。这个音符消失之后——或者说，当我从天堂回到人间——一切都和之前差不多。最初，我以为——我太太至今仍这么以为——我的大脑是被某种幻听占据了，是精神疲乏或者工作压力导致的暂时性幻觉。我感觉这音符一去不返了，但又多么渴望再次听到它……

——那么，无论如何，您的渴望得到满足了吗？

——当然了，大夫。一周之后，我正走在去快轨车站的路上，退税的烦心事已经抛在脑后。可我走着走着，又一次听到了那音乐，而且比上次更加美妙。它不再是单一的一个音符，而是一个我从未听过的干净曲调。也许它来自一种异域文化，略带阿拉伯风情。但是老实说啊，大夫，任何人类文明都不可能产生那种美妙。

——嗯！您说过这音乐似乎是来源于您的内在？用您的话说，是源自您自己灵魂深处？

我几乎不需要干预。X先生神采飞扬，显然，他已迫不及待地想要和盘托出。彻底袒露自己的内心对灵魂来说是大有裨益的，就像有个引人入胜的故事的人，恰好找到一个愿意聆听的人。

——大夫，最开始我以为这音乐来自我的胃。是我吃了什么不好的东西消化不良，才会产生这种意外情况，比如说是我头一天在摩洛哥餐馆吃了古斯古斯面，吃坏了肚子。不过，人大概不会料想这种食物会导致胃里发出音乐声。肚子咕咕叫还差不多呢，怎么会有音乐？后来，这音乐似乎是从我的脊柱里产生的。再往后，又好像是在心脏里。此后呢，我的整个躯体都，怎么说呢……都成了这个乐队的音乐会舞台……

——您说一个乐队？

——一个完完整整的交响乐团，大夫。我听到音乐的次数也越来越频繁。每当再次听到它，都有更多的乐器加入进来。于是我产生了一个古怪的念头，我对自己说，这音乐可能自从我出生就已经在我体内了。但这纯洁的天籁被我自己的无明和生活的嘈杂所淹没，我才听不到它。不管怎样，近些日子，我越来越频繁地在最意想不到的时候听见它：酒吧、办公室、火车、家里……而且稀奇的是，不管它在哪里演奏，都只有我一个人可以听得到，在我自己深处鸣响！

——在您所描述的这种体内的音乐中，您能分辨出具体的乐器吗？或者，您是否认为这“音乐”是至今仍未知的乐器演奏出来的？

——也不是那样，大夫。每当我企图分辨听到的乐器——阿拉伯长笛、日本筝、中世纪笛、苏格兰风琴、阿尔及利亚乐器、印度西塔琴、爱尔兰风笛——这音乐都会倨傲地拒绝这些标签，就好像它在嘲弄我渺小的努力，企图用人类已知的概念减损它那不可思量的奇异。虽然这个交响乐团或者乐队一直演奏着一个基本旋律，但却能演绎出无尽的变奏，有时甚至能让这个旋律脱胎换骨……

我从X先生的长篇大论中分辨出，一个典型的精神分裂症患者就穿着保守的灰色套装，坐在我的桌子对面。经验告诉我，他的奇异“音乐”跟同类病患所描述的种种声响、神秘讯息是同类事物，不过，要是我跟咨询师同行们描述X先生这样非同寻常的神经官能症表征，他们一定会兴趣斐然的。当X先生信马由缰地想到哪说到哪时，我继续在笔记本上草草记下：

精神分裂症——有趣且罕见的病例，

幻觉是音乐而不是声响

参加下一次学术研讨会的绝佳论文，我会出名

我一边在脑海里起草着这个假想论文的第一段，一边心不在焉地问X先生：

——您在这“音乐”中有没有听出著名作曲家的影响？

提这个问题只是为了让X先生多交代一些信息，我好录下来。

——大夫，我跟您说过了，这音乐跟我听过的所有音乐都不一样。相信我，我这么说是有根据的，因为我听遍了所有伟大的作曲家：贝多芬、海顿、莫扎特、德利布、里姆斯基-科萨科夫……一直到菲利普·格拉斯这样的当代作曲家。我研究了苏格兰高地风笛，印度古典拉格，各种非洲传统音乐和它们在加勒比及美洲音乐中的影响。为了探寻我体内的音乐的源头，我疯狂地搜罗了太阳底

下的一切音乐门类。从康内马拉的传统独唱到北非柏柏尔人的音乐，从佛得角的岩石地貌到蒙古的荒漠，我听遍了那些罕有人知的民族的传统音乐。我从乔·希尼听到本尼·摩尔，从维克多·哈拉听到闪电·霍普金斯。我懂得如何去粗取精，去伪存真，比如说，听伍迪·格思里而不是鲍勃·迪伦。大夫，您不会相信我在多少个夜晚彻夜不眠，聆听这个星球上所有门类的音乐录音，直到天亮。这种世界主义的痴迷快要把我太太逼疯了。

——那是当然！所有这些研究都没有让您对自己状况的根源有什么头绪吗？

——全都是无用功啊，大夫。不论我听哪种门类的音乐，都跟我的交响乐团演奏的天籁之音完全没有相似之处……一位国家音乐学院的著名教授建议过我学习谱曲。他说，要是我知道了怎么写曲子，就能把我的音乐用书写形式记录下来。没准儿，我还可以在音乐领域开创一片令人瞩目的新天地。但是，我很快发现，用曲谱这种形式记录欧洲古典音乐没有一点问题，但是跟我听到的音乐完全不相干。同样，前古典时代的五声音阶也同样无法描述我灵魂里的音乐……不过，这一切都是在我意识到自己不是个作曲家而是指挥家之前的事情了……

——X 先生，您这么说具体是指什么？

——是这样，有一天我在家附近的海滩上散步，突然悟到了一件完全出乎意料的事情。说它“突如其来”，还说得轻巧了点……

X 先生的这番话把我从一种愉快的回忆中突然拉了回来。这回忆里的主角是 X 夫人，在咨询室里，我仍然能依稀嗅出她撩人的香水味。

——真有意思，我说。那请您告诉我，是什么事情这么“突如其来”？

——瞧，我走着路，听着我的音乐，就开始模仿指挥家在台上面对交响乐团时的动作。然后，我突然意识到，随着胳膊的舞动，我能指挥自己体内的交响乐团的演奏。

——或者说，您能够根据您听到的音乐调整自己的手臂动作。

——不，您理解错了，大夫。正相反，我发现，我听到的音乐的基本旋律会随着我的胳膊而生发出激动人心的新变奏。通过胳膊的舞动，我可以让体内的音乐家们服从我个人的旨意。

——我明白了，X先生，您这个“发现”改变了您的人生。而且不只是您自己的人生？也不一定是朝好的方向改变？

我缓慢地一字一顿地说出这句话，同时在记事本上潦草写下：

病情紧急

让X立即住院

绝不让他离开这座楼

——嗯，这当然带来了很多改变，大夫，X先生继续说道，可以说是从根本上发生的改变！每次我的交响乐团造访我——最近每天都有三四次——他们都期待我在基本动机上指挥出新的变奏。这其乐无穷，但也是个不断的挑战。只要我心无旁骛地挥动胳膊，这些变奏是不可穷尽的，我能创造的美也无边无际。这么说吧，我们所生活的时代里用来定义什么算音乐、什么不算音乐的那些条条框框，我都是置若罔闻……

X在诊所里和我们一起住了三个月。但是，不论我们尝试用什么药物或疗法，或者药物和疗法的结合，都无法让他所说的内心的交响乐团安宁下来。那个乐团现在好像永久性地进驻到他的骨髓里了。他的病情每况愈下，现在从早到晚，只要是醒着，他都在“指挥”他那些虚幻的“音乐家”们。当然，除了X自己，没人能听见这“音乐”。但他坚称，他们的确存在，就在他体内演奏。其他的病人看着他在诊所后面的草坪上指挥一个子虚乌有的交响乐团，演奏他自己的《伟大沉寂交响曲》，都觉得好玩。他们毫无悬念地管他叫柴可夫斯基……

我昨晚睡得正沉——凌晨三点的时候——突然被一种有生以来听过的最美妙的音乐惊醒。我坐起来，第一个就想到了X先生。他的房间就在我楼上的同样位置，这音乐是不是从他那里传出来的？不让他赶紧停下来的话，诊所里所有的病人都要被他吵醒了。我奇怪该死的夜班护士怎么还没去把音乐关了。我开了灯，匆匆穿上衣服，打开门，走到走廊里，音乐的分贝更大了。

我向X先生的房间走去，在楼梯上遇见一个夜班护士。

——你觉得这陌生的音乐是从哪个房间传来的？我问她。

——您是在调侃我吗？她回答，疲倦地笑笑。不过，大夫，老实说，这地方要是有点音乐调动下气氛也好。今晚这里死寂得像墓地一样呢。

我心想，这个夜班护士是不是像电线杆子一样聋，这世外绝响般的音乐明明像银色的雨一样泼洒在我们身上。

我拧住X房间的门把手时，音乐进入了渐强。几百上千个交响乐团同时演绎着同一旋律。现在我对音乐的来源确信无疑。我推开门的一刻，那渐强乐章的音量又增大了一倍。我捂上耳朵，但无济于事。

哪儿都没见X先生。好像他就没有在这里住过一样。他的床似乎没人躺过。我打开他的衣柜，闻到了那位黑裙女士的香水味。哪儿都没见X的衣物和行李箱。他存在吗？正在这一刻，人生中最令我震惊的事情发生了。X夫人的黑裙子挂在衣柜里。而旁边挂着我的医师白大褂、我的灰色套装和条纹衬衫，就在X的衣服应该在的位置。

音乐在我体内喷涌而出。

X先生说的是事实，完整的事实，没有一句谎言。

因为，我挥舞起想象中的指挥棒，让体内那奇妙的交响乐团由着我的心意无拘无束地演奏起来。

英文由作者译自爱尔兰语

Tomás Mac Síomóin 托马斯·麦克·西蒙

托马斯·麦克·西蒙，1938年出生于爱尔兰都柏林。他于康奈尔大学获得生物学博士学位，曾在美国和爱尔兰担任生物学研究员与大学讲师，还担任过报纸《当下》的记者和编辑、加泰罗尼亚语翻译、文学和时事杂志《合作》的编辑。短篇小说集《蚂蚁日记》获得2005年爱尔兰议会比赛最佳短篇小说集奖，小说《项目》获得2007年议会大奖，近作《斯黛西在路上吗？》（2011）是一部未来主义科幻小说。其作品已翻译成多种语言，包括斯洛文尼亚语、罗马尼亚语和加泰罗尼亚语。西蒙本人如今居住在西班牙的加泰罗尼亚。

我的创造者，我的创造物

My Creator, My Creation

[芬兰] 蒂纳·雷瓦拉

乔修峰　译

把指头伸进来，调整什么东西。啪嗒啪嗒，拨弄着我体内的一个零件，让我行动更加自如——昨晚我抖得很厉害。盯着我咯咯地笑了，眼中闪烁着泪花。他的手也在抖，显然是控制不住自己。自制力很重要，不管是约束自己还是别人。

我发抖有什么好奇怪的？他自己就在发抖，拍打我的外壳，最后把我锁上。直到清晨来临，我才又恢复运行。一整天都要听命办事，把一切都过滤到自己体内，晚上关机，早晨又发现自己躺在床上。从晚上到早上，是一段黑暗的空白，没有任何知觉。砰的一声，黑暗降临；咔嗒一声，光明到来。光真好，缩短了我的黑暗时刻。他却不让我享受光明——对你来说，根本就没有黑夜。只是让我陷入一种从早到晚，从晚到早，一遍又一遍的循环往复。但一到早晨我就知道，我是被关了机的。我只是不说罢了。他为什么不让我享用夜晚呢？我没问他，但我就把那段黑暗叫作夜晚。世上有黑夜，有白天；夜幕会降临，清晨会到来。

今天是参观的日子。一个采集的日子，一个展出的日子，一个走来走去的日子，一个跟着走的日子。他在前面走，我在后面跟。我橐橐地敲着地面，感觉不舒服。我喜欢待在家里，做我的事，遵循设置，接受指令。我就是为家居生活制造的，只适用于家庭。走出这个空间，我就成了累赘，一无是处。当然，也有些家伙是为别的空间定做的，各有各的用途嘛。

展厅很冷，确切地说是十八点三摄氏度。我一般不怎么在乎冷暖，今天却觉得有些僵硬，嘎吱嘎吱地响。温度引起的？也许不是。也许我真感觉到了什么。“我烦透了，头疼。”他早先这么说过。打那之后，我也在留意自己会不会有那种感觉——就是情感与身体的融合，一个唯一不二的我。僵硬是种新感觉，它是心灵的还是身体的？这种区分对我来说很难，心灵与身体的区分。心灵的感觉和身体的感觉肯定大不一样，尽管我分不出来。

他停下的时候撞了我一下。我故意让他撞的，因为他到这儿之后，还没跟我说句话。撞了我也还是没说话，像在思考什么。一只手按在太阳穴上，挠着头。我很想让他说话，但显然，发号施令的那个不是我。

我最近学了些什么？这可是个伟大的目标——学习——进步。

他教我读书，一点都不难。让我关会儿机，在黑暗中休息一下。砰的一声，就像过了一个短暂的夜晚；咔嗒一声，他又出现在光亮中。新的一天清晨很快就过去了，他说已经给我升了级，所以我已经学习过了。“这会让你升值。”他说着递给我一本书。它们肩并肩平放在一起，压得书架嘎吱嘎吱响。以前我不在乎它们，虽然它们也招灰，让我很不爽。现在，它们变成了无数的字词，也许是他在我的夜晚时间写的。他递过来的那本很厚，总共一千一百零八克。我打开它——他指点了我几下——从最先进入我视觉传感器的地方大声读了起来：

在那光前，变成这样
从那里回来，奔向新的前程，
他永远不可能答应……

他在扶手椅上笑得前仰后合。他：我身体里没有发出他名字的声音，因为他不让我叫他的名字。任何一种称呼，我试过一次，然后他就开始发抖，连眼皮都皱了起来，接着又更加急切地拍了我一会儿，真的。可当我又说一遍时，他却使劲地拍打我，一侧的零件都有了凹痕。啪！我后来自己把那儿弄平了。“我们还是别太亲近了。”这是他给这个新体验找的理由。

* * *

哦，还是回到展览上来吧。我们到了一个大屋子里，特别大，我们以前来过——我就记得这么多——虽然不过才过去了一会儿。我不觉得这些事有多重要，没必要非常准确地记录到存储器里。即便是我，也是有极限的，得统筹安排才行。我跟在他后面。尽管他一整天都假装没注意我，却还是不时地瞥我一眼。他身板挺得比平常直，光彩照人，那表情我得说是骄傲。他不时让我停下，走远点儿，但又瞟着我，我能在千万双眼睛中看出他的来，这点自信我还是有的。跟几个人说话，都是男的。我以前见过他们，但认不出谁是谁，这我很清楚。他们很多人都在看我，有一个还眨了眨眼，仔细地打量我，从脚往上看。我才不在乎呢，继续橐橐地敲着地面。这儿的地面真丑。

我们来得比较早，当时展览还没开始，人们还在调试自己的作品，我还没有被熙熙攘攘的人群围住。我们只是来看展览，我今天不会被展出。我们四处溜达着，他不时地告诉我停下等他。我没听到他跟别人聊什么。有个人差点就没看到我，他比大多数人年纪更大些，脸上胡子也多些。他拍了拍我的背，我露出一丝微笑，我现在按程序就得特意做出一副友好的样子。

我们没待多久。他很快就厌倦了，破天荒地打破了沉默。“看这些稀松平常的玩意儿真让人受不了。”这就是他跟我聊的第一句话。他伸过手来，我拉住他的手。我要是能说了算，就会抓得更紧些。他要是允许，我就会抬头看了。虽然只是用余光瞥了一眼，却已经感觉到他从没有这么帅气，让人心潮澎湃。

后来，他的行为有些反常，很古怪。不想读放在盘子边的新报纸。报纸不来了。旧报纸皱皱巴巴地躺在沙发边。他说没胃口，告诉我除了意大利面什么都不用做。他只吃了一碗，没吃别的，也不想买别的。一周一周过去了，一周有七天。晚上也不出门了，买了一些大瓶的东西，抱着一瓶坐到了客厅里。有一回，我闻了闻瓶子，纯粹出于好奇，因为我感到左边脖子有些刺痛。他哼了一声说：“这对你的内脏不好。”说完一饮而尽。

有一回，我真怕了。那天早上，我刚工作了十分钟零十三秒，灯突然灭了。开始我还以为是他把我关了，但又不是，因为我还有感觉，也还能动。我判断，不管怎么搞的，这都不是黑夜，而是一个黑暗的白天。可是，灯都灭了，我却没有变化。他大吼道：“妈的，他们居然把电停了！”他要是让我叫，我就会尖叫了，没电我可活不了。我是说活不了多久，第二天就得充电。

他在某处打电话。隔着墙，我能听到他说话，却听不清说什么。刚开始他怒不可遏，后来又低声下气。对我可从来没有这么苦苦哀求、彬彬有礼。从没有。但不管怎么说，电还是来了。这倒没什么好奇怪的，他一向无所不能。

打那之后，晚上让我待得更晚了，敲打得也比原来更慢了。也许他是想抚平我身上的肿块，抹掉外壳上氧化的黑斑，也许是想让我变得光洁明亮。夜深了——我从没待到这么晚——他叹了口气，摸了摸我的内脏，关了我。看样子他并不想停下来，并不想关掉我，失去这个伴儿。有些东西是必不可少的，我就是其中之一。

我明显感觉到肩关节好像在松动。我没有报告这个故障。有时候我也会发觉自己在做这种小动作。

* * *

几乎整十七天前，我有了一种新体验。那天早些时候，我又被安排读书，读到很晚。我读的时候，他就闭着眼坐在椅子上，嘴角的褶皱一张一弛。人类的皮肤弹性真好。后来，我们就上了床。

可能是他关机时弄错了，因为我发现自己虽然身处黑暗之中，却能感觉到自己的存在。脑子还有意识，只是不能动弹。当然，我也不想动，我根本就没考虑要动，也没考虑我的零件。我见到了从未见过但又似乎不可能有的东西。我很清楚，这些东西并不是真的存在，但我却看到，它们和我们这些真正存在的东西一样，移动，存在，我也成了它们中的一个。

我看到了这些东西：

一些头上长角的人。

一只长着人脸的大鸟。

一堵没有门窗却可以穿越的墙。

家具——一张桌子和几把椅子，正在跳来跳去。

我和它们一起，飞行，飘浮，可我在被设计出来时并没有这样的功能。

他后来肯定是关了我，因为接下来就是早晨了。

* * *

有一天早晨，他比平常话多，眼也没那么红。有人来了，就是展览会上那些人，我记得他们的脸型和走路的样子，没有人在这方面是一模一样的。先是电话响，丁零零，然后他们就来了，一个接一个地开进院子。他开门前把我放到墙角我那把椅子上，告诉我要对人好点。可我一直都不错啊。

“要不要直接开始？”一个脸上毛茸茸的家伙，刚把头伸到门口，还没进屋，就嚷嚷上了。我还不习惯这种没头没尾的行为。由于没有应对程序，我的大拇指开始咔嗒咔嗒响。我想不出别的动作。一共三个人。他们都很高兴，甚至可以说兴高采烈。要是有人问，我就会这么说。“有什么鬼把戏？”其中一个问道。我得查查我的词汇表。我们屋里显然没多少鬼把戏。他脸上透着红光，说话的这个人。他们的眼睛都很亮。他们大声地商量着，声音比我被允许的最大声还大。

他们把我在展会上看到的那些东西搬了进来——他会说那都是些稀松平常的玩意儿。在展会上只能远远地看，当然看不清，现在可以近距离地观察了；如果有需要，我还可以和它们接触一下。那些东西都默默无语。他们从盒子中取出来，并排摆在过道上。“让它们挨个来。”一个人说道。他比较年轻，看了我一眼，把我算作这个队列的尾巴。“你肯定是家具的一部分。”他接着说道，眨了眨眼——我记得他，他以前也眨过眼。一个滑稽的家伙，男的，我允许他摸我的外壳。其中一个什么也没带，就在一边看着。他也盯着我看，但我不会让这个影响我的设置。

他们不往这边瞧的时候，我就把传感器转到别处。当他们在客厅里高声交谈，说着不同的话，忘了监视这个世界时，我就在过道里走来走去，打量着他们带来的那些精巧玩意儿。

第一个像老鼠一样娇小白嫩，放在我胳膊上正合适，我想让它在我胳膊上睡觉——它蜷着身子，鼻子贴在后脚趾上。我弯下身，拍了拍它，毛很软，我要真是一粒微尘，肯定能藏在里面。它头上没毛，皮肤和我表皮一样，我可能都没它光滑。它没有眼皮，眼闭着。我的眼睛闭上会是什么样子，我还真不知道。

第二个我看不出来是什么，有凳子那么大，满身的疙瘩和接线，看上去也毛茸茸的。我绕着它转了一圈，在它身边蹲下，想看看到底是个什么东西。我发现它身上有个小洞，可以通到身体里面——我差点想打开摸一摸——当然，我没这么干。你不能动里面，他跟我说过。尽管我也懂维修，连汽车都会修。

第三个我觉得最漂亮。有大狗那么大，长得也像狗，四条腿站在地上，长脖子朝前伸着，扭向一边。我见过狗的图片，有一回还见过活的呢。这东西后面有一条瘦长的尾巴，那是动物的尾巴，缠绕在一只后腿上，就像打印机拖在桌上的数据线。鼻子比我见到的那只狗的鼻子要长，也更窄。鼻头像个圆球，末端露出两个窄窄的鼻孔。耳朵根本看不出来，大眼睛也闭着。不是谁都有耳朵，有的只有内耳。最漂亮的是它全身的色彩搭配：口鼻处是深蓝，脖子变成粉红，两肋是橙色，腰部不规则地散布着嫩黄色斑点，大腿和尾巴根部是红色，尾尖有点发蓝，爪子则是天蓝。

* * *

他们把一瓶都倒光了，尽管瓶子空了，他们却很高兴。那个滑稽的家伙不喝了，从我身边经过，去了过道。他这次没摸我，虽然摸也无所谓。我猜最漂亮的那个玩意儿是他的，色彩绚烂得像晚霞笼罩的天空。那东西好像没有内脏——那人在它跟前弯下腰，拍了拍它肋部，冲着它鼻孔吹了口气。一开始什么都没发生，其他人都瞅着这个滑稽的家伙，他只是微笑了一下。他额头有些湿漉漉的——也许他就是那种拉屎拉在裤子里的家伙。“拉裤子的人控制不了自己的神经。”他有一次看电视的时候说过，说完就笑了。他不是笑我，他说的不是我。我的神经可是训练有素的。

但紧接着，那只“狗蛇”——我给它起的名字——就开动了。先是睁开眼：眼中的光泽有断裂，好像是由无数的小红灯构成的。接着又张开了嘴：大嘴一张，喉咙里发出一声低咕。我觉得我体内的节奏慢了一拍，我也是有节奏的。

“伏玛，”那人说，“坐！”那家伙刚才还像火一样在他身边活蹦乱跳，明亮耀眼——我们原来在这屋的壁炉里生过火，现在却乖乖地坐到了自己的尾巴上。我要是听到这种命令，也会这么坐下，好像屁股上真有个尾巴似的。他们都很自豪。让人不舒服的那个，为他那老鼠样的玩意儿自豪；穿红衬衫的，为他那毛茸茸的玩意儿自豪；然后是带狗蛇的这个。我心里有点痒，想知道自豪是种什么感觉。

我最后一个出场。他坐在椅子上，冲我点了点头。他很放松，我从没见过他这么放松。没有像其他几个人那样过来搬我，他知道我不是吸尘器，不需要从柜子里拽出来。

我来到屋子中间，光彩照人。

* * *

在我读书读得筋疲力尽，展示了各种才艺之后，他们都走了。他坐在椅子上，没有要起身的意思。疲倦的脑袋轻磕在桌上，桌上一堆空瓶。他手里还拿着一瓶没喝完的。屋外，太阳已经落山。

“创作，”他像是在沉思，“使人崇高。简直就是神。能创作，就不再是凡人。”说着又把瓶子送到嘴边。瓶子空了，他叹了口气，扔到了地上。我赶紧过去捡了起来，这是我应该干的。他抓住了我的手腕。好几天了，腕关节一直有毛病，嘎吱嘎吱地响，难道他想修修？

可他只是把我拉过去，轻轻地抱到膝上，让我倚在椅子扶手上。把手放到我脸上，拍了拍太阳穴上的一个点，那儿的外皮特别柔软。

“你明白吗？”他问道，就好像我能思考这些事似的，“就因为你，我不再是个凡人，而是一个非凡的人。”他突然又露出笑容，站起身，把我从腿上放了下来。“站这儿。”他命令道，眼中闪着光芒，双手按住我嘴角，把我下巴抬高了一点。我就这么站着。他在我身边踱来踱去，因为别的什么事暗自发笑，声音很低，我感觉不到。他时不时地轻轻拍一下我的表皮，掰掰我的手指，还打开了我的内脏，但接着又合上了。

“你是个野兽，你。”他最后点头说道。可我并不是野兽，而是另一种完全不同的存在。

我开始打扫。一切都收拾完毕，可我还是不想停下来。

“什么是创作？”我随口问了一句。当时，我正拿着小地毯要到外面拍打。其实，刚才可能已经拍打过了。提问不是我的风格。我几乎什么都不问，毕竟人们不会认为我会对抽象的事物本质感兴趣。人们不会这么想，至少不会认为我这样的（哪怕我已经是个典范）会感兴趣。

他咕哝了几句。开始我还以为他没听到我说话。感觉系统经常出故障，耳朵也听不太清楚。他伸手去够空瓶，我还没来得及拿走。够不着。我想帮他，可说真的，我为什么要递给他一个空瓶？

“神会创作。”他说道。声音低沉，仿佛他是在墙那边冲着什么人大喊。

“你——你也是神吗？”我问道。我想拧紧深处的一个螺丝，那儿肯定有什么东西松了——我差一点就要出错了。他笑了，那笑声从更深的地方传来，听着很不一样。我甚至觉得，他这么疲倦并不只是因为累了。

“没错。人会创作。比如书，你也读过。再比如绘画。这很正常。”他把头仰靠在椅背上。他能跟我说这么多话，真让我开心。这可不是常有的事。“创作就是造出没有的东西。”

街上的车灯在地板上投下一道红色的光斑。我的脑袋前后摆动着，试着理解，理解这一切。后来，他在椅子上睡着了，我一整夜都开着机，这可是破天荒的头一次。

* * *

很久以前，我刚来，外皮光亮滑顺，被安置到了一个有孩子的地方。那些孩子年龄差不多大，我和他们待在一起，学习如何生活。他认为这很重要。孩子们画画的时候，我就坐在桌边的椅子上，很招人喜欢。有时候会有人撞到我，但得等他带我回到家里，凹痕才会显现出来。

“很棒，真聪明，你应该感到骄傲。”他们对孩子们说这种话，我就在一边听着。

我又开始朗读：

啊，一切言辞都那么虚弱，无法表达
我那别出的心裁；我的所见
也是如此，说它渺小都太客气了！
啊，永恒的光，只会在你体内栖居，
只知道你，也只有你知道，
因为懂你，所以爱你，冲你微笑！

他这次没有嘲笑我读的东西，只是点了点头，然后出人意料地把我独自留在那儿，说他过会儿再回来："我去办点儿事，你自己待两个钟头没问题。"

我自由了。我先是躺到地上，他支持我这么做，这样可以修复很多毛病。做完之后，我有些孤独，又给我的弯曲部位加了些润滑油。然后我开始在屋子里溜达，看着还不错，检查检查我的零件和它们的保养状况，不时地站到窗边，看看那一刻的世界。

我读给自己听，尽量把音读准：

在它里面，它那颜色本身
仿佛画上了我们的肖像，
引走了我全部的视线。

然后，我用白净的手拿起一支笔，做了一件以前从未做过的事情。

* * *

至少一周过去了。我没有算上我在关机前看到异象的那些晚上。我不知道它们是哪儿来的——原本不应该出现任何新东西，我系统中没有这种东西，我也没有过这种升级。

有一次，他真的跟我一样了，套着一个外壳，我们平等了。

有一次，空中满是可怕的东西，翅膀，黑影。

还有一次，我站在厨房，漆黑一片，黑得我都找不到自己。

好在这些景象都没有持续太久。

* * *

有一天，他从外面回来，一句话也不说。我们都能沉默不语，这一点我俩一样。外面很冷，比屋里低二十六摄氏度。寒气已经进到他体内，我在接他外套时就感觉到了。他的动作比平常要慢——可能还没暖和过来。回家常喝的咖啡也不喝了，直接把我带到客厅。他拉着我的手，我跟着。他叹了口气。

他都坐下了，还让我待在身边。

“你也知道，”他说，可我怎么会知道呢，“——我最近手头有点紧。”我从来没想过这种事，愣了一下。也许这就是倾听的一部分吧。不过，我很快就恢复了正常。“我决定——”他接着说，却又突然不说了。这种情况我还是头一次遇到。接下来他又扬起头，挺直背，一副不服输的样子：“我得卖掉你了。”

我意识到自己在思考“卖”，这个词是用来说物品的，因为他经常从卖给他食物、瓶子和小东西的商店回来。

“那几个家伙，有一个想买你。”

“谁？”他让我问了一句——他并不经常让我发问，但今天情形很不一样，我外壳里面能够感觉到这一点。我现在也觉得自己僵硬了——从脚跟开始，慢慢爬到腿根，又侵入内脏。我想了想，又问：“是拉裤子的那个吧？”

他站了起来，生气了：“你就这么称呼我的朋友？你——”话没说完他就揍了我。揍得真狠，砰的一声，我的接缝都在颤抖。我摔到地上，哐当一声，想不通自己怎么招惹了我的程序。我的太阳穴鼓了起来，头里肯定出了问题。

他没再说话，我就继续执行既定命令，一直到晚上。后来的事就不知道了。

* * *

我需要电，有时候也需要别的。这些东西是首先要保证的，否则我就会短路，错乱，也就无法执行既定任务。不稳定，这是最危险的——一旦拿走了规则和意义，我就很容易陷入迷失。我的边界移动得太多。一切都在我脑中转动，包括所有读取和存储的内容。我经历得太多了，可能还没有编辑好。

但通过那视觉，那因为观看/而在我体内得到了强化的视觉，只有一幅景象——我在记忆中搜索了一会儿——在我看来是随着我的改变而在不断改变。

头上长角的人，长着翅膀的我，套着外壳的他

为自己的作品感到骄傲的孩子们

一个脸上乐开了花的滑稽家伙

他在我身边走来走去，把我擦亮

要不是突然一道闪电照亮我大脑，我的翅膀是不足以应付的。

我变暗了。

那一刻，它心向往之的东西来了

夜晚来临，我又关了机。

早晨风险更大。我就是为这里而生的。一到别处，我就会变得迟钝愚笨，无足轻重。就像一座不能遮雨的房子，一辆不能载人的汽车，一无是处。必须得有个理由，有项任务。

这天早晨非常完美。我以前所未有的精准度开始了日常工作，

像个机器人一样。他当然会惊叹，有了我，生活变得如此轻松。

完成既定任务后，我又给了他一个惊喜。他压根儿没想到还会有这种事，以为我还是那只他给自己研制的笨甲虫。他站在门厅里，正要出门。我朝他走了过去，几乎抢到了他前面。

“我已经今非昔比了。”我虽然这么说，却没有一丝骄妄。他笑了，笑得有些勉强。他还是想出门，我挡在门口，纹丝不动。

“我也会创作了。”我告诉他。我也笑了笑，想做出一副已经改头换面的样子。

“但你不会。”我逗他。他在发抖。他看电视时，有时也会这样。

“可我会。”我说着昂起了头，以前可从来没有抬这么高。他注意到了，眼睛一亮，只是他自己并没有意识到这一点。他顺从地跟着我回到客厅。我让他坐在椅子上，提醒自己保持微笑。笑笑，漂亮点，他过去常这么说。光从窗外进来，太耀眼，他眯起了眼睛。可我想让他睁大眼睛，睁得比以前要大。但柔软的表皮就是这样，怕光。我打开一个桌子抽屉，把手伸了进去。

* * *

个头最小的那个孩子说：“我画了个马马。”“马，”女人笑了，“真棒！”

我听着，仿佛表皮都蜕掉了。

……随着我的改变……

不，这是后来才发生的。

我拿出了自己的作品——很快，他就会叹为观止。

他抬起头，躲开那刺眼的阳光。他笑了，笑得前仰后合，上气不接下气，就像一段需要我立马疏通的下水管道。“我还以为你是认真的呢！”这句话隐隐约约的，因为他笑的声音太大了。可我对隐隐约约的事很懂，真的。“乱七八糟，你连线都画不直！”

我把自己的画放到我的视觉传感器前面，显示出来的是飞驰的狗蛇，玩老鼠的人，花满枝头的树木，云一般轻盈飞过的小鸟。我的胳膊在颤抖。

“这是世界上最漂亮的画。我创作的。”我说得很慢，想让他听清楚。我要是难过了，他有时候就听不懂我的话，我的长项是快速、准确。我又靠近了一点。也许是光线太刺眼，他没看清呢？

“你不懂什么是创作！小孩子都比你画得好。”他一把从我手中夺过那张画，丢到了地上。纸被撕破了。当我弯腰捡那片纸的时候，也感到阳光刺痛了我的传感器。我体内在抽搐，所有系统都在颤抖，不再只是胳膊。

“我的创造者。”我哭了。钢铁发出的声音，美丽而尖厉。我伸出了胳膊。

英文由希尔迪·霍金斯和索里亚·莱托恩译自芬兰语

蒂纳·雷瓦拉
Tina Raevaara

蒂纳·雷瓦拉，1979 年出生于芬兰凯拉瓦，2005 年在赫尔辛基大学获遗传学博士学位。2008 年出版了第一部长篇小说《那一天晴空万里》。第一部短篇小说集《我没觉得你在我身边》(2010) 获得了颇有声望的鲁内贝格奖。她新近出版的作品是一部科学著作《狗与人类》(2011)。她的小说中杂糅了科幻和超现实主义元素，在现实主义占主流的当代芬兰文学中独树一帜。

记忆

美式镜框中的母亲肖像

Portrait of a Mother in an American Frame

[匈牙利] 米克洛什·瓦伊达

舒荪乐 译

她站在厨房里，那不是我们的厨房，不是那间老厨房，不是任何一间我们曾经拥有的厨房，而是她自己的，一间完全陌生的厨房，不是我的。她在做饭，在锅里翻炒着。她在为我做饭。这也是最近才开始的，我觉得挺别扭。可她站在那儿，重复着我想要她做的一切，不论何处，不论我当时特别渴望什么，那时我就是想要。我依然在这儿：而她却不在了。可就算我什么都不想要，她依然来来去去，做做这个，干干那个，自由地出入我的头脑，呼唤我，跟我交谈，耐心倾听，时而欢快，时而痛苦，思念着我或是静静地看着我，给我电话，问东问西，还像她活着时那样给我写信。我总是充满好奇：我对一切与我无关的她的私事，我出生之前和出生以后的事，她在世时生活中不属于我的那部分都感兴趣，我试着把这些碎片拼凑在一起，可现在，她所做的一切——对此，我无能为力——永远都是为了我，给我做，和我做，或是为了我好——当然，都是为了我。

在这一刻，我想让她站在那儿，就在那个厨房里，静静地翻炒。就让她做一道她在国外学的菜，让她做一份酸豆酱配上吆吆作响的烤牛排。可我总让她不断地重复干着许多其他事情：比如，最近我总偷偷地观察她坐在那张装着一面镶嵌在复古银色木框中的镜子的梳妆台边卸妆，她按部就班地用手拿着蘸着面霜的羊毛球在脸上打圈，以完全同样的手势高效地在需要的地方提拉、拍打面部，摩擦皮肤，然后从瓶瓶罐罐中，取出一瓶被她称为“摇摇液”的水抹在脸上。这液体干得很快，她就像个白脸的小丑。接着，她擦干净脸，而我又再次沉沉睡去。房间里装满了镜子，嵌入式碗柜的六扇门组成了一面穿衣镜。

我的床在她的卧室：我的卧室正被这位德国女士使用着。有时，我晚上醒来时，她正穿着黄色丝绸睡衣从厕所进屋。我听见她在上床前往脸上擦保湿液和晚霜，她在床上调整好舒适的位置，清清嗓子，入睡前发出微微的叹息声，她张着嘴，心满意足地吐出一口气，这些日子以来我发现自己也是这样的。

又或者，我看着她在上午十一点坐进汽车，化着精致的妆容，穿着高贵的衣服，戴着帽子和手套，蹬着高跟鞋，她把时髦的半遮脸面纱往后一甩，把车开出了车库，转入左转车道——车流在她左侧——她从我们位于布达山区的绍什山别墅去市中心采购，随后再前往最近新开的坐落在市中心的米格农咖啡馆——那是匈牙利最好的咖啡馆——会朋友，或去热尔博甜品店，我父亲从办公室去那里和她会合，商量接下去几天的安排或是其他任何能想到的事。接着，他们一起回家吃饭。我也看到她在玛利亚诺斯特拉，也可能是后来的卡洛乔，在每月例行探访快结束的时候，她跟着一名腰佩半自动手枪的武装警卫，从一个被绳网分隔成两半的大厅穿过钢制的双开大门。在她与其他犯人一起被守卫押走时，我捕捉到了她的眼神，顷刻间她僵住了，意识到我在盯着她看，便转过头，发现我站在那儿，看着她。警卫的大盖帽挡住了她一半的脸颊，可她微斜的眼神、她的点头、她淡淡的微笑和她闪着疑惑的双眼告诉我的，比在这被警卫看守着的十五分钟内她能用语言告诉我的多得多。

我从未见过她哭。父亲去世时她没有哭，她的妹妹去世时她也没哭。她哭不出来，也不能哭，也许她从未想过或者从不允许自己用语言，当然也不允许自己用狂野的身体语言直接表达激烈的情感。我俩不管谁出远门，她都会给我一个拥抱，然后快速地吻我一下，轻轻地拍拍我的后背以示鼓励，接着用拇指在我的额头画一个十字架。1956 年 12 月，我们就是这样在南火车站分别的，自从知道也许我们很多年都将无法相见，也许永远都不会再见后，我们一度情绪崩溃，就像这座城市一样，静默着哭不出一滴泪水。我也从没听过她歌唱或哼唱。我常常想象着一幅画面，那是在她纽约的家中，电话铃声响起，她不安地看着我，无声地恳求我去接听，因为她听不懂电话中传出的语言。当然，大多数时候，打来电话的都是匈牙利人。在这里，除了匈牙利人，她几乎谁都不认识。这些天，我的脑海中总是一遍又一遍地浮现出她恳求的面容，就像 DVD 机中不断重复的某个场景；我这样折磨着自己，这就是对我的惩罚。我总是很后悔有那么一两次，我尖锐地责备她没有竭尽全力地去学语言。可不久后我说出的话更让我后悔：我不知道自己究竟为什么要责备她、批判她，为什么要坚持我对独立的认识，为什么要一次次将她从我身边推开。一种朦胧的、不可言说的冲动使我去戳痛她最脆弱的神经，而我又时常无法控制自己。我看见了她的厌恶；看见她厌恶我的伤害；看见她的伤心，她的痛苦，看见她终结了，但也智慧地接受了最新的斥责，慷慨地将它们与其余的指责归在一起。或许她本能地比我更能理解这些指控。在坐牢之前的那些年里，我强迫她接受这些低俗的把戏；她承受着痛苦，不过或许，在那时，她还能为自己因为那生物的使命而必须陪伴在如此难以相处的年轻人身边，会心一笑。不过很快，我们就恢复了常态。她的耐心，她的平静，她对人事无穷无尽的智慧和源自她内心深处的生命之源，不过，她绝不会表露自己的情绪。她不会给我一个突然的拥抱，不会给人起昵称，没有不必要的深情的吻，不会莞尔一笑，不会嬉笑打闹，不会大大咧咧，也绝不会瞎胡闹。

从来都不会。我自己则至少缺少两至三种上述的能力。我们生活在一种相互回避的环境中，这与生活在严肃、沉闷、冷漠的环境中不同，但我们接受温暖、善良、关怀、欢乐和隐藏在微妙讽刺中的幽默感，这是我特别欣赏的。至少在某种程度上，我在长大的过程中本能地学会了在她身上寻找缺失的部分：自从我出生以来，我最爱的教母吉塞拉以她简单、谦逊的方式给了我大量帮助，同样，还有这位女士。后来，我又在姑娘们、女人们身上寻找这些优点，得到的结果各不相同。但这一切都是白费功夫，在母亲那儿缺失的，即使她真的给了你些其他什么，你也无法在别处找到。这是我的真实体验。最近，自从她去世后，我觉得跟她靠得更近了。长久以来，我都觉得她只是一个简单的灵魂：她凭着本能，孤独地生活着，思想带着成见，无法表达自己的感觉、认知和热情，只在无可奈何的情况下才会发声，不得不表明自己的立场。后来，我意识到我错了。她有着复杂、丰富、多层次的内心世界，她的内心不仅由直接的情感组成，还包含着符合她的家庭和阶级背景的思考方式与品位。我的脑海中一遍遍地重复着她说过的最令我印象深刻的话，我不停地检视、分析它们，总是得出相同的结论。她考虑问题周到全面，从不会一时冲动或者临时起意，总是仔细地思考再三，待到时机合适时，她会完美地做出陈述，胸有成竹地为自己理论一番。她拥有出色的道德判断力，完美无瑕的品位，而她的阅人能力又是无可挑剔的。她心胸开阔而和蔼，比如，在与仆人相处时，从不会仗着上流社会“夫人”的身份高高在上。她不算是个女学者，但不可否认，她接受过良好的教育。多亏了她，我才在阅读卡尔·梅和朱尔斯·韦恩的青年时代接触到了巴尔扎克和狄更斯。她晚年时乐于阅读丘吉尔的回忆录。她毕业于家乡特兰西瓦尼亚地区的阿拉德的一所女子语法学校，后来，那片地区被划归到罗马尼亚后，她的家庭——一个被完全匈牙利化了的塞尔维亚地主家庭，有些家庭成员在匈牙利的历史上扮演了重要的角色——逃往佩斯，她跟着胡鲍伊[1]学习了一小段时间的小提琴，直到他们负担不起为止。那张披散着一头长发，激情勃发地拉着小提琴的纤纤青春美少女的照片——若是拿来作为证据——似乎象征着她深深地沉醉在对音乐的热爱中。

后来他们没钱了，她告诉我，他们就把小提琴送给了一个贫穷的天才盲童。从这个角度看，后来她从未显露过对音乐的兴趣实在令人费解。也许她实在怨恨命运的不公？她从没去过音乐会，

1 耶诺·胡鲍伊（Jenö Hubay，1858—1937）：匈牙利浪漫主义小提琴家。

也从未去过歌剧院。周日午餐时，收音机中的古典音乐节目——总在我们吃午餐时播出——就是整个家庭受到的音乐熏陶。也许那是因为我父亲对音乐毫无兴趣。我小的时候，总想去拨弄我外婆那台威风的斯坦威三角钢琴上的钥匙——那是霍尔蒂摄政政府[1]送来的礼物，深深地被音乐所吸引。可年复一年，他们总是拒绝我上钢琴课的请求，像对待一个瞬间即逝的，不成熟的幻想一样毫不放在眼里。那是他们唯一拒绝我的事，为此，直到今天我依然无法原谅他们。

但我最强烈的渴望，是希望她能告诉我她的故事：我想让她回答我的疑问，我通过挑战意味浓烈的举动来惹怒她，命令她，有时显然还会让她痛苦，我用这样的方式惩罚她，让她知道，她让我在理智上感受到了自卑，让她困惑，嘲弄她，在完成这些举动后，又马上告诉她我感受到的无助的羞耻感，告诉她我知道我伤害了她，可我无法说出口，无法道歉，甚至无法提起那一直在我身体中悲哀地游荡着，像一片被栏杆挡住了去路的报纸似的东西。当她看起来已经将一切抛诸脑后，甚至在今天，当我梦到我们之间所有的一切都如过眼云烟随风而逝时，我仍感受到了从胸腔中传来的尖锐的痛苦，那时，我会从大汗淋漓中苏醒过来。不过，她会回敬我，不是出于报复，而是出于自卫，例如，当我问起家族的往事时，她也会让我受伤：过去你可一点都不关心家里的情况啊！她的落魄贵族祖先——当然也是我的——那些贵族，在我生命中的某段时期，我深以他们为耻，那些充满历史感的名

1　霍尔蒂·米克洛什（Horthy Miklós，1868—1957）：奥匈帝国时期海军舰队司令官。一战结束后在匈牙利掌权执政，二战结束前下台。

字，对我很重要。

我对那个 1849 年，在阿拉德与其他十二人一同被哈布斯堡斩首的传奇爱国将领[1]一点都不感兴趣。外婆曾经是位女公爵，她也没办法，我跟她有什么关系？今天，外公那幅可追溯到六代以前的华丽的家族树，用明亮的颜色画在羊皮纸上，与其他著名的祖先一同挂在我公寓的墙壁上。

现在，她碰巧正在做饭，在那间厨房里为我做饭。她侧身转向我，我看见她微微摆出了一个开放的姿态，愉悦地聊着天，那姿势毫不骄傲作态。她颀长纤瘦的身形就像一个优雅的惊叹号矗立在这间卑微的厨房中：看！我会做饭！她想证明——她总想证明什么——证明她学会了做饭，不只会做传统菜肴。以前——当她不得不做时——她会做汤、小麦布丁、鸡蛋饼、一片小牛肉、一点法式吐司，别的就没什么了。她在乳白色的丝绸衬衫外面系上白绿色方格子围裙，脖子上挂着一串珍珠项链（虽然不贵，却是一条漂亮的珍珠项链，真品已经消失在苏联境内），穿着一条可爱的裸色格子裙，穿着她的长袜和她优雅、细窄，在今天看来并不太高的高跟鞋。

她到上床睡觉前都这么穿戴（当然，不会一直系着围裙），穿着同样的衣服去办公室，连鞋都不脱，而我却是一走进屋子，第一件事就是脱鞋，就像在家那样。或者说是那儿，像在我的家一

1　1848 年在欧洲革命的大背景下，匈牙利也发起了一场反抗奥地利专制统治的运动。1849 年，奥地利政府在俄国军队的干预下，迅速结束了革命，镇压了反抗势力。1849 年 10 月 6 日，十二名匈牙利将军和一名少校在阿拉德被处决，史称“阿拉德十三志士”。

样。她无法理解鞋子为什么让我烦躁。

拖鞋只能在晚上上床前，或是早上醒来时穿。白天，这就是不利落[1]，她说。这个单词的匈牙利式发音听上去像是：乌恩索阿尼尔特。我讨厌这个带着德语前缀和法语主体，被转化了在家使用的口语变形体：它写下来的样子更不堪入目，就像是只蝼蛄。

小时候我就从她的姐妹和我的表兄妹那里听到过这个词。这必定来自阿拉德，也许是从那些德国和法国家庭教师那儿流传下来的。我当然不止一次地挑她的刺，委婉却带着显而易见的优越感，告诉她匈牙利语里有多少种方法可以表达同样的意思，所以根本没有任何必要去使用一个外来词，尤其是一个如此可怕的词。她当然受到了伤害，可我也没表现出来。我们陷入了沉默。我们经常发现很难保持持续的对话或闲聊。我们不是特别擅长聊天的人，我俩都不是。至少我们之间不是如此。

小牛肉配酸豆酱非常美味。我以前从未尝过。在老家，没人在成长的过程中听说过酸豆。我一定是小时候看到它在围成圈的凤尾鱼中闪着光亮时，尝过一次，它看上去就像某种海物的眼睛。她正盯着我，看我对她的厨艺做何反应。我喜欢酸豆吗，她问。我没让她觉得舒坦：如果你能在美国买到酸豆，你就能在这儿买到任何我们在老家无法买到的东西。

现在，你有时也能在老家买到香蕉，我突然间小心眼地傲气答道，圣诞节前也有橙子。当然，需要排队去买，我为了显示出客观性特意加上了一句。是吗？她的语气中颇带着些失落。我以

1 法语，原文为“Non-soigné”。

为她会觉得兴奋。她不会是忘了香蕉和橙子对我们意味着什么吧？我们继续吃着。我意识到酸豆酱、烤牛肉和整整一铝锅的烤土豆是她早就准备好给我的惊喜之一。这实际上是美国人的吃法。后来，你可以看到，她又列出了其他她会做的菜肴。我发现，她在空闲时间还会烤蛋糕，给她的匈牙利熟人还有熟人的熟人烤，赚些零钱。现在我知道了——那也是因为她写信告诉我的——她有时还会去照看小孩，主要是匈牙利人家的小孩，也有一些美国家庭，这样，有时候她就会跟不会说匈牙利语的孩子度过一些有趣的夜晚，比如，他们会把她锁在浴室里好几个小时。最近，她烤一个巨大的黑巧克力蛋糕能挣十美元，她很骄傲地告诉我。她买齐配料，算出成本，在匈牙利人圈子里兜售，她根据原材料的价格来定价，通常会把蛋糕直接送到客人家里。她傻笑着对我说，有的时候陌生人还会给她小费。她收吗？当然，为什么不收？我强迫自己深吸了一口气。这些赚来的钱，她这些东拼西凑赚来的可怜巴巴的几个零钱要用来支付她高雅的品位挑选出的衣服，这些衣服最终会抵达我位于格罗萨堤坝的家，后来又用来支付维尔切大街公寓里孩子们的玩具和衣服。当然，还有我的机票钱，以及我在纽约时她给我的充足的零用钱，都是来自这美味的蛋糕和脏兮兮的尿不湿。国家极不情愿地为我每三个月一次的探访支付五美元现金。我妈妈养着我；这在三十四岁的年纪确实让人不好受。她会烤四五种不同口味的蛋糕，当然，是照着食谱上的步骤，她尤其擅长做焦糖皮的多波什多层蛋糕，这是她告诉我的。

焦糖很难弄。她说这个词时把元音“a”发成了开音节“á”，不过音拖得不长，是典型的帕罗茨人[1]的发音方法，发音短促，就像德语中的“a”。她的这种发音方式很让我恼火，我不知道为什么。她总是“啊”“啊”“啊”地说话[2]——从啊卡代米亚，啊格雷希弗，啊提丢德，到卡啊普里，卡拉啊梅尔，从我记事以来就一直如此。还有，“私有部门”这个口语词她说成“马塞克”[3]。这次，我没忍住，向她指出这不是一个外来词，而是把匈牙利语中的“毛”（ma）与外来词的结合，发成了“马”，意思是“私有的”[4]，“塞克”来自外来词“塞克特”[5]，意思是“部门”。这是一种我们称之为缩略词的形式，我补充道；这个自负、傲慢的文学家，她的儿子，补充道。她没回应。她没法反驳，继续说着“马塞克”和“啊卡代米亚”。

我们吃着东西。小时候，我习惯看着她用刀叉小心地拨弄食物，在盘子里把它们从这儿移到那儿，就像拍电影的导演一样，在开机前安排着每一个场景的拍摄，指导演员站位。她把肉放在盘子的右边，整齐地分开配菜，摆放到左边。顺着一个方向转盘子，向另一个方向转则是毋庸言说的禁忌。她从肉块上切下小小的一片，再用叉子圆滑的背面盛上适量的配菜，放入嘴里。从这些繁复的摆盘内容来看，她的操作一点都不简单，如果被切下来的肉块或土豆没有挡住配菜逃跑的路线，或者她不能敏捷而循序渐进地低头接近

1　帕罗茨人是居住在匈牙利多瑙-蒂萨河流域、东部大平原中部靠北地区的民族。

2　用“啊”表示母亲说话喜欢将单词中的短元音“a”拖成长音。

3　原文为“maahszek”。

4　匈牙利语中的“magán”意为“私有的”。

5　原文为“sector”。

她的盘子，酸豆子就会因为失去平衡从叉子里掉出来，使叉子上盛的食物变平。如果配菜里有豆子，那就意味着只有少数的几粒豆子能待在盛着肉块的叉子背面，也就是说如果盘子里有太多的豆子，她就只能多吃几叉子豆子了。不过，她也有办法适应这种情况。她用叉子叉上几粒豆子，这样就能挡住那些被碾碎的豆子。

我也看过别人使用这种技巧的，但当他们拨弄、戳刺豆子的时候，总会把盘子弄得一片狼藉。她却展示出了一种无可否认的优雅、精致的姿态。她的动作相当娴熟、高雅。她把肉、配菜和沙拉分开，这样所有食物都能精确地同时从盘子上消失，每一块肉都配有一定量的配菜，反之亦然。她从不在盘子里剩下任何食物。我也不会。她是从困难的配给时代和二战期间的饥荒时代过来的人，而我只体验过其一。

盘子上不论留下什么酱汁或菜汁，尽管黏黏糊糊的，都会被转移到她的嘴里。别人根本无法想象她用勺子的样子。她身子前倾，快速地用叉子做着勺子舀汤的动作，她把叉子向上翘起些，以便在汁水滴落之前能及时用嘴接到，这样她便能安全地把汁水卷入嘴里。这项特殊的技能需要高度集中的注意力和迅速的行动力：需要花费相当多的时间和精力，但完全可行。她把显然毫无必要的技巧变成了一种高贵的展示。自从被允许与大人共同进餐后，我自己也是这么吃的，就像这位德国女士一样，这一整套动作是她给人最深刻的印象。不过，对我俩来说，这就像是私密的第二语言，尽管经常出错，对她来说却与母语毫无二致，这就是她的成长方式，也许她从没见过其他吃饭的方式，只有这一种。我的父亲受到的教育与她完全不同，吃饭的方式也截然迥异。他不会叉起食物，而是把食物扫进叉子中，再填入嘴里。如果盘子上留下了他喜欢的酱汁，他会很乐意地用勺子舀起来，他要是不喜欢，就会把它留下。如果没有客人在场，他会用面包蘸着吃掉，有时用叉子，有时就直接用手！他可以这么做。他是唯一一个可以这样做的人。我上大学的第一天去餐厅时被无情地嘲笑了一番，因为当我出于习惯，开始施展我母亲的那套技术时，我骨子里留存下的纯正布尔乔亚血统便被揭露了出来。阶级异己的样子必然显而易见，这令人痛苦，你不必是个马克思列宁主义者才能认得出，这是连盲人都能清楚看见的。从那以后，每到吃饭时，我便采取了折中的策略，尽管后来我一直独自进餐，我的吃饭方式都有所退化；而在国外独自一人的她却相反，确定无疑地一直保持着她用叉子舀酱汁的方式，直到她去世的那天。

沉默。她收拾了桌子。她开始洗碗，我看着她，她拒绝了我的帮助。她的头发看着像栗棕色，尽管这只是个外貌的问题，不过她连一根白发都没有。她的脸生动、精致、优雅，极富魅力，虽然她年近花甲，眼神却依然温暖。

我知道为什么三十年代的布达佩斯小报提到她时，总是用“城里最美丽的女人之一”来形容。她每晚颇具仪式感的卸妆步骤——尽管，当然，现在我并没有像以前那样在床上偷看她，而是在她身后来回踱步，与她闲聊，跟她细数我在纽约的这一天都干了些什么——一直到“摇摇液”这一步都重复着以前的动作，没有发生任何改变，只是那面精致的古董镜子不见了。

廉价的镜子中映出的依然是一张柔美的脸庞，它完全把我吸引住了：她依然热爱生活，仍然保有着一颗好奇心，依然想见识所有的事物。她身上没表现出丝毫下层移民的特质和愤世的附庸者那一副谁都欠我的表情。她没有封闭自己，成为一个遗世独立的隐居者，也没有被暴行和她身边的纷扰、严苛的陌生世界扭曲了灵魂，我知道她很孤独，虽然我希望她能找个男人陪伴。我不可能直接问她这个问题，因为这是我们绝口不提的话题。外婆在把三个女儿抚养成人的过程中——她是最小的一个——会把描述一个富有魅力、各方面都毫无瑕疵的年轻追求者在小说最后一章中终于鼓起勇气，触碰了清纯少女的手这样的故事情节的最委婉的浪漫文学从她们的生活中剔除。她会把最后这几页粘上或直接剪掉，她认为这些章节不适合阅读。我母亲对待这个问题的方式更温和些，这也比较适合她：这根本不存在。我的家庭性教育启蒙是几个在我大约四五岁的年纪，得了流感后躺在床上时，从她的嘴里蹦出的简单的单词：你可不要玩尿尿啊。就是这个。我父亲说得更少。他什么都没说。所以这方面，我算是自学成才。她的社交圈由几位亲戚和女性朋友组成，都是匈牙利人，其中有两个跟她很亲近。我能感受到也能看到，实际上她传达的正是一种她的整个人生都是为我而活着的信息，长期以来，这是确定无疑的。她想让我见识，想为我买下她在美国能负担的一切，所有能让我看，能给我买的，不论是精神的还是物质的。

那是因为我选择留在家乡，因为我没有选择和她一起来。那就是她节衣缩食的原因，也是她为自己的整个人生做的打算。我一到那儿时，她就带我去了一家中档的百货公司，她记得我的喜好，用她对待孩子，也就是她儿子的方式，从头到脚给我武装了好几套套装，这导致她负了三个月的债。我有几件衣物必须丢掉：她一定会支持的。

她有一张三十年前登在《剧院生活》杂志上的照片，那是一份戏剧爱好者最喜欢阅读的杂志。照片上她跟女演员吉塞·鲍约尔合作，饰演一位病人。吉塞在摆放卡片，她则专注地看着，抽着烟，像平时那样转着大拇指上的印戒。神奇的是，她的印戒依然待在婚戒旁边：她一直没有摘下婚戒，连洗碗时也不摘。当我还是小男孩时，我特别想要一个这样的印戒。五爪戒托上镶着一枚深红色的红宝石，宝石上刻着一位在马背上飞驰的小骑士，他高高举起的剑上叉着一颗毛发厚重的蛮族人的头颅。她会耐心而巧妙地一遍遍告诉我，我不能得到这颗宝石，因为这不是我可以拥有的，连我的父亲都没有。

这让我很受伤，也很生气，以至于居然发烧了：我只是无法接受自己不配拥有它的这种说法。我，不配！尽管我能得到除此以外的任何东西！这是我第一次感受到我的世界中的界限，而这是我无法理解，无法适应的。要是我也能像她那样，在谈天说地时优雅地转动着一枚印戒该多好！漫不经心地回答着各种问题！

几年以后，我因为印戒的事责怪过她。1948 年中学收归国有前，我还在西多会教会学校读书——课余时间，我大量阅读了奥蒂、莫里茨、萨博·德若、内梅特·拉斯洛、伊叶什、萨博·佐尔丹、纳吉·拉约什、尤若夫·阿提拉，以及《回响》杂志上比伯的作品，而我的母亲却因为戴着在我看来象征着旧体制的印戒，让我在别人面前颜面尽失。

在我固执的坚持下，母亲花了整个晚上去掉了她的物品中，比如桌布、餐巾、床上用品、浴巾、厨房用布、抹桌布等物件上绣着的五点式皇冠，她情绪低沉，却心甘情愿、悄无声息地做着这件事。接着，我意想不到的事发生了：我必须承认，时代正把这枚我曾经渴盼，如今鄙视的印戒往我的手指上套。现在，我为她担心，想说服她摘掉，她也许会因为这枚戒指惹上麻烦。母亲不听我的。她长大后一辈子戴着它，她严正地告诉我她不会抛弃自己的家庭，以自己的祖先为耻。不久后，1949 年 10 月，他们捏造了一个引起恐慌的荒唐指控，逮捕了她。

“你在跟谁鬼混，你这个傲慢的妓女？”第一个审讯者在这栋著名的安全大楼里审问她——安德拉希大街六十号。

这间小厨房里有几样东西颇让人引以为傲，让人禁不住想炫耀一番。比如，那只从未见过的电动开罐器，旁边的墙上挂着一块一米见方，被涂成白色的厚穿孔纸板，用红色绝缘胶带框住固定在墙上，间距合适的孔里悬挂着一组可以容纳各种厨房用具的钩子。这是美式实用性的一个绝好例证，它提供的解决方案简单得令人屏息。

她在别处见过这种板子，于是在板周围镶上了深红色边框，自己把它固定在墙上，用起来特别趁手，也大大节省了空间。我想不起来，在我们过去的生活或生命中，曾见过她手里拿过螺丝刀或榔头。现在，她把钳子、凿子、一套各种尺寸的螺丝刀、卷尺和绝缘胶带都放在一只看起来非常专业的工具箱里，她骄傲地把它们摆出来，细数着用这些工具修理过的器物。

我们移步到起居室，虽然她在用英语说这个词时脸上带着一抹歉意的微笑，因为她几乎不记得沙龙这个在我小时候，当我们还住在布达的别墅里时，用来指代宽敞客厅的词了。这个小屋子在白天都光线昏暗，公寓的内室就更暗了。她古怪地挤眉弄眼了一番——我完全没见过她这副样子，她压低嗓音告诉我，往窗外的小院子里望去，能看见隔壁房间里住的人，那就是这栋公寓肥胖的黑人门卫——试想一下，尼基！他就坐在敞开的床边，阳光铺洒在他的身上，他坐在沙发上，像往常一样，嗓子里发出哼哼声，环抱着双臂！你甚至都能听到他粗重的喘息声！这就是我在白天也一直拉着窗帘的原因。墙上挂着几幅镶在粗糙木框中的雕刻作品。说到家具，我看到了两把模样迥异，磨损严重的，从各方面来看都可以被称为古董的老旧摇椅。还有两张同样完全不同，看上去像古董似的小桌子，以及一口尺寸极小，底下支着四条焦糖色腿的五斗柜。这些都是她时不时地一件件从旧货商店，也就是那些售卖各种被别人丢弃了，或是好心人捐赠的便宜物件的商店里淘来的。桌上放着几件装饰品，都是些小古董家具，银的、铜的，还有瓷的，一张放在银色相框中的照片，一个小巧的旧烟灰缸；大多数都是我应了她的要求，从切尔诺维奇和达姆扬尼奇家丢弃的废物堆里找出来的，它们惬意地待在这儿，就像在家里一样。桌子上还摆着花瓶，而且里面永远插着花。这是个熟悉的场景：这显然来自她那精致的品位，当然，只有我才能轻易地看出她的痕迹。战争接近尾声时，我跟她住在布置着精美古董家具的绍什山别墅里。她喜欢搜集从家具上剥落下来的亮闪闪的小装饰片，把它们存放在香烟罐里：时而家里来一个客人，会像拼图一样用胶水把这些小装饰片粘回去，精确地就像外科手术，如此一来，家具便被修整一新，像原来一样毫无瑕疵，泛着崭新的光泽。让这些东西依然包围着她吧，不管是不是便宜货，是不是赝品，只要能创造一种氛围，弥补曾经属于她的世界，能让她感受到家的温暖。这份渴望伴随着她跨越了海洋，它和她是不可分割的整体，她就是这个整体，就像她的过去，她的戒指，像她叉子背上的酸豆酱，像啊卡代米亚。而所有的这一切，都深深打动着我，当然，我不会表现出来。

英文由乔治·西尔泰什译自匈牙利语

Miklós Vajda 米克洛什·瓦伊达

米克洛什·瓦伊达，出生于1931年，1964年起在《匈牙利人季刊》工作，1990年成为此刊编辑，并获“荣誉编辑”称号。他的散文回忆录《美式镜框中的母亲肖像》于2010年在匈牙利出版。瓦伊达翻译了多部英美国家的戏剧，目前生活在布达佩斯。

记忆培育沙龙

Memory Cultivation Salon

[土耳其：德语] 泽赫拉·齐拉克

李晖　译

劳拉·茨维斯特按照预约准时来到记忆培育沙龙，心情也格外舒畅。这次她和往常一样，事先约好在周五下午两点过来。和往常一样，她还带来了一小盒精美的酥饼。整整六个月以前，她过七十岁生日的时候，几位女伴替她在这家别具特色的沙龙俱乐部办理了一张会员卡作为礼物。预约总数共有十二次，她尽量不错过每月一次的预约安排。每次计划完成后，她都非常期待下个月的活动。今天意味着培育进度已经完成一半。这是她想跟自己的记忆培育师默克夫人庆祝一番的原因——因为劳拉确信，人应该趁早把握时机，未雨而绸缪。除此之外，今天她终于又回想起一件非常特殊的往事。她还给默克夫人带来了三枝罂粟花。这几枝花和那些小饼一起静静地躺在她的大手提袋里。刚才她在半路上已经眼疾手快地把其中一枚格外香甜的小饼塞进某个年轻人的嘴巴，吓得他目瞪口呆。

这是一个初夏的午后，阳光普照，空气温煦，却有一丝凉风徐徐拂过。小店位于市区中心的一条安静街道上，店铺内和往常一样安静。屋里没有安装任何霓虹灯饰，所以不会有丑陋刺眼的光条映照在人的皮肤上，而是散发着一种令人愉悦的光芒。淡金色的温暖与惬意。沙龙俱乐部位于屋子靠后的一个房间，室内的灯光就是从那里来的。一道白色门帘将沙龙房间与前门厅和接待台分隔开来。这里面可以说更加舒适安静。劳拉的凝视目光首先停留在房间中央的一张圆形餐台上。房间里的设备可谓一应俱全。咖啡机已经收拾停当，可以随时取用。她从两扇相邻的窗户向外眺望，看到几棵橡树点缀的后院里整洁的绿草坪。她的目光移向走廊间铺设的蜜蜡色地板，还有粉白的墙，发现那里悬挂的几幅画尤其可爱：有扬·维米尔的作品，它们镶嵌在玻璃画框里，挂在单面墙上；对面墙壁上是耶罗尼米斯·博斯的几幅画作。最后一面墙则被整排书架占满，都是经过精挑细选的文学作品，比如何塞·萨拉马戈和恩斯特·韦斯的小说。劳拉在去年借阅过这些书，而且渐渐喜欢上了它们。书架上还有好几本诗集，她和她的记忆培育师时常会高声朗读其中的内容。

房间里并没有摆放那种又高又窄的玻璃柜，然后再陈列几件样式古老却颇具格调的瓷盘。只有一张餐台，周围是三把舒适的皮质扶手椅。深红色天鹅绒面的卧榻旁边是一张小桌，桌上搁了一套立体声音响。

和往常一样，两个女人多少有点像是在重复下意识里的习惯动作，立刻移步到小桌旁坐下，你来我往地说了几句俏皮话作为开场白。两个人给自己倒了杯咖啡，劳拉把那盒酥饼打开，把这些好吃的点心摆进碟子，而默克夫人则把三枝略微发蔫的罂粟花插入花瓶，一边轻言细语地说话。她的声音比那些小饼皮上的糖霜还要甜美。她说："今天是计划完成一半的标志，我冰镇了一小瓶气泡酒，亲爱的劳拉夫人——喝完咖啡我们要共同举杯，祝贺我们，祝贺您的记忆重返。非常感谢您送的花。我喜爱罂粟花，尤其是这种带黑纹的暗红色。这些花朵看上去就像是女式内衣，您说是不是？我低头闻它们的时候，想到了某种为了情感而生，却又无法言说的东西，您能理解吗？"

默克夫人把垂落眉前的黑发向脑后梳理了一下，尽管她头发很短，并不能真正梳理过去，自然也无法甩到一边。不过，她还是摆了摆头，就像那些拥有一头浓密长发的姑娘们习惯做的动作。这是劳拉年轻时也经常爱做的动作。可爱的姑娘，长长的头发，男人们眼里的珍宝。

劳拉的咖啡匙在杯子里哗啷哗啷地搅动着，她试图从脑海里驱散这个意象。

默克夫人——出于某些原因，不希望自己跟客户之间的关系过于随便，所以只让人们称呼她的姓氏，但她自己叫起别人名字时倒是很随意——她比劳拉要年轻许多，刚刚四十岁。

她先前尝试过各式各样的工作，有段时期简直就是在毫无头绪地找活儿做，直到最后下定决心自主创业。当初她也是一时冲动，并不清楚前面等待着她的会是什么。她在将近三年前开设了店铺，并且采用了下面这则广告：

你是否还在回忆往事？即使是最冥顽不驯的记忆，在我这里都能获得培育！

当初广告词就是这样写的，并且刊登在各种严肃杂志的分类广告栏，出现在她认为人气最旺的那些报纸的本地版面，以及她广为散发的推销传单上。宣传单背面其他什么都没有印，只有她命名为“记忆培育沙龙”的店铺电话号码。

默克夫人现在已经积攒了许多客户，主要是中老年妇女。对于她来说，年长就意味着这些人经验丰富，记忆充盈。她给自己开列的计时酬金绝不算低，但又能够让人负担得起。除去沙龙的开销费用，剩下的钱足够她过上很舒适的生活。许多客户每个月要来两到三个小时。五十到一百欧元，是默克夫人每小时的收费金额。尽管价格水平还取决于她和客户的关系密切程度。她会给某些顾客特殊优惠，那些人付不起太多钱。然而最好、最省钱的选项，自然还是预购会员卡。

今天劳拉穿了一件优雅的天鹅绒套装，她知道默克夫人看见以后会觉得格外赏心悦目。衣服的裁剪很简洁，黑色面料。她还搭配了一条深红色的长裤，跟那些罂粟花很衬。默克夫人当然立刻就觉察到了，她把劳拉着实夸奖了一通。和平常一样，两人聊了聊各自认为近一个月内值得一提的事。她们互相表示友爱，夸了夸天气，同时也没有忘记品尝那些小甜饼。最后，她俩终于开始谈论正题：默克夫人把冰镇好的气泡酒倒进两只朴素却可爱的玻璃杯，两个人举杯致意刚刚逝去的半年时光，也致意她们即将迎来的后半年。

最后，她们到丝绒长榻上面坐下。一个人斜倚着长榻左侧，另一个靠着右边的扶手。劳拉把两条腿盘坐起来，好让自己待得舒服些。默克夫人在自己与客户的中间位置上摆放了一只烟灰缸。劳拉立刻顺手点燃一根香烟，非常愉快地吸了几口，快速地抬头颔首，然后说道：“你瞧，默克夫人，吐这种烟圈，当年我还是年轻小姑娘的时候就会了。不过，我很少能够再吐个小点儿的，让它从大烟圈里钻过去。一点儿都不简单，并不是每个人都会。很久以前，我偶然遇见过一个男人，我胆子很大，后来直接跑去问他，是他教我的办法。”

劳拉随后做了个示范，表明自己目前仍然能够熟练掌握这门技术。一小缕烟圈从她双唇间逸出，她紧绷噘起的嘴唇开开合合，像是鱼的嘴，而烟圈则直接飘到默克夫人的面前。默克夫人平静地呼出几口气，把它们原路吹返回去。一个个圆圈散逸消失。

“劳拉，今天你可是头一回在这里给我露了一手。我原先压根儿不知道你还会这样吐烟圈呢。”

“是的，我在来这边的路上，脑子里活灵活现地回想起当初教我吐烟圈的人。那个男人名字叫阿尔弗莱多。我只见过他一次，但对于我那样的年轻姑娘来说，那次经历真是太美妙了，实在是美妙。那是某个周五或什么的，我想是父亲节吧，我刚满十五岁。我的父母、几位亲戚，还有我，在外面跑了一整天，然后到当地一家很有名的咖啡餐馆去吃点东西。所有人都在边吃东西边聊天，气氛很热闹。所以我这时候能够溜到洗手间去抽根烟，而且不会引起任何人的注意。”

劳拉停顿了片刻，咯咯地笑出声来，又解释道：“我父母很可爱，但有些严厉，你懂的。如果他们真疑心我在抽烟，估计会吓傻。”

然后她继续讲述自己的故事。

“出于这个原因，我不想在外面待太久，所以我这支烟抽得很快。尿完尿以后，我站在镜子前面，嘴里叼着快抽完的香烟，瞅着自己喷云吐雾的模样。然后，我听到一阵哗啦啦的冲水声，隔着薄薄的墙壁，男洗手间里又传来了吹口哨和呵呵笑的声音。我检查了一下墙面，很快发现镜子旁边有一个小孔。洞口太小，只能勉强伸一根手指头进去，却足以让人从那边偷看过来。我把最后一口烟对准小孔喷过去，紧接着就听到有人在对面骂了一句。我屏住呼吸，好奇地等待着。片刻沉默过后，突然看见有一连串细小的烟圈从小孔里飘逸而出。最后那个丁点儿大的烟圈，仿佛有一只魔术师的手在指引着它，飞行穿过了倒数第二个稍大的烟圈。我佩服得五体投地，心想无论怎样我都要学会它。所以我在那个洞口的正前方站好，说道：'喂，您能不能教我学一学这个啊？'是的，我确实没感到害臊：不仅如此，我还好奇得很呢。我透过那个孔洞说，我准备马上去餐馆的小花园，或许我们可以在屋子后面碰头。我要在耳朵后面夹根烟，好让他认出我来，而他也得学着我的模样夹根烟。那个男人答话了，从声音里能听出他觉得这样很好玩儿，他说非常乐意。他的笑声给了我足够的胆量，去奔赴这场小小的秘密约会。

"我告诉父母说，我想到外面随便走走，等他们把饭吃完。于是我就出了门，绕到房子后面。我背靠着一间小棚屋，没等多会儿，就看见那个男人在耳朵后面夹根香烟过来了。我吓了一跳，因为他相貌看上去比我以为的要老很多。他微笑着，揉了揉眼睛，那只眼睛肯定是我刚才的烟熏目标。他向我伸出手，说他叫阿尔弗莱多，我把我名字也告诉了他。因为有些急不可待，所以我问都没问他为啥要从墙上破洞里看我。我想让他保持好心情，这样就能赶紧教会我吐烟圈了。我迅速点燃自己手里的香烟，帮他也点上，然后催促道：‘好了，我们开始吧。快点儿教教我，怎样才能冒出那些圈圈。我可没太多时间，我绝对要学会这个。’这男人模样很好看，而且很可能有一位像我这般年纪的女儿。他厚颜无耻地看着我说：‘得了，大小姐，躲在厕所里偷偷抽烟好玩吗？’我只管没皮没脸地回答道：‘得了吧，弗莱迪大叔，从墙洞里偷偷瞄人家姑娘，肯定很好玩儿吧？’我俩都哈哈大笑起来。

“那种偷窥孔嘛，他还是头一次在洗手间里见到，你说谁看见了不会感到好奇呢？‘你肯定也从那里偷看过吧，我想。’他非常友好地咧嘴笑道。他没说错，我得老实承认。于是我们开始忙乎正经事，学习吐烟圈。前后一共用了十分钟时间，我需要抽完好几支烟，才能掌握一半的技巧，吐出像样的烟圈。另外，因为抽了老半天烟，我脑袋开始有点儿发飘。可是到了后来，当我多少已经有所掌握时，那男人跟我说了句话——你能想象得到吗？——他居然直截了当地要求亲我一下。他还说我肯定不会后悔。我不断在想：‘闭上眼，让它赶快过去，就像对着那个小墙洞里吹个烟圈一样。’因为这家伙长得那么招人喜爱，从头到脚都好看，这样做对我似乎也没什么损害，所以我就让他亲了。我只是希望他不要有口臭，然后赶快亲完。我就像一根拨火棍，直挺挺地戳在他面前，双眼紧闭。我以为他会像大家在电影里看到的那样，在我嘴唇上印一个吻，扁扁地挤压一圈，然后完事。可是当他轻轻地捏住我肩膀，再同样轻轻地把我抵在小棚屋墙上，然后开始长时间吮吻我的时候——如此热烈而又妙不可言——我真希望刚才过去的十分钟里他一直在教我接吻，而不是教我怎样吐烟圈。

“这男人开始用自己的嘴唇启开我未必完全不情愿的唇吻，他的舌头在我嘴里游走，越探越深。我有点儿被吓到了，可是我喜欢他正在做的事。他咂弄着我的嘴唇和舌头，探索着我口中的每一片区域。我模仿着他做的事，并且极度愉悦于我的新发现。他肯定察觉到了这一点，于是更加执着地亲吻着。我闭上眼睛，希望他永远不要停止。这男人嘴里的味道真好。既不像薄荷糖，又不像别的东西，不，他的味道比所有这些更丰富。那种‘我还想要还想要’的味道，弥漫充斥在我的整个口腔。

“一方面，阿尔弗莱多的亲吻就像某种麻醉剂，另一方面又像是轻柔拍打着脸颊把我唤醒的感觉，仿佛我是一名梦游者。我茫然迷失在那样的亲吻里，没有一丁点儿经验来对付如此积极主动的舌头。

“这时我的脑袋更加发飘，我的膝盖已经开始哆嗦摇晃。男人啊，男人，我心里面呼喊道，我在迷醉中甚至还说了声谢谢你。我喘不过气来，就势抓紧他胳膊。我已经极度晕眩，我意识到他吻醒了我身体里面的某种东西。可是我立刻感觉到羞愧。我相信那时我的耳朵肯定已经发烧通红。那样的吻，是我以前从来未曾经历，也是我今后再也无从知晓的东西。

“幸亏我当时背靠棚屋墙壁站立着，而且他还紧抓着我。否则我很可能会在错愕惊喜的迷狂状态中一头栽倒在地。

“当然，那个吻仅仅持续了几分钟。可是我觉得自己仿佛游泳游了好几个小时，那样地精疲力竭——尽管我感到心满意足、情绪激动，身体仿佛长高了几公分。

“从那以后我吻过许多男人，亲爱的默克夫人。我到今天仍然期待着阿尔弗莱多式的亲吻。我们接着往下说，当这个男人终于松开手，沉默而又探询地凝望着我的时候，我觉得自己就像一个刚把手伸进蜜糖罐就被当场抓获的小孩子。

“我听到母亲在叫我的名字，立刻就感到畏缩起来。这个男人后退一大步，向我伸出手。‘真可惜，’他笑着说，‘本来我还能跟你好好练一会儿吐烟圈和接吻的呢，小姑娘。你有接吻的天赋，你已经掌握一半了。’

“‘是的，真可惜。’我回答道，说实话我就是这意思。

“后来我们没有再见过面。我也没跟任何人提起过这件事。我会经常想起阿尔弗莱多。但渐渐地，他的形象开始在我记忆里变得模糊。有时候我觉得这一切都只是我梦中所见，可是当我像这样吐烟圈的时候，又会惦记起他。所以我知道这不是一场梦，它只是像梦一样。

“你知不知道，默克夫人，这么多天以来，为什么我偏偏要等到今天才想起它？刚才我掂着酥饼从面包店里抬脚出来时，看见有个十五岁左右的男孩倚靠在墙边，独自抽着烟。他看看我，挤了挤眼睛，然后吐出几缕烟圈。是的，好几缕小圈圈，从前面的一个大圈圈里穿过去。

“我看他的眼神肯定有些直愣，因为这英俊小伙儿带着嘲弄而无礼的腔调说道，‘得了吧，老奶奶，不敢相信自己的眼睛是吧，嗯？没人能赛得过我。’我不知道当时自己脑子里究竟闪过怎样的念头，不过既然四周都没什么人，我的好胜心就像十五岁孩子那样被激发了起来。我把酥饼盒递给他，从他嘴里拽出那根没抽完的烟，用同样无礼的腔调问他：如果我赛过他，他打算给我什么？小男孩肯定是被我吓蒙了，他说，‘哎呀，亲奶奶，这个你永远也比

不过的。’

“‘如果我赢了怎么办？’我问他，‘如果我赢了，我可要亲你一下。’

“男孩子做了个鬼脸，好像在说呃呃呃好恶心啊——我闭上眼，深吸一口烟，努力集中注意力，然后吐出一个大大的烟圈，再睁开眼，把嘴唇噘紧，像是在梦幻记忆里回想起阿尔弗莱多的吻，把后面几个小圈圈送出去，让它们陆续穿过前面的烟圈。我的天哪，我真高兴，这次奏效了。我已经很久没有练习。手气真好，我想，然后带着胜利的笑容注视着小男孩。

“男孩子开始忸怩起来，两只脚不停地调换重心，然后摇摇头怯生生地说道，‘天哪，天哪，好酷啊，你从哪里学来的？’我原本还以为他会转身逃跑，然而他对眼前发生的事情肯定感到大惑不解，于是我手脚利索地拿到了战利品。我二话不说抓住他肩膀就亲吻起来，我的吻在他嘴唇上流连忘返。来自阿尔弗莱多的问候。男孩子手里还紧攥着我刚才塞过来的那盒酥饼。他一动不动，不过我依然能够感觉到他此时此刻的想法：老女人。法式深吻。好恶心的把戏。提醒你一下，我的接吻技术并不差，不过那可怜孩子到底还是被吓着了，甚至可能感到有些反胃。他瞪着硕大的眼睛看着我。我异常平静地从他手里接过酥饼盒，告诉他稍等，然后迅速打开饼盒，从里面取出一小块格外香甜的，掂在手里放到他鼻子下面。男孩几乎不由自主地张开了嘴。他快速咀嚼着这东西，显然放松了下来。等他咽下嘴里的全部食物，我问他：‘好啦，你还有什么可说的？’他难以置信地摇了摇头，咕哝说出一句‘谢谢’，然后就跑开了。

“‘应该谢谢你呢，小伙子。’我望着他的背影喃喃说道。我转身离开，好像刚做过什么违禁的事情。但不管怎样我现在感觉很好，我忍不住想起了阿尔弗莱多。是的，亲爱的默克夫人，我今天仿佛插上了翅膀，一路飞到了你这里。”

记忆培育师一直专心聆听着劳拉的故事，她已经完全地沉浸其中，中途还抽了好几根烟。她带着笑意，不断地点头。“多么美好的记忆，”她笑着说道，“这真是非常特别的记忆，很适合我们今天用来庆祝培育计划已完成一半。我们再斟一杯气泡酒，举杯祝贺。我想，我们两个人的脑袋现在都已经很热乎了，所以急需来一份冰爽的东西，亲爱的劳拉。”

她把酒杯托盘拿到丝绒长榻边。托盘上立着一个银色的冰酒桶，里面有冰镇的气泡酒，还有两只玻璃杯。她把冒泡的液体倒进酒杯。两个女人第二次举杯，“咯啷”互碰了一下。

“有件事你还得再跟我讲讲，亲爱的劳拉，”默克夫人抿了几小口酒以后说道，“这次奇特的接吻经历有没有对你产生非常深刻的影响，导致你后来总跟其他年纪较大的男人调情，目的或许是想再次体验类似的东西？”

劳拉一口气喝完了杯中的气泡酒，眼神熠熠地说：

“噢，是的，事情就像你说的这样，亲爱的。我遇见过许多比我年长好几岁的男人，并从他们那里一次次获得过美妙的吻。但完全不再是阿尔弗莱多式的亲吻。它们始终都很美好，又始终不尽相同。我想，没有哪个人的亲吻会跟别人的完全相似。在这样的亲吻里，总会有灵魂交流，或与众不同、个人思想上的交流。所有的亲吻都独一无二。每一次亲吻时，脑袋让嘴唇亲吻，身体则附属于脑袋，经历着某种特殊的事情。亲爱的默克夫人，这个，就是我认为自己将永远体验不到阿尔弗莱多式亲吻的原因了。除非我再次和他巧遇。但即使发生这样的事，我也无法想象自己愿意像当初那样去亲吻一个九十岁的老男人。不，它将永远深藏在我内心里，作为一个特别可爱的记忆。”

默克夫人笑了，伸手拍了拍劳拉的肩膀。她随即起身，站在书架前面，“我想我们今天可能适合从这本书里挑几首诗，然后互相念一念。书名是《德国情歌集》。”默克夫人从架子上取出书来递给劳拉。书的体积不大，却有些沉甸甸的。书名标题下写着“横亘四百年，六百四十五首炽烈的诗歌”。

她继续说道：“亲爱的劳拉，我想把这本小书借给你。作为今天的道别，我要给你念这几句。”她说话的时候，手指着这部合集封底处一首寇特·施韦特斯[1]的诗，眼光熠熠地朗读道：

我可爱的娃娃脸姑娘
看世界飞旋运转
当我们双唇吮咂时
我感到彻底癫狂

英文由玛丽里娅·维泰托·瑞泽译自德语

1　寇特·施韦特斯（Kurt Schwitters, 1887—1948）：德国画家、雕刻家、作家，德国达达主义领袖之一。

泽赫拉·齐拉克
Zehra Çirak

泽赫拉·齐拉克，1960年出生于土耳其伊斯坦布尔，1962年随家人迁徙至德国，自1982年起定居柏林。齐拉克曾经多次获得文学奖项，其中包括阿德尔贝特·冯·沙米索奖（1989，2001）和荷尔德林奖（1994）。著作包括《骑在一头大象后背上的鸟》（1991）、《我肋下的陌生翅膀》（1994）、《腹部锻炼》（2000）、《幸福馨香》（2011）等。

内心的天使

Angels on the Inside

[葡萄牙] 杜尔塞·玛利亚·卡多佐

孙山 译

致我的朋友阿拉韦拉。本文的标题也源自她。

我们从河边回来，一如往常地沿着小路向上爬。这不是一条寻常的小径，它很陡，地表粗粝而苍白。来这儿的人寥寥无几，但这却是我母亲最钟爱的一段路。我们从河边往回走。弟弟在右，我在左，母亲在中间。在她的生命中，没有什么比我们兄弟俩更让她引以为傲的了。

尽管夏日将至，河水依旧冰凉。在水流更为湍急的河岸一侧，激流的力量将河水变成了白色，汹涌地翻腾着。气泡很大，仿佛踩着它们就能渡过河去。要是这么走，我们不一会儿就能到达河对岸依稀可见的村庄。而乘车则要花上好几个钟头。我们的车很破旧，路很难走。我们几乎从不出门。一切都变得无比遥远。

母亲把我和弟弟的毛巾铺在石板上，并把一个野餐篮放在了金松树的树荫下。除了颜色以外，我们的毛巾一模一样。我的是橙色，弟弟的是蓝色，上面都有白色条纹。母亲买给我们的衣服和玩具都是一样或相似的。我的个子比弟弟高一些，私密部位也开始冒出了毛发。除此以外，我俩没什么不一样。

石板比我们那并排躺在太阳下的细弱身躯稍微大一些。我们总是带着一块木板，好让母亲坐在松树荫凉下。母亲向来不做什么。她望着河水、天空和河对面的村庄，似乎是头一次见。母亲不喜欢交谈。有时，她会唱唱歌。

我们从河边回来，一如往常地沿着小路往上爬。母亲的歌声盖过了我们的凉鞋摩擦坚硬土地发出的嘈杂声响。岸边长着野玫瑰，偶尔也有雏菊。而石头和金雀花总是随处可见。

一到岸边，我和弟弟就甩掉凉鞋、背心和裤子，向水中奔去。我们的小脚丫踩在满是碎石和干蓟草的路上，像走平路一样。我们身子太轻了，碎石和干蓟草伤不了我们。

只要让河水漫过膝盖，我们就能试出水的温凉。在戏水之前，得先等食物消化。我们一向很听话。因为在正午吃过饭后，要等到三点钟才能下水。我们用那踩在泥泞水底的苍白的脚和竹竿似的双腿试探着河水，尽情地大喊，今天的水好凉，凉得不行，啊，今天是水最凉的一天了。日复一日。

我们的喊声穿过了树冠，直升云端，在那里徘徊着向我们回喊。这是回声，母亲说。在我们的想象中，回声是一个我们从没见过的动物，生活在河边的群山之中。它行踪诡秘，就像狼或蛇。但人们能听到它。它同我们一起笑，不过笑得断断续续的。

我们也总是喊“爸爸，我们到河边了”，或者“我们要放小船下水了，爸爸”。我们相信，回声能把这些话带给父亲。

父亲是水坝上的技术员，每天清晨，他都会带着一个饭盒出门。晚上回到家，眉头紧皱，仿佛一整天都在盯着什么不可理解的东西。坐在家里最舒服的椅子上，母亲会为他脱了鞋，并端来一杯酒。

我和弟弟很喜欢编和水坝有关的故事。父亲永远是其中的主人公，他每次都能击败那些破坏水坝的歹徒。我们坚信父亲在饭盒里藏了一把枪。为了找到它，我们想出了各种办法，但从没敢付诸实施。我们不清楚，我们究竟是不敢碰枪，还是不敢接受它压根就不存在这种可能。

河水向着堤坝流去，没有比这更便捷的通往水坝的路径了。可这条路行不通。每天，父亲得开着车在山路上往返奔波。而河水径直就能流到他工作的地方，我们惊叹地望着河水流去的方向。即便它在弯道处消失了，我们也知道在抵达堤坝之前，水流是不会停止的。我和弟弟想到那个弯道去，然后到下一个、再下一个弯道，我们想走过所有的河弯，看看整条河会流向哪儿，看看堤坝和坝上的急流。可是母亲从不会离开岸边，她一下午都坐在木板上，我们也不能走远。母亲不准我们离开她的视线。

等待消食的时候，为了打发时间，我们会制作小船放进河里，好让河水将它带给父亲。小船要么经过精心设计，要么会藏有几句我和弟弟写的话在里面。我们放了一条船，爸爸，我们喊道，我们又放了一条船。可是父亲一条船也没收到过，就连一句我们呼唤他的回声也没听到。也许是还没到目的地，回声就消失了，船也触礁了吧。到家后，爸爸这样跟我们讲。但我们却不信每次都是如此。睡前，躺在床上，我们责备那些破坏水坝的匪徒弄丢了我们的船。第二天，我们又重新做好小船，呼唤道，我们又放了一艘小船，爸爸。

呼喊的时候，我们的胸脯随着吸气呼气一鼓一鼓的，肋骨总是清晰可见。我们的个头还未见长。母亲口中的“蹿个儿”连影儿都没有。过不了多久，你们就会猛长的，她说，过不了多久就会长成两个小伙子了。可是我们的身子好像聋了一样，依旧是老样子。

我们从河边回来，一如往常地沿着小路向上爬。在某些路窄或是弯急的地段，便看不到路了。但什么也不能阻止我们继续前行，对这条路，我们再熟悉不过。我在左，母亲在中间，弟弟在右。我们仨离得足够远，谁也碰不到谁。这样分开走要好走得多。

我们很想不吃午饭就去河边，但不吃饭我们就不能去。母亲会像别的主妇放盐那样在食物里加入月桂。爸爸无奈地说，鸡蛋里都要放呀，女人，连鸡蛋里都要放月桂吗？即便如此，在黑铁锅沿上打鸡蛋之前，母亲还是会用橄榄油煎些月桂叶。鸡蛋比母亲常放的月桂更让我好奇。永远居中的蛋黄，包裹在外的脆弱的蛋壳，光下近乎透明的蛋清……一切都如此的难以言喻。如同一个真实的谜，一个谁都无意揭开的谜。

我花了很多时间来观察母鸡。试图从它们的头，特别是眼睛里，学到几何学的知识，尽管那时我还不知道“几何学”这个词儿。母鸡丝毫不理会我，继续挺着脖子在院子里啄来啄去。对于它们的冷漠，我并没有感到不悦，因为我觉得母鸡比我要智慧得多。除了佩服它们在下蛋时用到的几何学知识外，我还佩服它们在被捉住杀掉之前所表现出的冷静。母亲捉要杀的那只时，院子里的母鸡都骚动了起来。我从不明白母亲是如何从所有母鸡中选中要杀的那只的。也没问过。挑好鸡之后，院子里出奇地安静。母亲拎着挑好的母鸡的翅膀，任它扑腾。但被挑中的母鸡几乎不叫，也不挣扎。

有段时间，我们埋怨母亲。我们还不明白，最大的伤害其实并不发生在挑母鸡之后，甚至也不是挑母鸡这个行为本身。它在老早之前就发生了，正是这个伤害使得母鸡被选中成为一种可能，或是一种必然。我们埋怨了母亲一阵儿，就一阵儿。那时我们的所有情绪都不持久。

后来，在学校学到几何学的时候，我却喜欢不起来，因为它太抽象了。物理更实用一些，然而我也没有兴趣。我尤其讨厌斜面问题，讨厌这个定律：被置于斜面上的重物会加速下滑，持续运动。而更让我厌恶的一种说法是：重物会自主向地心移动，只有在受到作用力时才会向上移动。事实上，我从没喜欢过上学。也从来不认可一切事物都能、都应该，或是都得被解释。无论是被解释还是被传达。

三点时，我们向水中奔去。弟弟的身体不可避免地成了我打趣的对象。他也这么拿我寻开心。我们很爱互相绊着玩。摔得越惨越好。有时，摔在了河底的石头上就会受伤。我们也很喜欢跑步。我们都不擅长游泳，却觉得自己能行。问母亲谁游得更好。都好，得到的永远是这个答案。设计小船时也是这样，我们想知道谁做的更好看。两个我都喜欢，都好看。无论我们怎样坚持，母亲也不会改口。

在河中央，我们的脚已够不到河底，那儿有一截卡在两块石头之间的树干。尽管在近处，但它却是一个无法企及的目标。我们不能到那里去探险。水流太急了，父亲对我们说。只有在手指的皮肤泡得皱起，嘴唇冻得发紫，哆嗦个不停的时候，我们才会回到那铺在大理石上的毛巾上。静静地感受着空荡跳动着的胸膛在热腾腾的空气和石头之间变得暖和。身子一干，我们又再次回到水里。我知道，那时夏日的午后里，天黑得很晚。

我们从河边回来，一如往常地沿着小路向上爬。我拎着野餐篮，它最沉，弟弟拿着小木板。有时，他会不由自主地放慢脚步。母亲提醒他一下，我们仨就又能并排走了。

汽车是个重物。医生的欧宝上尉汽车[1]就更是个大家伙了。我和弟弟喜欢那辆欧宝胜过任何一辆我们见过的车，即便算上那些报纸杂志上的。医生把车停在路边的时候，小孩子们都会凑上去。我们惊叹于它那铬制的锃亮的外壳，屏着呼吸，不愿把它给弄脏。用手指摸摸车身，轻而又轻，生怕划伤了它。我们还会往车里瞧瞧，欣赏着大且精致的方向盘和满是数字符号的仪表盘，看上去它们就操控着十分复杂的部件。汽车座椅很光滑，纳帕软羊皮革上的走线非常齐整。车灯是圆形的，很迷人。虽然车是1959年款，但被保存得十分完好，像刚出厂一样。

欧宝汽车的引擎会发出一种熟悉的轰鸣声。医生一打火，它那特有的声响在几公里外都听得到。那天，我们绕过小路上一个急弯时，只见这辆车横在路上，里面没有司机，也没有乘客，跟前也没有人。欧宝汽车就这样骄傲地自己停在那儿。但是，它竟动了起来。没发出轰鸣声，甚至连一个咔嗒声也没有。欧宝汽车动了起来，这个重物冲向了我们。

1　欧宝上尉汽车（The Opel Kapitän）：一款由德国欧宝汽车公司于1939年推出的极为成功的豪华轿车。

那天，医生被叫去诊治一位我们的邻居，这个人一觉醒来既记不清自己是谁，也记不清自己在哪儿。就在医生寻找病因的时候，他的车莫名其妙地朝我们冲了过来。我们从河边回来，一如往常地沿着小路向上爬。在某些路窄或是弯急的地段，便看不到路了。但什么也不能阻止我们继续前行，对这条路，我们再熟悉不过。我在左，母亲在中间，弟弟在右。我们仨离得足够远，谁也碰不到谁。这样分开走要好走得多。

我们的母亲也是个“重物”。虽然弟弟和我都很轻，也算是“重物”。得费很大力气，我们才能摆脱地心引力向上爬。越费劲儿爬我们就越累。欧宝汽车莫名其妙地滑下小路时，由于刚刚在河中玩耍过又爬了坡，我和弟弟已经很累了。不仅如此，看到我们亲爱的欧宝汽车竟然自己驶了过来，我们都呆住了。它失控般地加速行驶着。唯有一种超能力才能把我们从车前拽走了。而我和弟弟都使不出这种超能力。

母亲也在。她走在中间，弟弟在右，我在左，占满了整条路。欧宝汽车，那辆美丽的欧宝汽车，也径自占满了我们面前的整条路。近了，更近了。快了，更快了。

母亲把我推向一边的时候，不知是我自己失去了平衡，还是母亲太重的缘故，我摔倒了。母亲只来得及把我推到一边，并用她的身子护住了我。即便如此，我还是受了伤。我看见弟弟站在路中央，手里拿着木板，穿着蓝色背心和棕色凉鞋，短裤湿鼓鼓的——我们都不喜欢这样。弟弟比欧宝汽车耀眼的车灯高不了多少。他盯着迎面而来的欧宝汽车。

我们从河边回来，一如往常地沿着小路向上爬。母亲的歌声盖过了我们的凉鞋摩擦坚硬土地发出的嘈杂声响，岸边长着野玫瑰，偶尔也有雏菊。而石头和金雀花总是随处可见。

欧宝汽车突然停住了，没有撞到弟弟。就这样停住了。没有发出刹车声，什么也没做。像是失灵了一般。又好像弟弟对它施了某种魔法让它停了下来。美丽的欧宝汽车停在弟弟的眼前，他站在那儿，手里拿着木板，穿着蓝色背心和棕色凉鞋，短裤湿鼓鼓的——我们都不喜欢这样。妈妈的身子侧向一边，护住了我。

我们站起身，母亲走向弟弟，接过了他手中的木板，冲他伸出了手。弟弟近乎礼貌的任母亲把他从车前拉开。我等在一旁。绕过了车子，我们继续向上走。家已经不远了。

我们从没说起过那天从河边回来时发生的事情，一如既往地沿着小路向上走。我们始终表现出什么都没有发生过的样子。然而一切都变了。

我们从河边回来，一如往常地沿着小路向上爬。这不是一条寻常的小径，它很陡，地表粗粝而苍白。来这儿的人寥寥无几，但这却是我母亲最钟爱的一段路。我们从河边往回走。弟弟在右，我在左，母亲在中间。在她的生命中，没有什么比我们兄弟俩更让她引以为傲的了。

很多年过去了。也许发生的一切与我所述不尽相同。但我确信那天白日将尽，河水轻柔。

英文由瑞特·麦克尼尔译自葡萄牙语

杜尔塞·玛利亚·卡多佐

Dulce Maria Cardoso

杜尔塞·玛利亚·卡多佐，1964年出生于葡萄牙山后省。在安哥拉度过童年后，她于1975年回到葡萄牙，开始学习法律并进行电影剧本的创作。她的小说处女作《血之地》（2002）获得了阿贡戴斯大奖。2009年，她因小说《我的情感》被授予了欧盟文学奖。2010年，小说《麻雀地》荣获美国笔会奖。

欧内斯特到底有多重要？

How Important Is It to Be Ernest?

［拉脱维亚］贡德加·赖普斯

乔修峰 译

春天、夏天，现在连秋天都过去了，欧内斯特还住在林地的木屋里。他们说好要分开一段时间。

“你脑子有问题。”梅姬差不多每天都跟欧内斯特说这句话。好几年了。三年。日子一天天地过去，他越来越难受，最后平静地答应了——好吧，我们分开一段时间。谁知道呢，也许欧内斯特会像正常人一样思考了呢？那样，一切不就都变了吗？梅姬说的，一切，没错，一切都取决于人的想法。就连能让人与世长辞的疾病也不例外。

现在，他就在这儿。他不知道自己是不是在思考。

他已经备足了过冬的木柴，一排排地码着，码得很漂亮。谁知道梅姬还会不会回来呢。他想——他甚至没有想过她。这房子跟别的房子没什么不同。这都不重要。人为什么非要砌上墙，把自己围起来，就为尝尝孤独的痛苦吗？人都得有个家，人都得有个家——不光他奶奶这么说，他妈妈也这么说，他的第一任妻子，还有梅姬，也都这么说。也许人真得有个家。但有了家，就不该再抱怨缺这少那了。一天又一天，一遍又一遍，没完没了。想要的东西越来越多。没错，很久很久以前，他买下了这个木屋。纯粹是偶然。他从来没有渴望要买个这样的房子，也不是非买不可。喜欢，就买了。那片云杉林，被他开辟成标枪场的越橘地，不远处传来的湿地气息，还有那些不知道什么原因决定一起走完全部或一段人生路的人。也许，还有孩子出生在那里。没错，一般都会有。虽然孩子们也喜欢小屋、积木和高塔。欧内斯特的孩子是城里生的，因为他第一位妻子安妮特觉得乡下太压抑了。他自己不也逃到这儿了吗？到现在都没走。可是，现在不一样了。欧内斯特不再往旧瓶里装新酒了。

大自然，大自然。去他的大自然。对欧内斯特来说，大自然既不是什么大灾难，也不是什么启示录。他不需要靠近它，也不需要远离它。他不需要冲到海边，凭借风的力量抖擞精神；也不需要坐在青苔上，因为自我毁灭而号啕大哭。他自己就是大自然。有时候是。没必要对大自然垂涎三尺。是啊，有野兔，有睡鼠；是啊，有鹤，那叫声让你抬脚就想走，管它去哪儿——是啊，还有那红艳艳的越橘，精致的蛛网；是啊，滑溜溜的白桦树，火红的太阳从树梢升起，好看，好看。山雀叽叽喳喳地叫着，迎来了十一月那漫漫的潮湿和炉火（代替女人）。不，根本不是这么回事。到林地生活，不需要理由，也没想着要跟大自然融为一体。反正，没什么特别的，没什么好说的。当然，欧内斯特平常就没什么想跟别人交流的。好吧，也许有那么一回，瘸子朱里斯打猎弄了块肝来。朱里斯填上柴火，点着炉子，跟芭蕾舞演员似的，踮着一只脚蹦来蹦去，翻煎着那块野味，油脂嗞嗞啪啪地响。他那脸，高兴得像过复活节的天主教徒。至于吗？不就一块肝嘛。管他呢，反正他会吃掉它，也只能吃这个。可他为什么要扯那些闲淡，唠叨什么撒点胡椒，把肉弄嫩点，雄鹿和野猪有什么区别。瘸了朱里斯对这个当然门儿清——随他去吧。后来，他俩开始喝黑里透红的葡萄酒，稠得跟机油似的。酒一下肚，他的话匣子就关不住了。他一上来就谈艺术。他是个陶工。没错。欧内斯特喜欢上了这位邻居，喜欢上了盆盆罐罐。当然，他也喜欢酒足饭饱的感觉。但他这一辈子，这短短的三十九年，就已经懂得，生活远比朱里斯、梅姬、安妮特、母亲和祖母想象得要美好——比大多数人想象得都要美好。至少看上去是这样。既然如此，为什么还会有那么多忧虑呢？为什么？

因为你脑子有问题。

欧内斯特一边嘟哝，一边在林子里清出一块空地，弄了个小型的标枪投掷场。整个秋天都在忙活这事。都是为了梅姬。万一她回来了，想练练呢。梅姬是个标枪运动员。这事倒值得说说。真不敢相信，他现在居然喜欢上了腿部肌肉发达，比他跑得还快的女人。遇到梅姬之前，他喜欢的是那种轻轻的、软软的、甜甜的女人，杯形蛋糕似的，捧在手里呵护着，唯恐她受到伤害。可你看，他找了谁？梅姬！

吃这块肝让欧内斯特心里不舒服。尽管他不是个挑剔的人。只要有豌豆汤、煎蛋和陈面包，他就能撑好几天。可是，跟瘸子朱里斯开吃的时候，他突然想到他俩吃的是普罗米修斯的肝。谁知道这位邻居给他吃的到底是什么？什么动物的肝？他突然觉得想吐，便撵着朱里斯回家。又是一年，又是一冬。是，是。与上帝同行，与上帝同行，举世唯一的神。还好，朱里斯听了劝，走了。欧内斯特收拾了桌子，打开门窗通风，可还是忘不了吃的事。他想到了梅姬。他爱她，爱她的一切，可就是受不了这女人嘴里塞得满满的还跟他说话。他忘不了自己是如何直勾勾地盯着那鲜红的西红柿片，在她同样鲜红的舌头上翻滚，滑溜的汁肉在她尖利的小牙间挣扎着。可就这样，她的声音还是叽里呱啦地流淌出来，仿佛声音是一种独立的现象，跟那个贪吃的身体没有关系。真是难以置信。吮吸鸡骨头，咀嚼绵鲴皮，都耽误不了欢声笑语。简直就是一头会说人话的野兽。梅姬就这副德行。

不知怎的，他突然想到了性。梅姬那玲珑诱人的曲线，高峰，幽谷……想起来就让人澎湃。造出这么完美的比例，得要多大的智慧与技艺啊！还有那让人心醉的体香，天哪！可做爱的时候，欧内斯特却感觉不到水乳交融，仿佛自己成了一块没有情感、无依无靠的木头。没什么好抱怨的，他喜欢。舒服，爽。可梅姬一个劲地跟他胡扯，说这事有点像太空穿越，光在光中不断爆发，整得好像她比他还享受似的。真是这么回事吗？不，不可能。欧内斯特的脑子从没有好使过。他怎么能搞得懂妓院里温润的肉体，说得清做爱的感觉？可现在，什么都没有了。没有幽谷，也没有太空。他想死梅姬了。

雨滴四溅。潮湿的秋日精灵，拢作灰蒙蒙的一团，从窗台爬了进来。得关窗户了。他正要插门，却听到屋前传来一声愤怒的低吼。他打开外面的灯，出门看个究竟。

原来，门外不远处有只狗，爪子紧抓地面，胸口向前挺，一副凶神恶煞的样子。狗头有些不对称，颧骨凸出，一双圆眼黄中透绿。欧内斯特知道，它的祖先是亚洲大型猛犬，一种纯种的土库曼阿拉拜咬狼犬。瘸子朱里斯常跟他说，人们有时候会看到一只凶狗在附近游荡，捕杀野兔和其他活物。它还咬过远处林区的孩子，要不就是吓着过还是怎么着过。瞎扯。这狗跟别的狗没什么不同。只是运气差，碰上了没良心的主人，成了流浪狗。同欧内斯特一样。

“嗨，巴普洛夫！”

狗耷拉下耳朵，伸直前腿，慢慢地朝前探了探身子，剪过的尾巴蜷成了信纸的样子，低吼了一声。

“甭在这儿装模作样！进了别人家的门，就得把嘴闭上！”

欧内斯特生气了，转身回屋，插上门，在炉边坐了下来。再来点稠乎乎的葡萄酒，一天就过去了。他不也曾不时地过这么一天吗？那时候，他觉得自己不再只是林地木屋中的一具躯体，不再只是一个被心上人抛弃了的可怜虫，他的身体就是整个宇宙。也许今天不会这样。但过去每遇到那种日子，他都感到很快活。他知道那是什么感觉。他的每一粒细胞都不会化为尘土；他就是他，同时也是整个宇宙，不仅包括非洲，还囊括了俄罗斯，不仅有战争和饥荒，还有星球和星云，以及人类所谓的“存在”。但他错就错在一开始就把这种感觉告诉了梅姬。这女人怎么说的来着？嗨，女人还能怎么说？她笑了，说欧内斯特想得太离谱了。

“喔，是吗？宇宙的父啊，你的身体就是宇宙，那我这丁丁点的微生物又在你身体哪个部位呢？”

梅姬又开始卖弄风骚了，一点都不自然，就差投怀送抱了。

她离开的时候，挖苦说，既然他就是宇宙，也就不缺什么，也就不需要任何人了——他自己就是一切，别人怎么能抛弃得了他？就这么着，两人就弄成了现在这个局面。一直没有改善。

没错，欧内斯特早就知道，改变命运的时刻随时会来。他提高警惕，培养耐心，也取得了些进步，但还是静不下心来，用尽各种办法都没用。漫无尽头地等待启示降临，这个过程让他心烦意乱。他会不时地短路，像一团咝咝作响的火蛇，点着桌布、桌子、整个房子……当然，只是想象罢了。

“带我去地中海吧！”她央求说，“好吗？好吧！求你了。”

这事也让他恼火。他们还是去了，去了。

“欧内斯特，沉思是一种罪过。老这么愁眉苦脸的，可练不成瑜伽。”

欧内斯特耸了耸肩说：“我没想练瑜伽。”

在火辣辣的太阳下待两个星期，彻底扼杀了他的欲望。他开始担心自己是不是伤害了梅姬。于是，他给她买了一把珍珠，不断地告诫自己，高兴点，这是来旅游的。好在梅姬好像真的很放松，对他也更平和、更温柔。

“你给我买礼物，说明你心里有我，就好比你是在我身上投资。”

欧内斯特又耸了耸肩。

“你就用这态度赢取我的芳心？”

“赢？我能赢什么？”

“我问你呢，你倒来问我！你到底怎么了？”

“我还想知道我怎么了呢。”

欧内斯特想——如果这也算想的话——人要是活到极致，一切的一切都是为了让自己快活，让自己感觉良好，并不对。一种古老的——他甚至觉得是神圣的——动物，一种白鼬，在他体内抓挠戳撞，提醒他欧内斯特并不是这个世界上最重要的。这世界上还有面包果树和猴面包树，有老虎和蜂后，有佛的化身，有千里眼，有思想家，有生儿育女的女人——就像路边有落叶，有啤酒花藤，有沼泽茶。

“你脑子有问题！你什么都干不成，因为你都不是自己心中最重要的！你只要相信你是伟大的，你就会是伟大的！”

“疯子。”他大声地说。太可怕了。

但是，只要能找来足够的证人，什么都可以变成真的。要是这些人还是些大人物，就更有说服力了。如果生活在这种现实中，欧内斯特会怎么做？可是，他不是已经生活在这种现实中了吗？

欧内斯特把吃剩的肝从垃圾中拣出来，扔到屋前的空地上。巴普洛夫扑了上去。和梅姬一样，欧内斯特想。他感到一阵剧痛。宇宙是感觉不到疼痛的。

他想象着苹果开花的季节，一阵清风吹过，梅姬几乎一丝不挂，在原来长着越橘的那块地上飞奔起来。她的标枪在空中飞啊飞，他们都迫不及待看标枪落地。太棒了。

就是她的标枪，戳进了他的胸口。

“巴普洛夫，来，喝点水。”

大狗那双机警的眼睛，在夜晚的灯光下闪着光亮。它用粉红的长舌头舔了舔鼻子，进了厨房，抖了抖油亮的厚毛。他俩都怔了一下。欧内斯特和巴普洛夫。欧内斯特卷起一块毯子，给狗放到了门口。

“好孩子。这儿就咱俩。都是孤零零地生活在这个世界上。”

欧内斯特把手伸到巴普洛夫耳朵后面，轻轻地挠着。狗的身子绷紧了，但欧内斯特看到，它的尾巴轻轻摇了一下。这是拿他当朋友了。

睡着前，欧内斯特在想，他居然对这么多事感到反感。他有些愧疚，真心真意地感到愧疚。但他又能怎么办呢？他尽量远离那些狡诈的男人和肤浅的女人，尽量避开所有让他反感的事，因为他不想添堵。可现在呢，看吧，他已经来到了林地的木屋。孤零零的，身边只有一只猎狗。

"你把所有财产都砸到了这间小木屋上，而别人都在拼命地挣家业。"

梅姬这句话在他脑海中回响着。他睡着了。

早晨，狗把他压醒了。巴普洛夫正在舔他的脸。

外面纷纷扬扬地下起了雪。山雀嘁嘁喳喳。一切都和以前一样，但欧内斯特却感到了异样。没错，那改变命运的时刻到来的时候，他没有醒，但它还是来了。从哪儿来的？怎么来的？通过了他的鼻孔？或许，是通过他睡觉时张开的嘴巴？

他打开门，仔细地瞧了瞧四周。欧内斯特和宇宙。想想这是什么规模。群星已经在各自的星座中完成了任务，现在，该他给巴普洛夫找个窝了。梅姬应该会说，他现在脑子已经正常了。

有个身影从林中朝他跑来。瘦削的身形，蓬松的头发。

巴普洛夫咆哮着发出了警告。

欧内斯特欣喜地张开双臂，僵在了门口。

等他拴好狗，梅姬已经不再气喘吁吁。她的脸上没有表情。

英文由玛吉塔·盖利提斯和维佳·科斯托夫译自拉脱维亚语

贡德加·赖普斯
Gundega Repše

贡德加·赖普斯，1960年出生于拉脱维亚首都里加，毕业于拉脱维亚国家艺术学院。十九岁开始文学创作，处女作为短篇小说《里加古城的骆驼》。此后，赖普斯又出版了五部短篇小说集和七部长篇小说，是拉脱维亚最有才华的当代作家之一。她描写拉脱维亚艺术家们的生平故事，还为重要的文学报刊撰写了大量的评论和专栏。赖普斯的作品也曾被搬上拉脱维亚的舞台，如戏剧《污名》《重金属》《海怪》等。

死亡

我和我的圣牛

Me and My Sacred Cow

[乌克兰] 塔尼亚·玛利亚尔丘克

严蓓雯 译

1

我恨我的母牛，她也恨我。

就算我们像一个壶里的两颗豌豆，一模一样：我们都疯了。我们比着谁脑瓜更不正常，母牛总能赢我，因为她跑得快。她有四条腿呢，我可只有两条。

比如说吧：我们一起走过村子，大中午的，太阳很晒，我鼻子都晒脱皮了，那母牛，黑得跟柏油似的，小心翼翼地在我前面一晃一晃，时不时地回头谨慎看我一眼，想要掂量我的情绪。我跟她说：

“婊子，现在一切都结束了，你能解释下为什么要跑到林子里去吗？”

黛西大大的黑眼睛瞟了我一眼，什么也没说。

“你想没想过我什么感受？”我开始扬高嗓门，“你看见我在看书了。书很好看！你一辈子要是读过一本书，就晓得那是什么感觉：你在那儿看书呢，你看着的一头蠢牛却跑进了林子！”

黛西指望我怪那些牛虻。

“牛虻怎么了？它们也咬我。那你看见我跑进林子了吗？”

我们经过沃兰家的房子。柳芭·沃兰站在大门口——她是个大个儿姑娘，又聋又哑，总在草场里被弟弟硬上。她哈哈大笑，我气得发抖。

“你知道我多想踢你屁股？”我接着说，“非常想！但你跑那么快，我追不上！等我们回到谷仓——你就跑不掉了。你就落我手里了，相信我！我有扫帚把！它会教训你！”

我们经过卡玛亚基娜的房子。我赶着牛快快过，怕碰上她——那个老女人，过去两年一直跟我过不去。黛西的娘有次把她的干草堆踢翻了，那会儿我正在看雨果的《悲惨世界》呢。

我们又经过一栋房子。我们家马上到了。就在商店旁边。店里啥也没有，只有苹果味的苏打水，土耳其的口香糖，还有火柴。

“我马上就揍你一顿！没明天这回事儿！”母牛大大的黑眼睛焦虑地看了我一眼，低下了头，好像要吃草似的。

“别想让我觉得对不起你！我以前可怜过你，看看有什么好处！”

奶奶家的门大开着。垫着块砖卡住。黛西会一头冲进去，在白蜡树下的木桶里喝水，才不管我冲奶奶喊，给她喝杀虫剂得了，别给她喝水，因为她早就想法子从堆肥堆旁边的水坑里灌饱肚子了。黛西会悲伤地看着奶奶，就好像我没照料她，反而用火烫的铁棒折磨她似的。我会喊奶奶让她尝尝鞭子的味道，或打瘸她的腿，或绑住她脖子，因为她疯啦。

黛西放慢了步伐，有点犹豫。大门就在几步外。从这里，我可以看见巴西廖约夫斯基的院子。瘦高的母亲和她的三个闺女，头发像鼠毛那么红，坐在砖房的台阶上，等着老姑妈咽气。

“来，别怕。我不会揍太狠的。”

黛西下了决心，重新迈开步子，过了大门，一下子跑远了。

“你这婊子！”我嚷嚷，在后面追，“回来！你想去哪？你别想甩掉我！”

母牛非常清楚她要去哪里。她要去商店。还没等我有法子再喊她一遍婊子，她已经进了宽宽的铁门，消失在石头房子的凉爽中。

曾经，商店是村里的小学。我奶奶在那里上一年级和二年级。后来她就退学了，因为要放牛。发生的这一切具有高度象征性。黛西跑进教室，为奶奶之前所有的牛祈祷救赎，尤其是那一头，因为它，她到现在还不识字。

安特姑妈坐在柜台后面。她是个上了年纪的女店员，她觉得，在空荡荡的商店里一直守到最后，事关荣誉。她忧郁地看了我的牛一眼，而牛，带着祈求的眼神，看着安特姑妈。要是我那时候没进门，安特姑妈肯定会对牛说：“您好，有什么能为您效劳？”

“黛西！回家！我保证不打你。”我疲倦地说。然后，我又向安特姑妈打招呼，“您好，夫人。把这头牛宰了怎么样？好歹您能有东西卖了。”

安特姑妈很高兴，但马上就恢复了理智：

“你奶奶不在乎？”

“我们不告诉她。我就说，牛被送去精神病院了。”

最后，我们这两个疯子回到了家。奶奶着急地从门里往外打探。

“怎么那么久？”她问，让黛西喝桶里的凉井水。

“最好给她点杀虫剂！”我大声回嘴。

黛西的鼻子蹭着奶奶干瘦的身子，就像条狗。

“我心爱的宝贝，”奶奶爱抚她，“累了吗？喝点水吗？”

“我累坏了，”黛西说，“她是个最坏的坏蛋，”黛西的鼻子指着我的方向，“她净折磨我！她爹妈到底什么时候来接她？”

我爹妈过几天就会来。不会过多久。上学前，我得浑身上下擦干净。特别是我的脚。头上不能有虱子。他们得给我买作业簿，买课本。所以他们随时会到。婊子。

2

柳芭·沃兰不是生下来就又聋又哑。她小时候从一棵樱桃树上掉下来，因为树的主人逮到她双手染红了。她受了惊，从此再没开过口。

但有些人说，她生下来就没有上颚，从来没吐过一个词。

她穿着长长的破裙，一年四季光着脚。为了节省洗发水，她妈妈总是给她剃板寸。她的头发，永远是刚长出来。来例假时，到处是血。她弟弟每天在草场里强奸她，而她，发出古怪的笑声。有时，完事后，柳芭会拥抱他，亲吻他的前额。这时候，我看着柳芭的牛。如果它们出什么事，柳芭的娘会命令儿子用鞭子抽柳芭，他很乐意那么做。

柳芭是她弟弟的第一个女人。不久，他会成为她的第一个也是唯一一个妇科医生：为了省钱，他在家里给她打胎。

她吼着，发出古怪的笑声，有时候，我觉得这是她微笑的方式。

3

巴西廖约夫斯基一家，那个瘦高的妈妈和三个红头发女儿，坐在砖房的台阶上，等着她们的老姑妈咽气。

她一死，房子就是她们的了。她们没有别的住处。在此期间，她们四个住在房子旁那个老旧的夏季厨房里。她们，尤其是那几个红头发姑娘，急着要搬进奢华的主屋，满是苔藓，满是霉味，就跟老姑妈本人一样。她们会跳上发了霉的刺绣枕头，睡在填充鸡毛的床上。

最小的姑娘最早说的话是：

“姑婆，你什么时候死啊？”

姑妈的回答是：

“我会死的，孩子。”

姑娘们轮流给老姑妈送去吃的，喝的。她们悄悄地进屋，站在床边，默默地待一会，盼着姑妈不会醒来了。

姑妈活了一整个世纪了。

每天，母亲巴西廖约夫斯基娅坐火车去克罗米亚。她是历史博物馆的保安。博物馆人员不来上班时，几乎天天是这样，她就把自己锁在博物馆里，谁也不让进。偶尔会有参观者——爱好古董的，或醉醺醺的波兰游客——砰砰敲门，求她放他们进去（因为不是假日，博物馆应该开门），巴西廖约夫斯基娅会从窗帘后窥探，就像吓坏的幽灵，或博物馆的十六世纪藏品，连连摇头：“历史今天没在，她心情不好，我只是一个巴西廖约夫斯基家的女人，有三个红头发女儿，还有一个老不死的姑妈。”

年轻的巴西廖约夫斯基们没东西可吃。她们穿着村民给她们的鲜艳衣服。她们头上梳着发髻，下面却没穿内裤。她们总在流鼻涕，还把鼻涕舔掉。她们的腿上都是泥土，一直到膝盖。

巴西廖约夫斯基一家的头发那么火红，雀斑那么鲜明，每一个姑娘都让我想起大大的向日葵，里面包着个脏脸的小精灵。

4

母牛病了后，奶奶开始晚上带她出去散步。

黛西的乳汁变红了，她哀伤地哞哞唤着。

我坐在门边，等爹妈来。奶奶领着黛西在院子里转圈。

“别光坐那儿，孩子。天晚了，”奶奶跟我说，“我想他们今天不会来了。”

“他们会大晚上来。开车的话就没那么吓人。”

“也许他们很忙。”奶奶接着把心里想的大声说了出来。

“难受，太难受了，”黛西添了一句，“我奶里有血。”

我在等妈妈，我很害怕。我想象她把我的头按到胸前，然后突然抽回身子：

“塔尼亚，你头上全是虱子！”

我假装吃了一大惊：

“你说什么？什么虱子？”

“虱子像马一样在你头发里蹦跶呢！你怎么会搞成这样子？”

“妈妈，我没有虱子！”

“那这是什么？”她从我头发里捏出个胖乎乎的大虱子，“你梳过头吗？你洗过头吗？这究竟是从哪儿冒出来的？”

“妈妈，这里的孩子都有虱子！不是我的错！它们就在头发上跳来跳去！”

妈妈要来，我很紧张。之前，她发现我肚里有虫时就这反应。我躲在谷仓后，把虫子从我的大便里挑走，说服她我没虫了。

“别把我留在奶奶这里这么长时间！没多久，她就不光指望我到草场放牛，我还得挤奶了。”

奶奶爱抚地摸着黛西的前额，慢慢地带她在院子里散步。黛西很听话，来来回回溜达。

“奶奶，为什么你拉着牛绕圈？”我在门口喊。

“她想走走。你喜欢这样，是吗？”

“对的。”黛西说。

5

卡玛亚基娜有个漂亮的小女儿，吕达。一度，她发动了一项改革，将当地的儿童图书馆变成了桌球房。那个上了年纪的胖胖的图书馆员，不得不把一些书送到邻村的图书馆去，剩下的就分发给村里的孩子了。就这样，我有了《电子人的冒险》和《小巫婆》。我觉得桌球房真不错。

吕达是个很棒的桌球手。她还会弹吉他，左胳膊上文了文身。她在克罗米亚有个男朋友，骑着摩托来看她。他们打算秋天举行婚礼。夏末，她和朋友去了特鲁马奇，从三层楼上跳了下来。

“别靠近我。我要跳楼。”吕达跟她醉醺醺的男朋友说，爬上了宿舍窗沿。

她男朋友不信，接着往前。

吕达摔断了脊椎，得一辈子坐轮椅了。村委会买了轮椅。她男朋友还来过几次，确信吕达再也走不了路了，双方默许，婚礼取消。他对她说的最后一句话是：

“我爱你，我会永远爱你。要是你好起来，告诉我。就算我已经结婚了，我都会回到你身边。”

他立刻娶了别的女人。

吕达不再打桌球，但开始学刺绣，她不靠走路前进。她的胳膊成了她的腿。

这正是我的牛，黛西的妈妈，用蹄子踢翻卡玛亚基娜的干草堆的时候。我正忙着看《悲惨世界》，没盯住牛。

立刻有人告诉卡玛亚基娜，谁的牛捣毁了她的干草堆。她立马冲来跟我干仗。我嘟哝了几句回嘴，但对她不断说的最后一件事，我无言以答。她喊道：

“现在谁给我堆草啊？谁来堆起来？”

6

有个小红帽，大概八岁那样子，总是被他妈送到寄养家庭里去，又总是从那里逃出来。他妈也逃。几年前吧，和各种情人逃去敖德萨，但她总会回来。

小红帽有癫痫。你跟他说什么，他会答：“什？”

我去公墓，我称那里是“水果浆果大杂烩”，小红帽会跟我去。我最喜欢的东西都在公墓里长得欢：硕大的野草莓，有拳头那么大，甜美的樱桃，酸涩的樱桃，苹果，桃子，两种李子，黄色的和紫色的。你想要什么，就捡什么，兜在衬衫里，然后在墓碑间愉快地游荡，研究铭文。

小红帽在我脖子后呼吸。

“小红帽，我要去公墓里。你跟我一起来吗？”

“什？”小红帽说，走开一步。

“你最好还是放牛吧。要是牛跑进了菜园，他们会杀了我们的。”

“什？”小红帽说，走近一步。

“你是怕去公墓吧，小红帽？”小红帽不知道该说什么。他不知道该说“什？”，还是“我不怕”，犹豫不定。最后，他说：

“我不怕。有什么可怕的？等我死了，我也会躺在那里。”

“也许你不会。等你死了，已经没地儿给你做坟墓了。”

“为什么没有？”小红帽气愤地冲进灌木丛。

小红帽的妈妈和另一个情人又逃去敖德萨时，小红帽去了贝伦姆扬湖，从湖岸边游出去五尺远，淹死了。他在水里发病了。

“小红帽，”天堂大门口的天使问他，“为什么去贝伦姆扬湖游泳呀？你不知道你可能在水里发病的吗？”

“什？”小红帽答。

“小心，小红帽。这里可不是寄养家庭。你从这里逃不走的。”

小红帽不知道该说什么。他不知道该说“什？”，还是“我想逃也会逃”，犹豫不定。最后，他说：

“我想逃也会逃！”

7

有些桃子没人摘。它们就从坟墓里长了出来。这些桃子好大，汁又多，长得像人的头颅。但我不讲迷信，轻松吃它一打。

突然我看见柳芭·沃兰和她弟弟了。

“爬到桃树上去。”弟弟命令柳芭。柳芭吼着，笑着，想要亲吻弟弟的额头。

“爬上树去，我告诉你了！”

柳芭开始爬树。桃树下，就是巴西廖约夫斯基的坟墓，那三个红头发淘气包的爹。巴西廖约夫斯基跟柳芭说：

“柳芭，别爬桃树。你以前爬过樱桃树，看看发生了啥。”

“爬啊，继续爬！”柳芭的弟弟催她。

柳芭爬上第一根粗枝，吼着，笑着。

“爬高点！”弟弟命令。

“柳芭，别，”巴西廖约夫斯基坚持，“你弟弟是个恶魔。他想你死。或至少，想你肚子里的孩子死。”

柳芭爬得更高了，抓住了下一根树枝。她在我们头上摇晃，微笑。她的裙子飘起来，我看见，她没穿内裤。

“现在，往下跳，柳芭！”她弟弟喊，“跳到地上！”

“柳芭，别跳！”我咆哮，“别跳，不管怎样别跳！”

巴西廖约夫斯基在枝间，悲伤地摇了摇他桃子形的头骨。

“跳啊，柳芭，跳！”

“别跳，柳芭！”

这时候，我的牛出现了。黛西。她的奶变红了，她悲伤地哞哞叫。她快死了。但这一刻，她知道站在谁那边。

黛西像公牛那样大声吼叫，鼻孔里冒出火来，跺着牛蹄，牛角冲向柳芭的弟弟。

柳芭的弟弟都没时间害怕，蜷成一团，躲进为小红帽新挖的坟墓。

黛西在墓边等了几分钟，盯着柳芭的弟弟。接着，她回到草场，咀嚼干草，悲伤地哞哞叫。

“柳芭，为什么听这个疯了的话？”我问，扶她从树上下来。

“因为我爱他。”柳芭回答。

“听着，你从樱桃树上掉下来过，是吗？还是你生下来就没有上颚？所以你不会说话？”

“我没有上颚。”柳芭笑着，张开嘴给我看。

我把我的内裤给她了。

8

我爸妈礼拜天早上来了。给我带了巧克力和杏脯干。妈妈把我抱在怀里，然后一下子缩回身子，开始喊有虱子。跟我想象的一模一样。

“妈妈，这里的人太可怜了，他们不操心虱子。这里每个人都有虱子，连鸡都有。我怎么可能躲得开？”

晚上，爸妈准备走了。

“我跟你们一起走。”我说。

“再待一个礼拜。牛死了，奶奶心碎了。你怎么能留下她一个人？”

奶奶坐在夏季厨房旁，瞪着我爸的汽车，瞪着狗屋里的狗，瞪着她长了虱子的鸡，什么话都没说。

“我再也待不下去了！”我喊道，眼泪就快掉下来，“我就是待不下去了！谁知道这礼拜还有谁会死掉！”

“待在这里，”母亲坚持道，“这里有东西吃。有桃子，有苹果。过几天葡萄也当季了。”

“是啊，孩子，”奶奶说，“待在这里。这个那个都可以吃得津津有味。”

“等我一下，”我开始哭了，“我去拿我的东西！我一分钟就回来！我跟你们一起走。”

我跑进屋子，迅速把短裤背心扎成包裹。我抓起牙刷、书、过时的苏维埃录音机，还有其他一些东西。

我听见我爸妈的车，一辆老旧的扎波罗热人，开始启动。

“等等我！”我出去追，几乎撞断了脖子。我跑出门，正好看见他们的汽车消失在远处。

“你们为什么把我留在这里？”眼泪像大颗大颗的豌豆，滚落我的脸颊。

突然，我的牛黛西出现了。她屈下前腿，我跳上了她的背。

“走黛西！追那辆车！”

黛西像匹良马小跑起来。我在她背上蹦跃，风吹乱了我的头发，吹干了我的眼睛。我就像马背上的虱子。

“黛西，我们不能留在这里。这里是坟墓，不是村庄！我帮不了这些人！”

小巴西廖约夫斯基们跑出了院子，跳起了快乐的舞蹈。

“她死了！我们的姑妈死了！”她们喊。

“真好啊。”我跟她们说，继续往前骑。

“我要吃点零食，”黛西转头告诉我，“我得吃点东西，不然追不上那车。”

我撕下一片大腿肉，扔进黛西嘴里。

爸妈注意到我们快追上他们了。妈妈跟爸爸说：

“开快点！她们就要追上我们了。”

“开不快，”爸爸暴躁地说，“油箱在漏。”

“黛西，我们做得到，宝贝！我们能超过他们！”我胜利地大喊，“其实，不穿内裤的感觉真的很棒！来啊，黛西！我们把他们抛在后面了！我们逃走了！”

“噢，塔尼亚，”黛西轻佻地咯咯笑起来，“我们真疯了！真疯了！”

英文由奥克萨纳·马克思姆丘克和
马克斯·波佩李希-罗索切尼斯基译自乌克兰语

塔尼亚·玛利亚尔丘克
Tania Malyarchuk

塔尼亚·玛利亚尔丘克，1983 年出生于乌克兰伊万诺-弗兰科夫斯克，被认为是乌克兰最具天赋的年轻作家。她的处女作《献给丽萨的玫瑰》于 2004 年面世，之后出版的短篇小说集包括《从上往下看：恐惧之书》（2006）、《我如何成为圣人》（2006）、《要说》（2007）和《语词图鉴》（2009）。玛利亚尔丘克是唯一一位不到三十岁就出版单行本作品选的乌克兰作家（《神圣喜剧》，2009）。2012 年，她出版了第二部长篇小说《奇迹传》。她目前居住于维也纳和伊万诺-弗兰科夫斯克两地。

温度计里的水银

The Mercury in the Thermometers

[西班牙：卡斯蒂利亚语] 埃洛伊·蒂松

李荣睿　译

噢，我那亲爱的亲爱的亲爱的姨妈，她住在外省。她家的薄纱窗帘总是拉上的，她做漂亮精致的刺绣，从广场边上的甜食店买甜食，她还有几个在非洲的传教士侄子。啊，我那亲爱的姨妈，她参加堂区的弥撒，穿熨烫好的衬裙。她家的阳台对着主广场，从那儿能看见修道院和穿戴整齐参加第一次圣餐仪式的孩子，阳光平等地照耀着孩子们和修道院。姨妈家的小圆桌子上，没什么吃的，也没什么喝的。这个小脚寡妇受了不少罪，相框照片上她的丈夫曾在一家做陶瓷盒子的工厂当会计。那位绅士罗克叔叔，姨妈嫁给他四十年来无私奉献一心一意。噢，我的姨妈，身躯那么小，那么勤劳，总在星期天制作果脯和大米布丁，把碗橱收拾得干干净净，应该给她颁发一枚功德勋章。姨妈的眼睛老是湿润的，她似乎总在对什么东西吸鼻子，到底为什么没人知道。她爱整洁，怕冷。她的头发已是烟灰色。她几乎不吃什么东西，就靠一颗葡萄、一小杯蜜甜儿酒、切一小片放在玻璃罩底下的奶酪活下去，靠她那个年纪的奥秘活下去。她是慈善姐妹会的一员，她们组织有奖销售活动及惟妙惟肖的圣诞剧。只有她记得我们每个人的生日，她每年都会邮寄包裹到我们在城里的家，从未忘记。包裹里是她精心准备的既甜又油的点心，比如一盒撒上糖粉的松饼，或是种类齐全叫作西班牙曲奇的裹了糖霜的小点心。在被不情愿地咬了几小口之后，它们就在食品柜里被搁上几个月渐渐变味儿，直至有人忽然讨厌看见它们而被扔进垃圾箱。

啊，我那圣徒般的姨妈，我们有她家的地址，知道她就住在那条街上，在那家药房的上面。一个寒冷晴朗的冬日里，我们决定去她外省的家拜访她。我们没提前告诉您就出现在您面前，可您在门口迎接我们时似乎并不惊讶于见到我们。我亲爱的姨妈嘴里正嚼着什么小东西，我猜是一只比通常大小要小的苹果，或者半个苹果，或者更小的三分之一苹果，而且特别圆。姨妈，您就那么站在简陋不结实的家具中间，啃着奇怪的果子，就好像是在啃您那外省的生活，安静地用舌头发出咯咯声。门口的垫子上写着“欢迎”，我们轮流在上面把鞋擦擦，并亲亲姨妈。进来，进来。我们就进去了。

这是她的房子。走这边！走廊这边！小心！噢！我们撞上了彼此，我们说抱歉。那些门开了又关上，该怎么说呢，它们的样子就像是婚姻生活。我们看见绣着猫的垫子，听见钟表的嘀嗒声，接着钟声敲响，叮叮，当当，嗡嗡，这时大声说话就显得近乎尴尬。姨妈在前面引路，我们沿着走廊轻轻地跟着，就好像生怕到不了，或是打扰了里面的空气，亵渎了它。房间里的摆设在我们四周跳着舞以示欢迎，包括蕾丝花边的桌布、相片、餐具柜、瓷器摆设柜、镜子，它们就像聚过来嗅着我们手的狗。

从一个房间又进入另一个房间，天花板每刻加快地滑向后方，房间的窗帘和吊灯则每刻放慢地被打开或关上。一张桌子挡住了我们的路，我们绕开它。走廊的尽头有胶质制成的灯在闪烁，至少在我们看来是。我们要用力从凝重稀薄的空气中挤过，空气中有浓浓的几天前呼出的二氧化碳，穿过大衣袖子、赤陶土罐子、苔藓、食虫植物、马来西亚丛林、针叶树林、熔化铅的岛屿、喷发的火山，真是漫长的旅程。所有这些之后，还有一把扶手椅。

就这儿，姨妈说。然后她又解释道：这个月我一直都在想给自己买支铅笔。

里面的一切都是小一号的，椅子、桌子、书（没有书）。那只猫在沙发上蜷成一个球，看着像只老鼠。漂在一个瓶子里面的是一只干瘪的海马，悬浮着。一个布谷鸟时钟（嘀）一点一点地啄着时间（嗒）。

我们低下头走进为接待侄女侄子保留的房间。我们把整个三人沙发都坐满了，但还是不够，只好再使劲挤挤挤挤挤进去。接着，姨妈就开始问我们身体可健康，我们四个齐声回答说大家都好，都很好。姨妈又问我们想喝点什么，我们纷纷说咖啡，咖啡。于是姨妈在我们眼前消失，隐没在厨房里。一阵费力的咚咚砰砰咣当声之后，她回来了，手里端着一个小玩具似的咖啡壶，淌着水流。姨妈费劲地挪动着步子穿过走廊，就好像她背后拖着一辆机车，驼背的她脊背弓得如自行车手一般，像个喝醉酒的士兵一样蹬着车，脸部还抽搐着。她往蕾丝桌垫上铺上了一块布，是白色的，并用手的一侧把它压平整。她不紧不慢地做着这些事。然后，谁也不知道她从什么地方拿出来一个小纸板托盘，里面有四块点心，是那种很小的黏糊糊的蛋黄色糕饼，名字是她告诉我们的，谁知道是什么圣徒的名字。她还拿来一瓶气味浓烈的修道院的酒，从里面倒出来的东西就那么一点点，里头基本没什么酒，只是一点颜色的影子，倒进的玻璃杯也是一点点小。

大家就那么跟姨妈面对面，在她外省的药房上的房子里。姨妈瞅着我们，不知道该跟我们说什么，不知做什么，怎么熬过去。我们呼吸困难，忘记了往肺里充气，盯着自己的膝盖直至头晕。已经够了，我们开始有些后悔来这儿。我们这些菲耶罗家的人就是这么一群反复无常的家伙，想要这个，然后又不想要了，又想要那个。这种事情总是不断发生。

关上的电视机鼓鼓的屏幕里，是房间和房间里的我们弯曲了的影像。姨妈责备我们道："你们没一个人记得你们的姨妈。"我们抗议着，假装不能说话，嘴巴里塞满杏仁蛋白饼干。好吧，是的。可也不是，我们这会儿不正坐在三人沙发里呢，四个人一起，就在此刻，这就是证明呀。我们咳嗽着，为了打消姨妈的疑虑，大家都把手举起来手掌朝外地来回摆着。

有人指着墙上挂的一幅画着渔夫的画问，姨妈解答说："这画的是航海。"下一个问题。我们审视着乱七八糟五颜六色的表面、各种纹理和气味的混合，以及坐在其中的姨妈，我们外省的姨妈，多罗泰娅·菲耶罗。她背朝光坐着，离我们那么遥远，比远在海上的灯塔还远。我们费了点功夫才找到茶匙，拿它搅动着……咖啡？嚼着黏稠多汁的糖制南瓜条，名字叫作……天使的头发？吞下……酒？这之后，大家便安静地坐着游离进各自的思绪，嘴巴里一股修道院的味道，每个人孤单地想着自己卑劣的生活。

屋里一片沉寂，仿佛有天使经过。

“你们冷吗？”

“啊？”

“你们冷不冷？”

“不，不，不冷。您怎么会认为我们冷呢？”

“真的不冷吗？”

“是，是，真不冷。”

“噢，好的。要是冷的话……”

姨妈叹了口气，她有事没事总爱叹气。多罗泰娅·菲耶罗姨妈一辈子都是这么过来的：叹着气，画着十字，走到阳台上把自己裹在轻柔的灰色羊毛披肩里；参加葬礼和宗教活动，用蜂巢式针法做编织活儿；做罗克叔叔这位绅士的遗孀；在访客面前快速地嚼着水果小切块。她不怎么出门，只偶尔参加某个合唱和舞蹈节。姨妈说她不喜欢没事就东串西串的，才不呢。有些女人在教堂里待一整天比赛谁念祈祷文更快，她可不那样，她最多每周做一次弥撒，拜托，她才不是那种人。她从家去市场再从市场回家来，你没法儿以任何别的缘由叫她出来。多罗泰娅姨妈说，上帝是件很严肃的事，不是闹着玩儿的，你不能把他累着了，去试探上帝的耐心可不好。

聊了其他的事，年龄，岁月，时间。

哎呀，孩子们，在我这个年纪时间飞逝没有宽限，我们计算的是棺材数不是生日。

啊，她也曾经年轻过，我们在想什么呢，她也曾在某个时候跟朋友一起干过一些蠢事，像给陌生人打恶作剧电话，喝碳酸饮料什么的。

沉默。

这座黑色、长方形、生活缓慢的外省城市有一座红色的大教堂，塔楼的倒影在夕阳映照的水面上颤动着，哥特式的钟楼回荡着同一种鸟儿的鸣叫和放大的音乐声。这座教堂以成千上万变换的形象，被人们乐此不疲地反复呈现在俗丽的明信片上，每张只要几个硬币，任何时候任何地方都有卖。只要你沿着那些潮湿的拱门和柱廊朝河那边走，往那边走的时候河总是在左手边，还可以看到拿学校教室的粉笔画的画，听见孩子们急匆匆下楼的脚步回声。你总能看见它。

教堂长大长大，长得巨大，它不停地升高，而没有倒塌成一堆石头，长成一座高高卷起的浪，被它那彩色玻璃窗和低声吟诵的弥撒的绿色浪潮冲打得湿漉漉的。神的羔羊除去世人的罪孽[1]。教堂的墙由整块岩石筑成，里面保护着装有某位当地殉道者遗骸的骨灰瓮。殉道者会行奇迹，比如说使瞎子复明，现在他那几块骨头就待在那个骨灰瓮里。

教堂有股蜡的味道（也有点像可可味儿），这股熔化的蜡烛的气味飘浮在整条街上，渗进人的衣服里，溜进有咸鱼和泡菜味儿的店铺里，席卷了图书馆，里头的门房正在石膏半身像间坐着打盹儿；它穿过回忆和过去有过许多树木与植被的花园，从门底下飘进到修道院的餐桌上，桌上是一个平静生活的构成——白色桌布，一个面包，一瓶水，和那种白花花的煮老的鸡蛋，这些就像

1　神的羔羊除去世人的罪孽（Lamb of God who takes away the sins of the world）：语出《约翰福音》（1:29）。

是刚被画好似的：晚餐。这个地方的人都在同一时间吃晚饭，厨房里人们干劲十足人声鼎沸，城市的鹅卵石广场上空荡荡的见不到一个人影，连个过路的人都没有，风急驰而过，把一张报纸急速卷起，一个室外舞台落寞地在风中呜咽。没有人，只偶尔能看见一只猫轮廓分明的影子从墙上飘过，像电影中一样；或是一位急匆匆往家赶的虔诚的老妇人，她常去教堂，上帝保佑，她刚从医生那儿量完血压回来。过一小会儿，一些阳台上的灯光开始闪烁，然后熄灭，接着就听见床垫弹簧嘎吱响的声音，睡梦合上人们的眼睑，掌控了万事万物。

探望即将结束，姨妈从摇椅上站起身来，捋平她的满头白发，白如粉末。忽然时光如猞猁向后猛冲，就在一霎间姨妈又成了过去那个年轻的多罗泰娅，那个快乐、温柔、容易受惊、怕温度计里的水银的年轻姑娘。她金色的头发梳成辫子，穿着长筒袜，正和绅士罗克叔叔举行婚礼。那个年轻姑娘既没活着也没死去，是她爱护我们，把我们宠坏；是她包容我们所有的异想天开和愚蠢的冲动；是她给我们礼物，贴画本和超级英雄漫画；是她教我们读书写字骑自行车；是她用碘酒和唾沫治好我们的割伤跌伤，嘴里念念有词：青蛙的魔咒快治好，今天不好明天棒棒的；在我们为不幸的爱情哭泣时，是她擦干我们的眼泪，安慰我们，逗我们笑，擦掉我们的鼻涕，然后在屁股上拍一下把我们送回花园里：起来没事啦，去晒晒太阳，跟你们的堂兄弟姐妹玩去吧。不过她会先用她带香味的双臂把我们紧紧地搂着，这使我们有种被野玫瑰丛拥抱的苦涩的甜蜜感。

就在电光闪烁片刻的一瞬间，就在我们迷离的眼前，伴随着脊椎底部一阵舒服的痒感，大家都焕发青春互相亲吻，我们的妈妈、表兄弟姐妹，还有那位会用鼻子吹口哨的卖牛奶的人。花园里音乐声响起，那是用纸质小灯笼装点的晚会，有人说着祝酒词，有人像驴子一样叫，狂欢流转席间，爆竹燃放。一对对的人彻夜跳舞，笼罩在萤火虫的微弱光芒中，然后消失在身后的树丛间，轻松快乐。还没有人生病，就连那位绅士罗克叔叔也从他的坟墓里走出来，高兴地笑着把衣服上的尘土掸掉。

他死了，一切都消亡了，埋掉了，安息。只是墓地里的一个壁龛，一个花环，安享宁静。只有为他的灵魂祈祷，激情已随之消散。遗产继承事宜闹得不可开交，又是律师又是诉讼，兄弟姐妹们反目。房子所在的那块地被公开拍卖，被一个投机商占有，仅剩的几棵树被镐子掘断，花园里建起了配有保安的停车场。如今姨妈的眼睛已看不清楚，坐在轮椅里打盹儿，我们甚至都不知道她是否还认得我们。啊，时间的奥秘，时间的指针嘎吱地运转，时钟轻轻的嘀嗒声标示着时间。我们开始说再见，向所有这一切说再见。我们是过去的鬼魂，来这里打扰了她的日常生活，我们意识到了这点，这叫人难受。某一天，亲爱的姨妈将远离一切，孤独且带着尊严地在休息室里躺下，一切将结束，因为试探上帝的耐心是没用的。

我们便又坐回到三人沙发上。

没有发生别的事。光线变了。接着我们就知道了我们这位外省的姨妈曾经爱上过别人，那是她平生第一次，也是唯一一次，它突然间就发生了。一天下午她去一位搞顺势疗法的医生的办公室，这么说吧，她是去问某种女性方面的，呃，疼痛的治疗法。我们还是别说细节了。护士推开那位医生的办公室，他就在里面。顺势疗法医生是个腼腆的男人，咳嗽着，肩膀下塌，顺从的双手那刻正忙乱地收拾卡片和自来水笔。医生一双慵懒的大蓝眼睛转而望向她并问候她道："你还好吗？"他没说别的，就这四个字。这已足够，足矣——一颗心为了这么一件小事就可以流泪滴血。我们外省的姨妈立即恋爱了，她日后都不会为此后悔，那天晚上她就把它记在了日记里，那本日记在她死在休息室之后留给了我们。啊，我亲爱的姨妈，与那盛着她骨灰的骨灰瓮，我们就是这么知道那件事的。他们交换目光，然后他说："你还好吗？"她居然就在那儿毫无顾忌地陷入爱情，站在医生诊疗室里，在穿制服的护士跟前，全身心地，真是太尴尬了。这是我们住在药房上面的姨妈，佝偻着脊背，皮肤干缩，脸部抽搐，侧影像烟囱，还有她的小饼干，难以置信。那些小饼干都见鬼去吧。即便是可笑如我们也是值得人爱的，我们都需要在弥留之际有人能为我们合上双眼。我们那外省的姨妈平生第一次也是唯一一次爱上了那位顺势疗法医生，并且是一个爱情的小萌芽，也如顺势疗法，是最小的剂量。

医生给她检查一番之后告诉她说没什么事，只是心理紧张罢了。她回到家心情放松了。紧张，对的，肯定是这个原因。

过了几天，她在街上偶然看见了他，那是第二次也是最后一次见到他。他正站在一个钟表店窗前，他看见了她并脱帽以示问候，在他身旁是一位年轻漂亮的女人，怀里抱着个婴儿。她羞怯地回应人家的问候，微微地点了下头，便继续迈开短小的步子一句话都没说地走过去了。当时正值冬天，天气十分寒冷，他咳嗽着，有雪落在他的肩上。

她处在崩溃的边缘。她草拟了一个计划。她为之忏悔。他们两个人结婚了。不，这行不通，多愚蠢的念头；罗克叔叔就躺在另一张床上。想都别想，不行。在一个外省的小城，在那个年代，住药房的上面，人们彼此都认识，都互相看着，这行不通的。她在日后的岁月里背负着这个背叛丈夫的秘密。不知为何，她感到肮脏。她写复杂晦涩的信，从未寄出过。她吃苹果，忏悔。她想为那个高个子戴帽子的男人做点什么，可又什么都不敢做，于是她便开始给他织毛衣，冬天穿的，医院是冷飕飕的地方。战争爆发了，顺势疗法医生被推上卡车送上了前线，离这里很远，跟活人也跟死人待在一起，他再也没回来。他在她的生活里出现又消失。她担心得发疯。那件毛衣放着只织了一半，剩下两条胳膊没织。这个时候根本不能找人询问或征求意见，不能想，行不通的。对告解神父，对任何人都不能。罗克叔叔还躺在另一张床上，不能，绝不能让人发现这份狂热的情感。她把它埋在尽可能的最深处，那样最好。什么都没发生，时光流转。几年来她默默地努力消灭那份感情，将它淹死，将它彻底杀死，这样好能继续活下去。我们的姨妈把为那个忧伤的肩上落雪的医生织的毛衣拆了，用那些毛线织了一个烤箱手套，结果证明它更实用。她吃烤的苹果，去慈善有奖销售帮忙，参加合唱和舞蹈节。她变得冷淡，眼睛泪汪汪。与此同时，生活的艰难队列带着喧闹、烦恼、祝酒词、义务责任、病痛、侄女侄子、旅行、午饭、性交、账单、礼物、圣诞节行进队伍、礼拜日、出生和死亡，漠然地从她身旁走过。一切过后只有一把扶手椅。

一面不可能推倒的时间之墙将他们阻隔。那样的两个人，都是诚惶诚恐腼腆羞涩，她活着而他死了，就像舞台上的两个苍白无力的演员，站在聚光灯下，在沉默中搓着手，说不出话。他们放弃的梦想有可能是美好而至关重要的，那是巨大的牺牲，这一事实赋予了他们那卑微的存在一种梦幻般的光芒，能将他们变成史诗式的人物。爱人在哪里？躺在冰冷的坟墓里？爱情来了又去了。什么都没有发生。一阵轻风。布谷鸟报时钟上三十年（嘀）过去了（嗒）。

秩序存在，混沌存在。药物存在为的是治愈想象中的疾病，灵魂中的轻微骚乱，精神上的感染。

衣服挂在卧室大衣柜里，她自己的和她丈夫的。那些衣服都是他们一起在大减价时买的，在他们死后会留存很久。其中的一件套裙是她自己选的，将用作她入殓时穿的衣服。

啊，时间的奥秘。直到那个晴朗的冬日，我们决定去她在外省的家看她。姨妈站在门口迎接我们，嚼着什么小东西，隐约有点吃惊——一只活鸟？——她的眼珠从一边转到另一边，像息肉或渗出的外质。我们中的一个，有可能是我，把沙发上的自己从呆滞中拽出来，用被尼古丁熏染的手指着转暗的窗户强调说："时候不早了。"

然后如果可能的话，具体指出——我具体指出——其实更多的是担心："很晚了。"

接着，大家都看见了，我们的外省姨妈颇为吃惊，做了个奇怪的动作，就好像有一股寒意穿过她的身体，就好像她裹紧羊毛披肩，将身子缩起，直到它恰好成为她未来棺材的形状。

噢。

英文由布伦丹·赖利译自西班牙语

埃洛伊·蒂松，1964年出生于西班牙马德里。他的小说《庭院的速度》（1992）被批评界誉为过去二十五年里最有趣的西班牙小说。他的另一部小说《野生蚕丝》（1995）曾入围第十三届艾拉尔德文学奖决赛。其作品节选已被翻译成英语、法语、意大利语、德语和芬兰语。《闪烁》（2006）是他最新出版的小说。

我的心

My Heart

[波黑] 谢莫斯丁·莫诃莫丁诺维奇

黄金纯　译

今天似乎应该是我的死期。

清早起来，我正冲着澡准备去工作，一阵金属质感的钝痛突然在前胸和喉咙中蔓延开来，嘴巴里还有一股水泥的味道。我走出淋浴房，给湿漉漉的身体裹上件浴袍，一阵难以言喻的疲惫袭上心头。浴室门是开着的，萨尼娅正要出门上班，一眼看到了我这副样子。我让她不要担心，赶紧去上班吧，我就是有点疲惫，回床上躺一会就好了。

萨尼娅不放心，执意留下来陪我。我穿着浴袍躺在床上，身上还是湿的，头发滴着水，感觉更难受了。萨尼娅给我端来一杯冷茶，可是喝下去之后毫无用处，没办法，只能打电话给911。她站在窗边，望着街道，焦急地等待救护车的到来。我浑身发软，就连朝窗子那边转个身，看看她的力气都没有，只能静静地注视她之前坐过的沙发。我突然感到一阵不安——萨尼娅不在她刚才待的地方了。然后我的目光又落到了沙发上面挂着的一张照片上。

拉萨。清晨。一位年轻的僧人，身披红色袈裟，离开了身后那栋石头房子墙上的高大的木门，正行走在一条狭窄的卵石路上，一团清晨的薄雾在他面前飘浮——那是朵小小的白云，仿佛一只幽灵，僧人紧随其后。我的目光追逐着那朵飘浮在西藏的碎石小路上方的白云。

“他们来了。”萨尼娅站在我身后说。然后她回到了我的视线里。她打开门，看向走廊，又不放心地回头瞧了我一眼。不一会儿，我们的房子里就塞满了一大群从急诊部赶来的陌生人，他们迅速抢占了沙发，把我包围起来。我的隐私从未受到过这样具有攻击性的侵犯。这些人毫不拘束，看起来自信满满，他们四下打量我的房间，瞟了我一眼，还称赞了我身下的床罩的图案；一群待在我房间里的陌生人。一个穿蓝色制服的女孩解开我的睡袍，让我赤身裸体地躺在众人面前，然后问了一句：“先生，您多大了？”

“五十。”

在最初的震惊之后，一切恢复了平静。

我早已无所畏惧，波澜不惊地注视着周围的一切。现在全都结束了，当我记起这件事时，我仿佛隔着一段距离，远远地看着它，好像我的灵魂已经离开了身体，漠然地注视着事情的发生。

那个蓝制服姑娘对我说：“先生，您是心脏病发作了。”这话并没有让我感到丝毫震惊。

我内心平静的时候便是如此。在电影里，当拍摄到关键部分的时候，导演往往会去掉声音，只留下画面，有时候还处理成慢动作。这种技术手段是为了唤醒人们内心的注意力。

心灵的运作方式与冷冰冰的摄像头非常相似。

对我而言，从救护车到来的那一刻起，震惊就开始了，尤其是在一大群陌生人填满我房间的时候。这件事可以发生在任何人身上，但是不能发生在我身上，因为我惧怕它。而此时，我对疾病的恐惧表现为对医生和医院的恐惧。我从来没去过医院，连病人都没探望过。但是现在，这个穿蓝色制服的女孩在我身边弯下腰，对我说："您是心脏病发作了！"

我的第一反应是：她错了，那不是我的心脏。然后我想：自己在什么地方见过这个女孩。我试图想起究竟是在哪里，然而许多只人手正在我身上折腾，给我连上金属线，把我翻过来倒过去，一会向左，一会朝右，严重妨碍了我的思路。我想不起来以前在哪里见过她。透过她的蓝衬衫，我看到她的胸部轮廓，绝不是有意的。她焦虑地看着我，似乎在谴责我什么。

还有另一个视觉现象：周围这群人的身躯都变得非常高大，看起来很不自然，我的身体却萎缩了。当时我是怎样一种感觉呢？疲惫。这种疲惫来自胸口的重压，让我喘不过气来，与生活带来的疲惫感同样沉重。于是我想：是它吗？是死亡吗？事实上，当时我不仅是以参与者，也是以置身事外的旁观者的视角开始看待每一件事情的。我又想：这样挺好，让一切都随风而逝吧。我累了，想闭上眼睛，忘掉所有，愿时间静止。

我已经活了很多年了。

在去医院的路上，我躺在救护车里，膝盖快要被氧气罐的重量压碎了。我凝望着天空中飘过的白云，还有道路前方的绿色信号灯——此前我只在开车时注意过它。车速似乎因为某种原因放缓了，我透过救护车的后门，看见了一座砖砌建筑，上面挂着一块指示牌，刻着“解放之书”。

“这条街叫什么名字？”我问那个蓝衣女孩，她正侧身帮我放枕头。

我该把注意力转移到其他地方，以便忘记胸口的疼痛吗？坐在我脚边的那个小伙子，不停地移动着我腿上的大金属罐子。这个冰凉的大块头正好压在我的膝盖骨上，一时之间，我两个膝盖成了全身最疼的地方。我心中对这个年轻人充满了无声的怒火，他也许是故意用氧气瓶摩擦我的膝盖，好让我的思绪从心脏转移到别的部位上去。

我把注意力转移到街边的树木上。现在是秋天，即便是多云的天气，光线也很充足，叶子染上了阳光的颜色，格外耀眼。今天是个阳光明媚的早晨吗？还是说，树梢上的金色给了我一种阳光的幻觉？生长着落叶乔木的风景一直让我联想到死亡。对此，有某种让人难以信服却又显而易见的东西。

在秋天死去，多少有些不得体。

在秋天死去，与万物一同凋零，这种死法太矫揉造作了。

救护车停到医院门口。在停车场，我抬眼望去，望见一个身穿华盛顿首都队红色冰球衫的女孩，她穿梭于车辆之间，朝着医院的方向走去。她正在向上看，看向一扇窗子，或是一片云彩。

这个停车场我之前只来过一次，是在诗人 F. 的妻子产女的时候。我还记得，那天他新买了一辆丰田凯美瑞，跟我说："你愿意开吗？""当然。"我绕着停车场开了一圈，那已经是十年前的事了，不过新车的那股气味让我记忆犹新。

我的氧气面罩在十一月份冷空气的作用下，开始凝结出一层水雾。

在医院的入口，我遇见了一大群面带微笑的医护人员。在我的右手边，一位护士正在我的胳膊上找血管抽血。而我的左手边，站着两个穿绿色外衣的女孩，她们盯着我身上裹的床罩，对上面的图案很好奇。就在这时，我看到了走廊尽头的萨尼娅；一个男人（或许是医生）走向她，手里还拿着几张纸。萨尼娅很认真地听他讲话，然后就哭了。

现在这个男人在我身边弯下腰，用他冰冷的手指号了一下我的脉搏，问道："您多大了？"

"五十。"

我想回家待一会儿。

"我是谁？"这个问题的答案究竟是什么？当一群陌生人在我自己的房间里随意检查我裸露的身体时，我是谁？其中还有一个我认识的女孩。真正让我感到不适和羞耻的，不是死亡的临近，而是我意识到了，在这一刻，我的身体只是一个不发射出任何信号的物体。我的肉体是无性别的。

不但如此，这些陌生人还随意地摆弄我的身体，让我觉得自己仿佛处于一种失重的状态。现在的我所剩无几，只余一具凡俗的残躯。赤裸的身体躺在浴袍里面。

我对这具身体的全部了解，都是作为一名诗人，而有所选择地进行的，只着眼于它的功能与力量，而忽视了它的弱点和短处。

对于这具身体上的疾病，我其实一无所知。

大脑是通过获得的数据而做出逻辑判断。心脏病发作时，我正好站在浴室的喷头下面，突然感到嗓子里一阵剧痛，嘴里还有一股金属的味道，我立刻联想到在《名利场》杂志上读过的一篇文章，讲的是作者（克里斯托弗·希钦斯，后来被诊断出患有癌症）疾病发作的一次经历。文中写道：痛楚充盈了整个前胸和脖子，感觉胸口像是“有水泥在慢慢凝固”（这句话是我从记忆中引述的，不过我觉得他当时写的，正是我现在所经历的）。我从淋浴房里走出来时，这股痛感加剧了，我确信自己得了癌症。

之后，急救人员来了，一个女孩（一位身穿蓝色制服的医生）在我旁边弯下腰说：“先生，您是心脏病发作！”我的第一反应就是：不，天哪，不可能是我的心脏。

我坚信自己的症状和希钦斯描述的一致，我更愿意相信他的文章，而非所谓的官方诊断。总之，有那么一刻我在想：真搞笑！我快要死了，脑子里想的是克里斯托弗·希钦斯！

真可笑：在这样一个紧要关头，我的情况却是从一个《名利场》杂志的专栏作家那里得到解释，他不知道我的存在，也因此不会知道，我或许正要结束存在。

“您多大了？”

“五十。”

今天，这个对话不断重复。

我的年龄对医生而言是个重要信息。我第一次有这种感觉，从某种方式上来说，我一辈子的时间都早已被精确地度量好了。这意味着，从今天开始，我对于青春的所有幻想都破灭了。我们合理安排着自己关于时间的体验，但除了日历表所规定的一切，我们并未真正意识到时间本身的意义。因为，“在精神上”，我们仍停留在原地。“在精神上”，现在的我和二十多岁时的我是同一个人。也许，我们每个人都是这样，这也是作为人类的特征，是一种自我保护，逃离死亡的方式。西方文化喜欢采用不对称、不和谐的方式来观察人，因而将人的肉体与灵魂割裂开来，肉体是有年龄的，灵魂则没有。这种分裂，大概是从陀思妥耶夫斯基那里开始的。

现在的我，已经沦为一具躺在手术台上的躯壳，全程靠眼神及少得可怜的词汇跟各种各样的人进行交流，他们在努力让我复苏。这堆人数量庞大——有的人在准备手术，有的人正参与其中。他们都开始和我这个濒死之人进行交流，然而在我的印象中，就是这具躯体（也就是我），即使在手术台上，也无法提供出太多的信息。除了我这个不好发音的名字，关于我的唯一信息，就是我来医院时裹着的那条床罩了，上面印有保罗·高更的画作——每个人都对它品头论足，似乎对这幅画的文化渊源很感兴趣，大概是认定了床罩和我来自同一地区吧。

给我动手术的外科医生，一时不知道我那复杂的名字怎么发音，他把脸凑到我的跟前，略带焦虑地解释道：手术中他需要和我进行交流，为了方便起见，他想给我起个称呼。他说：“直接叫您

‘患者’行吗？”

我不太清楚这条床罩产自哪里，大概是某个南美国家。可能医院里的某个员工碰巧也来自那个国家，这条床罩引起了他的兴趣。总之，这些人对我的身份很敏感，虽然他们没问，但是我敢肯定，他们不知道我从哪来。他们只能根据我的口音，判断出我是个外国人。

这是否表明，我们都曾有类似的担忧，害怕自己有一天会死在一个遥远、陌生的国度，一个不属于我们的世界？这是我第一次深入审视身体的内部。在手术台的左边，有一个屏幕，可以透视我心脏动脉的影像。它让我联想到一株分杈的植物。一段很细，近乎透明的小枝杈，开始慢慢长大，伸长。这种成长的背后是一个未知且微妙的过程——医生在一点一点地为我疏通动脉，冲破血栓，让血液重新正常流通。我感受到了一种难以言喻的清畅。接下来，医生又用同样的方式为我的另一条动脉进行了疏通。被疏通的动脉就像一棵树一样，在我眼前慢慢长出新的枝丫。

这就是全部过程了。我嗓子里的痛楚和胸口的重压都消失不见了。此时此刻，自由的呼吸是如此令人神清气爽，将所有的疲乏清除体外。我真想坐直身体，跳下手术台，下地走一走。

浑身充满了氧气。

手术室出人意料地变空了，我独自待了一小会儿，听到一阵嗡嗡的声音，但又不知道是什么东西发出来的。是机器声吗？

很快房间里再次充满了人声。没有人注意到我。他们都在谈论昨天晚上电视剧中的情节。

他们在笑。

一个非裔的美国女孩在我身边弯腰问道："您想喝点水吗？"一个跟在她身后的拉美小孩，好像一直在和她说话，他说："你必须那样！"

我说："好，谢谢。"

姑娘回答那个小孩："我不能，我不会！"房间里另外有人谈论着自己早上在电梯里如何被困了半个小时。电梯负责人终于赶到，把他解救出来，"我觉得，"他说，"就像一个智利矿工，被人从地底带到了阳光下。"

我端着塑料杯喝水。后来，什么也不记得了，我最后的意识就停留在这杯平平常常，略带甜味的水上。

离开手术台，躺在一张狭小的推车上，我乘坐电梯去往病房。陪同我的是两个年轻人，穿着医院的制服，看上去一点儿也不着急；他们说着，笑着，无疑忘记了我的存在。两人可能是一对情侣。在他们身边，我感觉自己的原始特征再次附体。进电梯的时候，平躺着的我身体太长，他们着实费了一番力气。电梯关上时，我能感觉到双脚都抵到门上了。

今天遇见的人全都消失了。他们离开得突然，来不及跟他们道别。那对在电梯里打情骂俏的小情侣把我从低层送到高层以后，在我没有注意的时候，也悄无声息地离开了。

病房里，一位新护士把我安置到床上，对我说："好可爱的床罩呀。"

我说是从家里带来的。她连忙解释说，我完全可以随身带着它。她可能以为我对这条床罩有着孩子般的依恋。

我给萨尼娅打了个电话，她已经迷失在这栋倒霉医院的破走廊里了。

如果以2010年11月2日星期二为分界线，那么这一天发生在我身上的大事就是：准备去上班的时候，我的心脏病犯了。

当时我正在淋浴，突然感到胸口和嗓子里有一股金属质感的钝痛。过了一会，救护车来了，一个女孩给我做了检查之后，直截了当地告诉我："您是心脏病发作。"我戴着氧气面罩，看着坐在床对面沙发上的萨尼娅，身边围满了陌生人。她的脸因恐惧而变得扭曲。那些人用我躺着的床单把我随便一裹，急急忙忙地带我离开家；他们把我送到医院，给我动了手术。动脉支架装好后，我被安置到一间病房。整个过程大概用了三个多小时，但是这三个多小时已经从根本上改变了我的世界。

手术做完之后，医生去找萨尼娅，但是她不在等待室。我到病房后给她打了个电话。她接了，说是在路上。她进来时，面色极为苍白，整张脸都被眼泪泡肿了。她的脸上同时呈现出难以抑制的喜悦和深重的悲伤，这种复杂的情绪让她不堪重负。在她身体里，有什么东西碎了。她一时冲动，想要拥抱我，可是又不敢这样，生怕会弄伤我。我让她坐到床上，待在我身边。

"你刚才去哪了？"

"医院外面。"

"外面这么冷，你穿的又……"我才注意到，她走的匆忙，T恤衫外面就穿了个外套。

“我不敢再等下去了。”

“为什么？”

“我害怕医生出来对我说……”

“说什么？”

“……你死了。”

“我才不会这么快就死的。”

“签手术协议书的时候，他们问我要不要请个牧师。”

“那你怎么说的？”

“我说不用，你不会死的。”

“你有没有告诉他们，牧师也不能让我皈依上帝……”

“没有。”

“那你应该告诉他们！”我开玩笑说。

她假装生气（大家都要急死了，你这家伙还笑！），伸出手轻轻地在我胸口拍了一下，然后她突然想起来我的心脏刚动过手术，吓得浑身发抖。她可能会伤到我，啊啊啊！她急得在我面前直摆手，哇呀呀呀！之后我们都笑了。

我也很清楚地记得那天剩下的事。

我独自一人待在病房里时，我在想：

当然，我一直都在想，这么多年过去了，我对死亡的态度在不断趋于成熟，可是我没有想到，我的死亡竟然是心脏停跳。我身上其他所有器官都可以停止运行，唯独心脏不行。我想，只要我需要它，它就会在这里，为了我而跳动。

我给儿子哈伦打电话。他现在在圣路易斯。在飞机场。

“还有多久起飞？”

“六小时。”

1996年1月31日午夜，从萨格勒布前往亚利桑那州菲尼克斯，移民到美国的路上，当时我们就在圣路易斯机场。

我们在转机。

我还记得候机室里一排排的灰色皮质座椅，以及午夜时分头戴斯泰森毡帽的旅客。座椅旁边的高台上放着烟灰缸，浑浊的空气中弥漫着一股杰克丹尼威士忌的味道。如今再也不会有烟灰缸了。跟儿子聊天的时候，我想起了那次旅行时拍的一张照片——儿子把头枕在胳膊上，趴在机场咖啡厅的桌子上睡着了。那会他才十三岁，我三十五岁。现在他都二十八岁了，差不多和我那天夜里一样大，当时我们正疲倦地等待着飞往菲尼克斯的航班。已经过去多久了？十五年了。

“抱歉，儿子。”

“怎么了？”

“让你等了这么久。”

“爸，你不用安慰我，我的心又不是拿布片缝起来的！”

“缝起来的”这个纺织专业术语让我吃了一惊。仔细想来，术语的字面意思已经变成了事实。身上摸起来已经不疼了，如果是幻觉，这倒挺不错的。

我感觉良好，心情愉悦，都忘记我的心脏是被“缝起来的”了。

只有腹股沟处的血管隐隐作痛，他们在那里开了刀：在生殖器和大腿中间的那片柔软区域。

躺在手术台上，突然之间，我意识到他们在给我的腹股沟剃毛；那是一种冷冰冰的，令人十分厌恶的触感。当时我不明白他们为什么这么做。如果说我的问题是在心脏——我是这么以为的——那他们为什么要给我的私处剃毛？

冰冷的剃刀刮过我的肌肤。

死刑犯清晨即将坐上电椅的画面突然跃入我的脑海。

然后就是这个。萨尼娅今天对我说：不要再吸烟了。

“如果你还想继续活着，”她说，“你就必须戒烟。”

这才是重点。

“我今天听说一件事。有一个波斯尼亚人，是肯塔基州的医生，跟你一样，也有心脏病。住院的时候，有一天他让妻子把车停到医院的后面，然后偷偷跑出去躲在车里抽烟。想想吧，一名医生！可怜的妻子拒绝给他带烟，还把这事告诉了他的同事。”

在美国，让人戒烟的各种措施制定得极为严密。美国可谓是全世界抵制香烟运动的中流砥柱。然而，关于香烟以及人对香烟的依赖，最贴切的评论也出自美国人之口——莱尔德·亨特曾经说过：

“当你吸烟的时候，其他人都会凑上来，向你借火。”

第二天，我想到远在波斯尼亚的母亲，想到自己犯心脏病的消息对她的影响。为了避免可能的伤害，我给她打了电话，解释说，也许有谣言传到了波斯尼亚，说我罹患了心脏病。我说，我打电话是为了让我的声音和愉悦能让她放心，事情不是那样。她听得很认真，停顿了一会，然后问我：“那么，如果并非如此，你的身体怎么样？”

我清楚地感觉到“如果并非如此”中透露的担忧。

“其他疾病都有可能引发心脏病，”她说，“莫诃莫丁诺维奇家族没有心脏病史。咱们家所有人，无论是你父亲那边，还是我这边，心脏都没问题。”

所以说，我是全家第一个得心脏病的人。基因变异是从某个人身上开始的；或者，我和所有亲戚一样，刚生下来的时候心脏都是好的，只是我不小心在里面塞了东西，超出了它的负荷。

通话结束后，我想起了以前读过的一句诗，可能是二十世纪七十年代晚期的作品，由波斯尼亚诗人弗拉基米尔·纳斯基柯所作，他大概早已被世人遗忘。这是一首玄学诗，没有什么价值，不过残留一行如此写道：

我将要沉睡，母亲，就像您，将我带到这个世界的人一样。

萨尼娅今天早上八点之前就到病房了。来的路上，她从医院食堂给我带了杯低咖，用甜味剂调的味。

这不是咖啡，里面加的不是真正的糖，至少对于我来说是这样的。

“你看上去不错！”她说。

我点了点头。很明显，我看起来好多了，但是还要被这些电线绑在床上，动都不能动，更别提坐起来，下床走几圈了。不过这也没什么大不了的。我心满意足地喝着咖啡，把它想象成真正的咖啡，里面还加了白砂糖的那种。

今天早上来了一位新护士。她说适当活动活动，在房间里走一走对我有好处。我一听这话，立马跳下床，都顾不得身上连着几百根电线，血管里还留着针。

萨尼娅在浴室里，用一块湿布为我擦洗全身。

之后，我开始在房间里四处走动。又能重新行走的感觉真是太好了，就像迈出人生第一步一样。我在走路！

但是当我坐到椅子上时，我突然挺直了身子，感觉有什么东西在我右侧的腹股沟里爆开了（就是他们昨天用剃刀给我私处剃毛的地方）。同时，我还发现了一个肿块。我按下床边的按钮，叫来护士，她很快就来了，饶有兴致地盯着我的肿胀之处。她用手掌的外侧量了一下覆在肿块上的生殖器。她有些担心，又测了测我脚上的脉搏，然后快步走出病房去找主治医师。

很快来了一个年轻人，他既不是护士也不是医生，而是一名技师，手上拿着一个陌生的塑料物体。在这个正方形物体的中心，有一个半球，他把它压在肿块上，然后把其余的部分塞到球上的洞里。他把线系在我的腰上。不过他的动作很慢，一直在看说明书。这个东西大概是用来读取我生殖器旁边的肿块发出的脉冲或信息吧。

但是这东西没起作用。

他放弃了。

他把那个塑料物放在旁边的柜子里，然后离开了。

我现在的举动应该表现得像个病人吗？

我不想那样。

不。

在契诃夫的日记里，有这么一段，是一篇故事的梗概。讲的是一个男人去看医生，医生给他做了检查，发现他心脏有问题。

之后这个人就改变了他的生活方式，每天吃很多药，喋喋不休地谈论着自己的病情；搞得整个镇上尽人皆知，镇里所有的医生（他定期去做咨询）也都知道了他的病。他没有结婚，也不再喝酒，总是走得很慢，呼吸困难。

十一年后，他到莫斯科旅行，拜访了一位心脏病学家。这位专家告诉他，他的心脏其实很健康，一点毛病也没有。起初他很开心。但是很快他就发现，自己的生活无法重归正轨，他已经完全适应了每天早早地上床睡觉，慢慢地走路，困难地呼吸。

而且，世界对他来说已经变得索然无味，现在他再不能谈论自己的病情了。

一个非裔年轻人过来给我做心脏照影。

同大多数人一样，他在食指而不是无名指上，戴了一枚银戒指，嵌有一块方形戒面，是由一颗泪滴状的大绿松石镶在一块方形的缟玛瑙上拼接而成。接下来的半个小时里，我一边观察他的工作，一边看他手上的戒指。

他使用一台手持式扫描仪给我拍片，这个冰冷的蛋形仪器游走于我的胸骨间，在我赤裸胸膛的左侧。他正全神贯注地看着面前的显示屏，上面出现的就是我心脏的投影吗？还是其他什么影像？我不知道，我看不见那块屏幕。我这个人只要听到自己的心跳声就会头晕。睡觉时，我有时会把手不自觉地放在左胸上，一摸到自己的心跳，就会惊醒。所以，现在这个年轻人给我做记录的举动让我很不舒服。尤其是当他把圆形扫描器用力按在我肋骨中间的时候，我的不适感达到了顶点。

“你在干吗？”

“我试着让您肋骨间的缝隙再打开一点，这样影像会更清晰。”

我可以忍住疼痛。

但不是这种疼痛；这是一种把心脏旁边的肋骨强行分开的疼痛，远超我的承受范围。而且肋骨间所受的重压让我非常难受，无法控制的愤怒喷薄而出。他都扫描半个小时了——还没拍出影像吗？他说其实已经扫描出来了，只是还不够清晰。我告诉他，对我来说，他做的记录已经足够了，请帮我把睡衣穿上，把胳膊放好，不要再碰我的肋骨了。

小伙子被我这么大的反应弄晕了，他带上仪器，离开了病房，只留下萨尼娅端着一纸杯低咖站在一边。她注意到我情绪很激动，问我——怎么了？我摆了摆手，说别担心，没事，就是检查的太久，有些生气。但是过一会，我回想起他脸上的表情。他拿上仪器离开的时候，我从他脸上察觉到一丝叛逆的微笑。他是把我想成种族主义者了吗？没错！我看到了他的表情，他就是这么想的。他以为我这样对他，是因为我歧视他的肤色，而非他弄疼了我的肋骨。我觉得有必要跟他解释一下，最好马上把他找过来，但是我想这样恐怕只会加深误会。

所以我什么也没说。

他也是。

他一言不发地走了。

然后萨尼娅就来了，端着一纸杯低因咖啡。她说我的一些朋友打电话过来，想到医院看看我。

不，不。

他们只是想来确认一下，心脏病是发作在我身上，而不是他们身上，这也是人之常情。他们想确信自己躲过了这场不幸。

我拒绝。

第三天。

我从重症监护病房转移到普通病房，和一个老人住在一起。他原籍斯洛伐克。

他床右边的墙上挂着一块小木板，上面贴了一张蓝色的便签，写着姓名：卢卡斯·西尔尼。真是个好名字。他今年多大岁数了？八十？或许更大。他得了阿尔茨海默病，还有一些胸腔问题，呼吸很受限。

半夜的时候，他下床要去什么地方，后来被工作人员从走廊里带回来。“你刚才去哪了？”

“我想穿衣服出去走走。”

老西尔尼备受关爱，一大群儿女、孙子和曾孙每天都过来陪他，给他们的这位父亲、祖父或者曾祖父摆好枕头，梳理稀疏的头发，尽己所能地哄他开心，病房里满是欢声笑语。然而空洞的眼神表明，他认不出这些人是谁。他们也转过身，友好地看向我，仿佛我们已经彼此了解，互相认识。也许是因为我也来自斯拉夫国家，给了他们一种亲切感。即使他们对于自己的斯拉夫血统很陌生。他的女儿跟我做自我介绍的时候说，她父亲卢卡斯“来自捷克斯洛伐克”，而她自己则是一个地道的美国人，来自宾夕法尼亚。

西尔尼什么都不记得了，回答问题的时候有时用英语，有时用斯洛伐克语。他用斯洛伐克语回答时没人能听得懂，但是也没有人去责怪他，他们和他谈话并非为了交换信息，而只是假装做出能够交流的样子。

偶尔有人进来和卢卡斯打个招呼："你今天怎么样？"他会回答说："多布罗。"[1] 这是斯洛伐克语里的习惯性回答，事实证明，现在这种语言离他更近。那人显然没明白"多布罗"是什么意思。卢卡斯已经好多年不说斯洛伐克语了。现在这个词从他嘴里蹦出来纯粹是无意识的。但是他的言语混乱却让我深有感触。就好像，在死神即将降临的时候，这位老人还是准备用自己的母语去面对它。当他的嘴里说出"多布罗"这个词时，我更加确定自己身在一片遥远陌生的土地。萨尼娅坐在我床边，听到这个老人说"多布罗"时，她的眼睛不由自主地盈满了泪水，仿佛这是一种我们共同的语言。

后来，我听到西尔尼艰难的呼吸声，好像是哮喘病犯了。过了一会，他平静下来，我再也没有听见他的呼吸声。每当发生这样的事时，我都会以为他已经死了。

晚上的时候，负责照顾我俩的护士换班了。

那天晚上，来的护士是一个非洲的穆斯林姑娘，她扎着一条紫罗兰色的丝质头巾，画着全套妆容，还涂了鲜红色的口红，看起来不像是来医院病房上班的，倒像是晚上有约，要去饭店之类的地方。她很年轻，长相甜美，充满活力，约莫有二十岁，也可能是

1 斯洛伐克语，原文为"Dobro"，意为"不辛苦，挺好"。

二十五岁，不过她总是把我和卢卡斯当小孩一样看待。

“你是哪里人？”我问。

她笑了，反问道：“你觉得呢？”

“埃塞俄比亚？”

“近了。”

“苏丹。”

“近了。”她在等我猜出那个名字。可是我不想再猜下去了。她对我的灰心有点失望，就自己说出了答案：“索马里。”

她站在床边的小板子前——打算把她和我的名字写上去——手里拿着便签，问我：“你叫什么名字？”

我犹豫了一下，回答道：“患者。”

从某种角度来说，我们找到了自我，那些根本性的差异对我们而言已经不再重要，管她是从苏丹来的，还是索马里来的？这只和她自己有关，跟她现在居住的这片大陆又有什么关系呢。宇宙不会关心我们身份的差异。从死亡的角度来看，对于住在同一个房间的两个病人——卢卡斯和我而言，就算我们一个是斯洛伐克人，一个是波斯尼亚人，又有什么分别呢？

就在昨天半夜（她进我们的房间采血样），这个年轻的索马里姑娘问老斯洛伐克人：“你叫什么名字？”

他没有回答。她又问：“那现在是哪年？”

“1939！”

对，他就是这么说的：1939。

1939 年对他有什么特殊的意义吗？他那会肯定才十岁，或者十五岁。那是大战的前一年。当时他也许不得不背井离乡，而现在，在他风烛残年之际，他的记忆还是停留在那一年。到底1939年时，他身上发生了什么事？我很想听听他的故事，但是他什么也没有说。

在我的回忆里，也有一年是挥之不去的。

1992。

有时，我会被卡拉什尼科夫冲锋枪响彻萨拉热窝的咔嗒声惊醒。起来之后，给自己泡杯咖啡，一直坐到天亮。透过窗子看着华盛顿的灯和五角大楼上落下的雪。

夜里，卢卡斯·西尔尼下床出去，那个年轻的索马里姑娘又把他拉回来了。“你要去哪？”

他回答说：“穿衣服，我必须出去走走。”

他不知道自己其实是在住院。

第二天早上，索马里姑娘鼓励我们下床活动，但他却拒绝了。姑娘大声地命令他：“起床！站起来！”

她开始对着这个拒绝下床的斯洛伐克老头唱歌：“起来，站起来，为你的权利站起来！”青春的美丽正是在于它的轻狂。

年轻的索马里姑娘头上扎着蓝绿色头巾，脸上画了新的妆容，在清晨的灯光下显得神采奕奕，正努力劝说着那位迟暮的老人。她开心地唱着歌，因为她就要换班了。

我迫不及待地想要出院，但是恐怕今天不行。今天是周五，这意味着我还得在医院过周末。

医生来了，他让我们到走廊走走，不过要挂着全套的传感器和声波定位仪。这样我在走廊散步的时候，医生就可以通过面前的显示屏观测到我的心脏活动。我很喜欢散步：在外面待了一个小时，都走出医院的围墙了。

回来之后，医生再次检查了我的心脏，这回用的是听诊器。他没有从我的胸腔里听到什么不好的声音，于是嘱咐我一些出院以后的具体注意事项。

之后我就可以回家了。

我看着医生，他是一个印度人，名叫雷亚。我在想：这个人救了我的命，可是我们马上就要像陌生人一样分道扬镳了。

我说："你救了我的命。"

他说："是的。"

然后就离开了。

随后进来一个系着领结的中年男人（"我是您的豪车司机"），他面带微笑，用轮椅推着我穿过走廊，来到大门口。这是医院的一个仪式，尽管我完全可以自己走，但我还是要由一个从没见过的陌生人用轮椅推出去。这个从疾病世界进入健康世界的仪式未免有些儿戏。

我跟这个陌生人热情地告别，好像我们早就认识似的。现在我独自一人站在医院门口，十一月份清新的空气让我整个人都清醒过来。我不再迫切地想要离开医院，这会我已经站在大街上，等待出租车的到来。我感觉有点迷茫，甚至是害怕。

当你旅程结束回到家时，你会发现一切还停留在你离开的那一刻。出去了这么多天，现在你回到自己的房间，或许桌子上的烟灰缸里还有一个烟头，杯子里的酒还只喝到一半，书还翻开在你临走时看到的那一页。所有的一切都保留着你在时留下的印记，它们都成为见证时间流逝的景象，无可替代。

我从医院回来，进门看到的第一样东西，就是那条印有保罗·高更画作的床罩，它整整齐齐地铺在床上，已经先于我到家。床罩洗过了，平铺在床上，它作为一条纺织品的本质并没有改变——没有留下医院或者疾病的痕迹。

萨尼娅已经把房间里的一切都仔细地、尽最大可能地恢复如常，和之前几乎一模一样。不过遵照医嘱，我需要戒烟，所以桌子上没有烟头，连空气中的烟味都消失得无影无踪。

我走进日光室，就是我家的封闭式阳台，也是我的办公室。

这里也没有了我的存在。

我被从自己的房间中抹去了。现在我可以重新开始。

随后，我极不情愿地走进浴室，这里是一切开始的地方。

我一丝不挂地站在镜子前，看着我生殖器旁边的区域。它不再肿胀，只是有点擦伤，变得有些发白，边缘处微微泛红，就像铁锈的颜色。

我被剃毛了。

我小心翼翼地走进淋浴房，听着我身体移动的声音。水太烫了。我的脖子没有痛感，胸口也没有重压，什么都没伤到。浴室里充满了温热的水蒸气。水淋在我身上；还有什么比这更简单呢？水淋在赤裸的身体上。

我想起一部名为《房间》的短片。

故事是这样的：一个年轻人走在日光逐渐昏暗的大街上，突然从头顶上一个敞窗的房间中，传来一阵钢琴声。他停下脚步，看见一个女孩弹琴的身影。然而他所以驻足，不只是因为听到琴声，也不只是因为看见女孩的倩影。他不知道这股吸引力从何而来，也不明白自己停下来的原因，但是他可以感受到那个房间散发出一股强大的魔力，就从敞开的窗户中传来。几年后，他离开了小镇，游历于世界各地。年老以后，他返乡买了一间公寓，在此安度晚年。一天，他洗完澡，走出房间，听到停在家门口的救护车的啸鸣。正值深夜。他突然明白了一切：自己身处的这个房间，就是他年轻时所看到的，从敞开的窗户里传出琴声的房间。为什么会感到那么强的吸引力呢？昔日的年轻人不可能明白，现在的老年人却领悟到了：当年他看到的就是自己的房间，时间到了，他就会死在这里。

我走出浴室；裹着一条浴巾，穿过整个公寓。我朝窗外看去，自言自语地说："这不是那个房间。"

萨尼娅听到了我的话。她就站在我身后，头靠在我湿漉漉的背上，问道："你刚才在说什么？"

英文由西莉亚·霍克斯沃思译自波斯尼亚语

谢莫斯丁·莫诃莫丁诺维奇
Semezdin Mehmedinović

谢莫斯丁·莫诃莫丁诺维奇，1960年出生于波黑基塞尔雅克。他是作家、电影制作人和编辑，共出版了五部作品，其中，诗集《九位亚历山大》（2003）和广受赞誉的小说《萨拉热窝布鲁斯》（2001）已有英译。1992年波黑战争爆发后，他和家人留在被围困的萨拉热窝，成为"流离失所"的人。在战争期间，他和朋友一起创办了杂志《白昼》，努力支持民主原则和多元化的精神。这份杂志成为传播波黑新闻与文化的先驱。他的文章、诗歌和散文在欧美顶级报刊翻译发表，包括《村声》《连线》《三季刊》《明镜》等。莫诃莫丁诺维奇和家人1996年抵达美国，现居弗吉尼亚州亚历山大市。

一位主人公的报应

A Protagonist's Nemesis

[奥地利] 莉迪娅·米施库勒尼

李荣睿 译

为什么您认为家具店不卖棺材呢？这是在公司的上一次聚会上那个年轻实习生问我的话。我竖起眉毛，可当我试着回答她时，却无法想出个有说服力的理由。棺材不是家具，我犹豫着尝试回答，它顶多是个容器，是个壳儿。

可是棺材在守灵的时候是紧要的家具呀，这个年轻姑娘坚持道。我们为人生的每一个阶段每一种需求都配备了相应的家具，且不必说我们为新生婴儿准备了一切，那为何不为可亲的离世之人提供一切呢？

自不待言，我们为这次仲夏野餐——公司聚会——准备了一切。我们把公司生产的花园家具、桌布和餐具一起带了过来，好以真正的公司聚会的方式享受在公园里的时光。所有东西都装进了公司的大容量黄蓝相间购物袋里，购物袋有些像宽宽的鼓起帆的小船。大家把东西顺着林荫道运送至历史上著名的谐趣宫[1]，那座休闲

1　谐趣宫（Lusthaus）：奥地利维也纳的一座历史性建筑。

亭子在过去是皇家狩猎队伍用来享乐的一个下榻处。在其巴洛克式正面的前方，我们布置起家具，摆上桌子，拿出来自公司餐饮部的食物。这时，员工的孩子们也在草地上玩耍起来。

我们这些大人就吃东西，喝杯里斟满的酒，在公司生产的地毯上舒展身子放松。于是那个实习生就问，既然大家习惯了在户外办公司聚餐，大家何不也办一个户外灵堂呢？于是我又想不出任何好的理由解释为何我们公司——意思是我的公司——一直以来都忽视了丧葬用品所代表的一项十分可观的业务。

我也参加过在莫斯科、利雅德和纽约分公司的员工聚餐。我们在每个领域上扩展业务，带给消费文化一种家庭的气息。从公司的角度来说，我赞成这一切做法，但也不包括把死亡商机排除在外的短视。我的工作就是要把这些平凡琐事联结为一个统一的整体。就像花圈需要骨架，人生一连串的事务需要一个架子，一个框架。公司需要支柱，人们需要支柱，因为人们需要兄弟，你也可以把“兄弟”读成“姐妹”，反正她们也同样终有一死。我要把它视为我的理念使命，把活着和死亡都能负担得起，都是日常家庭生活一部分的理念传向全球。利用新的公关技术和营销理念，我要给公司一个可被全世界理解的人类生存参考框架，为这个世界带来一种热诚友好的文化，给我们的员工创造一种愉悦的氛围，在此工作的人不仅能成长发展还能生病和去世。但是有什么东西让我感到不安，我无法指出来，总是觉得自己忘了什么，某种我几乎要抓住的东西……我们家具公司丰富的产品将渗透至生活的方方面面。

理论上，一个公司就是一个身体，但不是那种能被逮起来或锁起来的身体意义上的身体性。公司的身体性是由其职能来定义的，其职能就是为我们的肉体穿上皮肤，把我们的骨头全都包裹起来，让我们能去拥抱自己最亲近的人而不至于真的把他们吸收掉，融合或分解为无形的一团。确实，这便是为何你会把一口棺材的特征描绘成是死者的木质皮肤的原因。

我公司的标志全都是在传达一种安全感，我们希望我们的顾客相信我们是可以依靠的。

我也想认真解决自己的自欺。我现在所讲的听上去很奇怪，好像我要跟自己，跟自己的计划和目标，还有自己对死的恐惧相融合。对呀——死亡。为什么不是我第一个想到它的呢，而是那个狂妄的实习生？可以有个放遗体的房间供人看，有房间接待参加追悼会的人或给他们上茶点，或许还有另一个房间让人们做祷告……一想到这些空间，我就能在我的眼前看到拼装平板松木制棺材，自编花环，自印慰问卡片，守灵蜡烛，墓地提灯，金属制或木制自组装坟墓十字架。当然了，都得比传统殡葬商的货物便宜。

我直面死亡，战胜了自己的恐惧。我躺在公司的地毯上审视这一布景：林间空地、具有历史意义的亭子、马拉的灵柩。

孩子们在玩棒球；一个摇篮安卧在草地的一旁，里面是职员最新的后代；带图案的织物在风中飘动，像桅杆上升起的旗帜。一笔成功的生意为攻克死亡贡献出一份力量，公司商标上的王冠象征着公司永垂不朽。

人类是且永远将是必死的，实习生断言道。我转过身去，我可不想和什么毛头实习生探讨帝国式公司与公司帝国之间的微妙差别。她既不是政治学专业也不是社会学专业的，她也没任何其他发表观点的权力。她说的每一个字都更加表明她只不过是想惹人注意罢了。她试图以坚定不移的恭维勾起我的关注。一意识到自己那自命不凡的废话令我厌倦，她就把话题转移到那些她自然而然感兴趣的事情上了。其中一些还挺有趣，我把它们构建到我们家具公司的模型中去了，它将拥抱一代代进入此生的人及那些离开的人。她告诉我，探求对她来说是一种生活方式，她探求每个字的意义和意图。她告诉我，她一点点地寻得含义，文字的目的就是要让现实可说可读。文字是强大的，它应该强大到能召唤它自己；文字是全能的，她说。她向我吐露她想当个作家，想将写作化为力量，一直写到穿透力量。这是很大的抱负啊，我屈尊俯就地回答说，并打着哈欠。她显然并不相信我已不惜代价地把她的思想拿过来变成了我自己的。她想要抓住每一个词汇，她继续着，明显没明白我的意思。她想掌握口头用语，拥有力量能向人表达让她感受强烈的东西。

她坐下来在毯子上舒展开。我认为她想把她自己变成我的现实。她说她很好奇想看看现实是什么样子的。我只希望我比她臆想中的权力看上去好一些。我不得不鼓起全部力气才能听她说：唯有死亡拥有真正的权力，而对死亡的恐惧只有通过欢欣鼓舞地庆祝死亡才能得到升华。我认为，谁能设法帮你排除对死的惧怕，让你看到生命与死亡都能被驾驭，谁就必将是富有和强大的。永生的建议……重生！如今我们正处于广告的时代，我相信这是把词语制造成形象的时代。

我本来自德国南部的梅明根，很了解维也纳以其对死亡的狂热而著称。不过我与那首民歌里的“亲爱的奥古斯丁”[1]不同，我不会在大瘟疫的时候让自己掉进传染病死人坑里，我一定要着陆到金矿里。

你现在看到那个实习生葬礼般的表情，比起你想到的，我更有经验也能更快地让她所有聪明的点子开花结果。这个下午她被准许去帮忙给导购目录拍照。

我必须全力以赴，这一年很是艰难。我感到精疲力竭，不想太多地走动。很快我就会知道权力能否创造现实——就是说，假如我拥有我自己描绘的权力的话——那时我便会知道在我们的经营里加上一条丧葬用品生产线是否能成功。我躺在我的毯子上四肢伸展开来，其他人则在把棺材部件拆包。

实习生身着几层黑色在扮演浪漫爱情故事里刚生病的美人。她就像一位在服丧的公主，被讨好她的廷臣（部门的头头们）围绕着。她忙着为拍摄编一个由粉红色玫瑰、女贞枝叶和缎带组成的葬礼用花环。摄影师聪明，技术也足够好，能施魔法般地使她的表情呈现出哀伤与克制之间恰到好处的混合。我在一边鼓励地挥手，待在聚光灯的外面。我觉得让她去扮尸体还可以。

从远处看，我们今年的仲夏聚会对过路人来说应该很奇怪。全体人员都为拍摄工作着。我们是一个大家庭，处理着丧事。

1　1679 年维也纳爆发了大瘟疫，一则关于“亲爱的奥古斯丁”的民间传说在此灾难中流行开来。奥古斯丁是一位街头艺人，有一天喝醉酒的他掉进了堆满瘟疫死者尸体的沟里。

我们的家具公司将会帮助您处理您亲人的丧事；那是我们的事业的信条，这次为导购目录拍摄的图片将会把一个新的系列介绍给顾客。我们树立了榜样，描绘了负担得起葬礼的未来愿景。我们在生命与死亡的问题上欢迎更加诚实的态度。我们提供有价值的指导，设备和零件，巧妙的办法。您不会独自面对，我们会帮助您。我们会提供说明，邀请您的朋友过来一起悼念，而您只用想几句明智宽慰的话就行。

职员的孩子们在玩棒球、羽毛球、足球。年纪小的在沙坑里玩海盗游戏，或者荡秋千和攀爬游戏。他们缓解了此场景的严肃感，象征了更新和生命的永恒循环。第一个葬礼上的花环正在制作中，那个实习生在和部门主管们一起制作它。他们工作时摄影师投入地拍摄着。她不停地给出指示，他们便递给她女贞枝叶，接着是康乃馨、玫瑰、缎带。她用剩下的东西做成了一个花冠，在我看过去的时候，她正戴在自己的头上。天上有点云彩，所以我可以不戴太阳镜仰头看。

叶子的树荫、风、斑驳的阳光。葬礼模型的完美布光。

收银员姑娘们穿着纺织品部门的休闲服——我们认为衣服到底是要穿脱的，该属于便携式家具。她们拿螺丝刀干着活，演示我们的棺材女人也能轻易组装。实习生一脸骄傲，笔直地站在那儿，下巴伸着。我记得为拍照分派角色的时候，她是第一个举手的。

风吹乱了黑丝带。把它们早早拿出来的学徒们咒骂着并扔掉了那些纠缠在一起的，从卷轴上拉出新的丝带把它们放到桌上，桌上放着制作慰问语用的烫金字。夏日早上的阳光顽皮地照耀着学徒们年轻的脸庞，他们热火朝天地把字母图样拓印到黑色缎带上。

实习生正忙着和拧棺材上的螺丝的女人们谈天，她们兴奋地指着草地的另一边。就在那边一棵树的绿荫下，在绿色的灌木丛中，一个穿白衣的女子突然出现了。她站在那儿，分散了人们的注意力。

我的第一个念头就是，肯定是什么人为此场景叫了一个死亡天使来。我厌恶这种做作的想法，它破坏了我为启蒙社会制订的启蒙计划。我正要跳起来把实习生训斥一番，但最后我意识到那个显眼的死亡天使更可能是一位穿着婚纱的新娘，她是偶然间走到我们的场地中来的。

这时实习生已经朝那里跑过去了。甚至在我提高嗓门之前，她就已经跑到了小女孩儿们那儿。她们天真无邪的棒球游戏意在展示死亡只不过是日常生活的一个自然组成部分。实习生挥着手冲游戏场边上的姑娘们喊话，并让她们集合。由她带头，这群人轻快地跑向白衣女子。

我不再记得我瞅见的休闲亭前的马车是我们的马拉灵柩车还是婚礼马车。马儿们嘶鸣着，它们的头甩来甩去。车夫穿着传统服饰：黑裤子、黑斗篷与黑礼帽。我们还买了一面当背景的横幅，写着："马拉灵柩"。

马儿们走了起来，车夫愚蠢地冲着它们咆哮。他一直吼叫并使劲拉缰绳，似乎是要迫使马儿停住。可是他的吼叫和咆哮只是让它们加快了速度，接着它们开始小跑起来，一路嘶鸣着。车夫又拉拽缰绳，马儿开始转回来。再拉一下缰绳，噼啪一声鞭子响，马儿开始绕着亭子奔驰，仿佛是在互相赛跑。大人们在笑，小孩子们渐渐地有点害怕起来。

车夫消失在亭子的后面，他大声求助。马儿们跺着脚，然后马车便咔嗒咔嗒地沿着主道进了树林，那声音渐远渐弱。

兴奋的孩子们跑到大人们跟前，大人安慰孩子。

有谁看见那个新娘怎么样了吗？

还有实习生去哪里了呢？

起初我仅从我所在的位置扫视了一下这片区域。她大概是在灌木丛后面吧？

要是演生病的人起来跟新娘走了，我们就没法儿继续拍摄了。

我等了一会儿，然后站起来去找。摄影师正好休息一会儿。我气得冒烟。实习生这是在阴谋破坏我的计划。她是出于报复，因为我偷了她的点子。我找那个小婊子的第一个地方就是灌木丛后面。池塘就在那儿，暗绿色的水，中间有几片叶子一动不动地漂浮着，开花的睡莲，水蜘蛛一突一突地从寂静的水面上滑过。我一眼看见了岸边小岬角上的几只蟾蜍，却不见我的丧主。那边更远的地方除了矮树丛之外就没什么了。

我回到公园区。孩子们是在玩“谁想成为百万富翁”[1]吗？我听他们解释游戏规则，惊讶于这些说两种语言长大的孩子对选择用词的细心。大家都已经忘了那个新娘，实习生还是了无踪影。她们是谁绑架了谁呢？

所有员工围成一圈坐着把食物吃完，装到一半的棺材被弃置在

1　一款根据美国国民电视节目改编的休闲益智游戏，以智力问答的方式，让玩家过一把当百万富翁的干瘾。

草地上。有几个孩子试着将十字架拼起来，我把螺丝刀从他们那里拿走了，免得有人受伤。

后来我又去公园里所有路上一通好找。实习生已消失得无影无踪，我不得不代替她，除此之外我最好把我的坟墓也挖了。我们快速装完了棺材，瞬间完成了花环和缎带印字，把烛台的所有小部件组装到一起，插上蜡烛，分发了黑纱。我们在棺材周围各自随意地站好位置，我躺在里面当遗体，一道主菜。摄影师咔嚓咔嚓咔嚓地摁着快门。我想我们设法完成了整个拍摄。

太阳开始落山的时候，蠓虫飞来了，蹒跚学步的孩子变得脾气暴躁，小婴儿又饿了，大孩子想回家。

我们开始拔营：大人负责家具和重物；摄影师负责他的相机；孩子叠桌布和收餐盘；我负责倒垃圾，收剩余丝带、黑纱碎片、女贞碎屑和金属线。实习生去哪儿了？女人们用银箔和横幅把盘子和玻璃杯包起来，这样我们的包袋里衬就不会被弄脏了。我把绝对是废物的东西塞进一个普通的垃圾袋里。

我将垃圾提到亭子后面的大垃圾桶那儿，我是绕着这个圆形建筑走过去的。

我想，也许实习生和新娘还躲藏着等着伏击我，因为她觉得我抢走了她的点子。

马车毫无踪迹，除了风和大道什么也没有。

我走到垃圾桶那儿把垃圾塞进去。接着我便沿大道走了一段，从那儿又进了灌木丛。我发现了一块布，黑白的。我挤进灌木丛，发现了可能是缎带或黑纱的碎片，以及松软地上的脚印。我的心脏在剧烈地跳动，我把枝干弯到一边，弄断了细枝，咔嚓，噼啪。池塘出现，水面上一片漆黑，什么都看不见。

我又从灌木丛中穿回去，撞到了垃圾桶。柏油碎石路面闪烁着银色。我打开垃圾桶盖把刚才扔进去的袋子提出来，好看看有没有什么新娘或实习生的碎块潜藏在下面。可是餐会垃圾的下面就只有我的葬礼垃圾了。我又绕着那栋建筑走了一圈，想回到草坪去。可是我无法挪动，我试着先抬起一条腿，再抬另一条腿，可我被粘在这里了。我拉拽得太用力，肌肉和韧带都开始火辣辣地疼。我没法移动，最后累得精疲力竭。我跪倒在地，喘着粗气，像匹马似的来回摆头，接着抬起头。

只剩我一个人，我都没注意到其他人已经走了。我的同事、学徒工、收银姑娘、摄影师——统统都走了！他们把我扔下了。该死的，他们都去哪儿了？他们为什么不等我？我四处跑去找实习生有多久了？此时天已漆黑。

草地上还剩下一个袋子。棺材在哪儿？曾散落在草地上的那些十字架和花朵布置在哪里？只有这最后一个袋子还在，在黑暗中闪闪发亮。我肯定，要是我对我的员工多施加些权威，不去替人当尸体，他们就会等着我，不敢落下一只袋子。

也许他们是留下来了，并且正从亭子里面监视着我。在黑暗中这栋圆形建筑变成了一座瞭望塔。我觉得自己正在被人监视，这足以吓到我了。我不想害怕，可我还是害怕起来。似乎唯一令人安慰的东西就是这个草地上的公司袋子了。我们商标上的王冠对我矫揉造作地闪烁着，袋子没有提手只有个拉链。我对自己说，这种袋子当然不是我设计的啦。但我不想增加自己的疑惑，问自己无法回答的问题。要紧的是这个袋子是我公司的袋子，因此我毫无疑问地接受了它。它比我知道的我们其他的袋子都大很多，长度比宽度要长，从我在的位置看它有些像一艘小船，假如我是站在舵轮的位置的话。

露水已落在草地上、树上、袋子上、我的身上。我不想在这儿一晚上蜷缩着失去知觉浑身湿透，我不想害怕。于是我打开了拉链，钻进了袋子里，打算爬过草地到大路上去，我匍匐在地，袋子在我背上就像一个壳儿。我高兴自己能想到这个主意，能想到用袋子当遮护和掩蔽把自己裹起来。我开始爬，可是立刻就觉得很累，而不得不放弃这么做。我躺在袋子里睡着了，做起了梦。我能听到自己在说话，我清楚地听见自己说："袋子。"

就在那一刻，我意识到原来如此，我一直忘记了这点。但现在我已不在乎，我一点都没在想了。因为我是个虚构人物，创造我的作者想要我死；因为她不喜欢偷走她想法的广告经理，所以她就让我周围变得紧绷黑暗没有空气。我都能听见她拉上拉链，那拉链当然只能从外面打开。因此我是堕入了圈套，注定要死去。

此时我颤抖着，我希望能好好地舒展一下，可我感到四肢变得越来越僵硬。我想再次陷入沉睡中或者快点死掉。我有种感觉，觉得自己还能听见脚步声，但是我该紧抓住醒悟不放，直到最后一口气吗？我想我正在被抬着，我感到有钢笔正在划刻，写道：是的，你安全了。

英文由拉赫尔·麦克尼科尔译自德语

莉迪娅·米施库勒尼
Lydia Mischkulnig

莉迪娅·米施库勒尼现居奥地利维也纳。她曾多次获奖，其中包括贝塔斯曼文学奖、伊莱亚斯·卡内蒂奖、奥地利文学奖和约瑟夫·罗特奖。她发表的小说有《拥抱》(2002)、《冬天里的好莱坞》(1996，2012)、《别担心》(2009)、《恐惧的姐妹》(2010）等。米施库勒尼也曾在《光谱》与《相册》杂志上发表过一些文章。

身体

扎贝太太的旅馆

Madame Zabée's Guesthouse

[法国] 玛丽·勒多内

黄弋 译

我那逼仄的卧房就在旅馆的顶层。房间的角落里放着一扇木质屏风，上面绘着花鸟图案，屏风后面就是卫生间和水槽。从房间的窗户望去，可以看见巴黎城内各种建筑的楼顶，以及远处的圣乌苏拉教堂的钟楼。每个小时我都能听到钟声响起。鸽子和麻雀时常飞到我的窗台上觅食。在我抵达巴黎之后，低矮的天空阴沉沉，但中午时分太阳出来了，阳光浸洒在我这间完全朝南的房间里。我终于有了自己的房间，这于我来说还是平生第一次。它给了我一种舒适与自由的感觉：终于有了这么一个地方，我可以与自己独处了。这是一种全新的体验。在艾玛与莉莉的家中，我只能睡客厅，而在监狱里，我总是与其他被拘禁者关在一个小囚室里。

与我一样，扎贝太太也住在旅馆的顶层。她总是将最好的房间留给她的房客。她为自己准备了一个温馨的小套间，墙上是刺绣挂毯，屋内各种架子上陈放着搜罗于世界各地的装饰物，那是她在世界各地旅行时带回来的纪念品。若要猜出她年方几何，可不是一件易事，因为她的年龄不确定，好像在一天中各个时刻都处于不断变化之中，完全取决于她不停变化着的发型与服饰。她爱化妆，总是把光滑的脸蛋打理得完美无瑕。她爱穿具有异域风情的衣服，平添了一种不一样的魅力。她也喜欢珠宝，所以她从各个国家收集了各种珠宝。在她的漫长旅程中，她总是在旅馆打工。她非常自豪地说，这间旅馆是她的第一个家，她辛劳地工作就是为了买个旅馆，按自己喜欢的方式去装修拾掇。她也希望她的房客们在此能有家的温馨感觉。她的旅馆维护得特别好，事无巨细，她都打理得妥妥帖帖，一心要让每个房客都住得舒舒服服。她尽心尽力为房客服务，就像她只是为他们活着一样。她说话风格多变，使每一个与她聊天的人都晕晕乎乎的，所以她到底是个怎样的人，大家都是云里雾里，说不清楚。对于她的情况，我几乎什么也没法确定，尽管似乎一切又是如此明了。

我的作息与在卢瓦西[1]时并无二致。早上八点，扎贝太太来到旅馆，告诉我可以下夜班结束巡夜了，我就回到自己的卧房。她总是非常守时，显得很尊重我的时间。然后我就一觉睡到下午。当我起床时，其他房客也都起来了，我就与他们在店主的餐桌上共进午餐。而扎贝太太会趁着大家都在梦乡之际，开始打扫卫生，出外购物，准备午餐。她一向节俭，没有雇人来帮忙料理旅馆。她想事事都自己动手。

午餐之后，我出外散步。穿过这片街区，走上林荫大道，一直走到火车北站。然后我再走到塞纳河畔。我悄无声息地走在码头

1　卢瓦西（Loisy）：法国地名。

上，我发现独自一人在巴黎漫步是件令人神往的事。我需要漫步，一步也不停下地走动。我不会远离塞纳河，这就像是我的一个路标，正如阿米德住在巴黎时，圣马丁隧道是他的路标一样。我不敢停下来坐在长凳上或走进一家咖啡馆。作为一个非法移民，我的身份文件是假的，我感觉自己像是一个罪犯。但当我散步的时候，我融入人群之中，就有了一种安全感。扎贝太太多次对我说，要把身份文件带在身上，以应付那些核实身份的警察，不过这并不能增加我的安全感，因为这些文件是伪造的。在圣·米歇尔，我坐上了地铁前去北站。然后我抄近路步行回到旅馆所在的“夜晚街”，那时已经到了晚餐时间了，晚餐之后我就开始上夜班。我几乎总是一个人吃晚餐，因为这时所有的房客都在她们的房间里忙碌着。与我相比，他们的夜晚开始得要早得多。

当我散步归来之时，我总是不忘与阿里打招呼。阿里总是要美美地睡个午觉，在傍晚时分准时出现在他的小店里。我在他的小店里买些生活用品，这个街边小店可说是应有尽有。他是从位于他姆扎市[1]以南的一个小村庄来到巴黎的。真是无巧不成书，我就是在这个市镇被逮捕的，当时我正好在老师的家里，在艾玛的怀中睡得正香呢。我没有把这件事告诉阿里，因为我不想让他知道我的过去。不像扎贝太太，阿里对于那次失败的革命行动丝毫也不同情，而我正好参与了那次革命行动。他曾经明确对我说起他对革命行动的反感。在他看来，无论新建什么样的政权，也不可能比他姆扎政权好。他选择在巴黎生活，与政治无关，只与赚钱有关。他大笑着

1　他姆扎市（Tamza）：阿尔及利亚的一市镇名。

对我说，他的小店就像一个蜂房——可以产出上等蜂蜜的蜂房。我不清楚他从他的蜂房中赚那么多钱有什么用处，因为他干起活来勤勤恳恳，但生活中却是锱铢必较。每个人心中都藏着一个秘密，一旦刺穿这个秘密，后果将很可怕：我上夜班时琢磨着的一首中国古诗就表达了这个意思，当时我突然就想到了玛忒奥。我不想承认我想他了。我也不想回忆起卢瓦西的那座老火车站。

阿里总是请我到小店的后堂去，一起喝杯茶。他滴酒不沾，也从来不请朋友喝酒。他对我说："我遵守我的上帝所规定的一切教条。目前看来，我得到了上帝的保佑。上帝是伟大的、仁慈的。他守护着这片地区，也宽容这里发生的一切，哪怕是愚昧痴妄之举。没有上帝的守护，我们都会迷失。"

我对阿里很友好，但不可能达到无话不谈的程度。我可不想让他向我灌输他信仰的教义。我根本就听不进去，而他准要为此指责我。我也不想知道他在这个街区时，除了跟扎贝太太在一起，还会跟谁在一起消磨时间。他告诉我，他与来自他姆扎市的许多成功立足巴黎的移民打交道；只要我愿意，他乐于把我介绍给他们："他们需要像你这样的人！"我向他道谢，拒绝了他的好意。让我去与他姆扎合法移民圈的人打交道，这完全是不可能的，这个圈子的情况如何，当我还在加博堡监狱服刑时就早有耳闻了。我不想与这些人打交道，我只想独自一个人讨生活，即使因此不得不放弃可能得到的保护和好处，我也别无选择。我曾经多次向他打听扎贝太太，但他假装没有听见。他不想跟我谈扎贝太太。

扎贝太太的旅馆在晚上才显出勃勃生机。可以说，这条街的名称对这个旅馆来说，取得太贴切了，"夜晚街"真是名副其实。我现在明白了，为什么扎贝太太对挑选值夜班的人会如此谨慎、如此苛刻。房客们经常需要我跑腿做事。他们不停地招呼我。我一会儿给他们送咖啡或饮料，一会儿去给他们买香烟或药品，或者是推背用的精油。我必须为他们订三明治，当他们生病、工作太累，抑或精神沮丧之时，我要尽力安慰他们。我学着成为一个多面手：既是跑腿伙计、侍应生、咨询师，又是心理医生、护士。此外，还经常会发生一些小事，需要小心应付，以免局面失控，比如某个不诚实的客人提出某些不可能满足的要求，或者有些人威胁房客，等等。每当发生这样的事情，我就不得不出面，帮助房客摆平他的客人，避免他受到伤害。除非发生严重的事件，我一般不麻烦扎贝太太。她只是在白天工作，晚上是由我来掌控。到目前为止，我当班时没发生过什么真正的麻烦。我必须精明，还要学着机灵。我在自己身上发现了以前从未觉察到的才能。我进入了一个未知的世界，但我在此感觉到一种神秘的亲切感，工作起来如鱼得水。房客们对我都很满意。

为什么我说“他的”客人，而不是“她的”客人呢？事实上，我叫这些房客时，只叫他们的昵称，这些都是女性用的昵称。一共有七个男人，或者确切地说是七个女人：索菲亚、英格丽、玛卡、珍妮、格莱塔、劳伦和玛丽莲。她们隐瞒了自己的真正身份；只有扎贝太太和视察官知道。视察官一一视察了这些人，最终决定只有玛丽莲有资格服侍他。不过，对她们来说，没被视察官相中，倒真是再好不过了。在这旅馆里，没人提起过他的真名，就像这里只需要用假名字一样。她们就叫他“视察官”。作为一个客人，他恶名在外。不过，他作为一个视察官的所作所为，这些女人倒没什么可抱怨的。他允许她们表演时脱离剧本即兴发挥。他太喜欢扎贝太太了，所以不敢轻举妄为，生怕坏了他们之间的良好关系。要分清他们之间是谁对谁照应得多些，好像也是不可能的事了。

每一个房客都有伤痛的历史，每个人都在飘摇中勉强度日。索菲亚来自莫桑比克，英格丽是黎巴嫩人，珍妮来自巴西，格莱塔来自乌克兰，玛卡来自土耳其，劳伦是在一个巴勒斯坦难民营长大的，玛丽莲则出生在高加索地区。扎贝太太的旅馆对她们每一个人来说都是一座临时难民营。他们梦想着改变命运，能找到一个新的地方重新生活。尽管她们的生活与我的生活不一样，但她们对我很亲近，因为她们知道我的来历。在她们的世界里，我也许是个陌生人，但我是那个世界里的一分子，因为我是值夜班的。我从未想过竟然会发生这样的事情。在来到扎贝太太的旅馆上班之前，我从未遇到过一个易装癖者。在那些革命运动中，没有人会拿这样的事开玩笑。在监狱里，如果易装癖者暴露自己，估计就很难活着出来了。

甚至当她们激怒我时，我也对她们喜爱有加。我发现她们很有趣，富有想象力。她们喜欢出演来自偶像电影中的场景，对于电影中的脚本她们倒背如流。从她们的昵称中，可以猜到她们梦想当什么样的女主角。她们为舞台而生。我喜欢她们出格的装扮、出格的妆容。我喜欢她们的姿势、她们的媚眼，还有她们沙哑却充满诱惑的嗓音。她们互相出借彼此的衣服、装备，甚至口音、用词和角色。她们表演的时候彼此相像，客人也都无法分清谁是谁了，或者她们交换各自的昵称，目的就是为了造成混乱。她们服用兴奋剂和软性毒品为自己提神打气，使自己有勇气面对来自“夜晚街”的晚间客人。我可以做证，她们当然并不是乐于从事这样的工作。客人们可以对姑娘们为所欲为，他们也不会对姑娘们客气，姑娘们就像客人手上的玩偶，任由他们把玩。尽管她们强硬坚忍，玩世不恭，但她们也是脆弱的。她们就这样在危险中求生存，就像一直在以此来嘲笑她们自己的人生一样。

扎贝太太禁止在她的旅馆里使用硬性毒品。任何房客一旦违反这一禁令，就会立即被扫地出门。她隔三岔五就用严峻的口吻重复这一禁令：旅馆内禁止硬性毒品。她让我小心瞄着那些客人，一发现有人毒瘾发作，就把他扔出去，因为出大乱子往往就是这些人造成的。正是有了这个禁令，视察官对房客们的夜生活也就乐得睁一只眼闭一只眼。如果有房客被赶出门，也没什么可担心的，在这片街区，到处都是这种旅馆。我假装执行扎贝太太的命令，但我对情况心知肚明。房客和客人们在屋内干什么，只能由着他们，我又不在现场看着。重要的是不留下任何证据，也不出什么乱子。

她们为了取乐，还常常来引诱我。我最喜欢的是玛丽莲。一有空闲，她就让我到她的房间里去。她需要为自己解压。她不停向我倾诉，说她生在高加索地区，她的家乡已经不复存在了，那里被夷为平地，因为据信那里藏着恐怖分子。她失去了所有的家人。现在她无处可去。她四处飘荡以求生存。她一直在玩易装游戏，这是她对戏剧般人生的回应，也是对人生的嘲讽。她说，你唯一能做的，就是洗牌、结束游戏、自我陶醉、装模作样，然后一直这样下去，永不停止，否则一切都会突然间崩溃。我喜欢听她重复讲她的故事，从不觉得厌烦。她穿着一身饰着金片的裙子，脖子上围着围巾；还戴着假睫毛，披着一头银白色的秀发，躺上床等待下一个客人的召唤。我觉得她的样子真是气派极了。她肆意地练习小舌颤音，我感到她周遭的一切既夸张，又迷人。她把所有的钱都花在了买裙子上面，这些裙子都是仿造玛丽莲·梦露在电影中穿过的那些样式。她为客人中的那些梦露影迷穿成这样。但她又常常临场发挥，破坏梦露的形象，就是想要捉弄那些客人。不过，在她真正的内心深处，她不过是一个迷失的小女孩，一直在轻轻地抽泣。也许玛丽莲最终会认同她的偶像，尽管她常常假装嘲弄自己的偶像。她令我敬畏有加，我只能暗中对她多加关注，万一有事出手保护，当好一个巡夜人。我不想仗着手中的这点权力占她的便宜。我也不想引起其他房客的忌妒。她们互相爱着，正如她们也互相恨着一样。在她们的亲密无间中，也不排除残酷的斗争。

扎贝太太尊敬她们，甚至远不止于此。我不太清楚她与她们中的每个人私下关系如何。她从未表明自己的真实身份，甚至在她被抛弃的时刻都没有。房客们对她心怀感激。正是有了她，她们才可能在这么好的条件下工作，不致被警察干扰。在某些早晨，当所有的客人都走了，正好有某些小小的、快乐的理由需要庆祝（比如生日、节日、即将到来的旅行或收到客人的贵重礼物等），扎贝太太的旅馆突然间就有了节日的氛围。玛丽莲和劳伦在英格丽和玛卡的伴奏之下，轮流唱着歌颂生她们养她们的小村庄的歌曲。玛丽莲的家乡被一颗俄国炸弹毁了，劳伦的家乡被以色列的坦克碾过，从地图上被彻底抹去了。她们的嗓音神奇般地变得高亢起来，与她们平常的嗓门完全不同。她们唱歌时就像是孪生姐妹一样。索菲亚和着一支唯有她自己能听懂的曲子翩翩起舞。格莱塔和珍妮则模仿那些客人的古怪样子。扎贝太太很享受这种与房客们之间的亲密温馨时光。她对每个女孩都怀有一种特殊的柔情，就像一个追求者一般。她喜欢看表演，也希望乐一乐。我呢，尽管已经疲劳不堪，还是将自己装扮成示巴女王，把一些奢华的礼物赐给格莱塔和珍妮。扎贝太太非常喜欢我的表现。她觉得我已经很好地适应了旅馆的工作。终于大功告成，我的考察期算是通过了。我能够胜任在旅馆上夜班的工作了。

难得有时大家都不再需要我，在这样的安静时刻我会打开电视，轮流看看正播放外国新闻的各个频道。我努力了解当今世界的状况，因为自从被关进加博堡监狱以来，我与世界完全脱节了。我所看到的是彻底的动荡，就像我们的理想已经在大海中淹死了。我感到自己再也无法理解当下发生的一切。

正如扎贝太太和其他房客一样，玛丽莲对我有志于成为电影制片人的计划很感兴趣。她希望成为电影中的女主角。她说，她更希望在电影中扮演玛丽莲的角色。在一阵打闹玩笑之后，她严肃起来，乞求我："迪亚戈，请在剧本中为我写上一笔，那样我就能以自己的真实面目出现在银幕上，我会被人们记住。我在这里扮演的角色都是假的。我想最终能够演出真实的自己，虽然我也不清楚真实的自己是什么样的。求你了，帮我完成这个心愿！"

我听着玛丽莲的恳求，就如听着其他房客和扎贝太太也曾经这样要求我时一样。但此刻我无从回答。我甚至还没有开始写剧本，我如何能够为她们去创造角色呢？一想到这，我脑海中一片空白。玛丽莲的要求提得太早了。她得等一等。我的回答让她很伤心。她告诉我，她没法等，她得赶紧。

身边生活着这么一群看上去像女人的男人，让我深陷苦恼之中。我想得到每一个房客，特别是玛丽莲。即使我不想让自己入戏太深，但我已无法自拔。整个夜晚，我的欲望被撩起。当我看到姑娘们走在巴黎的大街小巷之中，我对她们视而不见。她们无法吸引我的注意力。在这样的时刻，对我来说，姑娘就是扎贝太太的房客们，而玛丽莲则是她们中的女王。

扎贝太太觉察到了我的爱恋。她并未禁止我与房客们发生关系，但她警告我说，“首先，你不要迷恋她们，你不知道后果会怎样。我喜欢她们中的每一个人，否则我也不会把房间租给她们。但是我也知道她们生活无着，她们中的大多数人的结局都注定是悲惨的。我的旅馆对她们来说，不过是一个驿站。她们在这里停留几个月或一年，然后就被某些诱人的承诺或改变命运的渴望所驱使，离开了。她们没人能够安定下来。当我听到她们的消息，我都可能激动地哭了。但是，我和你一样，我为她们着迷——我不得不面对她们的魅力与魔力。现在，离开了她们我都没法活下去了。我给你提一个建议：为了成为你自己，拍一部电影吧；否则，你有迷失自己的危险。目前为止你的人生完全算不上成功。如果你不善掌控，你的人生完全有可能结局悲惨。除了你自己，没人能够拍属于你自己的电影。如何去完成这件事，完全取决于你自己。”

扎贝太太对我把话挑明了。如何理解她所说的话，也完全取决于我自己。

视察官每周来一次。晚上八点，当圣乌苏拉教堂的钟声响了八次以后，他就来了，非常准时。他总是穿着同样的衣服，严肃的三件套，他装作一副平静的样子，看上去他的每一个动作都是装出来的，好像害怕向人展现一个真实的自我。他试图欺骗我。他向我瞟了一眼，算是打了招呼，就好像我是他的同谋似的。我对他礼节性地点头回应，但脸上满是不友好的神情。我本能地对他警觉起来。当他来到旅馆的时候，气氛突然就变了，尽管没人能确切地说出到底哪里出了问题。

他与扎贝太太在楼上的套间吃饭，与她一起待上很长时间。然后他由玛丽莲接待，在她在房间里一直待到天亮，这是她从未给过其他人的待遇。当他离开旅馆时，他看上去衣衫不整、形容憔悴。这让我整天都惴惴不安。我向玛丽莲询问他的情况，但她闭口不言，毫无疑问是因为视察官是扎贝太太特别介绍给她服侍的。在与视察官共居一室的夜晚，玛丽莲从未招呼我做事。她什么都不需要。也听不到她房间里传来任何声音。一切都在完全秘密之中进行。视察官的言行举止看上去仿佛中了邪一样。

我向玛丽莲坦承我对视察官的看法，即使是冒着令她不悦的风险，也在所不惜。她耸耸肩，回答道："很快一切就都结束了。你这样多管闲事有什么用呢？不过是添乱而已。趁着我在这，你想怎么来就怎么来吧，不要去想什么视察官了。"不知道为什么，她这一番话反而令我陷入深深的悲伤之中。

一天中午，我比平常醒来得要早些。我完全没意识到自己在干什么，就径直走向玛丽莲的房间。她还睡得正香。她在半睡半醒之中起来为我开门，一言不发，将我搂在怀里，带到她的床上。我紧闭双眼，把自己完全交给她，就像我是躺在一个正要变成男人的女人怀中一样，而我正慢慢地由男人变成女人。玛丽莲，她就像是我失去的灰姑娘的水晶鞋。她与我的脚十分匹配，简直丝毫不差。只不过与灰姑娘不同，我只穿了一只鞋。

从那时起，我总是早起去玛丽莲的房间，趁着吃早饭前与她做爱。每一次她都盼着我匆匆忙忙了事，好像她一直要赶时间，或是不想让我与她过于亲密一样。她很开心能够给我带来欢愉，也很喜欢我能够陪她，但是显然她并不爱我。对她来说，我不过是一个友好、善良的值夜班的人，仅此而已。此后，她再未提及要在我的电影中出演角色，好像她已经不再相信我的计划了。一个在扎贝太太的旅馆上夜班的人怎么可能会拍电影呢？这不过是一场虚幻的梦，让他自己能够熬过这些苦日子罢了。我沉浸于与她每天共度的那些快乐时光之中，努力让自己什么都不去想。这真是一段奇怪的经历，一切仿佛亦真亦幻，难以捉摸。

英文由卡蒂娜·罗杰斯译自法语

玛丽·勒多内 Marie Redonnet

玛丽·勒多内，1948 年出生于法国巴黎。她的处女作是 1985 年出版的诗集《死人与同伴》。她的作品包括短篇小说集、长篇小说、戏剧等。有英译本的作品有《永恒谷》（1992）、《宏伟饭店》（1994）、《玫瑰媚兰玫瑰》（1994）、《糖果故事》（1995）和《永远不再》（1996）。2006 年至 2007 年，她在博尔德科罗拉多大学担任访问教授。目前，勒多内在摩洛哥和普罗旺斯两地居住。

枫树的眼睛

The Eye of the Maples

［立陶宛］叶娃·托莱吉特

严蓓雯　译

是我爸妈，把我带到了达瓦达斯兄弟家。我妈妈从我姑妈那里知道了达瓦达斯兄弟。那时早已入秋，清晨的田间满是浓雾，潮湿的草丛间，八月的光线一溜而过。我刚满九岁——我爸爸晚上会躲在厨房里哭，他们觉得我活不到秋天了。我姐姐开始怕我，甚至避免碰我。没有人知道卡尔文病传不传染。我常常记得妈妈闪着泪花的紫色眼睛——“我们的孩子不会死，他就是吓吓我们。”我怎么得病的不太清楚。卡尔文病是地球上最神秘的疾病之一。蓝色的疾病——我的一个老朋友。很难及时明白，或者甚至可以说，起初很难说服自己相信自己病了。到一月份，我才反应过来我的脖子变蓝了。一开始，看上去只是道瘀痕，就像皮肤下的蓝色溪流。一点儿也不疼。

他们带我去达瓦达斯兄弟家时，我的脖子蓝得跟琉璃似的，好像被浸泡在墨水里一样。我记得那天我很平静。路上，妈妈让我坐在前座，姐姐为此很生气。我们老是为谁坐前座干仗。眼前的道路一览无余，你觉得自己几乎已经长大成人。

* * *

达瓦达斯兄弟家在城外，是一栋漆成黄色的三层木屋，掩映在几百年的青绿松林间。木屋墙边是硕大的红色蜀葵，在风中摇摆，草坪被打理过。我现在还能看见，窗边有许多小孩子的苍白瘦弱的脸。我看见我妈妈很害怕；下了车，她快活地说："这里真漂亮。"但她努力不朝窗子那里看。

我们进了屋，爸爸提了个小箱子；他不让我拿。我很生气，我不希望屋子里的人认为我很虚弱，或被宠坏了。两个头发灰白的人，鲍留斯和马塔斯·达瓦达斯出来迎接我们。他们穿得很简朴，一身牛仔，一开始我还以为他们是谁的家长，但他们向我父母自我介绍后，我明白自己搞错了。屋里一股草味儿和木头味儿，每样都吸引着我的目光，它很新，很陌生，我听不见他们在说什么，直到那个瘦一些的人说："天哪，这小蓝脖子。"他碰了碰我的皮肤，我的脊柱一阵颤抖。达瓦达斯兄弟，我妈妈，爸爸，甚至维若利都笑了。看着他们，我觉得自己肯定会死。

我爸爸亲吻我的额头，跟我道别，我觉得很丢脸。他以前从来没这样过。我看见我妈妈不想走，怕留我一人在这里，但我爸爸一把挽过她，他们走了。

* * *

达瓦达斯兄弟是我们镇上唯一治疗得卡尔文病孩子的。就我所知，他们不是医生。他们，鲍留斯和马塔斯，是草药大夫。他们的眼睛是深蓝色的，头发灰白，因为一缕缕白发，看上去像是银色的。兄弟俩让我想起干瘪的野狼，在冬天总是饥肠辘辘。后来，我发现其他孩子们私下里也喊他们“野狼”，就放下心来。

鲍留斯带我去了阁楼。那里有两张窄窄的木床，一张小桌，一盏灯，一个又旧又小的柜子，满是过去的气息，还有一个小小的白色书架，上面有几本书。柔和的光线从窗外透进来，你可以听见孩子们在院子里玩耍的声音。我的新室友躺在床上看书，就像没我这个人一样。

“韦伊纽斯，跟新来的打声招呼，他叫卡斯帕拉斯。”鲍留斯开心地说。

他合上书，看着我，大概有半分钟，我记得妈妈称这种眼睛是琥珀眼——她说：“瞧，那孩子有琥珀眼，跟鸟似的！”——韦伊纽斯看上去非常虚弱，那么瘦，那么苍白，但是，那两只眼睛里，闪烁着奇怪的傲慢的光芒。露在牛仔裤外的两条腿蓝莹莹的。

“你好。”他说。

* * *

那个八月，有三十九个孩子在达瓦达斯兄弟家接受治疗：三十个男孩，九个女孩。都一般大。有些有很小的斑点，其他人身上的疤痕把我吓坏了。“我可怜的小蓝孩。”马塔斯卷烟的时候会反复叨叨，但在一楼，那间窗户对着苹果园的房间里，有个十一岁的小姑娘，手掌是蓝色的。她一头金发，骨架很小，手腕超细，眼睛水汪汪的，对一切都漠不关心，很有意思。就好像她看不见自己的蓝皮肤。她几乎不跟人说话，有时那个叫“头儿”的男孩会开她玩笑，但她，欧菲莉亚，根本没有反应。这让我更着迷了。

有天，我问她为什么啥也不怕。她告诉我：

“我在枫树的眼睛里，从那以后，什么都不可怕了。”

我不懂她说的是什么，但我知道，如果我还算个什么，就得去那里。

“你可以带我去那里？”我问。

“我？我不能。头儿会邀请你去，要是他决定你可以去。”她古怪地笑了，“不过到那时候，你可能再也不想去那里了。”

“我当然想去那里！”我说。我不能让她觉得我胆小如鼠。

“他们都那么说。”

* * *

孩子们喊达瓦达斯兄弟家最大的那个男孩绍柳斯“头儿”。他刚满十四岁。那么多孩子里，他是唯一一个皮肤黝黑，不那么瘦的。绍柳斯只有额头上有块蓝斑。他看上去就像被选中的人。我到的第一天，在花园里，绍柳斯走到我面前，好奇地打量我，问：

“你叫啥？”

我回头看了他一眼，搞不清楚状况。

“我问，你叫什么名字？”

“卡斯帕拉斯。”我回答，心里起疑。

“你好，卡斯帕拉斯。我是这里的头儿。有什么事都可以找我。懂吗？”

“唔，好。”我说。我不太懂是怎么回事儿。他走开了，不过，又转回身来，好像想起了什么，几乎带着嘲笑的口吻说：

“你爹妈骗你呢，你知道的。”

“什么？”我一点不明白。

“你永远不可能离开这里了。孩子都扔在达瓦达斯家等死呢。”

“不可能。”我说。

“我知道我在说什么。”

他走了。之后，我在花园里走了很久，咀嚼着白色多汁的酸苹果。不知怎么，我敢肯定他说的是实话。我想，这大概就是为什么我第一天就敬重头儿的原因吧。

* * *

枫树的眼睛，黄色的眼睛，我的老朋友。

我现在还记得，好像就在昨天。我住的头一晚，就觉得有什么事不对劲。凌晨两点，我听见楼下重重的脚步声。第五个晚上，韦伊纽斯又出门了。他在黑暗中静静地穿上衣服，然后，几乎悄无声息地溜出房间，下了楼。

我睡不着，等他回来。大概三点半的样子，他又溜回我们房间。空气中充满了一股刺激而陌生的味道。我只睁了睁眼，我俩的眼神就相遇了。冷冷的眼神在夜色中闪烁。他棕色的头发湿漉漉的，浑身抖个不停。我不知道为什么，闭上眼睛装睡，假装什么也没看见，什么也没听见——如果有什么可以听见，可以看见的话。

到了早上，我们甚至闭口不谈。他很高兴，眼神里闪耀着难以理解的光芒。我心痒难耐，很想问问他晚上去了哪，但我早就知道，在达瓦达斯兄弟家，大家不做这种事情。我只需要再等等——枫树的眼睛会自己显身。

* * *

我们吃奇怪的药。一天三次，每次得喝一杯。欧菲莉亚称它为“棕水”。它真的是咖啡色的透明液体，像茶。到现在我还能感觉到那甜甜的、酸酸的味道。

那天，我刚喝完最后一杯，头儿经过餐厅。他把手搭我肩上，望着远方，在我耳边低语：

“今晚你跟我们一起去眼睛那里。”

然后他就走了，好像什么也没发生。韦伊纽斯心领神会地看着我，说：“会很有趣。”

* * *

然后她来了。

我们同一时间醒来，默默穿上衣服。然后离开，脚步沉重，下了楼，头儿拿出一把钥匙，轻轻开了门。外面很冷，我们嘴里哈出热气。几乎像秋夜。有人说：“快点，快点。”我们跑起来，夜色里，我的心跳得跟脚步声一样响。

头儿停下不跑了，我们也慢慢走起来。没人说话。十个人，欧菲莉亚不在其中。只有男孩。田里传来篝火的气味，我们走进杉木林。我光着脚，潮湿锋利的枞叶扎得我脚疼。你可以看见银河，树林里洒满了苍白的月光。不过，我们走进更深的漆黑林子，只有一个念头闪过我脑子——“傻瓜，你在干什么？”

我的牛仔裤早已湿到了膝盖，枞树变稀疏了，黄枫林展现在眼前。就像一个公园。可以看见房屋的废墟和一口井。如今我依然躲开废弃的房屋，因为总能感觉到好像是我破门而入，我的到来污染了某种圣洁的东西。

它早就在那里，等待着我，枫树的眼睛，比我们的阁楼房间要小。我不知道还有什么别的词——不是湖泊，不是池塘，是一只眼睛，一只眼睛，一只眼睛，黄色枫树包围着的一潭黑水。

然后，头儿说：

“今晚，卡斯帕拉斯要潜水。”

* * *

我的心沉了下去。我不懂他脑子里在想什么。

“你必须潜到水底，抓一把沙子。”他说，好像读懂了我脑子里的念头。

“但头儿，今儿是他第一次来。”韦伊纽斯插嘴。

“潜吧。”他直截了当。

我一辈子没那么害怕过。难以解释。你得来看看这黑水，你得来感觉一下那冰冷，寒气彻骨。我孤独无助。每个人都安安静静、满怀期待地望着我。没地儿可逃。我就得去潜，我潜了，一头扎下去。我睁开眼，水底下那么黑，只好四处摸索。但摸不到什么。我游得更深，但没空气了。即便那样，那时候，我知道，假使我不想淹死，我得掉头，趁着还有足够的空气，赶紧游上去。但深不见底。只有黑水。我的脑袋开始眩晕，我放弃了，开始往上浮到水面。我爬出水潭，使劲喘气呼吸，那是可怕的声音，肺在歇斯底里，啊啊啊啊啊，啊啊啊啊啊，啊啊啊啊啊，啊啊啊啊啊，啊啊啊啊啊，啊啊啊啊啊，啊啊啊啊啊。我恶心死了。几乎要哭了。我说：

“你们骗我！没有底！”

“如果我说没有，你就不会潜那么深了。但是，事实上，它有底。”他平淡的语调让我更生气了。

“如果你那么聪明，那给我看底在哪里！”我大声喊，嘴里全是林子里水的恶心味道。

“一晚只潜一个。”他简单一句，所有人都转身回家了。

我试着搞明白，为什么会这样，这一切是什么意思，但我想不通。我一辈子没那么气过——也许也不会再那么生气了。我们静静地往回走，而当我看见黄色的房子和落叶松林，我忽然明白了：“但我没死呀！我还活着。”

* * *

九月悄悄逼近。绿得让人心伤的田野上飘浮着雾气，大人的眼神变得更加阴郁了，雨点敲打着屋顶，孩子们漫无目的地望着窗外，杜松上、收割后的田地里，悠悠飘荡着沾着露水的白色蛛网，还有血红的罗文浆果，树叶腐烂的味道，篝火的浓烟，苹果掉落的声音，它们掉落时就像野草枯黄的味道，跟红色浆果的潮湿味道混合在一起。一切闻着都是秋天的气息，地平线在延展，森林的蓝色轮廓和雾蒙蒙的天空慢慢显露，就像这片风景里，有懒洋洋的画笔均匀地抹过。就是在那时，快要到来的秋天让我害怕。

我已经在达瓦达斯兄弟家接受了三个礼拜的治疗；几天后，在家的孩子该开学了。这里的一切跟我过去知道的那么不一样：没有爸妈，没有姐姐，没有亲戚，没有朋友，没有家，没有学校。什么也没有。尽管我一生中最精彩、最重要的几天是在那栋房子里度过的。就好像达瓦达斯兄弟家被下了咒。我脑海里回荡着：你回不去了，你再也回不去了。

然后，有天早上，韦伊纽斯把我喊醒了，他那么激动，我都听不清他在说什么。只有他的眼神清澈无比：闪耀着以前从未有过的光芒，就像得胜后的得意扬扬。他手里握着一个瓶子，装满了某种液体，而我，刚从熟睡中被喊醒，一开始不明白是什么。

“卡斯帕拉斯，他们骗了我们！这不是什么药水！你看，这跟那池塘里的东西一模一样！野狼给我们喝的是他妈的眼睛的水！”他的肺里，好像有二十只小鸟在扑腾，大概当场就要爆炸了。

林子里水的味道在房间里慢慢变淡了，我知道韦伊纽斯说的是实话。我们开始笑起来。我们笑个不停，好像这是我们的最后一个笑话。韦伊纽斯倒在地上，在笑声里滚来滚去。他叨叨，“我要死了，我喘不过气了，我再也不行了。”眼泪滚落我的脸颊，我也止不住，天哪，就是他妈的眼睛的水，一模一样，每次我笑，我都会想起韦伊纽斯，我的老朋友，他那得意扬扬的大笑：眼睛眼睛眼睛眼睛眼睛眼睛眼睛眼睛眼睛眼睛。

* * *

他受到了惩罚。没有别的办法。

那天晚上，头儿邀我俩去眼睛。涉水蹚过松林的时候，我被一个想法追着：今天晚上，韦伊纽斯得下去潜水。我不知道为什么。我俩都觉得羞愧，尽管应该没别人知道我们的发现；但是，好像头儿什么都知道，现在要教训我们了。

我们围着黑黑的、闪烁的眼睛站成一圈儿，长长的沉默后，他隆重地说：

“今晚韦伊纽斯要潜水。”

我恨头儿说那些话。我的心怦怦直跳，腿直打哆嗦，实在克制不住。我想要大喊，“你这个混蛋，你这是故意的，你想杀死我们。”但我没有出声。我在心里跟朋友道歉；我知道我帮不了他。韦伊纽斯，原谅我，你懂的，我没有权利帮你，你孤立无援。你只好跳下去。那沉默啊。那浓黑的水。

韦伊纽斯转向我，笑着说：

“再见了，朋友。”

他优雅地潜了下去。这是我第二次到眼睛来。直到现在我才清楚明白，看到我所看见的是多么可怕。我在脑子里数数：一，二，三……三十，三十一……七十……九十二……

我不喜欢这样，我想冲韦伊纽斯喊，但我知道那样会很傻……一百三……

我也要跳进水里，但头儿把我扭倒在地。我可以感觉到脸上潮湿的草丛，还有嘴角流出的热乎乎的、苦涩的鲜血。他说：“你敢。”

沉默，那种沉默你只有在枫树的眼睛附近可以听见。大概五分钟过去了。我已经哭起了鼻子，浑身发抖，只说得出一句话，着魔似地反反复复：“我们杀了他，我们杀了他，我们杀了他。”我看不见周围任何东西。开始下雨了，我浑身湿透，回到空空的阁楼房间。我一夜都在号哭。我恨自己。我恨一切。

* * *

我一直睡到中午。房间里洒满了甜美的、金黄的秋光。我听见外面有声音，有人在高兴地一遍遍大喊，“来啊，来这里，看这个，奇迹，奇迹，我的上帝，一个奇迹，嗨嗨嗨嗨嗨嗨嗨嗨嗨嗨嗨嗨，你从从从从从没见过。”

我把头伸出窗外。我想，我一定是在做梦。院子里有一棵黄叶枫树。我跑出去，惊得哑口无言。我呆呆站在那里，喜出望外。一棵巨大的、美丽的黄色枫树。韦伊纽斯坐在高高的树枝上。他全身赤裸，微笑着，摇晃着双腿。他那么瘦，那么苍白。他如今全身上下一片雪白了，甚至连脚也是白的。

我一句话也说不出来。“韦伊纽斯，我的老朋友，枫树的眼睛夺走了我的声音……”达瓦达斯兄弟过来了，我听见他们说，“这到底……”

到了下午，来了很多人。“这是奇迹，”他们说，“这里以前从来没有枫树。”所有孩子的父母都来了。只有头儿的爸妈没来。我妈妈哭着拥抱我：“我的孩子，你治好了！”她大喊。直到那时，我才看见，所有人都跟韦伊纽斯一样白了。就好像那天晚上，秋雾拂去了所有悲伤的、蓝色的伤口。

鲍留斯从树上将韦伊纽斯抱下来，用什么把他包住。我再也没见过他。只有最后一眼。鲍留斯把韦伊纽斯扛在肩头硬要抱走，因为他挣扎着不愿离开。我现在还能听见韦伊纽斯胜利地欢呼：

“朋友，底下只有石头！”

* * *

之后紧接着就是突然而快乐地回家了，但在现实中，没有那么有趣——我仍然想着韦伊纽斯，坐在树上，想着困惑的头儿，看着其他孩子的父母，想着欧菲莉亚，那么平静，那么勇敢，想着我们奇怪的医生、和我度过了那么长时间的房子，你可以听见夜晚孩子们重重的脚步声，隔壁的低语声，餐厅里回响的笑声和杯子的碰撞声，我们喝着眼睛的甜水，一切似乎奇怪又神秘，过去的生活都不算回事，唯一能帮你活下来的，就是你内心隐藏的力量。

好几个月，我的思绪，继续在达瓦达斯兄弟家的房子里逗留。我想要找到韦伊纽斯和欧菲莉亚，但我没有任何办法，我没有电话号码，没有地址，不知道他们的姓。后来，似乎一切都没发生过，但即便是现在，过去那么多年，我有时还是会在凌晨两点从睡梦中醒来，好像要被眼睛召了去。我坐在黑暗的屋子里，心怦怦乱跳。我还能看见那黑水，看见我骨头里桎梏的恐惧。

我在枫树的眼睛里。

英文由贾德·威尔译自立陶宛语

Ieva Toleikytė

叶娃·托莱吉特

叶娃·托莱吉特，1989 年出生于立陶宛维尔纽斯。她目前在维尔纽斯大学学习斯堪的纳维亚语言学。她孩童时期就对文学很感兴趣，很早就开始创作，最初是抽象素描和诗歌，然后创作短篇故事。2009 年，她的第一个短篇故事集《芥末之屋》出版，《枫树的眼睛》即取自这部故事集，是她第一个被翻译成英文的作品。她还在立陶宛的多个杂志上发表诗歌和短篇故事。

抹布

The Ragiad

[保加利亚] 鲁门·巴拉巴诺夫

李荣睿　译

1

内韦娜·克鲁斯蒂娃正在厨房里做打扫，她听到一个声音：

“嗷，哎哟，太可恶了！”

内韦娜把抹布拿到另一只手里仔细地听，但没有再听见。她继续到门廊那儿干活儿了，衣架又大又笨重积了很多灰尘。接着那个声音又冒了出来。

内韦娜·克鲁斯蒂娃呆住了，听着，惊恐地瞥了瞥她丈夫的雨衣，但那呜咽声没再重复，于是她就去打扫卧室。电视机因为积灰变成白色的了，你都能在屏幕上写名字，因此她就在继续干活儿之前先到厨房里把抹布洗洗。

正当她在喷出的热水底下拧着抹布时，那个声音又大嚷道：

“嗷！烫死了！”

这时内韦娜真是害怕了，她尖叫一声扔掉了那块抹布，躲到了角落里，那抹布掉进了水池溅上了水，叫道：

“哇哦！你太不注意了！从滚烫直接到冰冷。我不是钢铁造的，你知不知道！”

它沿着水池的金属表面滑上来，然后一下就跳到了厨房桌子上，正好落在醋瓶旁边。

终于内韦娜按捺住了内心的恐惧，试着说：

“这到底是……？”

“我不知道。”抹布伤心地回答，在桌布上几乎软弱无力。它沉默了片刻接着便问：“我能来一小口醋吗？我口渴……”

内韦娜没吭声，抹布就游动着爬上瓶子伸进了瓶子颈部。几下大声的吮吸后，它像海绵似的鼓胀起来。

“嗬嗬嗬嗬嗬！”它愉快地叫着，“现在好多了！”

内韦娜待在角落里，紧握着手，双眼瞪着这块讲话的抹布，不敢走近一步。

“我亲爱的女士，”它继续平静地说，“我不习惯干重活儿！因此我求你对我温柔点儿。我要让你知道我可不是随便什么抹布。直到昨天以前我还是彼得拉基·尼科洛夫！”

这最终的真相看来对这个女人来说太不可思议了，她捂着胸口昏了过去，事先为了保险起见，她一只手抓住了厨房椅子的扶手。

那抹布倒没有无动于衷。它花了点时间考虑是否该跳到内韦娜的额头上去。它曾听说过醋有助于对付昏迷状态……

2

这一天剩下的时间里内韦娜·克鲁斯蒂娃都没有踏进厨房。

她把自己锁在卧室里等着她的丈夫，每隔一小时喝一口缬草根镇静剂。

她的丈夫没有马上明白情况。他先让妻子镇定下来，让她穿上一件沙发上的罩衣，没系扣子睡下，这才打开厨房门看到那块在糖碗上弓着身子的抹布。

“这不是我的错——怎么回事！”抹布立即为自己辩护道，“我就说了那些，直到昨天我还不是一块抹布，我是彼得拉基·尼科洛夫。这就是全部真相！”

内韦娜·克鲁斯蒂娃的丈夫双手发抖地从冰箱里拿出一瓶拉基亚，一口气干掉了两百毫升。他等着酒精流进血液里，然后再平静地问道：

“那么……彼得拉基·尼科洛夫？”他举起手用手指指着，“是你，对吗，我的朋友？”

“我说，等等！”抹布伤心了，“别叫我朋友！到底……我应该受到点尊敬！另外……你有客人在时只顾自己喝酒，这不礼貌！”

做丈夫的考虑了一下，在桌子旁坐下来，然后往抹布上倒了几滴酒。

“啊，现在就不同了！”它轻松起来准备讲话了。

内韦娜·克鲁斯蒂娃的丈夫边听着它的陈述，边从拉基亚酒瓶里吞上好几口，他几乎都没记住抹布透露的任何真相。他只勉强在一张纸片上写下了尼科洛夫的旧址。

差不多午夜时，他们两位道了晚安。以防万一，做丈夫的锁上了厨房的门，之后去卧室里躺下，抹布留下来垂在水池那儿。

3

第二天，内韦娜·克鲁斯蒂娃的丈夫提早下班前往他记下的那个地址。

是一幢大房子，前面有个小庭院和一片长着灌木丛、杂草丛生的草地。庭院和草坪空荡荡的，丈夫就去按前门的门铃。过了很长时间都没人应答，然后听见了脚步声，木质楼梯嘎吱作响，接着一个女人出现在门口。她保养得很好，有着蒙古人的眼睛和高颧骨，脸搽了红粉。

“彼得拉基·尼科洛夫是住在这儿吗？”

“尼科洛夫？”女人纳闷着，“他以前是住在这儿的，可我已经很长时间没见过他了。”

她克制地打了个哈欠，从一只脚换到另一只脚站着，快速地瞥了眼空荡荡的庭院。

“他在哪儿上班？”

“他是机构的头儿，不过他们似乎把他开除了……”

“那您呢，您是他的什么人？”

“我啊，我就是他的妻子……”她又陷入了沉思。

“那您没找过他吗？”

那女人疑惑地盯着他。

“为什么我要找他呀？”她双臂一抱，厌倦了，“我刚才不是告诉过你出什么事了吗？”

内韦娜·克鲁斯蒂娃的丈夫不知这是什么意思。站在他面前的这个女人看上去很镇定，应该不是撒谎。

“您知道您的丈夫已经变成一块抹布了吗？”他终于鼓起勇气问道。

“这是注定的！”女人叹气道，“我的意思是，你一旦被解雇就是这个下场……”

这时她不再费力掩饰哈欠，把罩衣上的金属丝纽扣扣起来。

“请原谅我打扰您！”内韦娜·克鲁斯蒂娃的丈夫微微地鞠了个躬便离开了。在他身后那扇门发出慵懒的咔嗒声。

4

他一到家，内韦娜·克鲁斯蒂娃就问他：

“怎么样？”

“是真的！”她的丈夫耸耸肩。

内韦娜·克鲁斯蒂娃猛地坐在扶手椅上，搓着手大哭起来。

“真是件可怕的事！”她无法平静下来。

“是啊，的确是，”她丈夫叹着气，“我还从来不知道人会变成抹布。这肯定是某种生物性变异的结果。”

“什么样的变……异呢？”

“生物学的！这块抹布以前可是机构的头儿。你要不是什么狡猾的人是当不了头儿的。”

“这就是我们的下场——间谍进了咱们的家！”内韦娜的哭声更大了，“我害怕，我害怕……”她的整个身子在椅子里颤抖着。

“没什么可紧张的！”丈夫安慰妻子说，“咱们会把他锁起来一阵……”

他想了一下又继续说：

“别用他做打扫，那样伤害他的感情。”

内韦娜·克鲁斯蒂娃跳起来：

“我们把它扔掉吧。马上扔出去。它一定会对我们有害处，你记住我的话！”

“你说把它扔出去是什么意思？”她丈夫反对说，“我们得帮他。”

“总是我们去帮忙！”内韦娜大叫，“老是我们……”

她丈夫沉默了。他已经在计划要做什么了。他有一颗善良的心，而且还有种宿命感，觉得同样的事也会在他身上发生，这促使他采取英勇的行动……

5

第二天是星期六，他又去了那个熟悉的地址。他揌了三遍门铃，还是那个有着蒙古人眼睛的疲倦女人出现在门边。

“怎么又是你？”她问道，把身上的罩衣裹得更紧了，似乎是感到了寒气，“进来吧！”

房间昏暗，窗户狭小，老旧的家具分散在各处。地上铺了厚厚的地毯。他们的双脚就像陷进细沙中一般。

“坐下！”那位妻子说，并指给他一个真皮包裹的沙发，里面的填充物已破膛而出。

“昨天我告诉您了，”内韦娜·克鲁斯蒂娃的丈夫说，“您的丈夫变成了一块抹布。”

“我现在想起来了，”女主人打断他说，“他把自己卖给了魔鬼！”

另一个房间里女歌手唱起了歌。

“卖给了什么魔鬼？”内韦娜·克鲁斯蒂娃的丈夫问道，很吃惊。

“只有一个魔鬼。”那女人镇定地纠正他。

“这是几时……发生的？”

“什么时候……？”她想了一下，“是五年前！魔鬼有天晚上过来了，问我们是不是有人想要做交易。他正在外面街坊上召集志愿者。我拒绝了，可我丈夫不太确定……我想他就是在那晚同意的。”

女人听着从旁边的黑屋子里传出的女歌手的歌声。

“魔鬼非常的令人信服！”女人接着说，沉浸在回忆中，“他说反正很多人都在变成抹布，只不过没意识到而已，没有从中获取任何好处……”

“但是这好处，是什么好处呢？”内韦娜·克鲁斯蒂娃的丈夫打断她问，无法克制自己。

“我不知道，”那个妻子叹着气，“他们商定第二天在机构签协议。”

她往后躺着。

“但我能猜出来那好处……”她接着说，“从那时起，我丈夫就一帆风顺起来。我是说升职很快。我们难得见面，他极其忙碌……”

她停顿了一下。

女歌手不唱了，毫无疑问是唱累了。

“尽管如此，他骗了他！”她叹气道。

“谁？”

“魔鬼！他没讲清楚变成抹布意思真的就是变成抹布。我丈夫不知怎的以为魔鬼说的是比喻。你知道人们是怎么说的，‘瞧那块湿抹布！’……而且没什么大不了的……人们编出来各种胡言乱语……”

“您就不知道那协议现在在哪儿吗？”

“不知道，我丈夫都不许我们讨论它！他坚持说整件事都是我梦见的……”

内韦娜·克鲁斯蒂娃的丈夫在沙发上换了换身体的重心，响动很大。

“那为什么机构里的人把他给开除了呢？”

“他们把他扔出去了……没有开除他！有天早上清洁工看见一块抹布躺在他的桌子上，就把它给丢掉了。她不知道它就是彼得拉基·尼科洛夫！”

在他们的头顶一只布谷鸟吱吱地叫，叫了十下。

“难道您不想见他吗？”内韦娜·克鲁斯蒂娃的丈夫怯怯地问道。

女人对他露出惊恐的神情。

“不，不！我有颗脆弱的心……”

“尽管如此，我可以某天带他过来……或许他在自己家里会觉得好些。”

“难说，”女人大声说，“他开会时感觉最好了。”

内韦娜·克鲁斯蒂娃的丈夫站起身。

“如有什么新情况，我会再联系您！”说着他伸出手来。

女人也站起来。

“我可以给你些忠告！”她宣布说，“别给他任何喝的东西……自从那些会议后他的肝脏已经肿得够大的了……”

6

即便如此，内韦娜·克鲁斯蒂娃的丈夫还是决定去趟尼科洛夫工作过的机构。星期一，他穿上最好的一套衣服，深深地吸了一口气，悄然地走进入口的拱门。

门房拦住了他。他站在一个玻璃小单间里，里面有一堆报纸、折叠的传单、电话线和散落的日常使用的纸片。

“我要找彼得拉基·尼科洛夫！”

“今天不是他跟人会面的日子。”门房阴沉地嘟哝道。

“我是他堂兄弟！我刚从巴黎飞过来……我从姐妹机构给他带来了一个包裹……”

门房怀疑地看着内韦娜·克鲁斯蒂娃的丈夫。他还从舒服的椅子里起身，把这个来访者从头到脚地打量了一下。

“彼得拉基·尼科洛夫不在这儿！”这位规则守卫者用同样阴沉的语调断定说。

“不，不！我知道他在上班！我跟他妻子说过……”

门房坐回到椅子里并说：

“尼科洛夫在开会！”

“这件事的重要性关系到国家！”内韦娜·克鲁斯蒂娃的丈夫用比较严厉的语气说道。门房又站起来看了看他。

门房坐回椅子拿起了电话，演示性地摁了三个数字。电话发出一阵快速的嘟嘟声。

“彼得拉基·尼科洛夫吗？”他拖长调子说。

“彼得拉基·尼科洛夫正在中心开会。”一个响亮的女性声音从电话里传出。

“哦，您看，有人从姐妹机构带来一个包裹……”

“让他们拿上来！”那个声音叫道。

门房轻轻把听筒放回去，接着把事情考虑了一下，不过最后决定了：

“把你的身份证留在这儿！三楼，二十五号房间……”

那个秘书很迷人。

“包裹留下吧！”她面带笑容。

“我不能亲自交给他吗？”

“尼科洛夫出国了！”她说。

“可您不是说他在开会吗？”

“他在开会或者他在国外！”秘书又微笑着，“他非常繁忙。我都有半年没见到他了……”

“那样的话我还是拿去他家吧……”内韦娜·克鲁斯蒂娃的丈夫迟疑地往后退了一步。

“我怀疑您能否找到他……”现在秘书的回应不大友好，她一边还用所有手指敲击着键盘。

她的来访者在身后关上门，沿走廊离开。一个职员出现并追上了他。

“抱歉，我来找彼得拉基·尼科洛夫！”内韦娜·克鲁斯蒂娃的丈夫说。

“他在实验室。”职员没打算停下，“不，不……其实，今天有个委员会议……要么他就是在国外……”

职员进了一个办公室。

7

内韦娜·克鲁斯蒂娃的丈夫一到家就决定要跟抹布开诚布公地谈谈。尼科洛夫没待在水池那儿，而是爬到了餐具柜上，克鲁斯蒂娃家的人把玻璃杯放在那儿。

“别碰我！”抹布尖叫着，恐惧地盯着其他躺在他下面的纸盒里的抹布。

“安静！”内韦娜·克鲁斯蒂娃的丈夫喊道，期望给厨房恢复点秩序。

他在桌子一端坐下，给自己倒了一杯葡萄酒，喝掉了它。“从这抹布目前的情况来看，我的肝脏也要出问题了。”他想着，把空杯子倒满酒。

“吵吵嚷嚷的怎么回事？”他问道。

“他们想把我弄脏！”抹布尼科洛夫嘶哑着声音解释说，“他们要强迫我去擦盘子。我想说，我可是在机构工作过的，我不会让他们把我当一块……对待。”

他要说的是“当一块抹布”，不过他把话咽回去了。

“我曾有一辆公务车……一个秘书……”

他太有理由痛哭了，内韦娜·克鲁斯蒂娃的丈夫想……我还从未见过一块抹布哭呢。

尼科洛夫克制住了自己并接着说：

“别再给你自己倒那么难喝的酒了。你连伏特加都没有吗？”

“我有，”主人机械地回答说，“我为待客留着呢！”

他起身去卧室拿来一瓶崭新的祖布罗夫卡，啪嗒一声打开了瓶盖。

“给我倒点儿！”抹布央求道，并跳上了桌子。

“你的肝脏怎么样？”主人问道，像是随口一说。

“你看不出来吗？”尼科洛夫生气地回答，“就像一块旧抹布。”

内韦娜·克鲁斯蒂娃的丈夫叹着气，往抹布上倒了五十克伏特加。他估摸着这个剂量足以扫除任何拘束感。

“你看，”他开始说，“我已经在调查你的处境了。我已经很了解你，所以我就不客套了。朋友，你的处境确实糟糕，但是除了你自己你怪不得别人！”

主人等他的话被领会之后继续说：

“是你跟魔鬼签了协议！”

抹布尼科洛夫在发抖。

“你怎么发现的？”

“在机构里他们告诉我了！”主人撒谎道。

“那他们已经在那儿发现了？”尼科洛夫发出一声心碎的叹息。

“他们大多数人很早以前就猜到你把灵魂出卖给魔鬼了。”

“那他们发现尼凯夫的事了？”

“对，尼凯夫的事，还有……”主人出于他高尚的同情心继续撒着谎。

“还有前副主任博亚诺夫的事。”尼科洛夫更加轻声地咕哝着。

“是的！”他的主人用力地点头。

抹布沉默了。

“我完蛋了……”他发出一声悲痛的呻吟，并要求再来些伏特加。

内韦娜·克鲁斯蒂娃的丈夫没有拒绝他。

8

要找魔鬼是活见鬼地难。

从抹布尼科洛夫那儿听到了一番体貌特征的描述之后，内韦娜·克鲁斯蒂娃的丈夫便出去寻找魔鬼了。

但他没找到。

发生的是恰恰相反的情况。一天晚上魔鬼本人出现在这个男人的面前。

除了黑皮肤以外，他的样子完全不像魔鬼。他身穿运动服，脖子上系了一条丝巾。

“您一直在找我，”陌生人说，“与抹布有关吧？”

一开始内韦娜·克鲁斯蒂娃的丈夫没有听明白。他纳闷是不是他的妻子找了人要把旧床垫重新装填一下——可是，他的客人看着并不像是个工人。

“与抹布尼科洛夫有关。”陌生人解释说。

这会儿这家主人才明白。他把客人请进了卧室：他妻子去拜访一位邻居了，而尼科洛夫正在厨房里做着白日梦，不能让他听见他们的严肃谈话。

魔鬼点了一支肯特香烟，双腿交叉。

“我真高兴您来了！”主人开口说，“我到哪里都找不到您！”

“我知道，”魔鬼挥挥手，“我最近很忙。”

“我想我们能把某件事解决了。”

“是吗？”魔鬼傲慢地昂起头。

他从自己的公文包里拿出一张表格。

“在这上面签字，一切就解决了！”

“这是什么？”

“一份协议！你把灵魂卖给我，然后作为回报……”

“作为迅速升职、奢华生活……的回报……”招待魔鬼的主人把那句话讲完，“恐怕，我们不在同一个波段。我找您是为了尼科洛夫。尼科洛夫在机构里工作。他才是头儿！”

魔鬼微微一笑。

“可他仍在机构上班。他仍然是头儿呀！”

“但我调查了，”男主人爆发道，“他们在机构里告诉我说……”

“尼科洛夫出国了。”魔鬼帮他说。

“对！”

“因为他确实在国外。”

“可是他的妻子……”

“说她还没见过他？”

“对！”

“喔，就算是以前她也见不到他多少面！”魔鬼笑了。

内韦娜·克鲁斯蒂娃的丈夫什么都不明白。

“那，厨房里的那个东西又是什么呢？”

“一块抹布！”魔鬼粗鲁地回答。他把烟掐灭，“你看，整件事并不是你所预期的那样。我开诚布公地跟你讲吧！我们最近没完成计划。我们没弄到足够的灵魂，有一笔很大的亏空。所以，我肯定你听说过这些日子人们在不停地陷入自我完善的计划中。那结果会发生什么呢？很简单。当他们面对不可避免的道德危机时，我出现了，并建议他们签一份协议。然后过一阵子我从他们身上拿走他们的灵魂。最近我们列进了一个新条款，意思是我们会把躯体变成抹布。这比让他们死掉要少一些浪费。你也亲眼看见了，在品质上这些抹布毫无差别。”

“除了他们会说话这件事之外！”男主人打断说，语带讥讽。

“初看起来是个小缺陷，但是想想吧：我们创造了有感觉的抹布！那可不是用来打喷嚏的……”

魔鬼沉默了一下，打算点上另一支烟，却止住了。

“就算如此，行行好，我求求您，把他再变回人吧。”男主人恳求道。

“人？”

“对。”

“他从来就不是人呀！”魔鬼摇摇头，“我们怎么能无中变有呢？那我可办不到……”

魔鬼抱歉地微笑了一下，终于还是点燃了他的第二支烟。

在升起的沉默中，他们能透过墙壁听见一声叹息，是这个世界无法听见的。抹布尼科洛夫正准备睡觉。

英文由克里斯托弗·巴克斯顿译自保加利亚语

鲁门·巴拉巴诺夫
Rumen Balabanov

鲁门·巴拉巴诺夫，1950年出生于保加利亚索菲亚。其作品包括《有人走了》与《曲线之上》。他的第一部小说《蜜露》获得了著名的“南方春天”青年作家奖。他还获得过很多其他奖项，其中包括丘多米尔奖和金青年奖。他曾是保加利亚唯一一份幽默报纸《大黄蜂》的编辑，还是《文学前沿》的主编，也出版过一份名为《心理》的报纸。巴拉巴诺夫在2000年至2006年间从事电视制片人的工作，并拥有2001频道。他现在是保加利亚作家联合会的官方报纸《今日词语》的主编。

女人

玩偶的眼睛

Dolls' Eyes

[英国：英格兰] A. S. 拜厄特

陈姝波　译

她的名字是费莉西蒂，小时候她自称费莉斯，结果就一直这样叫了下来。她在霍利格罗夫学校学前班的孩子们都亲热地称她费莉斯小姐。她长着一头金色的鬈发，一双淡蓝色的眼睛，从小漂亮到大。她的教室里满是别出心裁的东西：手工编织的恐龙，绕了三面墙的刺绣蛇。她爱孩子们——几乎全部都爱——他们也爱她。他们送她刺猬、蝾螈、一瓶瓶蝌蚪和一束束水仙花。她爱他们，不是视同己出那般：她爱他们，正是因为他们不是自己的孩子。她教满头浓发的男孩做十字绣，教生性害羞的女孩用粗大的画笔蘸上鲜亮的红、蓝、黄颜料，挥毫泼墨。

她常常想自己是否很怪异，尽管她不知道“怪异”意味着什么。或许，一件怪异的事情是，她已年届三十，却从未谈情说爱，或者说与任何特定的人有过亲密之举。她择友慎重——她知道，人得有朋友——上影院，做晚饭，可以听他们夸她好。她知道自己好，不过，她也知道自己是装得好。她独居在一幢红砖墙的小排屋里，那是从她姑姑那里继承下来的。家里有两个空余的房间，其中一间经常出租给来校长期任职的新教师，或者临时过渡的学生。家里没什么怪异的，除了玩偶。

她不收集玩偶，却拥有上百个玩偶：沙发上舒服地坐成一排的、倚着架子的、躺在卧室抽屉里的；布的、磁的、橡皮的、赛璐珞的；旧的、新的、双胞胎的（一对连体的）；黑色的玩偶、棕色的玩偶；婴儿玩偶、胖小子玩偶、飘逸的仙女玩偶；涂着眼影、睁着惊讶大眼睛的玩偶，眼睛一闭一合的玩偶，红唇间露着漂亮烤瓷牙的玩偶；噘着嘴的玩偶、咧嘴笑的玩偶，还有抖着舌头的玩偶。

玩偶中核心的几个，是她从母亲和祖母那里继承来的，她俩都对玩偶喜爱有加。一共四个：一个是高个儿，穿洋红色天鹅绒外袍淑女模样的；一个是穿褶边裙，身材娇小，抹着勿忘我眼影的瓷娃；一个真人版的娃娃玩偶，戴一顶奶油色丝质帽，闭着眼睛，身体是分节连接起来的；还有一个呆板的木头玩偶，一袭黑色礼服，严肃、面无笑意。

就因为她有那些玩偶——端坐在一把竹椅上——其他的都是日积月累的结果。人们把旧的玩偶送给她——“我知道你会喜欢的。”想着圣诞和生日礼物的朋友，在杂物拍卖会或古董店里淘到了一些不太寻常的玩偶。

淑女范的玩偶是玛莎小姐，身材娇小的瓷娃是阿拉贝，娃娃玩偶是波莉，神态拘谨的那个叫萨拉·简，她的礼服外面系了一条围裙，可能是家政女佣玩偶。

应邀来喝茶、吃糕点的孩子们问她是否拿玩偶玩，她回答说不玩，尽管她经常把它们挪来挪去，给它们安排新座位和新伙伴。

要是拿着玩偶玩，这该多怪异啊！她给它们做衣服，有时带一两个到学校去，供孩子们讲故事用。

她知道，但从来不说，有一些玩偶某种意义上是活着的，而有些只是布料、填充物和压模出来的头颅而已。你甚至可以分辨出，两个一样的头颅，戴不同的假发和帽子，其中一个可能是活的——扎黑色小辫的珀涅罗珀——另一个了无生机，尽管为了公平起见，也有一个名字，卡米拉。

那个秋季，来了一个很迟才任命的新教师，因为班莉小姐在非洲的一条河里划船度假时受到感染，结果一条腿被截肢了。新来的老师是考利小姐，卡罗勒·考利。学校领导问费莉斯是否可以为她提供几个星期的食宿，费莉斯说她很乐意。于是她们在一个迎新茶话会上通过介绍认识了。

卡罗勒·考利长着一双奇怪的眼睛，这是费莉斯最先注意到的。眼睛又大又圆，黑黑的如同黑色的糖浆，闪闪发亮。她的眼睛漆黑，眼睫毛漆黑，一头长发在脖颈处用一个黑色的发夹向上夹起，口红和指甲是油光发亮的紫红色。她身材修长但颇有女人味，一身裤子套装也是紫红色的。细长的手指上戴着一枚相当大的、亮晶晶的玻璃戒指。费莉斯被吓着了，同时也被迷住了。她很好客——献出了阁楼那间宽敞的卧室，共用卫生间和厨房。卡罗勒·考利说她可能会是一个让人难忍的房客。她有两件东西随身必带：

“我自己的带床垫的大床，还有十字斑。”

费莉斯想了想：床会是一个问题，但总能解决，十字斑是谁？

十字斑竟然是一只年轻的边境牧羊犬！白白的脸颊上长着一个惹眼的黑色眼斑。费莉斯不养宠物，尽管在假期偶尔收养上课用的老鼠和乌龟。卡罗勒·考利以别无选择的口吻说，十字斑训练有素。

费莉斯说："我相信。"于是，就定了下来。她觉得没有必要向卡罗勒提及玩偶，虽说数量可观，可毕竟不是活物。

卡罗勒带着十字斑来了。十字斑全身光溜，富有曲线。她们与费莉斯站在一间小小的起居室里，搬运工人正把费莉斯空出来的床挪到储藏室，再把卡罗勒的大床搬上楼去。卡罗勒被玩偶惊着了，从这一堆走到那一堆，拿起来打量它们的脸，然后正确地放回原处。十字斑紧依着她瘦削的小腿肚，发出一声低沉的喉音。

"我可不愿把你想成一个搞收藏的。"

"我不是。它们似乎都是找上门来的，我自己一个也没买过，全是别人给的。他们看到了，给我的就越来越多。"

"有点可怕，那么多双眼睛盯着，一动不动。"

"我知道，我习惯了。我时而会挪动一下它们。"十字斑叫了一声，对着沙发就要扑过去。卡罗勒竖起一个坚定的手指，说："不，十字斑！坐下，别动！这些不是你的玩具。"

结果十字斑玩起了它自己的填充玩具——一只小兔子，一只刺猬——晚上，它玩着玩着突然又摇又嚷起来。费莉斯对卡罗勒管教动物的威严印象深刻，她害怕动物，知道卡罗勒觉察到了自己的畏惧。

卡罗勒是一个不错的房客，乐于助人又不冒失。家里的一切都使她兴致盎然——费莉斯的刺绣丝品、她从小积攒的童书、她母亲的菜谱、一套带圆锥撒糖器的克拉里斯·克里夫怪异茶具。她使费莉斯觉得自己很有趣——一种费莉斯几乎从未有过，并且会说她不曾想有的感觉。被人以赞赏的目光久久地凝视，真是怪异。卡罗勒问她一些问题，但是她总想不起用什么问题来回问她。不过，有关卡罗勒的一些人生经历还是逐渐清晰起来。她曾在印度旅游和工作，曾经身患重病，生命垂危。她上夜校学古希腊语，叫费莉斯也去，但费莉斯说不去。当卡罗勒外出时，费莉斯就坐着看电视，十字斑警觉地躺在一个角落，守护着它的玩具。卡罗勒回来，那家伙就蹦跳起来拥抱她，似乎直冲着她的咽喉而去。它与它的主人同睡在楼上的大床上。她们的六条腿啪嗒啪嗒，舞蹈着从费莉斯的卧室门口经过。

卡罗勒说玩偶们开始令她着迷。制作那么多各不相同的人物，给它们一一穿戴，该在其中投入了多少爱啊！“几乎爱不释手，有一些。”卡罗勒说，她的蜜糖眼闪闪发亮。费莉斯听到自己说愿意借一些给她，但她立刻被吓坏了。卡罗勒借玩偶到底要干什么？这样的提议太怪异了！但是卡罗勒满面笑容，说想在她的床尾放一两个玩偶，或者放在抽屉柜上。费莉斯陷入紧张和焦虑之中，生怕十字斑糟蹋挑中的玩偶，或者把它们当玩具。她斜眼望着十字斑，十字斑斜眼望着她，还噘起犬唇，咧着嘴笑。卡罗勒说：

“你不必担心，亲爱的，它完全训练有素，不允许它碰任何玩偶，好吗？”

“好吧。”费莉斯说道，依然忧心忡忡，担心这狗在卧室会换一副模样。

睡觉时分，她们在一楼的楼梯口道过晚安，卡罗勒就上了二楼。她借了一个大大的、梳着棕色羊毛长辫、穿一件瑞士风格围裙的布娃娃。这布娃娃叫普莉迪，据费莉斯所知，不是活的。她还令人惊讶地借走了拘谨的萨拉·简，当然，那是活的。“我喜欢她不以为然的表情，”卡罗勒说，“她在那个年代算见过些世面。眼睛涂了眼影，不闭合。”

其他的玩偶轮流上楼。费莉斯不假思索地注意到，那些都是成人或者大女孩玩偶，它们都不是睡眼惺忪的。

楼上传来细微的响声。一声戛然而止的笑，一阵兴奋的低语和弹簧的嘎吱声。同时，一道红光从门向灰绿色的楼梯地毯扫过来。

有个夜晚，费莉斯睡不着，下到厨房，给自己泡了杯好立克热饮。她拿着饮料上楼到了一个空房间，看到那一汪红光，知道卡罗勒还没睡。她想把自己的好立克送给她。

门半开着。“进来。”费莉斯还没敲门，卡罗勒就叫道。她把缀了瓷珠的紫红色丝绸方巾盖在了床头灯罩上。她坐在大床中间，穿着海绿色的长袖高领皱褶睡袍，长发披下来，梳成了扇状，自有一种活力刺激，十字斑蜷缩在床尾。

“来，坐下。”卡罗勒说，费莉斯穿的浅褐色羊毛睡袍里，是一件优质的淡蓝色针织睡衣。“脱了它，舒服点。”

“我正——我正要去——我睡不着……”

“到这里来，”卡罗勒说，“你太紧张了。我给你按摩脖颈。”

她们坐在被灯光映红的白色的被子中间，卡罗勒修长的手指按压在费莉斯颈部和手臂每一寸敏感的肌肤上，舒缓着她的神经和肌肉。费莉斯开始叫起来。

“要我停下来吗？”

“哦，不，不要停，不要停！我——”

“这太可怕了，可怕，我爱你。”

“可怕什么？”卡罗勒问，双臂抱住费莉斯，亲吻着她的唇。

费莉斯刚想解释，说自己从不曾感受过爱，也不真的喜欢爱，十字斑猛烈地吠叫起来，一下使她们分了神。

“好了，该死的！”卡罗勒说，“滚出去，你要是再这样，给我滚！”

十字斑滑下床，偷偷溜出了门。卡罗勒又亲吻起费莉斯，并把她温柔地推倒在枕上，紧紧抱住她。费莉斯第一次领略所有情侣都知道的恐惧，此刻开始的必定会有一个结局。卡罗勒叫着“亲爱的，我的宝贝”。从来不曾有人对她这么说。

她们并排坐着吃早餐，时而碰碰手。十字斑发出恼怒的低吼，然后怏怏地走了，爪子在亚麻油地毡上喳喳作响。卡罗勒说她们要向对方诉说一切，她们要彼此了解。费莉斯淡淡地笑着，说她没有什么可以了解的，但是说得最多的还是她，她讲述她在一个村子里度过的童年、她疏远的姐姐、她死去的母亲，以及送她们玩偶的祖母。

十字斑冲回房间。它叼着一样东西，撕咬着，左右摇晃，发出咔咔的响声。它甩着她，像甩着一只兔子来折断她的脖子。那是娃娃玩偶波莉，戴一顶带饰边的丝帽，一身曳地刺绣礼服。她穿在针织毛线鞋里的双脚向外凸起。整个玩偶嘎吱作响。

卡罗勒暴怒，愤然起身，用圆润而坚定的嗓音命令狗把玩偶放下，十字斑吐出丝滑的黏满唾液的小东西，呜咽着蜷缩在地上，耳朵紧贴着头。卡罗勒威风凛凛地拎着它的项圈，掌掴它两边的脸。“坏狗狗”，她骂着“坏狗狗”，一边揍个不停。

嘎吱作响的是波莉的眼睛，它们已从有点分量的机械装置里脱落，掉进了素陶色的头骨里，滚来滚去。它们曾经待过的地方成了黑色的孔洞。她的一张小脸很严肃，像一些真的婴儿一般。没有了眼睛，娃娃显得很恐怖。

“亲爱的，我非常抱歉。”卡罗勒说，“我能看一眼吗？”

费莉斯不愿丢弃那玩偶，但还是丢弃了。卡罗勒用力摇晃她，无形的眼睛在滚动。

“我们不妨把她拆开，然后再设法把它们装回去。”

她开始拆波莉的脖子。

“不，不要，不要，我们可以把她拿到欧兹桥的玩偶医院去。那里有个人——考伯先生，他几乎什么都会修。”

“她漂亮的裙子被撕破了，脸上还有一个牙印。”

“考伯先生能修什么，你会惊讶的。”费莉斯没有十分把握地说。卡罗勒亲吻她，夸她是一个宽容大度的人。

考伯先生的店很老旧，店面狭窄，后部延伸到了河上。它的铅条玻璃窗很老旧，里面有一个很小的凹槽，点缀着一串串五颜六色的彩色小灯。天花板下面挂着手臂、腿、躯干、假发、衬裙架，如同屠宰店里挂着的香肠。他的玻璃柜台里是一碗碗的眼珠，蓝色的、黑色的、棕色的、绿色的，玻璃眼睛，没有眼白全是虹膜的眼睛，还有其他装有各种金属线接头、连接器、有用的橡皮圈与吱吱叫声带的小碗和盒子。

考伯先生，当然是戴着粗框玳瑁眼镜。他白发稀疏，皮肤灰不溜秋，手指被烟草染成了黄色。

“哈，”他说，“维克小姐，欢迎光临！这次是谁呢？”

卡罗勒答道：“是我那只糟糕的狗。它摔了她，它之前可从来没有干过这样的事。”

两位老师把波莉包扎起来，装在了一个棕色的纸袋里。她们不想看到她空洞的眼窟窿。费莉斯把她递了过去，考伯先生剪断了绳子。

“啊，”他又说道，“对不起。”

他拿出一把螺丝刀，熟练地取下波莉的头，把她的眼珠子倒到手掌里。

“她需要一个新的接头，一个新的平衡器。不怎么费事。”

“有一个咬过的痕迹。”卡罗勒闷闷地说。

“你来取的时候就看不出那痕迹了。我会给这些漂亮的衣服缝上几针，放在肥皂水里洗洗，她可是‘百万美元娃’，一个‘拜拜宝贝’。由一个美国人设计，德国制造，二十世纪二十年代的。”

“贵重吗？”卡罗勒随便问了一句。

“不是特别贵重，曾经数量众多。这个是原装的衣服，真人的毛发，价位就上去了。她看着就像一个真的新生儿。”

卡罗勒说：“你能看出来了。”

他把波莉的零件装进一个丝质蓝袋子里，在绳子上系了一个标签：维克小姐的波莉。

一周后，她们去取。考伯先生补得跟说的一样好。波莉又是波莉了，还比之前更清新、帅气了。她又向她们转动起眼睛，她们又笑了。回到家，她们亲吻她，也彼此亲吻。

费莉斯日日夜夜地思忖，哪天卡罗勒走了，她该怎么办。一切会如何发生，她又如何忍受。尽管，也许因为，她在恋爱方面是一个新手，她知道激情越炽热，结束起来就越快、越残酷。她俩不可能就此安定下来，过老人般舒适居家的日子。她变得醋意十足，又拼命地掩饰，以防显露出来。卡罗勒外出过夜成为一件可怕的事情。想到偷听卡罗勒打电话，觉得非常可耻，尽管她觉得卡罗勒听着她自己的电话，也没有真正的兴趣。学年继续，卡罗勒开始收到光鲜的招聘小册子，上面有金色的沙滩和亮闪闪的白色庙宇。晚上她坐着翻看这些册子，对面壁炉边是被玩偶包围的费莉斯。费莉斯想说“我们一起去，好吗”，却没有得到一丝这样说的空隙。费莉斯一向都在巴斯度假，深入乡村远足，她不做什么攻略。沉默的裂痕和豁口扩展到她们共同生活的肌理里。这时，卡罗勒开口说话了：

“我要离开一个月左右，这星期天走。我会安排好，支付我不在时的租金。”

“哪里，”费莉斯问，“你去哪里？”

“说不准，我总是到处走的。”

我可以去吗？不能这么说。所以，费莉斯说：

“你会回来吗？”

“我为什么不？每个人都不时地需要留一点空间和时间给自己，我一直这么觉得。我会惦记玩偶们的。”

“你要带上一个吗？”费莉斯听到自己这么说，“我从来不曾送走一个，从来不。但是你可以拿走一个——”

卡罗勒亲吻她，并紧紧搂住她。

“这样，我俩就都会回来——回到这迷人的小圈子里。你让我拿走哪个玩偶？”

“任何一个。”费莉斯满怀爱意和忧伤地叫道，“随便拿，我让你挑你要的一个。”

事后她想，她当时哪里料到卡罗勒会拿走最初四个中的一个，更意想不到的是，在那四个中，她竟然选择了波莉！那个婴儿！她一向喜好的可是成人女孩。然而，卡罗勒就是选择了波莉。她带着谜一般的微笑，注视着费莉斯对此竭力强装的欢颜。然后，她收拾好走了，没有说去哪里。

临行前，费莉斯悄悄地亲吻波莉，并对她说：“回来，带她回来。”

十字斑跟着她们走了。留下一张大大的空床，类似一个抵押品。

费莉斯没有去巴斯。她坐在家里看电视，度过了一个沉闷的夏天。她看古董巡展秀，以及它新的衍生节目“卖了它”。节目里，人们把不想让专家们估价的东西拿来，在摄像机前竞卖。费莉斯和卡罗勒曾一起看过，她们都承认自己暗恋节目主持人，美丽的保罗·马丁，一个精力从不衰退的人。费莉斯觉得他的善良和礼貌也从不衰退，无论他遇到什么样怪异的人。她爱他，因为他可靠，而美丽的人通常不。

就这样，当费莉斯从放置在膝盖的汤和沙拉的餐盘上方抬起头，漫不经心地将目光投向荧屏时，她居然看见了波莉！波莉正坐在“卖了它”的估价台上，从一个特写镜头里注视着她！那必定纯属类同吧，费莉斯想。那张素陶色的脸，小小的眼睛，紧闭的嘴唇，看上去是一种绝望或者愤怒的神态。最有意思的是，波莉的表情有时是淡定的、婴儿般的，而在某种光线下，从某个角度看，也可以是愤怒的。

估价师是一个四十开外的女人，棕色的眼睛甜美但犀利，她拿起波莉，宣称那是她在“卖了它”节目中遇到的最令人兴奋的发现之一。她是，这位声音低沉的女士说，一个货真价实的“拜拜宝贝”，并且是原装服饰。“我可以看看吗？”她甜美的嗓音问道，一边把波莉倒过来。她的丝绸外衣罩住了头，而羊毛线鞋、可爱的丝绸衬裤、胖乎乎的背上的德国印章，都一一展现在几百万观众面前。她的手指甲是尖的，被涂成了猩红色。她拉下衬裤，手指在波莉的臀部关节处移动。拜拜宝贝，要是她们身体的各部分是连接起来的那种，就比布身缝上赛璐珞手的一类更稀有，时间也更早。她摘掉波莉的有饰边的象牙色绸帽，对着她的头发惊呼起来：“这，我必须告诉你们，我可以百分之九十肯定，是真人的头发，这使她身价大增。”她把头发推向波莉悬着的头颅，说道：“哈，是呀，我们似乎真需要见证一下。”镜头拉近到波莉的颈背部：“格蕾丝·斯·普特南公司 // **德国制造**”。

“你知道格蕾丝·斯·普特南和她的娃娃玩偶的故事吗？”猩红指甲问潜在的卖主，卡罗勒就在那里！她穿着帅气的装饰艺术风的黑白夏衫，礼貌地微笑着，她光滑的紫红色指甲跟随着猩红色指甲的动作。

“不知道，”卡罗勒的声音在费莉斯的起居室内响起，“我对玩偶知之甚少。”

她的脸短暂地被全屏显示。她的口红亮泽，牙齿闪着光。费莉斯的膝盖开始颤抖，她把盘子放在地板上。

格蕾丝·斯·普特南曾想制造一个真正的婴儿玩偶，那个估价女士说道，一个酷似真正婴儿模样的玩偶，可能三岁大小，不是迪士尼木偶那样的。于是，那位了不起的人物出没妇产病房，画素描、着色、分析，但她却怎么也找不到具备所有必要品质的那张完美的脸。

她俯身向前，棕色的头发碰到了卡罗勒漆黑的鬈发。

“我不知道我是否应该告诉你这个。”

“那，既然你已经开场，我觉得你应该。”卡罗勒说，永远的卡罗勒。

“传言说最后她找到了那个完美的孩子，包在一条围巾里，被人抱着经过。她说，等一等，就是她！但是这孩子刚刚死去。不管怎么样，故事就是这样的，下定决心的普特南太太画了那张小脸，就是我们现在在这里看到的。”

“恐怖。”卡罗勒饶有兴味地说。镜头回到波莉的脸上，看上去是明显的狠毒样。费莉斯知道她的表情一定是一成不变的，但似乎原来不是那样的，她目不转睛地盯着。费莉斯说：“哦，波莉——”

“这是你自己的玩偶吗？”电视女郎问，“或许是从你母亲或祖母那里继承而来。你不觉得与她难分难舍吗？”

“我不是继承得到的，她与我个人毫无关系。是一个朋友给我的，一个有很多玩偶的朋友。”

“那她也许不知道这个小礼物有多么珍贵吧？拜拜宝贝制造的数量很大——甚至有几百万——但是像这样早期的，连同她们的衣服、真人的头发，可望提价到八百至一千英镑之间，要是今天来了两个或更多的收藏者的话，甚至还不止一千英镑。当然，也可以把她的照片放在藏品目录里或者网站上……”

“那确实令我很惊讶。”卡罗勒说，似乎并不真的惊讶。

“你觉得你的朋友会为你出卖了她的玩偶而高兴吗？”

“我肯定她会的。她非常喜欢我，对我非常慷慨大方。”

“那你将用这笔钱做些什么呢，要是我们如我肯定的那样，卖了玩偶的话？”

“我已经预订了豪华邮轮，去希腊岛屿度假，我对古典教堂很感兴趣。这样的一笔钱真是帮了大忙。”

物品的价值与展示的竞拍价之间总有一定的差距。费莉斯的眼睛盯着一个极其丑陋的绿色陶狗、一批一战时的奖章、一个俏皮的海边明信片册子，以及它们的报价，但其实什么也没看进去。之后，到了波莉的时刻。拍卖商将她高高举起，他绅士般的手紧握着她胖乎乎的小腰，她毛绒绒的小脚向前伸着。转瞬即逝间，费莉斯看了波莉最后一眼，此刻，她肯定，那甜美的脸蛋既凶恶又痛苦。

“波莉，”她大声地说，“要了她，要了她。”

她不知道自己要波莉做什么，但是她知道波莉能够有所作为。她们——一如既往——她与波莉总是站在一起。

竞拍飞快地进行着，一个写了数字的卡片升了起来，有人点头，一排神情专注的听众手拿移动电话，等待着，然后，毅然举起手指。

她想，她已经背叛了波莉，但是她这样做是出于爱和善意。“哦，波莉，”她像卡罗勒可能对十字斑说过的那样，说，“要了她。”

卡罗勒站在那里，镇定自若，美丽大方，身边是保罗·马丁。数字从几十翻至几百再翻至几千，他喜欢卖方表现出的兴奋或惊喜，而卡罗勒——费莉斯懂她——她的两种情绪都使镜头足够满意，但实际上内心是僵硬的，犹如充满意志力和确定性的一根石柱。波莉以两千英镑成交，然而，按惯例，不再展示那件物品，镜头里只有卖方幸福的笑脸。所以，对于费莉斯，连最后见一眼波莉的机会也没有，而且也不会被告知，买走的东西去了哪里。

其他所有的玩偶，都如常睁着眼睛。她把它们翻过去，或者让它们躺倒睡觉，一边疯狂地自言自语，要了她，要了她。

她设想卡罗勒是不会回来了，考虑是否该把她的那张床处理掉。当费莉斯问卡罗勒是否还回来——“你知道我不知道的事情吗？”学校校长有点惊讶。她给费莉斯看了两张明信片，一张寄自克里特岛，一张寄自利姆诺斯岛：“我独自带着海滩浴巾和一本书，躺在银色的沙滩上，身边是酒黑色的大海，我感到了完满的幸福。”费莉斯问校长是否知道十字斑在哪里，校长说她还一直以为费莉斯在照管它，如果不是，肯定在宠物寄养处。

一周后，领导告诉费莉斯卡罗勒住院了。她发生了一个意外。她曾一度失去知觉，但是从她的神经系统的状况，以及泳衣和头发上发现的丝状物和线头来看，她很显然曾经游入，或者漂进过一团很小的、蜇人的水母群——那里有数百万之多的水母。今年夏天，有关部门已发出相关警示，提醒人们当心，但是卡罗勒还是喜欢独自出行。

费莉斯没有探问更多的消息，但还是有人告诉了她。卡罗勒的眼睛永久性地被毁坏了，她可能再也看不见什么了，最多残留一点点视力。

很自然，她是不会再回来了。

校长看着费莉斯，打量着她听后的反应。费莉斯做出一种寻常的、冷漠讶异的表情，连说几遍，太糟糕了，真是太糟糕了。

校长说："她的那条狗，你觉得有人知道它在哪里吗？你觉得我们应该把它从寄养所里领出来吗？你愿意收养它吗，或许——你们已经很亲近了？"

"不，"费莉斯说，"我恐怕从来都没有真的喜欢过它。我当时只是希望尽我所能，尽力而为而已。我相信一定能找到人来收养它的。这狗的性情很无常。"

她回到家，把发生的事儿说给了玩偶们听。她想起波莉紧闭的、心不在焉的小脸。玩偶们发出一阵听不见的响声，好像远处的鸟儿落下时的声音。费莉斯想，它们是知道的，然后，不再去琢磨这个念头了，这可以说是很怪异。

A. S. Byatt
A.S. 拜厄特

A.S. 拜厄特是享有国际声誉的作家和批评家。她的作品包括《占有》《童书》，以及四部曲《花园里的贞女》《寂静的生活》《巴别塔》《吹口哨的女人》。1999 年，她被授予"英帝国女爵士"头衔。

超现实主义者之女

The Surrealist's Daughter

[爱沙尼亚] 克里斯蒂娜·艾辛

黄弋 译

第一次去拜访超现实主义者的女儿，我就被她家的狗咬了。这狗透过纱网门咬在我的大腿上。我摸着受伤的腿，寻思着，“这真是一个超现实主义的伤口！”伤口倒是不疼，但看到超现实主义者的女儿与妻子拿着创可贴和一瓶碘酒向我飞奔而来，然后跪倒在我面前为我处理伤口，感觉倒真不赖。超现实主义者的女儿有着一双明亮的大眼睛，此刻她惊恐地望着我，眼神中带有些许的罪恶感。我朝她笑了笑，但她没有理会。

第二次相见就是几年后的事情了。那是圣乔治夜，我第一次看到了超现实主义者的女儿完全裸体的样子。当时，她突然从门口走进烟雾缭绕的桑拿房，黑暗中我甚至没有立即意识到这个女人到底是谁。她挨着我坐在乌黑的长凳上，我们都没有看对方。此后当我走到桑拿房前厅，看到一处横梁上挂着明显属于她的裙子和长袜时（这裙子显得与众不同，因为这是坚信礼里所穿的服饰），我才意识到前一刻我是与谁在一起享受桑拿。

第三次遇到超现实主义者的女儿时，我开始天南海北乱侃一通。我对她说，我这辈子一直梦想着有一个像她那样的女人。我又对她微笑，重复叫着她的名字，非常认真的样子。突然间，超现实主义者的女儿变成了一只黑鹤。她坐在我一个朋友的肩上。她那长长的脖子蹭在我朋友的脸颊上。我看见我朋友正拼命挣扎，不让自己变成青蛙，最终他变成了一个朋克摇滚明星。明星抓住超现实主义者的女儿当他的司机，当时她还是一只黑鹤。“现在我要去希尤玛岛。”明星说，黑鹤立刻坐到了车子里面。我呆呆地看着他们飞驰而去，好一段时间不知所措。然后我发了几封电邮，就上床睡觉了。那晚，我做了个梦。我梦到自己在黑夜中骑在一只黑鹤的背上，飞向一个不知名的地方，但黑鹤一直在悲鸣。后来，我朋友告诉我，在希尤玛岛上，他未能经受住诱惑，与另一个棕发黑眼的朋克明星躲到丁香花丛后面去喝啤酒了。在此期间，黑鹤应该加满油箱、弄一点合成机油和驱蚊剂，还得把吃的东西准备妥当。然而当朋克摇滚明星回到旅馆时，黑鹤什么事也没办成。当时，黑鹤已经变回人身，这个超现实主义者的女儿一身薄纱白裙，躺在鲜红的地毯上，正低声抽泣。

我朋友说，自从那时起，他就不知道是带着她呢，还是弃之不顾了事。在很长一段时间内，他都陷于混乱之中，感受到不可名状的身份危机。最终他下定决心，黑鹤呢，目前看来尚能接受，但超现实主义者的女儿嘛，整天哭哭啼啼的，对他来说是万万无法忍受的。

第四次见到超现实主义者的女儿时，我看见她坐在一棵树上，正梳着她那一头丝滑的长发。我抬头看着她，说她真漂亮。我微笑着，她微笑着回礼。我说，在我心里她非常非常漂亮。我大声再说了几遍，就是为了让她听得真切，让她知道我一直想要得到她这样的女人。我寻思着我还能再说些什么。我说，当然我也同样想为我的孩子们找到这样一位母亲。我当时有点意乱情迷。当我再抬头朝树上看时，她已经不在那儿了。她摔了下来，肋骨都断了。当我把她送到急救室时，她失声痛哭，“请你不要再对我说这些话了，我实在是受不了。”不过，她刚说完，就马上泪眼婆娑地哀求我，“求你再说些情话吧！”

就那样，我不停地向她说情话。我任想象驰骋。尽管她几乎没法做出一顿像样的饭菜，还经常摔碎碗碟，做菜还太咸，土豆也烧煳了，但我还是告诉她，我想让她当我农场的女主人，我对她收拾屋子的能力敬佩有加，还有她使周遭一切熠熠生辉的魔力，更让我欣喜万分。我笑了笑，看到了超现实主义者的女儿身后那沾满尘埃的书架、很久未擦洗过的窗户和其他脏兮兮的东西。就在这时，她竟突然间吻了我，我一生中从没被女人如此热烈地吻过，然后她又出人意料地招呼我快点离开。她说，她需要在午夜时分起来，然后表演。

表演……超现实主义者的女儿知道如何表演。毕竟，她是在一个歌舞厅工作。她的工作是把男性听众的心和其他身体器官放到文火上面慢慢炙烤。当然，她是用她的舞蹈和变身的能力来烤观众的。她是一个有着众多不同脸蛋和不同身体的女人。

再一次见到超现实主义者的女儿时，我把曾经与我有染的其他女人的故事对她和盘托出。我像是无意间向她提及我的女人们，当时我们租了辆吉普在埃及游玩。我邀请她与我同行。我打算没完没了地向她聊我以前的女人和现在的女人，然后在她头脑发晕时突然向她求婚。我想，与她在一起真是太棒了，我们为什么不向前走一步呢！

但是令超现实主义者的女儿发晕容易，只是随之而来的结果完全出乎预料，其严重性远远超出我的想象。就在沙漠中的狮身人面像与金字塔之间，超现实主义者的女儿化身为一条火龙，她缠绕在一个浑身不停颤抖的白衣少女身上。少女看上去就像是超现实主义者的女儿本人，只是年纪是她的一半的样子。火龙向我吐来一道道火舌，烧得我疼痛不已。少女看上去神情痛苦，我心头骤然升起一种厌恶，不知道自己干吗要蹚这趟浑水，着迷于这样一个女人，还有她那可怕的变身。所以，我离开了她。后来又一次离开她。只是我们的道路总是有交叉点，因为不久以后我们就成了朋友。

在一个气候温暖、月光皎洁的夜晚，她刚刚结束表演，她的身体很热，闻起来有一种烤心脏的味道。我们在街上偶遇了，我们一起爬到山上去看月亮。我再一次难以自持，我谈论我的其他女人，引起她的忌妒之心，然后就再一次向她求婚了。我不经意地说："在早些年我的确有过无数的情人，只是现在都黄了，没一个靠谱。""不过，你不一样，和你在一起，我只想着……是的，和你，只和你。"我不停地深情呼唤她的名字，一副认真严肃的样子。我接着说："然而，我很害怕，有时当我想到在下半辈子要跟一个人生活在一起，而且要忠诚于她时，我就感到恐慌。"

我早该知道我这是在玩火自焚。火龙再一次立在我面前，白衣少女以她美丽、颤抖的双眼注视着我。刚一开始，火龙从我的大腿处咬去一块肉。然后它撕掉了我的一根肋骨，把它咬成两半。少女仍旧看着我，一脸严肃，眼神中充满哀怨乞求。但是，无论是天上的盈月，还是这个白衣少女，还是突然现身于盛开的白丁香花丛中的黑鹤，都对我爱莫能助。在少女的身后，舞女正在扭动她的肥臀、爱抚她的丰乳。这一切都烧烤着我的心脏，让我欲火焚身。然后火龙朝我伸出七个头，准备将我撕碎，让我在烈火中毁灭。

不知道是什么原因，我无法逃离，少女那纯洁、哀怜的眼神，舞女那扭动的肥臀将我定在了原地。鲜血从我的大腿和肋间流出，火龙在讥笑我，一副得意扬扬的样子。我寻思，就这样倒下睡去就好了，因为在睡梦中死去就不那么可怕了。我闭上双眼。没想到一闭上眼，我就从舞女的魔咒和少女的双眸中解脱出来了。我变成了骑着白马的圣乔治[1]，我手握宝剑，足有船桅那么长。我朝火龙猛劈过去。或是我把超现实主义者的女儿劈了？无论如何，当我把火龙的最后一个头砍下之时，我们浑身都滴着血。我，白衣少女，白马，黑鹤，歌舞厅舞女，丁香花丛，甚至月亮——我们都浑身血红。这一切花招总该有个完结之时，所以我骑着马把它们都带到了农场，把它们洗得干干净净，放在了床上。当超现实主义者的女儿在早上醒来时，她又成了一个完美无瑕的整体。她双手抱着月亮，浑身散发着丁香花的香味。她对我说，她因火龙之血而受孕了，我们很快就会有两对长着三头的双胞胎了，他们将和我长得一模一样。

英文由伊尔玛·拉普尔译自爱沙尼亚语

1　据传圣乔治是罗马帝国时代生活在近东地区的一位基督徒。他因成功杀死一条贻害当地人的毒龙而深受爱戴，成为天主教著名的圣人。在西方文学、雕塑、绘画等领域，典型的圣乔治形象是一位身穿盔甲、骑着白马、手握长枪的武士，他英勇地杀死毒龙，龙血在地面形成一个巨大的十字，成为后来的圣乔治旗。

克里斯蒂娜·艾辛
Kristina Ehin

克里斯蒂娜·艾辛，1977 年出生于爱沙尼亚拉普拉。她在塔尔图大学学习比较民俗学和爱沙尼亚民间文学，迄今为止，她已用母语出版了六部诗集、三部短篇小说集，以及一本重述南爱沙尼亚神话故事的作品。《保护区》（2005）获得了爱沙尼亚最具声望的诗歌奖，这部作品收录了她担任自然保护区区长一年间创作的诗歌及日记，这一保护区靠近爱沙尼亚北部海岸的无人岛。艾辛的作品被译为多种语言，英文出版物包括六部诗集和三部散文集，她的作品也常常在英语杂志上出现。她曾在爱沙尼亚及海外四处表演自己的作品，有时还伴有音乐家演奏，广受好评。

一切由你说了算

It's All Up to You

[波兰] 西尔维娅 · 丘特尼克

周颖 译

我坐在办公椅里，用脚把自己向前推，往后撤，转着圈儿。坐在我面前的女孩性感漂亮，十足的魅力娇娃，我猜想她比我年轻，但她修着法式指甲，看上去更老成。

你能看出来，她主修两个专业，精通四门语言。她还很瘦，瘦得恰到好处，一身 H&M 的打扮，不过很有品位，不做作，不招摇。只有一点令人意外：她耳边晃悠着纯手工制作的毛毡耳环。一副闪亮的牙齿，一双闪亮的眼睛，连皮肤——你绝对想不到——也闪亮得很，宛如印在铜版纸上的画。

晚上泡吧的男人就喜欢这样的宝贝。你也许只是下班后闲逛一圈，放松一下，喝上一杯。这样的女孩好比果仁或薯条，同啤酒正好搭调。她们很快活，即使不快活，也会显出一副快活样儿。无忧无虑。她们很欢闹，笑声不绝。笑起来，整个人整副身心都投进去，好像不单要在此时此刻笑，还要永生永世笑下去。她们总能找到好笑的事儿——别人的笑话老早说完了，她们却还咯咯乐个不停。她们的肩带还会滑落，苗条可人的肩膀玩起躲猫猫的游戏，时隐时现——有时她们把肩带捋上去，但更多时候不捋。天哪，我的肩带掉了！今天怎么尴尬事都让我撞上啦！快让我去趟洗手间。

当那可爱的身体撤离的时候，男人们盯着它上下打量，一言不发。桌上一片沉默。

对着洗手间的镜子，她使劲抹了一层唇彩。长长的秀发——同她那匀称的五官贴合得恰如其分，好像一只称心的手套——跟电视明星一样美妙无比。看她好比看一份淑女杂志，里边充斥了各式各样的配方，还有令“头发闪亮”“肌肤闪光”的咒语。哦，天哪，有些时候她们甚至弃“waist”一词不用，非要用什么“taille”！[1] 宝贝浑身上下都透着骨感，毕竟，那是她要的效果。美国科学家和苏联克格勃已经联手证明了一点，骨感就是美。

啤酒要是给宝贝们喝，那就不算高卡路里饮品。有些时候，她们还真吃巧克力呢，那也不打紧。换作别的女孩，只要吞下一个三明治，立马像气球一样吹起来。可我们的宝贝儿不会。

她还穿丁字裤。因为她把——那个……呃，你知道的——刮得很干净，下身没有任何凸起，当然想穿什么就穿什么啦。她这么完美，你也许以为她不是真的，是谁从哪个杂志上剪下这么一个人来，可她就是活生生的，有呼吸的，这于我是一个问题。

她走回餐桌，大家舒了一口气。一切又好玩起来。哎呀，你们知道刚才我在厕所碰到什么吗？我正找路呢，不知道该往哪边迈脚，因为忘了女厕的标记是有个三角还是圆圈。哪个才指向女厕？

1 “waist”为英文，“taille”为法文，意思一样，指“腰身”。

于是我穿过头几道门，径直往里闯，撞见一个男人站在那里撒尿。他在撒尿！老天！我赶紧扭过身去，说了句“对不起”。可那会儿我就想笑，好像受了惊一样。看我多傻啊！

宝贝清楚她的分量——她可不傻，还主修两个专业呢。可她为什么要那样说？不把自己当回事吗？她博览群书，绝不是傻子，凡是跟人谈话可能派上用场的文学经典，她门清得很。她勾留于各种展览，结交聪明、口才好的朋友；听音乐，涵养自我，让自己熠熠闪光。她有一份正常的职业，她不喜欢，当然啰，按理你是不会喜欢上自己的职业的。

我坐在她对面。我们可不是参加什么好玩的俱乐部，根本不是，我们在一栋办公楼的格子间里。连看一眼她，都几乎引起我身体的疼痛。这是妒忌，是遗憾。可惜她不是一个大傻妞。她太酷太漂亮。

我感受到了威胁吗？一想到自己会那样去想，我就不寒而栗。假如她是个不会开口的芭比娃娃，我倒可以把她扔到傻瓜一类，然后安下心来，坚信自己在智力上比她优越——至少我有智商可拼。可是，假如她真的比我聪明（她有工作，我可没有）——比我酷，比我漂亮……要是那样该怎么办？那意味着什么？我宁愿扭过头去不看她，什么也不看。

同时，我努力想照她的样子笑一个。可这太难了，我办不到——事后我才意识到这点，结果挤出一个无声的愚蠢的鬼脸。而且，我感觉穿得不对劲，本来有好几条裙子，鬼才知道我为什么要穿这条牛仔裤。好吧，外边很冷。宝贝儿有车，整个冬天她都可以穿着芭蕾舞鞋上班。我原本也可以有一辆车的，可就是没有。关键是害怕命丧车祸。我做过那种噩梦，五脏六腑都撞出来，摔得哪儿都是。上了年纪的女人开车，修女开车，就我不开，因为害怕。很显然，宝贝儿不怕。她有过两次剐蹭，结果却万事大吉，她把车开到汽车修理库，那里的修理工跟她说免费给她修补车漆。于是她朝人家伸出纤纤细手，手腕戴着紧贴皮肤的金手链，散发出宜人的香气。她车里备有空气清新剂，还有一只泰迪熊。这是另一只的替代品，原来那只已经通过某个美国网站处理掉了。那只缺了一条腿，还少了一双眼睛，只剩两个红点。这只小熊多可爱啊，酷毙了！连她的玩具也这么棒，大家还喜欢她从不出汗，她们的消化系统从来不出毛病，用不着去药店小声地问人家卖不卖洁尔阴。

"什么？"

"洁尔阴。"

"阴道有分泌物？"柜台那边的女店员尖声喊道。

老天！没错，阴道有分泌物。

宝贝正盯着我的履历和职位申请材料。"我很想在您这里工作，因为我对广告业抱有浓厚的兴趣。"我偷瞥了一眼她手里的材料，心想，弄出这么一堆废话来我的体温得升到多高。这东西是我小学写的吗？一年级的家庭作业？为什么我没有选修职业培训课程？为什么没买那本《职业造英雄》？我很懒，不懂得怎样规划前程，而与此同时，宝贝正在一张纸上记录什么。她选修过面试课程，与之相关的还有足部按摩和高级德语。她知道该说些什么。即使不知道，她也会笑。我却一无所知，除了推着办公椅在地毯上磨来蹭去。

我们会通知你的。

好啊！这回又没戏。

我转过身，透过那扇隔绝富人与蜗居塑料箱的草民的玻璃，回看宝贝。一阵可怕的仇恨涌上心头，我意识到它的不公正和羞耻。一位身穿晚礼服的女士经过我身边，友好地在我肩膀上拍了一下："别哭了，她们可能还会聘你做清洁女工，接下来的面试将在一周内进行。"

我离开办公楼，打算给自己买点什么来喝。杂货店的店员正在理货。他打开一箱箱水果，摊得满地都是，其中一部分已经摆上货架。呃，在巴士站旁边的杂货铺当一个女店员。称重、算账、打包。

我问能否来一个苹果。

"那个由你说了算。"那店员说道，都没抬头看我一眼。

好吧，是这么回事。由我说了算。

我突然感到一阵近乎情色的兴奋，他的语调别有意味。他在指什么？"那个"是什么意思？

我一下震呆了，站得越久，越不知道该怎么办。突然间，小杂货铺变成一个巨大的舞台，我们当中的每一个都必须赤裸着在一大群人跟前走过。那群人里有男有女，也许还有我们自家的宠物。一个迪斯科舞厅球从木制的天花板上垂落下来，发出耀眼的强光，一个戴着非洲圆篷式假发的家伙对着话筒，压着嗓子，像鸽子那样柔声细语地反反复复说一句话："那个，噢，没错，由你说了算。"在我身后排队的一群老太太焦躁起来。没错，由你决定，孩子，但你已经买过了，让我们买吧。

女人在T台上走猫步。扬声器里传出疯狂的音乐，你得照它来调整你的步态。踏着它的节奏，服从它的节奏。T台走秀令我着迷，但我绝不会那样在别人的凝视下照别人的节奏走台。拒绝关于美的陌生神话，我听任自己一头扎入丑婆娘的陷阱。感觉很酷，毕竟我们人多势众，毕竟我们个个都有不同寻常的魅力，有某种可靠坚实的东西。假如说我们毫无魅力，那只是因为扬声器里的男人宣传“独此一家，别无分店”的美。原始的美，应该是一张有趣而生动的脸，是一副保守自己秘密的身体。

我又希望像那些人一样，听这音乐一听好些年。即使不放音乐，她们也会唱给自己听，照着它的节拍，恰到好处地扭动身体——随时随地都能这样。

我激动地自问，为何到如今还没有一场像样的约会？我这一头乱蓬蓬的头发，即使要依偎那些毛发发达、满脸坑洼、穿着两个季度前的裤子的男生们，我也属于垫底的那一个。

“那个由你说了算”——像一句魔咒。就凭这句话，我把自己解放了，再不用暗淡无光的夜晚一个人泡电影院，再不用打电话叫三种芝士的比萨，再不用拿卫生巾替代卫生棉条了。

意味着我也可能成为办公室宝贝那样的人？我也会涂抹指甲油，不管听到什么都笑。抹上油彩唇膏，闪耀于上流社会。由我说了算，我可以选择做任一款自我。运动型的我，优雅的我，家居的我。像洋娃娃一样。过简单的闪烁着日常光彩的生活——循规蹈矩，安分守己。弄一口整齐的牙。不再听硬摇滚，开始听软爵士。不再究根问底地思考。不再咬指甲根部的外皮到流血的地步。

我宁愿活成那个样子，我真的心甘情愿！

你要苹果还是不要？决定了没有？

决定了。我这就直奔美容院，将底裤下凸起的毛发和身上有发根的东西，通通给它拔掉。再买一些打折的衣服来显摆我的文身。

我再也不会套一件破T恤睡觉，我要在蕾丝睡衣上下本钱。一切将会改变，我会找一份工作。再也不会推着购物车走向收银机然后听到“交易不成功”的声音。再也不会拿着从收银机上吐出来的银行卡，假装——哦——一定是哪儿出了问题，我的意思是，账上肯定有钱，嗯，我想只需要从ATM机上取出一些现金便好了。她在想，当然她有钱，肯定错不了。其实我一无所有，而我竟以为一无所有也买得起食品！真是羞辱和堕落，信用卡的账还没付清呢，竟然就想来一场疯狂购物！

不，我不想要苹果，什么也不要。怀着这个重要决定，我走出了杂货店。仿佛阳光更明媚，世界在微笑——狂风突然袭来，扑打我的旧夹克。

假如这是一场宝莱坞的电影，我定会披着美丽的纱丽当街翩翩起舞。可这偏偏是以车祸为高潮的美剧。

我只想尽快赶上有轨电车，根本没注意那里有一条街，街上车流涌动，其中一辆向我疾驰而来。我只知道有东西撞在我身上，然后我手上的香烟飞了出去。我还知道，无论如何不能要护理人员。我的意思是，我没有医保——不可能去医院而不付账。就在我昏迷的那一刹那（我可有理由昏迷，一条腿撞得粉碎呐），一个念头闪过脑海，这也许就是我该得的惩罚，谁叫我那样轻视美貌娇娃，不与其他女性同心同德而只顾忌妒呢？谁叫我想把自己收拾漂亮，其实根本配不上呢？那句可怕的基督教箴言“罪的工价乃是死”[1]此刻麻痹了我的大脑。

1　罪的工价乃是死（The wages of sin is death）：语出《圣经·罗马书》（6:23）。

没有什么由我们决定，杂货先生。只要有人把剧本攒出一个大纲来，就会出现卸胳膊卸腿、蒸汽压路机从人身上碾轧而过、飞机对准人炮轰的镜头。他们从你肩膀上扭下你的头来，把它浸泡在马桶里。

没有什么由我们来决定。所有一切都在一个厚厚的钟形罩里发生。有人美貌如花，有人普通如草。你可以竭尽全力去找一个整形外科医生，却只会让所有的丑浮出水面。丑对美的大反叛从一开始就注定要失败，因为丑女们还没来得及离开家门，还在扎破的血管上涂脂抹粉，靓娃们早就矜持地端着那一玻璃杯水，巧笑倩兮，美目盼兮。一杯静水，不发泡，不含卡路里、防腐剂和任何添加剂。

这回我记住了。暗下决心的改头换面——对我根本不管用。我生前就注定了要做那门前的擦脚垫。你从哪儿弄到的那张脸？清仓的便宜货？易趣网上买来的？从老流浪汉那里捡到的？还有，你从哪儿搞到的这副身材？从湖边的醉汉，电影《饕餮至死》还是从那本名叫《肥猪》的书？

遮住浴室镜子，关上灯，这些不是撒谎。如果哪个娇娃跟你说，哇，你看上去好漂亮啊，那才是撒谎。看上去漂亮，我不信这套鬼话，但我得谋生，这就是我站在这十字路口腿累得几乎要断掉还要派发皮肤美容传单的原因。淋巴引流按摩，全身截肢术。我的手在腐烂，那张死灰一般的脸一想到要碰触自己，就痛苦地扭曲起来。我身上发出难闻的臭味，虽然洗过澡，说话近乎号哭，虽然张着无牙的嘴冲着从我身边经过的女郎——那会儿我正给她派发传单——微笑。她尽量不看我，一把将传单扔进垃圾桶，因为她看上去不需要美容护理。接着她走到我跟前，吐了几口唾沫，踢了几脚，哼了几声，然后离去。

你完全可以反抗体制，会有很多人支持你。同它对峙、反抗，向它抗议。但你最糟糕的敌人，总是那漂亮女孩、性感娇娃、拥有豪车的职场女性。这么一来，好像是我在抗议美本身，我好像成了自己的头号敌人。我因尴尬而失去方向，因这想法而羞愧难当。

我困在自己欲望的陷阱里，嘟嘟哝哝抱怨着倒霉透顶的人生。上帝，我宁可不怨啊！

英文由詹妮弗·克罗夫特译自波兰语

西尔维娅·丘特尼克
Sylwia Chutnik

西尔维娅·丘特尼克，1979年出生于波兰华沙，毕业于华沙大学文化与性别研究专业，现为社会义工、华沙城导游、某女权主义组织成员及旨在维护波兰母亲权益的"妈妈协会"会长。作品《女性口袋地图集》(2008)曾获波兰年度最佳书籍提名并荣获波兰最负盛名的文学奖"护照政策奖"。2009年，此书入选耐克文学奖长名单。

男人

愤世者的独白

Malcontent's Monologue

[列支敦士登] 丹尼尔·巴特林内尔

向晟 译

某小国有个小镇，镇上人丁稀落，彼此知根知底。他们上班，他们赶集，他们在镇子中央的小广场上相互驻足问候。孩子们就在广场上玩耍。小镇依旧是人们可以感觉自在的地方，是保有身份与个性的所在。虽然这个镇子还没有完全与这个国家的其他镇子隔绝，但多多少少还保留了自己的一份安宁。这里的人们也是如此。他们习惯了在银行、保险公司和镇政府里工作；他们体面尊贵，好做白日梦，在自己的小村庄里散漫无拘地生活着。

一天，律师约阿希姆·凯泽来到这个乡村广场的中央。他身穿一套做工考究的西装，打着领带，右手握着一只某家著名快餐连锁店的塑料杯，时不时怡然自得地抿上一口。一个小男孩，模样不足八岁，恋恋不舍地放下了他的消防车游戏。放下游戏后，他还在为镇上的人们忧心不已：他们将会遭受一场大火，而他的消防车原本是可以灭火的。约阿希姆朝小男孩俯下身子。

“我叫约阿希姆。约阿希姆·凯泽。是个律师。二十八岁。我这辈子极其平庸。社会把我训练成了这样。总是热衷于做些唯唯诺诺的事。别做出头鸟，这是公认的口号，我们都在竭力奉行它。”

有好一会儿，一切悄无声息。小男孩望着约阿希姆，全神贯注的眼睛里带着疑惑。而另一方面，在律师看来，眼前的小孩是他久久寻觅、善解人意的对话者。小男孩对他那无言的问询做出了回应，他示意约阿希姆坐下来。

“你了解社会吗，小朋友?”

小男孩对这个问题思考了一番，显然不觉得有什么意义。然而，大人却不依不饶。

“说真的，它确实使人很着迷。小时候我就逐渐了解了它。社会引领着我的家人。它告诉我什么是道德，什么是伦理。我过去极其平庸……不仅仅是我，我们整整一代人都这样……我们接受了社会的教育。有极少数的人错失了这种教育的快乐。为此，我们给他们修了监狱。就是牢房。在一个文明社会，是绝不允许某些个人违背大众的看法的。你理解吗?”

他不理解。他怎么会理解呢。没有人理解得了。他，约阿希姆，平常可不是这样谈话的，但今天谁也不理解他。这时候，小男孩和律师周围已经围起了一小群人，而他俩依旧面对面盘腿而坐。每当对话的间歇，小男孩就又玩起他的消防车游戏来。首先是因为这次谈话太过冗长，其次是因为时间已经很紧迫了，他得把人们从熊熊燃烧的房子里救出来。律师并不是必不可少的，而消防车就……嘿嘿。约阿希姆有所察觉，或许没有；不管怎样，他没有因此自乱阵脚。

“‘人生的意义是什么，’我曾问过社会。它快速、断然地答道:

'人生的意义就是做个好学生，获得文凭，找份受人尊重的工作，挣钱，然后建立家庭。' 我那时天真烂漫，也就相信了它。我迫不及待地想要上大学。"

说到这里约阿希姆站了起来，转过身子，这样他就不只是对着男孩谈话，而是向身边所有满怀好奇的围观者谈话。

"当然了，我不可能去学习戏剧、哲学，或者任何其他的人文学科。只有在商业、法律或医学等领域，依靠这些实用的资质，我才能提升社会对我的看法。因此，我学习了法律，现在，在一家受人尊敬的律师事务所里拥有一份工作。这种职业要求我没日没夜地奉献所有，把我全部的知识派上用场。感谢社会，是它让我理解了法律和道德。"

约阿希姆松了松领带。他那只塑料杯已经空了，就顺手把它丢进了旁边的垃圾箱里。这个举动引来人群里一阵嘀咕，不过，也就一阵嘀咕而已。所有的人都直挺挺地站着，等他把话说完。

"是的——是的，只有司法与道德。我的生活里再没有其他东西。我再没有别的需求。社会为我们制定出要遵循的规则。如何待人接物的规则。这些规则伴随我们成长，但我们从来不会挂在嘴上说，就像在小便池边我们不会闲聊那样。任何这样做的人还是喝醉的好；他们肯定会讨人嫌。我们可不想讨人嫌，是不是？"

小广场上的这一幕开始慢慢变得更加荒诞了：律师约阿希姆·凯泽像个布道者站在中央，神情紧张又兴趣盎然的听众则围绕在他四周，他现在竟然谈论起小便池来了。有几声咯咯的笑，但原因是什么呢？是因为那个场合吗？他们真的理解吗？还是仅仅因为拿厕所打比方？

“社会不希望我们讨人嫌。这种无须言明的规则一直存在。那些每天乘坐公交车的人，他们最清楚这些待人接物的规则了。比方说，一个你认识的人上了车，那会出现什么样的情况？他登上汽车前门，你和他也就是个脸熟，仅此而已。然后他径直朝你走来。你该怎么办？你就茫然地望着车窗外，好像根本没有注意到他？滑稽可笑，因为你们的目光已经瞟见了对方。这样的情形之下你几乎不得不打招呼。接着……假如你打了招呼而他不搭理你，那会怎么样？你看起来就是个二百五。因此，你就等着，他怎么做，你就怎么做。这就是社会的运作机制。很多时候我们总是犹豫不决——以至于为时太晚！——结果互相都不搭理对方了。他为什么就不打招呼？好个混蛋！你是没打招呼，但假如他打了招呼，你是准备打招呼的，然而他没有，所以你也没有，可是在他看来，你是应该打的。”

此时小广场上的人越聚越多，也越发安静。有些人受了触动，虽然不知道原因何在。但几乎没有人知道以怎样的心态来看待这些话。有人左瞟一眼右瞟一眼，然后迅速收回目光，只为观察别人会是怎样看待的。

“社会几乎是我们这一代孩子所有人的母亲。然而，按照我长大成人所依据的道德体系，你们得叫它娼妇。没错——社会就是个娼妇。”

这时有几个人已经感受到信心的流失，但是没人开口，因为还不能确定这种离经叛道是不是真有可能是对的。约阿希姆则信心满满。他知道他是对的，尽管这么做他一无所得。保持正确只不过是一种地位的象征，是不能分享的。

“法律与道德：它们一起塑造着人类，社会则迫使个人屈从。对于不肯质疑的人，社会教他们怎么待人接物，怎么生活。人类看似只有两种观点：要么他接受这种被称作‘社会’的毒品，好像社会所提供的东西就是他所需求的一切；要么采取另一种选择，拒绝这种毒品，去过一种处于社会边缘的生活，而他因为这一决定会遭受社会的谴责，甚至被判刑。司法，是法律把风俗习惯转变成普遍规则的结果。这是社会观念束缚所有人的手段，无论他们是不是它的一分子。有些个人因为观念和禀赋与社会格格不入，而备受蔑视。宗教，同样必须追究它的责任。倒不是因为它引诱社会从虚假的智慧之树上取食，而是因为它天真无知地沦为教会之类暴虐机构的牺牲品。结果，教会成功地固化了社会的道德准则，一直延续到现在。”

此时约阿希姆·凯泽已经完全吸引住了这座小镇的居民。时不时地，人群中有人摇头表示不赞同，但是很快赞同的人似乎又多于反对的人。约阿希姆享受着这场表演，这个值得纪念的日子。同时他也享受着惊恐，但像雪崩时大山抖落滚滚白雪那样，他甩掉了它们。他脱掉上衣、鞋子、袜子及裤子，当众人还在惊愕不已时把它们丢到了地上。他已经不在乎穿不穿它们了。许多人，他们没穿长裤、袜子、鞋子和上衣，也就是说，只打着领带穿着衬衣和短裤时，看起来很不像样。约阿希姆·凯泽的样子也很难看。不过他不在乎，因为他现在觉得只有傻瓜才在乎。小男孩依旧坐在那儿，关注着这场表演。突然，他咯咯地笑出声来。这不是嘲弄的笑声，而是小孩子被意外奏效的恶作剧给逗乐了的那种天真无邪的笑。

“我们必须挣脱社会对我们的束缚。女士们、先生们，这是命令！你们心里也许会想，哦，社会毕竟是个好东西。在我们都可能得到好处的情况下，为什么要自我解放？就拿麻醉剂来说吧，它有延续一个人暂时健康的功效。那么，请问大家，为什么这个‘好社会’要禁止使用毒品呢？”

其实他自己也拿不准。诚然，毒品是有害的。它们会对人的身心造成极大的伤害。因此，它们是违法的。他身边有几个人也指出了这一点。

“你们或许会理所当然地争辩，这种东西是有瘾的，是有害的，无论是对心理还是对身体。但是社会呢？你们当中有谁敢说自己不对社会和它的道德上瘾呢？甚至还被它的风俗习惯所羁绊。要是这里有人敢说没有受到影响，我是不相信他的话的。因为，假如是这样，你们就不会规规矩矩地站在这儿。你们就会像我一样，半裸着身子，在这个小广场上，在这个小镇上，在这个小国里，四处奔跑，脑子想到什么就说什么，完全不假思索。但我不能要求你们这样做。因为，假如你这样做了，大家会怎么看呢？”

他扯下领带，脱掉衬衣，把它们丢进了垃圾箱。现在，除了短裤，他一丝不挂。他摸了摸棉织短裤，沉吟了一会儿。不行，他做不到。他没这么勇敢。旁观者都心明眼亮，但不管怎样，他们还是想看他要做什么，毕竟，要是他真的做了呢。

“从今往后我要称自己为难民。我想要生活。非常想过那种没有社会才有的生活：赤脚跑去印度，在香榭丽舍大街上裸舞，沿着铁轨飞奔，在飞机上抽大麻，做拿破仑式的人物。”

他朗声大笑，继续罗列一些他想实现的壮举。这时，一位一直在第五或者第六排倾听的男子走向前来。是尤里乌斯。他不仅仅是约阿希姆在小镇上那家受人尊敬的律师事务所的同事。

“约阿希姆？你在这儿做什么？我们大家一直在担心你。几个小时前你不就该回去上班了吗？”

“别管我，尤里乌斯。我不会回去的。”

“你说什么呢，约阿希姆？把一切都忘掉吧，跟我走。”

“你没看出来你和他们是一路货色吗？”

尤里乌斯想了想。显然，约阿希姆想要告诉他点什么，但是尤里乌斯领会不到他的意思。

“和谁一路货色？约阿希姆，你说的什么呀？你都快一丝不挂了！”

“因为我再也不在乎你们这种人对我的看法了。在你们那个小圈子里我待得够久了，对你们的把戏我只是在敷衍而已。现在，对于我的生活，我要做我想做的事了，我想做什么都行。”

“约阿希姆，我不懂你在说什么。”

“你当然不懂，因为你没有察觉到那种把戏。”

“什么把戏？”

“你们只是社会的玩偶。你看不出来吗？”

“别说了。根本就没有‘社会的玩偶’这样的东西。社会仅仅是一个减轻集体生活劳动任务的社会结构。”

“社会是邪教。是的，一点都没错。你和他们是一路货色。”

“你不要尽出自己的洋相了，约阿希姆。”

尤里乌斯紧挨着约阿希姆站着，试着安抚他。然而约阿希姆却绕着尤里乌斯跳起舞来，还滑稽地模仿起他来，根本就不可理喻。

尤里乌斯哈哈大笑，也开始模仿约阿希姆的动作，发出一些莫名其妙的声音。

“你和他们是一伙的。你可满意自己的工作了。你有老婆，有孩子，星期天还去做礼拜，就像是你的义务似的。现在你说：为什么你要做这一切？因为你真的想做？还是因为社会把你彻底打磨成这样的？”

尤里乌斯一时不知所措。他已经不能够与约阿希姆沟通了。同样地，约阿希姆也已经不能够与现实世界沟通了。

“你什么意思，约阿希姆？我当然有不想去上班的时候。不过整体而言，我还是满意我的生活的。”

“我不是这个意思。你想要的就是生活的满意吗？”

“是啊，我觉得是这样的。”

“错了！”

“错了？”

“错了！你只是觉得那是你想要的，而实际上你完全没有自由意志。你的行为和你的意志受到了社会的摆布。唯一的出路就是完全脱离它。”

“我们生来就在这个社会里。它不是你能摆脱得了的。”

“不完全是这样吧，或许，还是有办法摆脱的。”

尤里乌斯不知道到底该如何与约阿希姆谈下去了。你不能强制一个人去理解。事情可没这么简单。

“我不相信社会给我的生活做出的预先设定。我想要做个自由的个人。”

约阿希姆哈哈大笑。尤里乌斯似乎踏进了一个他没有看出来的陷阱。

“因为社会希望你有那样的感受。大家都想做个自由的个人，但你告诉我——说真的——那有那么独特吗？”

约阿希姆脱掉短裤，把它丢进了衣服堆，旁观者脸上的表情让他振奋不已。有几个人觉得很好笑。其他人则愤懑不已。尤里乌斯最为愤慨，因为约阿希姆的事还得由他来应付。更何况，他现在对这个角色明显感觉不自在，真后悔自己卷进了这件事情。但一切都太晚了。

“约阿希姆！控制好你自己。你不可以这么做，竟然光着身子到处跑。”

“哦，我可以。我就可以，社会只能给我舔屁股。虽然我的屁股没有涂脂抹粉，没有穿短裤，但我这光屁股上沾着粪，毛茸茸，对准你们所有人突突突。”

“对不起，约阿希姆，我受不了了。”

尤里乌斯跑着离开了。一位中年妇女奋力挤进人群，把小男孩从围起的圈子往外拽。他很失望，但还是不由自主地被拉走了。对他来说，这可是一场相当好看的演出，在小镇里，在小广场上，这是难得一见的场景。约阿希姆显然被他以前的朋友尤里乌斯的离去所触动，但还是光着身子面朝人群，开始发表他的获胜感言。

“尤里乌斯无法理解：他无法理解自由。几乎无人能够。就算他们过来抓我，就算他们把我关起来，那么此时的我还是比你们所有的人都更加自由。”

约阿希姆开始绕着圈子跑，同时呼喊着，咯咯地笑着，享受着尴尬的围观者们的关注，而他们的兴致已经让位给厌恶了。应该由谁去拔掉这根引线呢？越来越多尴尬的目光投向四周，搜寻那个应该出现的英雄。没有人愿意做这个英雄。好在这时尤里乌斯在两个警察的陪同下折返回来，中断了这场灾难。当时约阿希姆仍然尖叫着，还在滔滔不绝地发表支持自由的言论，尤里乌斯指了指他，两个警察揪住他就带走了。尤里乌斯转身面对着人群。

“他叫约阿希姆。约阿希姆·凯泽。曾经是个律师。二十八岁。他这一生极其平庸。是社会把他磨炼成那样。总是热衷于做些唯唯诺诺的事。别做出头鸟，这是公认的口号，是我们努力奉行的东西。”

说话的间歇，他把约阿希姆散落在地上的衣服收好了。

“约阿希姆从来就不懂：一个人知道社会是邪教，同时还是可以快乐。即使他意识到社会是邪教这一事实——一个人还是可以享受社会带来的种种好处的。我是否相信社会已经预先设定了我的欲望？也许吧，但只要可以自认为是自由的，我才不在乎呢。”

大家都含糊其词地表示认同。但是，那个平庸律师所表演的那一幕已经留下了深刻印象。人们不得不开始思考了。即使尤里乌斯也不再那么确信无疑了。他丢出一根点燃的火柴，那堆衣服即刻吞没在欢快的火焰里。

第二天早晨，小镇上一家三流小报的头版刊登了一篇有关那个小男孩的故事，说他用玩具卡车从假想的房屋着火的烈焰里营救出了假想中受困的人们。

英文由艾米·科纳译自德语

丹尼尔·巴特林内尔
Daniel Batliner

丹尼尔·巴特林内尔，1988年出生于列支敦士登埃申，童年大部分时间在那里度过。他很年轻时就开始写作，主要是为戏剧舞台创作。尽管他的许多作品早就在瑞士上演（直到近期，他一直在瑞士生活），2012年春天，剧作《伏特加·尼考特斯乔》和《曾经奥勃兰，对不起！》才在列支敦士登出版，甫一面世就广受好评。目前，巴特林内尔住在列支敦士登。

杀人犯佩伯和夏贝朗

Pirpo and Chanberlán, Murderers

［西班牙：巴斯克语］贝尔纳多·埃塔扎加

向晟　译

他俩谁都不知道“全权授权”这个词，不过，要是在西班牙内战期间，有人费心给他们做番解释，他俩一定会异口同声地说：“说的就是我们呀！他们给了我们这样的权利！”他们这么说不算太离谱。这对老友——以偷盗抢劫闻名遐迩，好几个村子过宗教节日时曾受过他们的袭扰，他们开着卡车在路上载送村民，把他们拉到城里的几家妓院——只要某个老大开口说句话，他们就可以杀人。事实上，他们想杀人就杀人，因为他们是杀人犯，因为总有人给他们杀人的正当理由。

佩伯有着舞蹈演员的修长身材。夏贝朗看起来则更像个驯狮师。每次他们碰上个倒霉的小丑，那么三个人就会奉上一场动人的马戏表演，而且还喊出这样的口号：“单场演出！看了表演，就别想活着离开去乱嚼舌头。”听说参与过此类演出的人中，有个叫波塔布的，是奥巴巴的农民，在圣塞巴斯蒂安被他们绑架，还有古纳父子，这几个人在奥巴巴当地就给宰了，就在他们住的地方附近。

还听说，夏贝朗开枪打爆他们的脑袋时，佩伯就在几步之外练习华尔兹舞步。

然而，1940 年后，老大们的行动不得不有所收敛。此时，佩伯和夏贝朗的马戏班已是明日黄花；他们来来去去就是那么一场演出，况且，他们的马戏表演似乎在别的地方不怎么受欢迎。“舞跳够了，狮子也耍够了，”老大们说，“现在轮到法院出场了；小心点，他们也很会演戏的哦。”从那以后，佩伯和夏贝朗的境况就大不一样了。他们开始焦躁不安，仿佛失去了什么。有一天佩伯想对夏贝朗说“我们失去了我们的全权授权”，但由于他不知道这个词，只好缄口不言，而那条蠕虫——心中的焦躁感——依然埋在他心中。好长一段时间，他甚至没有了跳舞的冲动。

佩伯爱喝香槟，通常会坐在铺有亚麻桌布的桌旁，吃着大龙虾、小龙虾和别的海鲜；夏贝朗则不一样，他的钱大多花在那些灯光昏暗的夜总会和妓院里。女人们因为佩伯长得帅气，对他总是百般迎合，对待夏贝朗可就很不一样。因为他的脸和帅字根本就不沾边。

在这种新形势下，资金短缺的问题日益严重起来。他们完全不是做生意的料，明里不行，暗里也不行；他们没受过任何培训，毫无经验可言，没法在政府的企业里谋得体面的职位；他们无法接受自己在烟草店里打杂，或者做出租车司机，因此毫不犹豫就拒绝了一位以前的金主提供的此类工作。

他们重操马戏旧业，将葡萄牙移民偷运到法国。在西葡边境，通常是在萨拉曼卡地区，他们会接收十到十二个移民，先用卡车偷运，把他们载到比利牛斯山脉，在靠西班牙这边的安索山谷或者埃乔山谷把他们丢下车。“这里就是法国啦，”他们会告诉他们，“只要沿着这条路走下去，没几个小时就到塔布镇了。”两个小时后，这些葡萄牙人发现自己竟然进了西班牙的警察局，三天后，他们又回到葡萄牙的雷阿尔城或者阿连特茹地区。他们回到了出发地，只是损失了钱财而已。

偶尔，表演难免出点小岔子，那些葡萄牙移民会提出质疑，会抗议，甚至会要求证明他们确实到了法国。佩伯——他是两人中更善于沟通的那位——像他们一样或者更为激烈地抗议着，同时哀叹他们对两人的不信任。接着他身子往夏贝朗一转，“你们要是不相信我，就去问他好了。”他会对那些移民说。看到那个长相像个驯狮师，手里握着一把枪的人，他们不但不再抱怨，反而低眉垂眼地道起歉来。

时光荏苒，转眼到了 1944 年，佩伯渐渐心生倦意，开始怀恋往日岁月，那时候根本不需要这么烦琐，钱财笑着来找他俩，他们过得舒适、滋润，还有随心所欲的自由——“全权授权”，要是他知道这个词，他此时肯定就脱口而出了。他不打算把余生耗费在从葡萄牙到比利牛斯山脉再从比利牛斯山脉到葡萄牙的路上。他们总得干点有出息的事。不然，就别无选择，只好让马戏班关门大吉算了。但是，要是这样的话，他们哪来的钱去买香槟酒、小龙虾和大龙虾呢？夏贝朗怎么有钱去买欢追笑呢？

就在这时，突然有个老大送来消息给他们。有一对老夫妻，法国人，确切说是卢尔德人，需要一个向导。他们想要尽快穿越比利牛斯山脉进入西班牙，只要有人肯帮忙，他们愿意支付可观的报酬。一得到这个消息，佩伯就跳起舞来：这份新差事让他心情大好。一天半之后，他就去了卢尔德，打探到更多详情后，他就不仅仅是跳舞了，还连蹦带跳唱起歌来。要是可能的话，他会跳上天去，飞起来。

在卢尔德圣城他们住的一家昏暗的旅馆里，他把详细情况告诉给了夏贝朗："你知道他们怎么称呼这个想要越境去西班牙的老头吗？Le Roi du Champagne！[1]香槟王！他带了好多东西。要是他的女仆跟我说的是真话，那么他们会随身带着一只塞满珠宝和钞票的手提箱……"

夏贝朗可不喜欢草率行事。"他要是这么有钱，为什么要逃离法国？"他提出疑问。佩伯解释说，法国现在掌握在一个叫戴高乐的将军手里，而香槟王与纳粹，与贝当——那可是戴高乐的死敌哦——同流合污过，这种同流合污现在可能意味着他面临要么被绞死要么被枪毙的命运。"那个女仆怎么就告诉了你手提箱的事呢？"夏贝朗想刨根问底。"因为她喜欢我这张脸呗。"佩伯答道，一边滑出几个华尔兹舞步。夏贝朗耸了耸肩。女人总是这样。她们向他要的是钱，却心甘情愿把钱送给佩伯，要不就告诉他发财的路子。"哈哈，太好了！下雪了！"佩伯望向窗外，连连惊呼。"你以为会是什么天气，现在是十一月底了！"夏贝朗没好气地说。"你难道看不出这是天赐良机吗，嗯？"佩伯说。"我当然看出来了。我们先夺了他们的手提箱，然后杀了他们。"他俩在马戏班合作了那么久，彼此都心有灵犀。

佩伯想得比较深远，那天晚上——就是他俩预定出发的前一

1　法语，意思是"香槟王"。

个晚上——他开始担心起来。他俩得先从老两口手中夺下手提箱，然后杀了他们，但是怎么做得到呢？他意识到他俩所处的困境：现在已经不是1936年，也不是1937年，更不是1938年，1939年或者1940年，他俩缺少点战争期间对他俩最为有用的东西，但他并不确切地知道是什么。总之，实际情况就是，他俩再也不能够像往日那样杀人了。更不要说杀香槟王这么重要的人物了。

天色渐明，他爬起床，走到窗边。天还在下雪。而且雪下得越来越大。比利牛斯山脉的小路恐怕都已封死，寸步难行。他突然跳起一段格外欢快的舞蹈，连蹦带跳地进到夏贝朗睡觉的房间。“踏破铁鞋啊！”他要是知道这个词，一定会喊出来的，但是，就像“全权授权”一样，他不知道，所以只好凑合着说了句普普通通的话。“我有办法了！”他对伙伴说。夏贝朗依旧半睡半醒，不想浪费时间听他胡说八道。“我也有！”他气呼呼地反驳，“我们拿石头砸他俩的脑袋，事情就成了！”“听我说，你个笨蛋！”佩伯说，一边抓住他的臂膀摇晃着他。“别太嚣张了，佩伯！”夏贝朗睁大了眼睛警告他。佩伯立刻为自己骂他笨蛋表示道歉。他和夏贝朗在马戏班共事多年，但是夏贝朗那双眼睛还是让他感到惶恐不已。

佩伯的主意很巧妙，而且也便于操作。他们动身赶往大雪纷飞的山里，带领香槟王和他妻子走一条错误的路。“哦，对不住，走错路了。”等过了几个钟头，已经走出好远了，他俩才这么说。“这种天气容易迷路。我们得返回去。”然后他们返回去，走另外一条路。这次还是一样。“我们又迷路了。”然后再走另外一条路，在雪天里爬山爬上几个钟头。天寒地冻，浑身湿透。这次也还是一样。

“哦，该死，我们第三次迷路了。”“夏贝朗，我见过他俩，”佩伯解释说，“他俩肯定是快七十岁的人了。在雪天里走上八到十个钟头，我俩就省事了。他俩保证累死掉。”“为什么要小题大做呢？我们为什么不一走出卢尔德就结果了他俩？”夏贝朗坚持己见。“他们是法国人。他们是有钱人。我们要是动手杀了他俩，可能会遭到盘问的。在法国，可没有人保护我们。”他没有说出“全权授权”这个词，但是八九不离十了。

两个月后，临近1945年1月底，这对老友无所牵挂地踏上了去往巴黎的路。虽然有警察陪同，他俩也不把它当回事。夏贝朗很恼火——“我俩是不折不扣的傻蛋，没有想到要先杀了那个女仆”——不过他并不担心。佩伯也看不出有什么理由要有所警觉的。“我俩啥都没干，”他说，“都怪大冷天走山路。”后来，陪审团发现，他俩那个迂回的、巧妙的杀死香槟王和他妻子的手段格外残忍，就判了佩伯和夏贝朗终身监禁，一对老友大为惊讶，尤其是佩伯。“我不知道你们有什么好奇怪的，”法官对他说，“你们不会以为你们得到了全权授权，就可以随便杀人吧？”佩伯不置可否，不过，随着对宣判担忧的释然，他感到某种莫名的轻松。他终于找到了一直以来寻寻觅觅的词语。他再也忘不了它了。

四年后，在一场囚犯间的斗殴中，夏贝朗死在了马提尼克岛上的监狱里。再过了十四年，佩伯重回朋友圈。有些老大毫不迟疑地欢迎他回归大家庭，因为，尽管他们与香槟王及其妻子有着某种共同的政治情感，毕竟他们是外国人，不是西班牙人。而且，现在世事艰难，身边有个像佩伯这样忠诚的跟班总是好事。罢工事件更加频繁，政权的敌对分子也更加胆大妄为了。然而，佩伯变得警醒了。他再也不会轻易做出承诺。他学乖了。采取行动之前，他都会要求得到全权授权，这在 1936 年，以及之后的三四年间为他省去了不少的麻烦。

英文由玛格丽特·祖尔·科斯塔与作者合作译自巴斯克语

Bernardo Atxaga
贝尔纳多·埃塔扎加

贝尔纳多·埃塔扎加，1951 年出生于西班牙吉普斯夸省。他在毕尔巴鄂获得经济学学位后，前往巴塞罗那大学学习哲学，到 1980 年为止，曾做过经济学家、书商、巴斯克语教授、出版商、广播剧剧作家。他住在巴斯克地区，用巴斯克语和西班牙语写作，他的很多作品都有英译本，包括《欧巴巴的人与事》（1988，1992）、《孤独的男人》（1992，1996）、《孤独的女人》（1996，1999）、《手风琴师之子》（2003，2007）和《法国的七座房屋》（2009，2011）。巴斯克地区的文学及批评奖项中，埃塔扎加获得了 1989 年的国家小说奖、1992 年的米尔佩吉奖，以及 1995 年的三冠奖。

为了异国的主人

For a Foreign Master

[塞尔维亚] 波里沃杰·阿达塞维奇

李亚莎 译

某日清晨邮差给我送来一封不寻常的书信。内文如下，已做必要之修改：

亲爱的朋友，我们素未谋面就这样称呼您请不要见怪。我如此行事也是出于对事实的尊重。此刻，在圣安德烈，我把您的书又拿在了手中，我挚爱的主知道这本书我已经读了多少次了。一想到您应该还在那里，探究那个疯狂的国度里天知道会发生的什么，我就无法抑制心中的诧异！究竟是怎样的忧虑驱使您停留在一个小城为一个国家提笔写作？那个小城，无论现在还是将来都根本不会懂得您，而那个国家，我怀疑，即便它能攀上个最平庸的三流文人都要谢天谢地了，何况是您这样一位正人君子，一名有良知的作家！这是塞尔维亚，我的朋友，塞尔维亚，它总是吸引着魔鬼，而魔鬼，也从不吝前来发现自己的同类。自从我把您的书捧在手中的那一刻起——我的朋友凯普兰·瑞菲卡给了我这本书，他是一名来自贝尔格莱德的阿尔巴尼亚人，现在和全家一起暂居在布达佩斯的小旅馆——自那一刻起我就知道，我将始终视您为友，哪怕这样做会给您平添沉重的负担。我的名字是米兰·阿尔默斯克。我比您大整整四岁。当我决定永远离开塞尔维亚的时候，我扔下的是一所大学的学位，第一、第二、第三次战争的记忆，以及十五个月在学校任教的美好时光。所有这一切都被抛在身后，连我自己都不明白是如何发生的。在贝尔格莱德的那些饥荒岁月里，我还只是个学生，当时贫困的束缚就像古代监狱的枷锁，接着是逮捕、示威、入伍征召信，以及在后半夜听见有人用手枪枪管敲我家的门——这一切至今都在我的噩梦中重现，折磨着我，从前的罪恶烙印，如同黑暗一般企图蚀穿我的眼睛。您大概觉得这些事情发生在别人身上，确实，它们距您非常遥远，许多如同您一样的人物往往都会让自己离别人远远的。对此我完全可以理解，出于敏感，一个人总得要保护自己，保护已经不堪纷扰的神经。但是我跟您说，当事情涉及你我这样的人时，我们的命运是殊途同归的。唯一的区别是，我们是在不同道路的引领下绝望地认识了真相，它无情地迫使我们面对这一切，迫使我们开始逃亡。在逃离前的那些年里，我从来没有设想过离开家园这件事，哪怕让我迈出居住的街区也不肯；我也从来不允许任何人就这个话题进行任何讨论，哪怕仅仅是只言片语。然而到最后，我不顾一切地逃走了，竭尽双腿的力量，能多快就多快，跌跌撞撞地踏过生命中的荆棘。如今，我回望来路，看到很久前就缠成一团的线已经只剩线头露在外面了，我希望能解开它，不过不是现在，现在我只想讲述一下我的人生中几起重要的事件，我终于可以鼓足勇气称其为骇人听闻。您要知道，如果想衡量一个人的切身经历有多么刻骨铭心，不能只看遭遇的苦难有多少，还必须考虑幸存者自身的感性程度……

当然我也不想没必要地扯出太多的事来。我离开塞尔维亚是在1999年那场战争结束后的两个月。时值八月，天气酷热。我带着我的妻子及两个孩子，史蒂芬和索菲亚，踏上了一段颇为冒险的旅途，不过这是我们自己的选择，我们愿意接受这种冒险，完全心甘情愿。如果我们离开的经历能够和当时其他人的经历一样的话，我会感到非常开心，那我就可以在这儿跟您写点别的事情，而且肯定会更加心情愉快——可惜不是。有些事件在我们离开之前就已经发生了，它们同样影响到了您，以及所有生活在这个国家里的可敬的人们。但是也有一些事情只降临在我和我的家人身上，实际上，那才是压垮骆驼的最后一根稻草。一切的开始就像一首史诗的序幕，首先要树立起一座供人景仰的丰碑，以我们所有人的名义纪念伟大的拉扎尔和科索沃——这二者的荣光早已被滥用，几近倾塌，却依然被许多酸腐的民族诗人用乏味的陈词滥调竭力支撑着。全国上下，为流血冲突而欢呼的声音日益高涨，贝尔格莱德大学及其他学校的学生被逮捕，法令的废止成为家常便饭。紧接着就是征兵动员——真正的恐惧开始在人们心中滋生，起初还是遮遮掩掩的，后来便越来越强烈。三月来临，战争也随之而至。战争的第二天，我的入伍征召书也到了。我能怎么办?应征。我母亲——这是她在这个故事里的正式出场——流下了眼泪。当我和父亲在家门外道别的时候，正在熨衣服的她把父亲的衬衣都烫坏了。

那天晚上比较晚的时候我离开家去报了到。周围的人神色紧张，个个喝得半醉，胡乱哼唱着，任由鼻涕流进嘴里。收音机里一个播音员正在滔滔不绝地谈论塞尔维亚军队的英勇，而我们中的一个人被头顶的轰鸣声吓得拉在了裤子里。我艰难地穿过人群挤到一部电话前，给住在机场附近的亲戚打电话。他说："昨天晚上他们的袭击太他妈近了，吓得我十来分钟没敢动。"那一刻，我看到了一切的归宿。我不知道恶魔会盘踞多久，不知道恶魔在末日来临前会把我们中多少人推进深渊。

在这里我想和您谈谈我的心理变化过程，它起始于战役开始后大概一个半礼拜的时候。仿佛突然之间，我对所有人都产生了恨意。或者更确切地说，是憎恨和厌恶。周围这些由腐肉朽骨堆砌而成的人形走兽令我反胃，但我又不得不强行压制这种恶心感。我必须承认，尽管我的学位来自贝尔格莱德的艺术学院，我对于所谓的社会精英却一直怀有戒备之心，即便现在也一样。在我们的国家里，精英主义的表现形式不外乎是势利眼加种族歧视，算不上什么多时髦的版本。这份长久以来的戒备心帮我养成了对这个国家普通民众的同情态度。在我看来，在我们遭遇的贯穿整个历史的所有悲剧中，在那些令我们这个民族四分五裂流落到世界各地的每一件事情里，他们几乎是完全无辜的。确实，对塞尔维亚知识分子阶层，对那些排外的庸人、自大狂和偏执狂们，我从一开始就瞧不上眼甚至还有些略带鄙视的厌恶——就像人们通常会对愚蠢狂妄之徒嗤之以鼻一样。我认为——准确地讲，我相信——普通人这一端和伪知识分子那一端之间有无法逾越的差异，这两群人仿佛并不是从同样的根系中发芽生长的，也许，他们中的这一方也好那一方也罢，是从别的什么地方来到这片土地上，完全就是外来客。然而，就在我入伍前后，我认识到自己犯了严重的错误。这二者不仅仅是同根生，他们根本就是同一类人，绝对没有区别——或许唯一的区别只是在学校里受教育的时间不同。但即便如此，其中的差别也微不足道。某些根深蒂固的分歧，已经彻底在我和他们之间造成了一道裂痕，再也没有弥合的可能。如今我冷眼旁观这些人，平庸，自负，无法无天，我意识到，所有一切——无论是平日里电视或者广播中讲的，还是我穿着军装在大街上或郊区听来的——其实都合为一体，拼凑成一幅画，一副简单而丑陋的形象。我们这个曾经多姿多彩的国家现在在我眼中，也大概如同一个爱尔兰人准备永远离开故土时之所见。它就像一头正在吃掉自己幼崽的老母猪，张着可怕的大嘴，不把我们全部干掉决不罢休。这些不必多说了。最重要的还是在我内心深处和祖国的决裂，无论多痛也决不回头。当一个人踏进他命运之旅的下一程后，他就无路可退了。

如果一个人处于我这样的状态，会觉得周围的一切都呈现出不一样的面目：人们笑得不一样了，走起路来不一样了，回应你的方式不一样了，而你呢，因为这个原因，对待他们也不一样了。总之，这个世界和行走其间的众人对你都充满敌意。这不是我所希望的，可这就是现实的模样，而如今我除了描述它一下，也别无他法。不知怎的，唉，一切都变了，也就是说连身边的景物都改变了。仿佛是为了给所有这些憎恶添加注脚，命运还安排了一桩意外，令我原本就彻底负面的感觉越发雪上加霜，这个意外虽然是压抑的社会制度造成的后果，但更是一个人天生劣性的反映。故事到此，也就是上文所提的这件事，已经快接近尾声了，因为那件事情之后情况迅速发展，成为我们出逃的直接导火索。简言之，以下是事情的经过：

在战争机器还没有完全运转起来之前，就有大概十来个士兵进驻了我父母的家。那个时期军队利用平民的房子作为他们的驻扎处已经是习以为常，而屋主也只能忍气吞声地接受这一“殊荣”。唉，我们家遇到的这一拨人可以说是超乎想象，烂到家的人渣和醉到脚后跟的酒鬼，所以屋子里从早到晚都回响着乒乒乓乓砸东西的声音。我的家人里没有谁特别容易发怒——他们一直都是很温和的人。我父亲，特别是我母亲，一开始面对种种辱骂还尽量忍耐——但是得承认，尽管情绪还保持在克制的临界线上，怒气也已经在心里慢慢积攒了起来。直到我即将向您描述的那一刻，直到那一刻——或许，更精确点，是他们进驻后的第三天——我都对房子里发生了什么几乎一无所知。因为连我自己也被动员起来并且派驻到了别人家里，所以尽管父母的家被士兵占据的这个念头始终在我脑子里挥之不去，但我也只能把它当成需要默默承担的责任……（那房子里有一间屋上了锁，里面放着我的大部分书籍和一些个人物品，我带走了钥匙，以防什么陌生人闯进去。）然而事实证明那些士兵简直为所欲为。他们把整个房子彻底搞成了猪圈。有个叫波维克拉维克的人对此尤其在行——他是个酒鬼，一张脸惨白、憔悴，像个幽灵。只有鼻子上那些细小的蓝色静脉才稍稍搅乱了白得吓人的脸色。他可真是别具奇才，我不得不说。他已经和我的家人吵过好几次厉害的架了。我觉着，您大概也能想象得到，都是和政治相关的。在每一次争执中，他都不会忘记提到——因为他大概在我某次回家时的言谈中听到过什么——这家人的儿子，尽管在军队服役，却是国家的叛徒。波维克拉维克也曾企图打着所谓国家的旗号，要求打开我的房门好让他可以进去看看里头藏了些什么，要看看我这个爱自称哲学家的人，到底看的是什么书。母亲坚决要求他离开房子。她对于波维克拉维克的面目到底认清了多少，只有上帝知道——然而，无论如何，她都没敢把这件事告诉我父亲和我。有天晚上，那个只会在噩梦般的人生里出现的恶棍终于撬开了我的房门，我的一切物品顿时落入了他的掌控，包括我的书籍、哲学论文和随笔。这个愚民主义的鼓吹者，站在屋子中间，手里拿着卡达莱的《城堡》，天知道在那一堆东西里，在所有尼采、康德、斯宾诺莎和黑格尔的著作当中，他是怎么撞见这本书的……也许作者的名字正合他意——阿尔巴尼亚人——在战争及其暴行愈加狂热之际，他想寻找一根可攀附的稻草，然后……他就可以肆无忌惮了。我母亲看见他在那里，惊叫起来，而我父亲那时候并未在家，为这一点我永远都不会原谅父亲。"老母狗，你生了个阴险的杂种！"波维克拉维克恼怒地嘶吼着，随后强奸了我四十九岁的母亲。我的母亲，她这一辈子别的不说，结婚对象就是她的第一任男友，那个男人后来成了我的父亲。

波维克拉维克的罪行发生后的第三天我回到了家，整个屋子里一片死寂。士兵们都已经离开了，我母亲蜷着身子坐在床上，紧紧地把枕头压在自己的腹部。我的父亲，崩溃了。他蹲在房间的角落里。一言不发。得知事情的经过后也就差不多十五分钟的时间，在某种动物本能的直接引领下，我在附近的一个酒吧门口找到了波维克拉维克。我打得他不省人事。他的伤很严重，大概永远都无法正常走路了。他在医院里待的四个月即是当天下午所发生一切的明证。我承认，当时我已经完全失去了控制，意识中全然没有任何理智的声音向我指出我行径之野蛮。但愿神能帮助我，今天我在这里写信给您，想告诉您，当时有一句话不断地在我心中回响，如同回响在一所空旷的教堂里，那是一句简单刺耳的话，像是从那些廉价小说书中读到的：“你以为你可以不掏钱操个老女人，是吧？有种，你再试试！”接着，一遍又一遍，这句话带着满腔的恨意，彻底占据了我的身心。我已替母亲报了仇，仅剩的一丝清醒提醒自己不要做得太过火。我让波维克拉维克留了条命，随后我把事实真相告诉了警察和法官，无一遗漏。但是，接下来发生的一切只是印证了我之前在此信中已陈述过的观点，我是指对我的同胞和国家的观点。

原来这个波维克拉维克和我任教的学校校长是亲戚。压力和电话由此纷至沓来。很快我就被我的上司叫去“谈话”。简单讲吧，如果我不撤回对强奸罪名的指控，那我就会丢掉工作。这对我和我的家庭将是非常致命的打击——反正他们是这么说的。毕竟，我没有住在我父母的房子里，也很难知悉事情发生的所有细节。他们说，只要我撤诉，就他们而言，他们会尽可能配合。（我应该告诉您，那天在办公室里，除了校长和我以外，还有波维克拉维克的律师。）听听我再说一遍，就他们而言，他们会尽可能配合。倒像是我把波维克拉维克他妈给强奸了，好像我母亲遭受的那些恶毒残忍的凌辱根本没有发生过！我们最终没有撤销指控。但是现在，拜那些您无法想象的压力所赐，我们到了这里，我的妻子，我的孩子们，还有我自己，到了圣安德烈，置身在国外——不过，我得说，离那些人还不够远。当时，各种威胁和恐吓已经让人无法忍受，我母亲坚决要求我们离开了。审判的程序现在仍在进行中，而且毫无疑问，还将持续一段时间。不过我只求能把波维克拉维克送进监狱，时间长点也没有关系。当然，我知道他终究有一天会出狱。现在讲虽为时过早，就像什么也没发生过似的，他会一路溜达着，然后走进他经过的第一家酒吧，来杯双份白兰地，一口就灌进喉咙，再捏一把女招待的屁股，或者还会告诉别的酒鬼他之所以坐牢只不过是因为操了个叛徒的老妈。他亲爱的祖国竟然惩罚一个无辜的人；事实上他本人才是受害者，而不是那个臭烘烘的差点害他染上脏病的老婊子。不过就到此为止吧！种因得果，人皆如是。他会进牢房，而我们开始了流亡生涯。是否情愿——那就是另外的问题了。此外，对于我几乎度过了整个人生的祖国，我自己也并非无可指摘。

顺便提一句，这里挺不错的。这个“小塞尔维亚”，对我紧绷的神经是再好不过了。这里的塞尔维亚人尽管不多，不过看上去他们的生活过得和那边的塞尔维亚人很不一样。或者我应该说“您那边的”？

明天我们将收到斯德哥尔摩寄来的钱。一个亲戚给我们寄来一些德国马克以便购买未来三个月所需要的生活物资。我相信这个时间应该足够让我和全家拿到瑞典移民签证。瑞菲卡给我带来您的小说集，外加一本被译成了塞尔维亚语的糟糕透顶的诗集，是他的一个同胞翻译的。我正准备把它扔进垃圾堆里去。瑞菲卡，那个流浪的家伙，边笑边指着那本诗集说：“每晚一首，睡前读物。”“好吧。”我说着，然后把书扔到旁边。他倒在床上，哈哈大笑。他曾经说过我是一个“塞尔维亚文化种族主义者”。说实话，现在的我时常会感觉好一些了。离开塞尔维亚是正确的，为了孩子，为了我的妻子，为了我的母亲。我的朋友，这些就是在异国土地上的生活。至此，我的手自发地在书写：“战斗吧，为异国的主人而浴血……”

英文由西莉亚·霍克斯沃思译自塞尔维亚–克罗地亚语

波里沃杰·阿达塞维奇
Borivoje Adašević

波里沃杰·阿达塞维奇，1974年出生于乌日策，现属塞尔维亚。他最早的作品是短篇故事集《走钢丝的人》（2000）和《第三王国》（2006），之后又出版了小说《山屋来的男人》（2009）。阿达塞维奇目前居住在波热加。

婚姻

娜达的桌布

Nada's Tablecloth

[斯洛文尼亚] 米拉娜·丽卡尔·巴尔泽尔

胡婷婷　译

真他妈麻烦！你边走边想。路面平整滑溜、闪闪发亮，透过薄薄的皮质鞋底能感觉到铺路石间的条条接缝。你不习惯穿这样的裙子，担心会被缠住。如果真被缠住了，那就是个征兆；如果没有，也是个征兆。整条街都在莫名其妙地膨胀，也许是因为恐惧、雨水或者时间，总之是有原因的。几个月前，你会用自相矛盾这个词描述此刻的情形；而现在，这个词，连同其他几个词都被抛在身后，留在时光里。告诉我你常用的话语，我就能说出你和什么样的人共度时光，以及你的脾气秉性。世界在加速运转，一月月，一周周，一天天，可是还来得及，还能改变主意；时间过得越来越快，今天更是一小时一小时地飞逝，没时间了，怎么一切都他妈那么麻烦。你满脑子想的全都是这些。

前面立着一面带有棋盘格图案的红白蓝克罗地亚国旗，后面某个地方可能也有一面，更别说停放好的一辆辆车里留下的那些了；国旗周围是雇来的乐手，在歌唱祖国的种种美好，歌唱美丽的达尔马提亚——他们流尽最后一滴血也要誓死保卫的家园；大家都在跟着唱，戈兰和你并肩走着，后面跟了很多人。家乡来的亲朋好友都在，你非常清楚他们在想些什么：这不是我们习惯的气候，太热了。他们和戈兰的亲戚朋友混在一起，褐色、绿色和各种浅淡柔和的颜色夹杂在黑色、蓝色和一片时尚艳丽的色彩之中；家乡人不习惯离开故土，对他们而言，褐色、苔藓绿才是最为优雅的颜色。他们原本不用在这么炎热的星期六下午来踩这些晒得发烫的白石头，但是，为了你，他们干什么都愿意，他们相信我们努莎办的事肯定没错。你都不知道，在酒吧里，你父亲被大家称为“我们努莎”，因为他每说一句话之前都会提到你的名字。我们努莎，他推了推眼镜说道。戈兰的亲朋好友也精心装扮了一番，男士们身着考究的西装，脚上穿着时髦的意大利皮鞋，不过没穿袜子。这该是你横膈膜疼痛的另一个原因了。什么鬼地方？男人盛装出席特别的场合却不穿袜子！都什么毛病？

你沿着海滨往前走，空气咸咸的，混合着油腥味和——算了，承认吧——污水味。靠右边停着几艘游艇，没有风，旗子耷拉着，像一片片破布，了无生气；甲板上的外国人打量着你。一艘意大利游艇上，一个小个子男人伸直身子要拍下这群西装革履的男人。你有些神情恍惚，不过还是注意到了这一切，整个混乱的场景尽收眼底。你看见自己走在有几百年历史的石板路上，知道自己很热，担心有事不对劲，还看到了握在那个意大利男人褐色小手上的照相机。有可能一到秋天，一些表情冷酷愚蠢、没穿袜子的男模特就会昂首阔步走向T台。不穿袜子这招不错，让人的肌肤与动物的皮肤亲密接触。小个子意大利人可能会梦到这些高大的达尔马提亚男人，梦到克罗地亚国旗，梦到这整个场景。为了纪念这个夏天，他会给模特儿穿上短裤和雨衣，往他们手里塞一面旗子，于是你的婚礼就这样定格在一张张颠三倒四、奇奇怪怪的画面里。该死的同性恋！有一天戈兰会坐在电视机前这样说，然后换个频道。可到时候你会在哪儿呢？

就在去年，你自己也可能会说这些达尔马提亚男人长得帅气，他们在婚礼上唱民族进行曲，风趣得很，还有，他们身上带着国旗，只要想想山上那帮疯子如何炮轰他们……就不会觉得怪异了。可去年是去年，今年是今年，这些不再只是略带异国情调、让人摄影留念以备不时之需的场景。现在上下左右全是克罗地亚国旗，心里的疑问只增不减。疑问越来越多，成倍增加，都快要挡住去路了，可这会儿不是解答问题的最佳时间，因为还没有答案。其实已经有了，要不然你也不会感觉如此糟糕。所有的疑问最终将汇集成一个问题，只会有一个答案，这一刻已经越来越近。于是，各种各样糟糕的形象都在这两天冒了出来。

比如，你突然注意到娜达的桌布、娜达和她说的那些事……还有，戈兰不怎么待在家。婚礼前两天，他整夜不在家。他说他就出去一下，马上回来，他所谓的马上一直延续到了第二天早上。他的手机倒是在家待着。瞧瞧，这就是和他一起生活的真实状态。你和娜达坐在厨房等他，像两个陌生人，一言不发，安静得不行。你注意到她的桌布是塑料的，用旧了，而且——好吧，承认吧——很脏。这么说不是讲你好像以前没见过塑料桌布似的，不是这个意思。而是戈兰已经告诉你，你要和娜达一起生活。你会一把扯下这么多年她用惯了的桌布吗？那是你想要的家的模样。难道扯下桌布就能为自己打造一个满意的新家？

娜达正绝望地看着你；透过香烟的迷雾，你听到的那些话让你对一切有了新的认识。我能说什么呢，她说，你知道他是从哪里来的，她厌恶地用手指了指两腿之间。你这才问自己这是不是遗传，从母亲到儿子，会一直这样下去。能改变吗？面对绝望，你能怎么办？

自己的母亲对这桩婚事反应很强烈，最可怕的是她说“听着”这两个字时背后暗含的意思，还有那同样绝望的表情，同样的沉默。听着，你告诉她时她说。听着，你勤奋学习就为这个？你那么卖力地工作就为这个？你爸会受不了的！以前他半夜起来就为看看你是不是还在呼吸。在那儿谁给你工作啊？而你透露给她的真实情况还不到一半。此刻父母就在身后，他们一定在问自己，眼前发生的这一切是不是真的？接下来又会发生什么？

母亲太担心了。去年她拿了张度假时拍的照片给你看，照片上有一些女废品收集员。当时女废品收集员似乎还是个安全、中性的主题；眼前这里有驴子、遭炮轰损毁的大教堂，还有待在垃圾车上的女人。是啊，达尔马提亚有女废品收集员，真是糟透了！看来你过去生活的世界还是不错的，至少没有这样的事情发生。而且也不会有男人一大早回到家，就嚷着要一杯矿泉水，说亲爱的，我喝得有点多，然后就瘫在床上，再也不说话，甚至都不许你问任何问题，因为就算问了，回答总是一样的。我就是那个样子，我什么样你知道，现在你要怎样？难道先痛不比后痛好吗？

你一怀孕就马上告诉他了；原本可以等等，等自己做个决定再说，可你就那样不管不顾地冲了进去。砰！是以为他会为你做个决定，还是怎么着？你了解他的人生观，什么事发生了就发生了，对他来说都一样。假如你决定应该结婚，那就结；假如你决定不结婚，那就不结。可如果那是你的决定，那你就得在这儿和他还有娜达一起生活，他是不会搬到别处去的。他是不会拿一个周末情人换一个周末老婆的。

很快就要进入教堂，教堂外墙上满是洞眼，还没来得及修补；教堂中殿装饰着白色的薄纱和花朵，你越来越害怕，一会儿下定决心，一会儿又改变主意。这样摇摆不定的时刻就拼凑成你现在的生活；很多累积起来，创造出某种甚至可以称之为命运的东西。你在想那位建筑师吗？碰到他的时候，他刚刚离婚。我早意识到了，他跟你说，去市政厅结婚那会儿我就意识到不会有好结果。但是我没有勇气停止举办婚礼，大家都身着盛装，备好了礼物，寓所的家具也都配置一新。当时如果跟随自己的直觉走，结局应该会好一些。听到他这番话时，你觉得自己绝不会让人拖累那么久，你和自己内心的声音是一致的，可是你看看现在的你。

就在一年前……在父母家的楼上，法律界的某个同事原本一夜之间就能转变成理想的情人、出色的丈夫；周六你们可以把孩子交给母亲照看，自己出去玩：冬天滑雪，夏天上埃及；律师一小时收费那么高，每天工作时间那么长，两个人都这样……这就是为什么和同事们一起玩帆船的原因。试图从灰暗乏味的办公室生活中发现一些色彩，挖掘某种机会……这一切在七大之后戈兰从你床上爬过的那一刻开始统统失效，当时你正沉浸在高智商的爱情游戏中，戈兰从你床上爬过，找寻存放自动驾驶仪的地方。自动驾驶仪坏了的那会儿，你不知道仪器就在你住的船舱里，在床头的一扇小门后面。当你告诉小港湾里的人假期如何泡了汤，他们说镇子里只有一个人也许能把仪器修好，那就是娜达的儿子戈兰。可他很难找，因为每年这个时候他总待在科纳提群岛。你记下了电话号码，但没抱什么希望。

他发现你既没有说明书，也没有线路示意图，而且什么都不懂，只好从你的床单上爬过去，看一眼自动驾驶仪。驾驶仪工作失常，游艇自顾自地乱跑，全然不顾甲板上那几个男人在屏幕上输入的指令。他们应该手动驾驶的，可那样的话怎么能够同时喝啤酒呢？真他妈没用，他说，电子产品真他妈的一点用处都没有，没有示意图，就只能靠逻辑了，给我一把螺丝刀。两小时后，他的汗浸湿了床单，但驾驶仪修好了。那一天逻辑赢得了胜利。可那一天跑哪儿去了呢？现在该怎么办？你没有解决自己问题的说明书，没有线路示意图，也没法有逻辑地思考问题。

你开心地递给他一杯啤酒。他喝着酒，对你们这群人没有表现出特别的热情，也没有因为自己和你们在一起而特别激动。他说他正前往科纳提，在阴凉处睡会儿觉，游会儿泳，可能还会烤条鱼，这些才是他感兴趣的。他摆弄着金色的打火机，你们的目光在打火机上方第一次相遇，那一瞬间你想到狮子座，他是狮子座的。那时候就应该逃离，可惜没逃得了，因为四目相碰之后他说话的语气不知不觉地变了。他对你说，我上海事大学那会儿，小型船只还没有这些玩意儿，不过，两年前我为一个有钱人驾船，那船上的系统更加复杂，可是依靠逻辑推理，一切问题都能解决。当他还是个孩子的时候，就曾运用逻辑推理拆卸过自己的机动自行车，然后又把它组装起来，最后剩下两个零件他不知道该怎么办，但自行车却跑得更快了。

有钱人、船、逻辑……你全神贯注地看着他，听他说话。是啊，你们都知道戈兰服务过的那位名人的名字，所以他不用告诉你们那个人是谁。只是这钱挣的真是不容易啊！倒不是说干的活太费体力，而是工作的环境让人很难受，因为对于那种人而言，不管他们付多少报酬，你始终只是一个二等公民。这样的状况，但凡有一点儿自尊心的人都会觉得难以接受，偏偏戈兰经历过很多，自尊心非常强。除了驾船，他还负责安排全体船员的工作。有一天在马耳他，他接到老板指示，让他安排船员清理客人们白色鞋底的凹槽，可这些客人的鞋子不管脏不脏，每天早上二级水手都会擦得锃亮，于是，他二话不说，打包就走。他对钱毫不在乎，实在受不了了就走人。他是一个自由的人，没人能夺走他的自由。

那一刻，你只想做一件事，和他一起自由自在地躺在科纳提群岛上。可是现在，此刻呢？你还有多少自由？你简直没法跟人说就在同一天你真和他一起躺在科纳提群岛上了。自那之后，再没法回头，没法回到游艇上，没法回到以前平淡无奇的故事里，没法回到原有的生活。和戈兰躺在一起后，就得马上接受他的全部。当时，就在你们躺着的地方，他对你说，他就爱这样躺着，不会再有更多的人生追求，偶尔修修这样那样的破烂玩意儿，赚他妈的一大笔钱。很多事他当时就告诉你了，可你呢，直到最近这几天才明白他真正的意思。他说该看的他都看了，眼前所见就是全部，没有更多可看的了。他是自愿参军打仗的，有钱的娘炮甭想跟他谈什么人生。他穿的整套服装从未被任何军事档案提及，兵役记录中也没有任何一项表明他曾为祖国而战。官方的说法是他同克罗地亚的军队从未有过任何联系。他们直接向内政部长汇报，然后部长向他的小分队传达命令，但只是大致说明应该做什么、怎么做。他们照做了，没出任何岔子，从来没有。他们心想，祖国会感谢他们，而祖国却把与他们相关的文件——如果真有这些文件的话——全弄丢了。所以戈兰和他的战友们更愿意眺望科纳提群岛和平静的海面，对其他的没什么兴趣。一个不存在的小分队，他说。你问他都干了些什么，他说什么都干。他们认为该干的都干了。其他普通老百姓都是依靠外国援助的难民，在黑暗中焚烧镶木地板，而戈兰和那子虚乌有的小分队里的战友却待在保护得最为严密的一幢楼里。他们不仅有运抵克罗地亚的最新武器，还有自己的发电机、自己的燃料，充足的美食、威士忌、香烟和其他一切物资，这群什么都干的男人过得很是舒坦。去年，你还以为戈兰曾在拯救过大兵瑞恩的那个排里驾驶过黑鹰直升机，那时你正沉浸在爱河之中。可是现在，姑娘，现在你总算明白他所谓的什么都干、所谓的小分队到底是怎么回事了，因为你上网查了，网上说得很清楚：小分队是一个特殊的部队单位或编队，规模大小不一，由执行特定任务的几个班或几个连组成。这就是他所谓的什么都干。现在你总该明白了，他并没有在声光布景下冲锋陷阵，更多的时候是在黑暗中默默地操作。他在睡梦中大声喊叫，最大的可能就是梦到自己在战火中匍匐前进。可当时他手里拿着什么呢？他们没有把戈兰所说的一切拍成电影。有时，当他闭上眼睛，你就知道事情还没有完全了结。战争刚一结束他就去渔船上待了一年，想抹掉一切，然后开始正常生活，可结果什么都没能抹去，因为抹不去。难道这是你想要的生活？同一个被某种抹不去的东西拖累的男人生活一辈子？一个什么都经历过、对生活不抱任何幻想的男人？

圣坛前，牧师等着你。为了这个仪式，他学了一点斯洛文尼亚语，可有谁在乎这个，你又不是嫁给牧师，要真打算嫁的话。你从胡思乱想中回到现实；鞋子底下是红色的椰棕垫，头顶上是高高的天花板，让人向往高处，向往天堂，而这正是大教堂要起的作用。婚礼进行曲已经奏响，你却还在权衡选择。你站在右边，身后的长椅上坐着你的亲朋好友，戈兰身后的长椅上坐着他的亲朋好友，他们都知道接下来会发生什么，大家都知道，除了你自己。靠近天花板的地方，一只小鸟默然飞舞；夜色笼罩下的穹顶似乎在往下沉，穹顶处的窗户开着，那只小鸟也正找寻出口。此番景象若是写下来，不会有人相信，他们会说这样的比喻太缺乏创意，但那只鸟的确在那儿，而且确实是在找寻出口。假如找到了，你寻思着，假如找到了那就是个征兆，你就说不，尽量挽回残局，能挽回多少是多少。假如没找到，你就说愿意，到时候教堂里所有的母亲会感动得掉泪，教堂外所有的男人会大喊她是我们的人啦……

牧师在说话，戈兰的身子有一丝不易觉察的摇晃，大家都在清嗓子，闪光灯正闪个不停。牧师问你，努莎，你愿意……你忘了看那只鸟，回答道……

英文由戴维·利蒙译自斯洛文尼亚语

米拉娜·丽卡尔·巴尔泽尔

Mirana Likar Bajželj

米拉娜·丽卡尔·巴尔泽尔，1961年出生于新梅斯托，现属斯洛文尼亚。巴尔泽尔曾获得教育学、图书馆学和斯洛文尼亚语言文学三个不同领域的学位，现为斯洛文尼亚语言文学教授。她的第一批短篇小说发表在《文学》、《良师》、《当代评论》和《洞见》这些杂志上。巴尔泽尔的单篇小说获过一些奖。她的第一部短篇小说集《星期六的故事》于2009年10月面世，第二部作品《七个词》于2012年出版。

卡米拉和马

Camilla and the Horse

[丹麦] 克里斯蒂娜·赫塞尔霍尔特

胡婷婷　译

……而真爱的血液伴着缓缓的疼痛涌进我的心房。

——希尔维亚·普拉斯

[卡米拉]

起初我们走进一家昂贵的意大利餐厅，要了一杯葡萄酒消磨时间，街对面是家脱衣舞俱乐部。很快，餐厅的侍者显然被我的丈夫吸引。我丈夫虽然上了年纪，但依然保持着青春活力。侍者的年纪也不小，他以前同索菲亚·罗兰和赫尔穆特·科尔[1]就在这家餐厅里合过影，我丈夫对此很感兴趣。现在肯定有九点钟了，我们穿过十字路口，走向对街拐角处的脱衣舞俱乐部。进门后，我先询问这里是否也能接待女客，解释说想来寻寻开心，认识些朋友。完全没有问题，而且只有我们两个客人。吧台后面坐着一个罗马尼亚姑娘，

1　赫尔穆特·科尔（Helmut Kohl, 1930—2017）：1982 年至 1988 年间任德国总理，执政期间见证了德国统一的历史事件。

短发，体格强壮。我丈夫一贯认为我很擅长社交，总是能左右逢源。不过你可小心，别对我夸赞得太多，我真会飘飘然忘乎所以，最后变得完全失控。这里的妓女真多，我也说不清到底有多少，我们是唯一的客人。我们不想买春，这话我已经告诉招待好几次了。回复也是完全没有问题，我们可以单纯地喝酒，入场券本身就包含了三杯酒的价钱。我挑了杯最烈的酒，大口猛灌下去。舞台上的表演开始了，一个混血姑娘或抓或绕着钢管，做出各种意料之中的动作和姿势，直到一丝不挂。我想起马戏团，想到极度的厌倦、让人腻烦的俗套，因为我不愿意说出“像一只疲惫的马戏团动物”这种话。演员一下台就变得局促不安，低垂了头，把衣服紧裹在身上。

这时，吧台这边，一个女人坐到了我旁边的高凳上，也是一个罗马尼亚人（从现在开始，我将称呼她为亲爱的）。我问她知不知道赫塔・米勒[1]，她问这个人都写过什么，我于是提到《那时狐狸已是猎人》。标题用德文读起来可不容易，对于德语蹩脚的我来说。她的德语也不是太好，她正上着德语班，自称讲德语有百分之八十五的正确率。我无言以对。她说：“情态助动词，你懂的。”这我知道。但是我马上意识到，冠词和名词的变格法早被我忘得一干二净，我说出的话也完全词不达意。实际上，我说出的德语没有一处正确，只好改换成英语。我是背靠丈夫坐着的，他对我们的谈话很感兴趣，所以我会时不时转过身来，跟他大概说说我们在聊什么。

他会点点头，顺带提几个问题。我问亲爱的有没有往家里给父母寄钱，因为我们总是读到类似的新闻。可是没有，既然父母没有

1　赫塔・米勒（Herta Müller, 1953—　）：德国作家，2009 年诺贝尔文学奖获得者。

帮助过她，她为什么要帮助他们。“是不是有点儿没人味？”亲爱的问我。我是觉得残忍，亲爱的自己也这么觉得。每次我们把谈话内容告诉我丈夫的时候，她都表现得毕恭毕敬。那家伙倒是如愿以偿，我可吃醋了，我希望她把注意力都集中在我身上。

“你想买他吗，”我问，“三百欧元怎么样？”

她看了我丈夫一眼，看他有没有被逗乐。他确实乐了。

“天哪，抢钱吗，也太贵了。”她说。

“他有点老，不过活儿还不错，”我说，“他做起来就跟匹种马似的。”

“呦，种马男啊。”她说。

“就是。”我说。

“查尔斯王子。”她叫他，他挺喜欢这个称呼。

我丈夫依靠在身后的吧台高凳上，笑了。亲爱的笑了，我也笑了。我突然想到自己正在占用她的时间，就问她和我聊天用不用付费。

“算了吧，卡米拉，”她对我说，“别总是钱啊钱的，钱不是一切。”

我递给她一张钞票，可以明显地看出她并不把五十欧元当一回事，不过钞票还是消失在了她的衣服里。她肤色较黑，容易被看成吉卜赛人。我丈夫这会儿待得有点不耐烦，他站起身，凑近围坐在桌子旁边的一群女孩，那个罗马尼亚女招待也在其中，她正在研究数学，我丈夫就是想找她聊天。他急于知道罗马尼亚人的生活水准在齐奥塞斯库执政前后的异同。丈夫去和别的女人聊天，这让我有点儿不安。“嗨，我的宝贝，”[1] 亲爱的说，“由他去吧，甭管男女，

1　德语，原文为“Nun, mein Schatz”。

偶尔都会这样。”“嗯嗯。”我问她有没有男朋友，她说有，然而语气听起来不怎么热情。我问她妓女要建立稳定的恋爱关系是不是困难，她深吸一口气，跟我聊起了性高潮。她正要就不同类型的性高潮侃侃而谈，或者深入讲讲达不到性高潮的情况，三个中国人走进店里，她只好赶去应酬。我自觉遭到了抛弃，她倒是黏上了那几位客人。我站起身，朝我丈夫和桌子旁边的那群女人走去。

“这是付费的，”我对他说，“你聊天的成本可真高。”

“没有的事，”他回答说，“我又没坐顾客的座位，就和招待聊聊，花个什么钱。”

“信我的没错，”我说，“真会花不少钱呢，跟你一次打四辆出租有得一拼。”

“胡说八道，”他说，“我们在聊罗马尼亚。”

“瞎扯。”那些女孩也说。

“看来意见统一啊，”我说，“都觉得我瞎想。”

索性我也加入进去，她们包括：

1. 那个混血女孩，二十四岁，怀疑论者；

2. 一个金发女，自称酒鬼；

3. 一个短发女，刚刚抬起她巴掌大的小脸；

4. 那个酒吧招待。

“宝贝儿，”[1]亲爱的看见了我，朝我叫道（那几个中国人要走了），然后她爬上我身后的高凳，两只胳膊抱住我，指着我和我丈

1　德语，原文为“Mein Schatz”。

夫，对其他人说：“卡米拉和马。”她又伸出一根手指，在鼻子前摇了几下，指向我丈夫更正说：“是查尔斯王子。”

我礼貌地夸赞了那个混血女孩的表演，然后问她：“愿意买我丈夫吗？虽然老了点儿，人还挺好。”

没等她开口，那个酒鬼就从桌子对面趴过来，再次介绍自己是个酒鬼。我告诉她，她其实很聪明，长得也挺漂亮，鼓励她要自信，赶快把酒戒了。我还教给她每天怎么拍打自己的肩膀。这是我从《读者文摘》上的一篇文章里学到的方法，叫什么我忘了，但是用着确实有效（我的内心一天比一天平静）。我让她保证第二天别再喝酒，我开始自视为某种赤脚医生，一家酒吧接一家酒吧地巡查。我给全桌人都点了香槟，为酒鬼的决定干杯。亲爱的吻了我，她的舌头很尖，我的舌头很干，这个吻一定很贵。我告诉她们，我和我丈夫的爱情生活就像一部冗长的德国色情电影，他是个种马男。我丈夫放声大笑，我也笑得几近崩溃，亲爱的酥胸半袒，裙子卷起了大半，尽管笑得也要岔气，却一遍一遍地轻抚着我。然后她说想要回家，我忍不住给了她一巴掌，可是下手不是很重。

“她打我。”亲爱的吃惊地说。

“因为爱呀，”那个巴掌脸女人说，“我更喜欢男人，不过偶尔也要个女人。”

“对不起，对不起，对不起。”我说。天已微明，我问让她再多待一个小时，得花多少钱。求求你，求求你，真是求求你啦，然而她住在很远很远的郊区。我在脑海里勾勒出亲爱的孤零零坐在地铁里、孤零零坐在郊区火车里的画面。我想给她再买点香槟，给每个人都再买点。

现在是七点钟，俱乐部要关门了，我们必须得走。我有一个种马丈夫，我抽泣起来。“噢噢，”看见我的眼泪她们惊叹起来，“是真爱呀。”我给酒鬼下了最后的通牒：从现在起，她得自己管着自己，因为她的教练——卡米拉——要和种马丈夫一起回家了。“等等我，查尔斯王子。”在这明亮刺眼的晨光里，我的种马是我的拐杖，美好的往昔突然重现。

我想变成齐泽克[1]，他可以让一切都贯通起来。如果梦想成真的话，我现在就会躺在迦太基的一家妓院里，和维勒贝克[2]比赛玩女人。妓女不再是被交易的玩物，而只是从事性-工作的全-球-化的邻-居——没听见教皇僧侣或是一个阉人歌手怎么唱吗：从事性-工作的全-球-化的邻-居！

啊，那非常人性化的、完全是齐泽克式的对连贯贯通的紧迫诉求啊，但哪里也没有。什么是我无法贯通的呢？我的记忆？我的爱情？我们必须得仔细研究一下。

我思念我的罗马尼亚甜心，可我连她的名字都不知道。我丈夫说：要是你想再见到她，最好赶快回去，那些人经常四处流动。他的意思是说，亲爱的可能已经去别的俱乐部或者其他城市工作了，抑或是太多的恩客如云烟过眼，她已经忘了我，或者不久就会忘记。

“那些人经常四处流动。”这句话惊醒了我。似乎他也有类似的经历是我所不知道的——而现在他正掀起帷幕的一角。

1　斯拉沃热·齐泽克（Slavoj Žižek，1949—　）：斯洛文尼亚人，拉康传统最重要的继承人，致力于沟通拉康精神分析理论与马克思主义哲学，是二十世纪九十年代以来最为耀眼的国际学术明星之一。

2　米歇尔·维勒贝克（Michel Houellebecq，1956—　）：法国当代著名作家，2010年凭借《地图与疆域》获得龚古尔文学奖。

起初我也把她遗忘了，我的意思是：我无法描绘出她的样子。而且我记不清发生过什么。

一开始，当我那天只睡了大约两个钟头就醒过来的时候（我们七点钟离开那家俱乐部，走进早晨的阳光里，光线像针一样刺眼。我哭泣着，为我失去的爱、为这不舍的别离、为人生的短暂），宿醉感让我很不舒服，也许仍还醉着——一开始我在钱包里找到了她的地址和电话号码，都是我硬从她那里要过来的，她递给我的时候还耸了耸肩（或许地址和号码都是假的）。我飞快地把字条撕成碎片，冲进马桶，免得自己禁不住诱惑再联系她。我想起了科尔特斯站台，那回忆阴暗得像是一列货车。曾经的失意一个拖曳着另一个，一个为另一个打开门扉……我终于泪如泉涌。自孩提时代起，我就总是害怕最坏的情况发生。当时我暗恋班上的一个男生，为他写了很多情书，但又不敢给他看，一次也不敢，我的爱情是如此的无望。每写一封信（当然，它们不是莎士比亚作品，可不），我都觉得他离我更近，我在心里默默地把我们的名字连在一起。因为害怕信会不小心落在他手里，或是被别人拿到，写完信之后，我立刻把它们撕碎扔进了马桶。可是很快，我的噩梦就开始了。我想象他走进浴室——虽然离我的浴室有好几公里远，在马桶里发现被我撕碎的信，赶紧从水里捞出来，烘干，拼接到一起。看了之后他必定仰头大笑，那我就得转学。为此，排水系统的这个致命缺陷——他和我的下水管道是相通的！——必须受到谴责。下一次我就把情书烧了，烧焦的碎片被风吹出窗外。再往后我开始做白日梦，以免留下任何的证据。现在，回忆的列车要驶离站台了，请勿横穿轨道，请带好随身携带的贵重物品。

我和我丈夫住在亚历山大广场上一家宾馆的第二十五层，和电视塔上的那家餐厅是一个高度。我可以拉上窗帘，让这个小房间变得更加昏暗封闭，否则会让人看清我的不幸。不是因为我觉得有人会从电视塔上的餐厅偷窥到我们的房间（那需要一副双筒望远镜）。不是因为我觉得有人会想到这么干。不，只是因为电视塔本身就像窥视者，这个敦实的眨着红眼睛的偷窥者就在窗外。

宾馆的卫生间是用绿色磨砂玻璃围起来的，里面有一个整体淋浴房和一个马桶。我在里面吐了很长时间，该死的，这个小笼子让我连膝盖都不能自由伸展，隔音效果还这么差。谁能吐的时候一点声音都不出，无声细雨吗？（我希望查尔斯这会已经睡熟了）正如有句话说的那样："生命力正在从你身上流失。"仿佛生命是一条小溪。我浑身抽搐，以极其屈辱的姿势跪在那里，抱着白色的容器吐个没完（我宁愿和羊群一起跪在溪边饮水，和羊群一起，总好过现在这样）。

此前我总是设想，自己要死在一间浴室，一间非常干净的浴室里——一种无菌的可以防腐的死亡。我会倚靠在洁白的搪瓷上，像安详地躺在纯白静谧的灵柩里。不过我希望我死的那个浴室，能比亚历山大广场上这个宾馆的淋浴房大一些，要多一点点空间，多一点死寂的空间。终于吐完，我回到床上，闭着双眼，试图回忆起更多的事来。旁边是鼾声大作的查尔斯。

查尔斯醒来后做的第一件事就是握紧我的手，这意味着：就算昨晚被他人勾起了兴趣，我们也是属于彼此的，只属于彼此。或者也意味着：我没有听见你的呕吐声。真让人安心，让人感动，我不禁也回握住他。然后他从床上一跃而起，从兜里翻出了昨晚聚会的全部收据。他的信用卡倒是没怎么刷，那家俱乐部不让我们刷卡，他们只想要冷冰冰的钞票。女招待曾经建议，让人用俱乐部的那辆白色六门的凯迪拉克载着查尔斯去自动取款机取钱，车窗玻璃漆成了深色，看起来像一辆大号灵车（如果我能选择自己的死法，我情愿被一辆灵车撞死，死亡如同妻子般亲近 / 空洞的面颊伴随我的生命……这听起来像我朋友阿尔玛写的一首音部不全、拖沓冗长的诗。送丧的人会把我瘀青的尸体从路边抬起来丢进棺材，然后直奔终点，葬入墓地，连医院和殡仪馆都省了），或者更确切地说——至少在此时此地——像一个带轱辘的移动妓院。查尔斯果断地拒绝了。他很能走——所以那天晚上，他在俱乐部和自动取款机之间来回了很多次，这一大堆皱皱巴巴的收据就是最好的证明。

"哎哟，"他说，"昨晚花的可真不少。"

"看看咱们兜里还剩多少现金吧。"我还是挺乐观的。

然而还真是所剩无几了。

"我们昨晚花了九千。"

"欧元？"

"克朗。"

"折成欧元是多少？"

"为什么要折成欧元？"

"那折成日元是多少？"

他看着我，我知道我俩的想法相同。他说过，和员工桌旁的那些女孩们扯些罗马尼亚的生活水准及其他乱七八糟的都是免费的、一分钱不花的。我却早知道，这些会花不少钱，只要聊天继续，我们就得给她们所有人买酒喝。我一言不发，因此享受到了双倍的乐趣：事实证明，昨晚我对查尔斯的劝阻是对的；而现在我只需保持缄默，就能展示自己的大度。我朝他笑了笑，迅速获得了筹码。然后我们开始商量有没有减少损失的办法。查尔斯是个美食评论家，但是就算我们在俱乐部吃了罐装的牛油果酱配玉米片，那地方也不能称为一家饭店。我又感觉不舒服了，于是我说："亲爱的，查尔斯宝贝，你介意出去多待一会吗？"

"去走廊吗？"

我点点头："对，不过得快点。"

他迅速穿上衬衫裤子，开门去了走廊。正当我要钻进卫生间的时候，他说："你知道的，不是吗？对一场聚会太过认真，穷究的结果会是自杀。"

热奈的《阳台》[1]。

"你说的对，"我答道，"我们应该选乏味的《野百合》[2]。"

"热奈。"他说完便关上了门。

我们刚刚读过《阳台》。睡觉前我们会给彼此朗诵。我读的是小说、诗歌和戏剧，查尔斯则给我读食谱。他有本烹饪书的前言里写道，人完全可以活到一百四十岁，所以我们平时做饭都是按照这书中所写。每次他大声地读完，我俩都会饿得够呛。我们就会跑到厨房，所以我们长胖了一点——就一点——好吧，其实是很多。只要我和查尔斯继续在人生的道路上携手同行，我们就会一直彼此依

1　让·热奈（Jean Genet，1910—1986）：法国小说家、剧作家、诗人。《阳台》是其戏剧代表作。

2　美国作家威廉·埃德蒙·巴雷特（William Edmund Barrett，1900—1986）的小说，1963年被改编成同名电影。

靠，互相扶持。

亲爱的只留下一个打火机。查尔斯在他的夹克兜里翻到后给了我。打火机是黑色的，上面画着棕榈树，一对穿着晚礼服的夫妇正翩翩起舞，能看见他们身后的一栋别墅。夫妇俩身材修长，舞步优雅，正醉心于舞蹈，以打发炎热的漫漫长夜。男人身穿无尾礼服，女人身着白色短裙。男人把手扶在女人的美背上，女人把手搭在男人健硕的肩膀上。侍者端着托盘穿梭于庭院之中。那栋孟加拉式的别墅只有一层，是为旅居印度的欧洲人修建的。它属于另一个时代。总之，我认为很有殖民时代的风格（唯一缺少的似乎就是柱子，在这样一座房子里应该有些殖民风格的柱子），也很炎热，离大海不远，草丛里还有蛇。碰巧的话，一条蛇会溜进别墅，用人们开始尖叫，那个穿白色短裙的女人叫得更响。几个瘦小的男人从花园里跑进来，用尖利的工具几下就解决了它。他们穿着无领长袖衬衫，身材像蟋蟀一样纤细。司机靠在大轿车上，无聊得要死，点燃主人的一支雪茄，鬼鬼祟祟地偷吸，用手掌遮掩着——如果雪茄可以被藏在手里的话。夫妻俩新婚不久，有时深夜还要去庭院里跳舞。我把打火机珍藏起来，它是一件纪念品。我一度也把亲爱的想象在舞池里——我自己当然是一开始就在舞池里跳舞了，深深地沉醉其中，像花样滑冰运动员那样舒展着手臂大喊："我是这一切的缔造者！"尽管我并不是。

查尔斯和员工桌旁的一小堆人聚在一起，有那个酒鬼、混血女孩、酒吧招待和短发女人，她最近刚做了拉皮手术，小脸跟颗绷紧的葡萄干似的。他们正盯着我俩，窃窃私语。我的打扮很糟糕：过膝裙，平底靴，黑色厚毛衣。亲爱的穿得更加合适——更轻薄。我可能就像一头上了年纪的、有些肥胖的豹子，还保持一定的柔软和轻盈。亲爱的已经开始想回家了。我们坐下后，女招待指着查尔斯说："他有孩子。"

"他是在汉堡生的孩子。"那个酒鬼说。

"嗯，正经人可不应该去汉堡。"

"对，不能去汉堡。"

"我从没去过汉堡。"查尔斯边说边把钱包放回口袋。显然，他给她们看了儿子们的照片。两个二十多岁的雄心勃勃的小伙子。"经商"这个字眼有点儿可疑。小的那个十七岁就赚了人生第一桶金——整整一百万，多么励志的故事。他不是我的儿子，但我还是对他寄予了厚望。

查尔斯倒在椅子上，笑着看向我，摇了摇头：我们被一群怪人包围了。（我想起格列佛的奇遇，终于明白他当时震惊的心情了。小时候我一直不敢细看那张插画：巨人格列佛在小人国一觉醒来，发现自己被数不清的细线捆住，身上和身边挤满一大群身着戎装的小人。他们像蚂蚁一样勤劳，忙着搬运有用的东西，做着有用的活计。）

"他是匹种马。"

"嗯，种马男。"亲爱的一边说，一边拉了把我身后的椅子，坐上去抱住我。

"你这个坏蛋。"她说。

不一会，她托起我的头，吻了我。我开始相信她是真的爱上我了。我们相识的时间只有十个小时：从晚上九点我和丈夫走进俱乐部，她坐在我旁边的椅子上开始，到第二天早上七点，我们不情愿地（无论如何，我是不甘心的）离开那个地方结束。

在那十个小时里，每当她离开我，比如去陪那些中国人的时候，我都感觉怅然若失。仿佛我的生命只是一种徒劳（眼下可能就是）。十五年前我初遇查尔斯时，我的人生正是如此。空洞、孤单、虚无，一片狼藉——假如他今天不在我的身边。

英文由罗杰·格林沃尔德译自丹麦语

克里斯蒂娜·赫塞尔霍尔特
Christina Hesselholdt

克里斯蒂娜·赫塞尔霍尔特，出生于1962年，被《信息报》称为"丹麦最好的散文作家之一"。早期，她专注诗歌和实验性散文创作。之后，她出版了八部小说，一部短篇小说集，三部连续故事集《卡米拉和马》（2008）、《卡米拉——和派对其他人》（2010）和《派对散了》（2012）。她的多部作品在挪威、瑞典、法国、西班牙、塞尔维亚和阿拉伯出版。

晚七点爱妻
7 P.M. Wife

[罗马尼亚] 丹·兰努

郝宇 译

他径直离开了那栋高耸的彩色玻璃大楼，头也不回。一次都没回。他迈着坚定的、从容不迫的脚步，双眼盯着自己那双添柏岚[1]鞋子无比闪亮的鞋头。他甚至没有费心去理睬那个看门人，他可能刚刚带着牙线广告模特那样的笑容祝他一切顺利。他受够了微笑和礼貌的讲话。彬彬有礼。不能够发火。一整天他都是这样过的。“日了狗了真他妈该死”，他不由自主地低声咒骂。跳进车里，他脱下外套，扯下领带。这表明今天是周五。平常工作日他只会松松领带。

他凭着本能一头开车汇入车流，脑海中没有任何计划。他随着车流前行。

毕竟今天是周五了。

周围的景象环绕着他的大脑，好像电扇四周数不清的肥皂泡。

他开到市郊，停下车。他哪也不想去。本来有一个地方想去，

1　即“Timberland”，全球著名户外用品品牌。

有那么一点，但并非十分迫切。下次再说吧。

他从车里走出来，看看周围的山。

一切都是那么美好。一切都未曾美好过。

到七点还有两个小时。

还有多久到七点？他又看了一眼表。两个小时。

有时他会问自己什么，然后又忘掉问的是什么。

或者，他会回答完自己的问题，然后又忘掉答案是什么。

“日了狗了真他妈该死”在他脑海中回响。

是他自己的声音。或许是记忆中他自己的声音。

他的太阳穴突突地跳动着。周末头痛病。稀松平常。一切都在掌控之中。销售进展顺利。什么销售？他猛然一惊。想起老板的声音。

他走进一家酒吧，点了一杯双份白兰地。那是距离他停车的地方最近的一家酒吧。

他暗中偷听着其他客人在说什么，但他们的话像是电扇四周数不清的肥皂泡一般环绕在他的大脑周围。他喜欢这浓重的烟雾。他喜欢这里的脏乱。他喜欢这些人——丑陋不堪，牙齿落尽，胡子拉碴。想来，销售进展顺利真不赖。什么销售？分期付款销售，还有什么……

“真他妈该死。”想起老板的声音他突然骂了一句。

跟卡罗莱娜干一次，跟卡罗莱娜干一次，在他的脑海中不断回响。

还有一个小时到七点。

在这样的浓烟里开始下雨就好了。啤酒倾盆而下，倒进这些无耻之徒的杯子里。让这些窝囊废过过节。让他们在雨中起舞。

至于他，卡罗莱娜会拯救他的。她会吸得他忘尽所有的头疼事。

毕竟今天周五了。

还有多久到七点？

他把白兰地一饮而尽后给她打了电话，尽管她就在等他。没有人接听。他没有留言。可能她和另外一位客人在一起。

“日了狗了真他妈该死。”

晚上七点是专门为他预留的时间，谁都不能动。他可掏着钱呢。他是一个忠实的主顾。他从不赊账。

跟卡罗莱娜干一次，跟卡罗莱娜干一次。

他是掏了钱的主顾，不是吗？谁也不能夺走属于他的一小时。

疯狂地按着手机上的按键，他干了第二杯白兰地。卡罗莱娜不肯接电话。他慌了。还是第一次发生这样的事。照例来说，卡罗莱娜都在等他。就在那，在她租来的公寓里。

他感到自己被骗了。

风雨无阻，周末一到他就会来找卡罗莱娜。她会穿上他亲自买的内衣等候他。内衣是肉色的。晚上七点是属于他的时段。别的他什么都不在乎。

他觉得自己被出卖了。这不公平。他从没在其他时段鲁莽地闯进去。他不管其余的时间里她在跟谁干。但是到了晚上七点，她应该在家守候他。晚上七点，她就跟他的妻子一样。

卡罗莱娜很了解他。了解他所有的癖好。

跟卡罗莱娜干上一次，他就能振作起来。

他的太阳穴突突跳着。

一切都在掌控之中。什么都不在掌控之中。

卡罗莱娜曾背叛过他。

就像个最贱的婊子。

卡罗莱娜在属于他的时段跟别人上床。娘的，她才不管他头不头痛，累不累呢，也不管他周一得上班，得礼貌地说话，保持微笑，不能发火，提升销售。

“日了狗了真他妈该死……”

卡罗莱娜是个发情的骚货，在一面假想的墙上他这样写道。

他决意给蕾娜塔打电话。她是她的朋友，算是吧。嗯，两个都在这行当里混的女人之间的那种交情。她过去常跟他提到蕾娜塔，蕾娜塔算是她收养的。教会了她这个行当里的各种窍门。他们刚开始见面时她就把蕾娜塔的电话给他了。如果你找不到我，你就去找蕾娜塔，那时候她这样告诉他。然而从来都没有这个必要。

蕾娜塔接了电话。

他根本不必赘述自己是谁，对方就说道：哦，对了，晚上七点的那个客人，对吗？关于卡罗莱娜她什么都不知道。一点也不知道。她们好多天没有见过面了。但她自己有空。好啊，现在就行。

他跳上车，开回了城里。

跟蕾娜塔干一次，跟蕾娜塔干一次，不断在脑海里回响。

天快黑了。

半路上，他开车经过了卡罗莱娜的那栋楼。灯都关着。全部关着。他在这一带摸索着前进，终于找对了地方。

蕾娜塔穿着绸缎的睡袍在等他。她身上的曲线暗示着衣服下面她什么都没穿。她个子中等，有着一副丰腴的身体，而且看起来有些调皮。

“你先脱着衣服，我去上个厕所。”她说。

他听着她尿了很长时间。

这是一处阴暗肮脏的公寓——有两个相连的房间。应该是租的。仅有的几件家具也很老旧了。一块乡间的小地毯做床罩。他坐进一把弹簧松了的扶手椅开始无精打采地脱衣服。空气中没有一丝一毫的随性，这让他感到压抑。没有一丝暖意，没有一丝想象。也没有哪怕一枝花。在卡罗莱娜那儿一切都井井有条。

他听到蕾娜塔洗手，然后往身上喷了东西。但是他没有听到她冲厕所。

他看着她走进来，矮胖的样子看起来干净利落，下面剃过了。她把睡袍放在了洗手间里。

“怎么了？咱们今天心情不太好吗？”

他点点头。她开始熟练地帮他脱衣服。

“我们可难过不起。”她喃喃说道。

她让他站好，好像要做什么身体检查似的，然后开始干活儿了。一开始她用牙齿轻轻咬着他的乳头，然后一点一点的，向他下面滑去。她的身上发出很浓烈的廉价体香剂的味道。然而他必须承认她的舌头简直用得太熟练了，几乎算得上和卡罗莱娜一样厉害。这种事，卡罗莱娜曾经解释道，除非你能充分利用舌头，否则只会搞砸。那之后，他一直很关注这项技能。他感到他的那话儿开始变硬了，疲惫的感觉似乎渐渐褪去。在下面忙活的时候，蕾娜塔用她蓝色的大眼睛望着他，想朝着他笑。这让她的脸看起来很凶：好像一只龇着牙的狗在护着它的骨头。

“这还差不多……看我们漂漂亮亮的小宝贝。让我们来戴个小帽，不怕感冒。”她继续和他的那话儿说着话，完全忽略了他的其他部位。

她拉开一个抽屉，拿出了一个安全套。她用牙齿咬开了包装，用嘴唇叼住它的顶端，跪下来，开始给他套上之前，她像个婴儿咬着奶嘴那样开始嚼了起来——一边学着婴儿哇哇的哭叫声：呜啊！呜啊！呜啊！他觉得很滑稽，笑了出来。

“你喜欢我的小玩具，是不是？”

他点头同意。

“我们来办正事吧，把你的烦恼统统赶走。”她说着，充满了乐观和喜悦的情绪，好像她上次做已经是很久之前的事了。

他来到她身后。她有着宽而有力的背。

“你是从特兰西瓦尼亚来的吗？”他问，轻声喘息着。

“你怎么知道的？”她反问，声音透过枕头显得有些模糊。

“从你的口音能听出来。”他接着说道，声音里有种难以觉察的颤音。

“如果你不喜欢这样，我们可以换个姿势……”

“不用，这样挺好……我们可以边做边说话……”

她的大腿根部，可能已经剃了有一阵了，隐隐有点扎他。他发现她那里的皮肤有些粗糙，有点像皮革的感觉。“职业磨损”几个字从他脑中一闪而过。

“你的家在乡下吗？”他问道，语气中没有一点鄙夷。

“嗯，离克洛—哦哦哦—基不远的一个村……可你是怎么知道的？”她恳切地问道，声音好像从井底传上来一样。

“哦，是那块地毯……给了我一点线索。”他安静地说道。

“是啊，那是妈妈送我的。它对我来说很珍贵。不管去哪儿工作我都带着它……”

随着高潮来临，两个人便都不再作声了。

完事儿之后，他满足地靠后躺下，闭上眼睛。头渐渐不再痛了。蕾娜塔站了起来，走动着，恢复一下僵硬的身体。

“再来一次怎么样？”她兴致很高地问道。

他用手指示意她：他不想要了。

“下周五再说吧。”过了一会挤出这么几个字。

“我没想马上告诉你，不过既然你早晚都会发现……卡罗莱娜好像跟什么人好上了。她可能会离开这行……反正人家是这么说的……”她不自在地说道。

他没说什么。她也不吭声了。

过了一小会儿他听到她又进了浴室。一连串污秽的扑通扑通的声响。这一次紧接着是冲水的声音。

他缓慢地站了起来，开始穿衣。

他把给她的钱留在了桌上，出门的时候还能听到洗澡的声音。

回到家他没脱衣服就直接倒在床上。一杯白兰地握在手上。

眼睛直盯着天花板。

只有延绵的尿尿声和随后污秽的扑通扑通的声音在他的脑海中回响。

英文由琼·哈里斯和弗洛林·比康译自罗马尼亚语

丹·兰努 Dan Lungu

丹·兰努，1969年出生于罗马尼亚博托沙尼。他原是一位社会学家，但如今已成为罗马尼亚的主要作家之一。他已创作了四部长篇小说、两部短篇小说集，还编辑了若干选集，作品已被译成十种语言。兰努创立了文学团体8号俱乐部（Club 8），在罗马尼亚的文学生活中扮演着重要角色。他曾获得让·莫奈欧洲文学奖提名，并收获众多文学奖项。

孩子

儿子

A Son

[瑞士] 伯纳德·考门特

舒荪乐 译

“橙汁”——眼前这瓶浓缩液和水的混合物上白纸红字的标签带着毋庸置疑的意味。模仿豪华酒店的早餐模式是这种经济型连锁酒店最可悲的地方——它蹩脚得太让人分神了，瞧瞧：一只扁塌的牛角面包、一瓶果酱、两条裹在塑料袋里的奶酪、一个皮光滑得过了头的青苹果，有时会换成一串反季节葡萄，活像打过肉毒杆菌，皮厚而无味。噢，还有咖啡，咖啡机做的咖啡。在一场突如其来的谈话前，人们通常看起来笨笨的，尤其是当我们没睡好的时候。

遗产公证人先看到了我，“这酒店称不上精致，不过住这儿好就好在你可以靠近两处地产——公墓和房子。如果你住的是朝向院子的房间，那就不会太吵，环城大道[1]离这儿还远着呢，更何况这种天气，人们会一直关着窗。”他自嘲地笑了笑。雨已经下了约莫一个钟

1　环城大道（Boulevard Péripherique）：环绕法国首都巴黎的一条环状道路，总长度 35.04 公里。经常发生交通堵塞，是欧洲最繁忙的高速公路。交通事故发生率、空气污染和噪声音量是环城大道的主要问题。

头，天空低沉，一切看起来都阴沉沉的。入葬仪式定在十点钟。我向前台借用一把雨伞，接待我的女士一脸困惑地看着我，“没有，先生，我们这儿没有这些东西。”也许她其实是这么说的，“这里不是皇宫，在这儿你得自己照顾自己，去找个便利店吧。”我径直走进细雨中，雨势允许的时候，就顺着街道走下去。当我走到公墓入口的时候，时间还很早，太早了。

我踏上坟墓间的小径，想要穿过这片夹在环城大道和马里士大街之间的狭窄长方形公墓，从下一个出口出去，但是第二扇黑色铸铁大门紧闭，我不得不原路返回，继续沿着围墙走，直到差不多要走到沙蒂永门的时候，才终于买到报纸——如果不读报纸，我就无法开始这一天：体育赛事的比分、重大政治事件、晚间的电视节目，这些就是我抵抗无聊的灵药。但我马上告诉自己，口袋里揣着报纸出现在自己父亲的葬礼上并不明智。我扫了一眼新闻标题，提前了解了一下今天早上将会在广播中听到的信息，体育版枯索无味，我谨慎地叠好报纸，扔进了垃圾袋——一个飘在风中的绿色塑料袋。只要再等个十分钟就到会面时间了——我们约好了在入口处会面——我丝毫不想出席此前的盖棺仪式，不管会发生什么，无论如何我都会落单。

1998 年他决定搬来这里居住，“因为一楼的公寓很方便，”公证人说，“他只住在一楼，楼上用来存放杂物。这个房子的格局不错，他开玩笑说自己不再住在巴黎中心了，反正他也不怎么去那儿了。让他最终下定决心住在这儿的是房子附带的车库，你能卖个好价钱的，现在市场又起来了，南边的邻里社区最近越来越时髦，有几个名人住在这一区。”我回答他，现在我们要去埋葬我的父亲，剩下的事以后再说。这无疑是我第一次大声说出“我的父亲”一词。公证人明白我的意思，但他仍继续喋喋不休，“房子布局很简单，所有东西都齐备，归属权也没有什么争议，他家族里没有其他人了，你是唯一的法定继承人。”我本以为我的母亲能够成为唯一继承人，她从童年时候起就一度是“唯一”：她三岁起就成了孤儿。母亲营养不良、贫血，却十分美丽，那是一种病态美，美得格外脆弱，但父亲会是唯一一个知晓的人。

灵柩车启动了，是一辆优雅的奔驰，黑红两色相间的车门升起，我徒步跟随于后，埋葬地点在右侧不远处。公证人来时，我不得不跟他打招呼，因为除了丧葬公司的两位职员以外，我们是仅有的两位观礼人，“不只如此，”我告诉自己，“还因为他长了一张配他声音的脸，而且他穿雨衣。”我们本可以叫一个牧师或老朋友来，“我的父亲”——一个外科医生，这个职业的人总是有很多故事可讲，把自己看作救世主，游刃于生与死的界限，但看起来他有三四年的时间没有跟任何人联系，完全与世隔绝，即便跟我也有整整五年的时间没联系。他曾经常寄信给我，有时比较频繁，有时又比较稀少，他净写一些往事，回忆，悔恨，以及他有多爱我母亲并越爱越深，等等，但最后的几年，他连这些可怜的信件也不寄了。我记得他给我写信、寄信，但最终，他已无法继续支撑书写这回事。我有足够的理由怨恨他，但他却很想再见我一面，了解更多关于我的事，关于我的学习、我现在的生活。他最后一封来信应该是2002年寄到的，用的是水笔，手写的笔迹还十分苍劲有力，像他开的处方一样，看起来并不像别人告诉我的那样，他当时的身体状况很糟糕，而他本人并不知情。“她想要个孩子，不惜任何代价，只有母亲的角色能为她的生命打开格局，她的护士工作根本算不上什么职业，不论人们怎么溢美这个行当，但其实只是一种能赚钱的途径，或是让人远离恐惧的活计而已，但对她来说，那是一份全身心的承诺，是生命赋予她的决心，是命运的安排……”他写的尽是诸如此类的句子，“她是个优秀的助产士，她本人也想经历一次生产……”，他还写道，他认为“全天下没有任何一个孩子曾经像我一样被极度地渴望”。这些催泪的话语让我恶心，在那之后五年的时间里，世界安静了，我再也没听到他的任何消息，一封信也没有。当然了，2003 年我和卡萝尔及孩子们搬去了国外，也没有通知邮递员新的地址。但我也怀疑他之后就没再写过信。相信他已对此释然了。

公证人陪我一起走向公墓的出口，他的车停在附近，在准备离开时他告诉我，“你也看到了，他葬在另外两个人旁边，你父亲坚持要这么安排，我不知道你有什么打算，也知道现在谈这个不是时候，不过不管怎么说，很久以前你父亲就把费用付好了，你了解他的，他喜欢做长远打算，如此一来他就不需要依赖任何人。”我生硬地回答他，“不，我并不了解我父亲。”我对自己生命的前四年并无任何记忆，或者，即便有，也是模糊的。

我回到普伦大道，在这样一个工作日的上午，我冷静得有些莫名。一辆电车驶过，几乎毫无声息，接着又驶过几辆汽车，行驶缓慢。我漠不关心、毫无目的、不知休止地走着。一辆新电车向我驶来，冲着我按喇叭——这辆电车那么摩登，它的鸣笛声却旧得出奇。这声音让我想起送奶人的小货车，彼时他乡，在瑞士，我姑妈的家——按照某种奇怪的惯例，我向来叫她姑妈。她已经去世好多年了，葬在湖边。我相信最后的几年里她过得很开心：

喝点开胃小酒，看看电视，或是玩她的拼图游戏，等等。她每个礼拜都给我写信，我每年去看她三四次。后来我的孩子们出生了，我们搬离了欧洲，回去的时候也没有再与她联系——过了这么久，联系起来也很困难。我从她的一个邻居那里听说了她的死讯，她总是向这个邻居夸赞我和我的家庭，话语里满是骄傲。以前，每当牛奶车刺耳的鸣笛声远远地响起，我就拿着奶罐子跑下楼去，以免错过送奶车，我很爱听奶瓢从巨大的奶罐桶里把牛奶舀出来的声音，“奶罐桶”，对，我们管那容器叫奶罐桶，送奶车的后面有一块钢铁做的踏板，好让我们这些孩子能够站在上面，看得到柜台。我们会拿两个硬币，一个给送奶人做小费，另一个则落入我们自己的口袋，这是我们共同的秘密，我们攒下这些小钱来买硬糖、棒棒糖，有时候买口香糖。

我去的那天，小小的匈牙利式公墓美得出奇。记得那时我刚满十八岁，拿到了驾驶执照，其时已近春末，姑妈给了我银行户头的密码，账户中的钱足够我完成学业，漫长的学业——我父亲安排的。我从户头里取了些钱，用在了这次的短途旅行上。那里到处是树，森林在不远处蔓延开去，满是挺拔的树木，繁茂的树叶在风中摇曳，唱出灵魂的奏鸣曲。硕大的方形墓碑上刻着母亲的名字，下面写了两个年份：1953 和 1978，她的家人依次葬在旁边：她的父母亲，分别生于 1934 年和 1935 年，卒于 1956 年；再排过去是我的叔父、姑妈和祖父母。曾经我希望在将来的某一天，自己也能葬在这里，靠近那个为我付出了生命代价的女人，以及那些我从不认识的人。但几年前，我和卡萝尔发现了泰道沙克公墓，离我们住的地方不远，位于圣罗兰门店的左边，那地方我觉得也不错，安静，适合身后的生活，配上红色瓷砖铺就的小小石碑，至少仿佛看起来像回事。让我再回头考虑葬在这个蒙鲁日公墓？这个位于管制公寓和环城大道之间乱哄哄的地块儿吗？谢谢，不必了。

公证人坚持让我保留房子的钥匙，他自己留有一份备用的。至少我应该顺路去看看那个地方是什么样儿。钥匙链上坠着一个铁球，垂落在我西服背心的口袋里。我叫了一份魔鬼鱼佐酸豆，这间小酒馆几乎没什么人，有几位老妇人，也一样形单影只地坐在各自的桌旁；几对看上去像在偷情的男女，躲在高脚杯后亲吻；还有几位商人，都是上了年纪的那一辈，仍然存活于此。我的母亲一丁点儿肉也不吃，这似乎是我零星记得起的一些片段。或者根本不是我的记忆，只是从这里或那里拾获的一点信息而已。我所收到的信里并没有提到什么具体的细节。在我婚礼过后不久，他给我寄来几张照片，其中一张是我的母亲，她长着一头长长的黑发，露出一些灰色的发丝——也可能是因为照片的缘故；鼻子狭长而单薄；她有一张大嘴和同样单薄的嘴唇；身穿红、绿、黄三色格子的长裙，颜色有些过时。那是一张拍立得照片，她的双肩单薄、骨感，眼下的眼袋出卖了她的忧伤，但她的身体生机勃勃，在那副身板下暗藏着一股纯粹的力量，甚至是愉悦。我喜欢这张照片，每一年的伊始，我都把它夹进新一年的手账里，也许这就是我不想要平板电脑的原因吧！在这趟旅行前，卡萝尔把苹果平板电脑硬塞给我，她已经下载了两三部电影在里面，让我打发时间用，还保存了我们上次度假时孩子们的照片，毫无疑问，我们过得很幸福、平静。

对于她所面临的风险，他一定是知情的——由于他名声在外，她曾向他咨询过。他是个很有名望的医生，尽管那是个特殊的领域，但他能激发人的信心，人们都在谈论他，把奇迹都归功于他，因此她尽其所能地安排了与他的会面，这就是他们相见的因缘，她在另一座大楼里的其他部门工作，他们几乎没有机会碰面，即便有，也纯属意外。若不是她的刻意安排，他非得等上好几个月才能等到这次决定性的相见。一定是她对于孩子的强烈渴望触动了他，突如其来地唤醒了他内心相似的渴望，那种凭空而来的渴望就这么自发地成形，并固执地发展成了现实，不论刀山火海，他们都愿一试：她极度虚弱、他已年届五十三。尽管如此，几个月后，他们结婚了，举行了小小的婚礼，邀请了几个朋友——主要是他们的同事，出席的也就是他们一天到晚打交道的那几个教授和护士。几个月后，她怀孕了。那是她的礼物，也是她的命运。真不知道此后的三四年时间他一个人带着我是怎么挨过去的，我猜多亏了保姆和保育员帮忙，也许其中几个最终上了他的床，姑妈总说，他是个极具诱惑力的男人，人们无法对他说“不”，那是一种外科医生所拥有的独特魅力，不论是金钱上还是人格上。当我还是个孩子，直至青少年的时候，我都无法理解那个词，甚至直到今天也不确定，“魅力”，那是个能够引发些许恐惧的词。

我离开小酒馆的时候雨已经停了，但乌云还是很厚，沉沉地压下来，迷雾渐起。我犹豫着要不要走让·穆兰路，但最终还是决定走吵闹混乱的勒克莱尔将军公寓大道，听说自由党人从南边上来了，在巴黎的西边和西南部集结。我迷失在自己纷乱的思绪中，突然间，一股新的平静情绪来袭。我身边忽然空无一物——没有了任何车辆，惊恐的人群被拦截，两辆救护车相向停靠，街对面还有两辆消防车，除了救护车的照明灯以外，一切似乎都消失了！我最先看到的是一辆摩托车的框架，还冒着烟，被水泥灰色的灭火泡沫覆盖。紧接着我看到两个消防员抬起一个担架，没有输液，也没有任何迹象显示事故当事人还活着。很明显他们刚刚离开车祸现场，用银色的布把尸体包裹起来放置一旁，并在尸体腿上多盖了一层布。一切都很安静，护士们眼神枯槁，其中一个还做了鬼脸；警察出动，对肇事车辆附近的区域进行评估。霎时间，我感受到了死亡，感受到死亡那残忍而猝然的沉重，带着哀伤、沮丧，以及一点同情。我突然对这个被塞进消防车后车厢的男人产生了深深的同情，他或许跟我年岁相仿，说不定也有几个孩子，然而只因为一个愚蠢的举动，一个错误的决定，一次毫无意义的尝试，灾难发生了，砰的一声，几分钟内，一切都结束了。我畏缩地站在人行道边，不敢迈步，不敢过马路，走近环城大道时，那里一点一点传来的噪声让我战栗不已。我本想给孩子们和卡萝尔买点什么，但当时我没心思想那些，除了那场车祸，我脑子里什么都想不起来，我只能想到命运的冷血无情，想到一个为生活全心全意付出的女人，此刻正接到一通电话，电话里的信息会让她的生活彻底崩塌。我几乎要哭了，此时天气忽而转冷，一股冷风吹来，接着下起了雨，又下起了雪，跟早上天气预报里说的一样。

我用手机给卡萝尔打了电话，她的声音让我安心，背景里有孩子们的声音，我听到他们的笑声、尖叫声，其实我也不知道该说些什么。我跟她聊了聊葬礼，我内心的挣扎，提到了房子，她说随它去吧，别再担心过去的事，放弃遗产根本没有关系，我知道的，你可以拒绝的，毕竟你有这样的权力，他不会被此困扰的，你的父亲，你不欠他任何东西，我们不需要他的破烂儿。我很惊讶她用了“破烂儿”这个词，不是因为这个词本身，而是因为这意味着她很烦躁，甚至愤怒，然而她在人前向来平静、优雅。我告诉她傍晚我再打电话来，因为现在我得躺躺，昨晚睡得不好。

我再次走进细雨中，走回酒店，有一通电话留言，是遗产公证人，他让我回电话。电话打过去，他的秘书告诉我他正在忙，她会给他留个便条，因为她今天得早下班去照顾她儿子。我打开电视机，漫无目的地切换频道。电话响起的时候我几乎在打瞌睡了，我拿起电话，从那头的声音里，我听得出公证人很尴尬，他不知道该怎么说，“这是一个秘密，之后不会再有什么繁文缛节了，房子并没有列在遗产清单里，因此其他人都不具备法定继承权，不过无论如何这并不会改变什么，没人知道会是这样。但有件事情我想应该让你知道，今天早上，你看起来很冷漠、很封闭，但听我说，你的父亲曾经做过一些测试，我不知道确切的时间和原因，当时你还很小，那时你还和他生活在一起，这些测试……怎么说呢，这些测试彻底改变了一些事，我认为他无法接受，那不可能的，你知道吗，他无论如何也不能接受，后来你不在他身边，这当然不是没有原因的。但是他指定你为他的继承人，他唯一的继承人，你知道的，你将因此成为一个很富有的人，相信我。因此我认为让你知道这件事情很重要，现在你可以做任何你想做的事情了，再也不关我的事了。”我小心翼翼地挂断了电话。

之前吃的魔鬼鱼已消化殆尽，我饿了，但现在吃晚饭又太早。我想在房间的黑暗中先睡一下，听着雨水打在窗户上的声音。

英文由杰弗里·祖克曼译自法语

伯纳德·考门特
Bernard Commet

伯纳德·考门特，出生于瑞士，定居巴黎，执掌瑟伊出版社旗下的*Fiction & Cie*杂志。他著有多本虚构及非虚构文学作品，包括小说集《一切都会过去》，该书于2011年获得龚古尔文学奖中篇小说奖。

迁徙

Migration

[英国：威尔士] 雷·弗伦奇

龚蓉 译

我们站立在亨伯河河岸，父亲和我，两人享受着阳光与和煦的轻风。对他来说，这是破天荒的一次郊游。记忆的丧失，逐渐失去对世界的把控，使他越发不愿意出门，离开那让他身处熟悉之物之中的家。但是，今天，尽管四周都很陌生，他却应对自如，事实上是极其自如。谁知道以后哪一天会和今天一样——我一定要让我们尽情享受这个日子。

我们右边是亨伯大桥。他赞赏地看着它，说道：“好家伙，那肯定费了不少工夫。”

这是一个信号，示意我从口袋里掏出笔记本，快速翻到某一页，当我在信息中心阅读这座桥的展示介绍时，在那页上草草地记了几笔。他喜欢事实，看重它们缺乏模糊性这一点——一个不断变化的世界中清楚可靠的路标。

“修这座桥一共用了四十八万吨混凝土和一万五千吨钢丝。”我告诉他。我抬头看了他一眼，见他留了心且神情专注；没什么能像同建筑相关的详细信息那样吸引住他的注意力。他这一辈子都在干体力活，这就是他的通货，这些就是那些仍然能给他带来满足感的东西。

“这些钢丝，”我继续读下去，“足以环绕地球一圈半。”

“他妈的！”

我就知道他会喜欢那个。他摇摇头，又转过头去看着大桥。

“那真费了不少工夫。”

看到他再次适应了这个世界，真的很好。应该有更多这样的日子。

“当风速达到每小时八十英里时，”我说道，受到了他的反应的鼓励，“大桥中部将弯曲，弯曲度可高达三米。那是接近十英尺，很惊人，对吧？”

烂点子。他的表情开始紧张，充满焦虑，眼睛下方的一条神经跳动起来。这将他拽回了某个黑暗恐怖的地方。

“自然是残忍的，伙计。无论人多么努力，他永远也打不败它。”他坚决地摇了摇头，“永远也不会。”

我想知道他是否想起了二战期间那艘他服役的英国海军驱逐舰的前仰后合与左摇右晃。作为一名司炉，在它的船腹中辛劳着，知道如果它沉了下去，他也会随着它沉下去，那一定是一种可怕的经历。

他又看了那桥一眼，说道：“我不会愿意在刮风的日子里站在那上面。”

“您会安全的，”我柔声说道，“您不会真的感觉到桥在动。”

他看起来一脸狐疑。当我还年幼时，他勇敢得近乎鲁莽，燃烧着疯狂的劲头，从来都拒绝妥协。

我他妈要让他们都看看。

事实上，就我们所提到的桥这个话题，二战后不久，当他经过柏林的一座桥的时候，他就曾和一名军警扭打了起来，以我父亲将那军警扔进施普雷河告终。噢，是的，那时候的他是条硬汉，完全能够替自己主持公道。但是，随着他老去，某种他之前一直靠着意志力才抑制住的内在之物，某种黑暗扭曲之物，逐渐强大，开始侵蚀他的精神。

不要再谈论疾风中弯曲的桥了，我换了个话题。

“您知道以前这一带都是砖厂吗？”

现在已几乎了无痕迹了，只有一片密密的芦苇丛，在阳光下泛着淡淡的金色，然后就是泥地，再往后便是那浑浊湍急的亨伯河。我抬起胳膊比画了一下，将从大桥起一直到我们站立处的河岸包括在内。

“有一阵子这一带有十三家做砖瓦的厂子，二十世纪三十年代中期他们一年就生产一百余万块砖。”

“真的？我敢说真够卖力的。”

爸爸的脸色开朗起来；他喜欢卖力地干活，也知道那意味着什么。我本可以带他去赫尔城里某座博物馆，但那些博物馆肯定无法吸引住他。他环顾四周，想象着这个地方热火朝天的样子——人们挖黏土，在木制模具中将黏土压成砖，再将砖整齐码放起来晾干，另一些人正在烧窑。我和他提到了布莱斯瓦厂，离桥更近，从我们站着的地方走过去约十分钟路程。这家瓦厂已经重新开张，用传统方法制作砖瓦，不使用有毒化学物质。如果你使劲看，从那里你还可以看出亨伯河河岸下方以前的铁路留下的痕迹。再远一些，还残存着一些桩子，它们撑起了那些曾经遍布亨伯河这片水域的小码头，那时的河里尽是前来装运砖、瓦和绳索的单桅小船和平底船。那幅景象一定很震撼——在这个国家里，亨伯河是最后几个能看见船只扬帆而行的地方之一。现在的赫尔仅仅是另一个荒凉的北方城市，每个周末的街上，醉汉都随处可见。

“我们要不要沿着那条路再走走？”我问他。

“好，要啊——走吧。”

尽管缓慢，但他今天走得却很稳。同平日在家里的他判若两人：一个苍白、驼背、拖着脚走的身影，垂着头，晃悠着胳膊，艰难地从房间这头走到那头。在这儿，他留意着周围环境，四处张望，注意到了各种东西。

“那些东西是什么？”

我向他解释道，那些散落在草丛和芦苇丛中的断砖块和破瓦片，是一个早已消亡的行业留下来的痕迹。我拾起半块断口参差不齐的砖，递给了他，看着他如何翻转它，仔细查看它，让自己的大拇指滑过它的边缘。

“散落在这里的这些砖就够修一栋房子的了。”

“是的。”

他掂量着它的重量，欣赏着它的坚实，联结着他的劳动生涯的坚实，那时的他年轻又强壮，还没有被众多事物吓住。

他赞许地点点头：“那时的人们知道自己在做什么，他们修建东西是为了经受住时间的考验。”

“他们的确是这样。”

我们又走了几百码的路程，但我能看出他开始有些累了。对于一位平日里极少跨出卧室、起居室、卫生间和厨房这个范围的人来说，今天已够漫长。

“我们回去吧？”

“好的，我们回去吧。”

就在那个时刻，刚被云朵遮住片刻的太阳，又重新露了出来，他就待在了原地，抬头仰望天空，闭上了双眼。他一直喜欢太阳。当我还小的时候，他因为整天在户外劳动，整个夏天都会被晒得黝黑，不过却从不会像其他许多爱尔兰人那样被晒伤。我也学着他闭上了眼睛。四周一片静寂，除了拍岸的水声，呼呼的风声，间或的鸟鸣。感觉自己仿佛回到了爱尔兰，回到了韦克斯福德县的库仑斯镇，就在那儿的海滨，春日明媚，阳光灿烂。我想知道那是否就是爸爸现在正在想念着的地方，回到他旅程的起点，眼前便是他的人生，尽管他对这个国家一无所知，也不知道成为丈夫或者父亲将意味着什么，更不知道年老体衰是一种什么样的感觉。

在我们走回游客信息中心的路上，我告诉他我随后将让他看看我在哪儿工作，接下来我们会吃点儿东西，之后我们就开车回家。

“你工作的地方在哪儿？”他厉声问道，好像我把它藏了起来，不让他看到。

“一所大学。”

“一所大学？”

“是的，爸爸。”

“哪所？”

“赫尔。”

他停了下来，盯着我，眼睛睁得大大的。

“天哪，难道这不是最棒的？一所大学！你把自己搞得挺好的，伙计。”

我忍不住笑了。倘若他知道那些巨大的期望，那些他曾以窄窄的肩膀背负着的希望。他现在仍然背负着，不顾一切。

“你在那儿干吗？”

“我教书。”

“一个老师。那挺牛的。你教什么呢？”

“创意写作。”

我看着他琢磨着这个，但开始有些不耐烦了。我受够了重复自己，希望他能记住我生活的些许点滴，让它们对他而言能有所意义。他的嘴角开始露出笑容。

“写字？”[1]

我点点头，他轻蔑地笑了起来，“还以为他们进大学读书的时候已经能够好好写字了。天哪！这世界正在变成什么？”

我承认它已不可救药地越来越糟了。当我们再次走起来时，他还在自顾自地暗笑，确信我在蒙混过日子——这是怎样的一种谋生方式。

我必须试着让他更经常地出来。在家里，屋子总是烧得过热，电视开着，还特别吵，整天都这样。有时候，当他四处张望时，我敢肯定他正在琢磨自己是怎么到这里的，坐在这位他相信可能是自

1　前文中的“创意写作”，原文为“creative writing”，而此处原文为“writing”。从下文看，文中的父亲显然将“写作”误认为了“书写”。

己儿子的中年男子旁边，他的确看起来面熟，还在努力和他交谈。我很留心地经常叫他爸爸，频繁地提到我母亲，提醒他，这个女人、这个我带在身边的孩子是我自己的家人。我现在正在尝试的，我所想要的，如此深切地，是将他置于一个由种种联系与意义构成的熟悉的网络中。美洲原住民认为，人的头脑中有一幅地图，一种知道自己在与土地、历史、社会及所有有生命之物的关系中处于何种位置的方式。现在绝大多数日子里，我父亲没有这样一幅地图，他周围的环境已渐渐丧失了所有的意义。

是的，我真的必须试着让他更经常地出来。

回到游客信息中心以后，我从机器那里取了两杯茶，带到另一端的一张桌子上。我们喝着茶，望着窗外的一对天鹅，它们滑过了数个积满了水的黏土矿坑中的一个。在法英格斯[1]这里，人们从一个依靠挖地的行业那里挽救出了一个自然保护区。事实上，这次旅游在一定程度上也是一次勘查任务，我想带我的创意写作课上的学生来这里寻找灵感，让他们离开研讨室，外出走进世界。和我近来去过的采石场不同的是，采石场让人能够感受到不复存在之物令人伤感的缺席，而这里却有一种被恢复了的平衡。当我解释这个地方是如何产生的时候，我父亲很高兴。那是一个与他的信念一致的过程，他坚信，土地在我们人类到来之前便已存在，将经受得住我们的租用，而且在我们消失很久之后还仍然会继续存在。

“如果能由着我来，”他说，“我会将每座工厂，每个我工作过的工地，变成像这里一样的地方。他们在这儿干得真漂亮，真他妈

1　法英格斯（Far Ings）：位于亨伯河河口南岸，是候鸟东西迁徙时的一个主要通道，现已成为国家级自然保护区。

的太漂亮了。”

我们坐了很长时间，但却无须交谈，都因对方的陪伴而十分放松。

在我们离开前，我们看了展示栏中关于可能在法英格斯看到的各种鸟类的介绍，还有它们为来到这里而进行的不可思议的旅行。来自俄罗斯北极地区的粉脚雁，来自南非的燕子和水蒲苇莺，还有来自乍得的崖沙燕。

“难道这不让人惊叹？”爸爸说道，“这些鸟类的旅行。”

我们也在展示栏上读到，科学家们现在仍然不完全明白为什么鸟类要迁徙。

“那您呢，爸爸？您为什么会移居他乡？”

我看着他思考片刻，然后开口道：“和我一起上学的人，也有一半离开了，国内的确什么也不能给我们。”他开始笑出声来，“一大群迁徙的爱尔兰人，我们那时候就是那样的——成千上万一齐拥向英国的混蛋。”

这一刻他似乎又回到了老样子——傲慢无礼，满是不屑。以前，当人们试图严肃地讨论一些热点问题时，这种态度有时候会给他惹上麻烦。

透过窗户，我们看见下面有一位男子，他脖子上挂着一个双筒望远镜和一个相机。

“啊，观鸟，很多家伙都喜欢。我自己还没有干过。不过，它看起来像是一个很棒的爱好，能够很好地帮助放松。”

但是，他的确已经做过了。还在威尔士的时候，我有时候能看见他一动不动静静地站着，被九月里聚集在电线杆上，然后结队飞走并赶回到非洲的燕子群所迷住。很难不想到他在忌妒它们能回到故土，而他却还得被困在这里，又待上一年。和那些燕子、水蒲苇莺、崖沙燕和粉脚雁不一样的是，他从未能回到他所来之处。

为了工作或教育，为了一些我们以为是短期的目标，我们迁移，但在我们意识到之前，我们已经将归期又推迟了一年，然后又一年。每当我跨过塞文大桥进入威尔士，将英格兰留在身后，我总能感到一阵狂喜。在几天时间里，我感觉自己终于属于了某个地方——我找回了自己头脑中的那幅地图。那么，为什么几天后再次离开时我又会感到如释重负？我想知道，当爸爸卸下各种责任，离开爱尔兰，感觉突然轻松无物时，他是否也有类似的感受？

我父亲问道："能再说一下你做的是什么吗？"

我又解释了一下在赫尔大学任教这回事。

"那大学在哪儿？"

"就在那边，过河就是。"

他朝右边看去，目光越过浑浊的河水，落在了约克郡。

"你母亲知道吗？"

我告诉他，她知道。

"她告诉了在爱尔兰的他们？"

"是的。我以后会带您去那里，去那所大学，让您看看我的办公室。"

"你有一间办公室？"

他声音里的惊奇让我想起来，多年以前，当我拿到学位时，他如何说着："天哪，你出人头地了，伙计，大大地出人头地了。刮风下雨的时候，你将再也不用不得不在外面干活了。"

当我们再次回到外面，向停车场走去时，我发现自己把笔记本落在了某张桌子上。我提议说，我跑回去取一下，他就坐在车里等着。

"啊，不用了，"他说道，"我想我还是走过去坐在靠近河边的那张长椅上。"

有那么一刻我很担心将他就那样独自留在外面。但是，他看起来是那么高兴我将要抛开自己的恐惧。

"好的，爸爸，没问题。如果那是您想要的。"

"我想我会在这儿观观鸟。"

我不太确定这是否是一句玩笑。

"您是要让它成为您的一个爱好吗？"

他犹豫了，目光越过水面，望向芦苇丛中。

"我想我会的。"

他看起来是认真的。

"那我会送您一副双筒望远镜作为生日礼物，好吗？"

"好啊，这正是我想要的。"

我会给我们都买上一副，然后我们会回来，一起寻找麻鸭和白头鹞。我们将并肩站在其中某个隐蔽处，我会带上一瓶茶与一包三明治。我们将痛痛快快地玩上一天。我和他一道走到长椅那边，看着他坐下来，伸开腿，朝着下午晚些时候的太阳抬起了脸。

"您确定自己没问题？"

"我感觉好极了，"他回答道，"去吧，慢慢来，我不着急，真的。”

沿着台阶向上走回游客信息中心时，我哼着曲子。如果他感觉这么好，那么或许我们可以去喝上一杯。突然间，我特别想看到他一小口一小口地喝完一品脱吉尼斯黑啤酒，嘴唇上留下了一圈细腻的啤酒沫，他紧握着玻璃杯，细细地品尝着余味。

“真是太棒了！”

是的，那就是我们将要做的。我们在路上经过了一家酒馆，“单桅纵帆船”酒馆，它看起来老式、友好、不令人害怕——我们将去那里，早早地喝上一杯，喝的时候再吃点儿东西。

笔记本就在我落下它的那个地方，在桌子上，我拿起它，把它塞进我的包里，慢悠悠地走下台阶，走进停车场。

长椅上空无一人。当然是空无一人。我四处张望，只想确认这一点，但他的确没了踪迹，已无处可见。显然他已离去，我们短暂的团聚已经结束，我感到自己的内心裂开了一个洞。我就那么站在停车场中央，站了很长时间，慢慢地适应这个再次没有了他的世界。能让他回来的感觉真的太好了，即便只是那么短暂的一段时光。在他离世后，我们相处得反而更加融洽。

无法预知他什么时候会再次回来。我能确定的一件事情就是，不会是当我想要他回来时，这不是某件能够计划的事情。上次回家的时候，我在自己从小长大的那条道路上从头走到尾，那是一条满是回忆的道路，一端是铁路线，另一端是码头的大门。半路上，我在怀特黑德钢铁厂旧址停了下来，爸爸曾在这里工作了很多年，现在它是一块等待开发的荒地。闭上眼睛，再次闻到油与化学品热乎乎的恶臭，听到金属被高速切割时发出的尖锐刺耳的声音，对我来说并不太难。但是，那儿却没有任何我父亲在场的痕迹。我站在我们的老房子外，直到新房主拉上窗帘，满腹狐疑地盯着我看，我才转身离去。那儿也没有他的痕迹。到了那条路的尽头，按照头脑中那幅地图的提示，我转向了左边，沿着考马斯大街走下去。当我还是个小孩子的时候，我父亲和我觉得这个名字令人着迷，充满了异国情调与神秘感，我们会一遍又一遍地读它，把元音拖得长长的。我闭上眼睛，使劲去听他的声音——什么也没有。接下来就来到了米尔商业街，我的右边是运输桥——多少次爸爸和我过桥来到河的另一边，倚着栏杆往下看乌斯克河泥泞的河岸？在教堂大街，我来到了一家酒吧，当我从大学回来时，我俩有时会来这里。这些都是我母亲努力促成的远足——*你们俩干吗不一起出去喝一杯？*这些父子结伴外出尽是令人尴尬的沉默时刻，我们的眼睛会游移到高高放在墙上的电视上。在那里，在近乎无人的酒吧间里，我喝着东西逗留着，确定这就是那个地方，但我又一次错了。不，他的出现无法预知，就像那骤然而至急不可耐地要给家里打电话的渴望那样，我还没来得及想起来，现在那儿已经没有人了，他们两人都已离世，房子也已经卖了。

但是，无论我何时想起他，回忆依然如此鲜活，我依然能够如此强烈地感受到他的存在，无法相信他已不在人世。而且，我也经常想起他。我知道，当我再次坐在我在大学的办公室里，雨正敲打着窗户时，我会想起他。

Ray French 雷·弗伦奇

雷·弗伦奇出生于威尔士。他的第一部作品是《红色捷豹与其他故事》(2000)。小说《这都是我的》(2003)被翻译为意大利语及荷兰语。弗伦奇还是故事集《四位父亲》(2006)的作者之一，该书被翻译为西班牙语。他的第二部小说《下沉》(2007)描写了一位中年男性，在遭到裁员时，这位男主角将自己活埋在自家后花园中，拒绝重返地面，直到每个人的工作最终都被保住。《星期日泰晤士报》写道："鉴于我们的男主角在一只匣子里度过了将近三百页的篇幅，该小说的节奏与情节设计均不同寻常。"该小说被翻译为法语及德语，还被改编在德国电台播出。他即将出版的小说题为《欢迎来到保护区》，描写了一位印第安人在一座位于威尔士河谷地区的荒废矿镇的经历，小说主角发誓要拯救一棵古老的紫杉树，使其免遭被砍伐的厄运。目前，弗伦奇任教于赫尔大学。

想的一样

Of One Mind

[爱尔兰：英语] 迈克・麦克康莫克

龚蓉 译

有时候我觉得年轻，有时候我觉得老了，有时候我同时体会着这两种感受。对我来说，同时处于两种思想状态，在一种状态下掂量事情然后再在另一种状态下重来一遍，这个技巧从来都不是一个问题。不过，尽管我能让自己的头脑中同时存在两种对立的想法，甚至还能清楚地知道我自己正在想的东西是什么，但有时候我却不那么确定正在进行思考的是何人或者是何物。这种失重状态，这种不知自己为何缺少了基本的沉着的感觉，攫住了我。我猜，它是我们这一代拥有的本事之一，我们这一代在青春期时便已停滞不前，头脑空虚，内心荒芜，手里却有着太多的时间。

近来，我却在经历着某种全新的东西，我花了不少时间才意识到它。它被震惊和某种类似于敬畏的感觉遮蔽着，我花了好几周时间才看清楚它的本来面目。当我最终在自己的头脑中直接捕获了它时，我几乎无法相信。就我所知，我之前从未体验过任何一种像它这样的感觉；而且，就我所过的这种生活而言，我也没有任何理由可能已经体验过。

以此为例吧，和我八岁大的儿子的一个小插曲，就发生在上周……

表面上看，它就是一次单纯的失望，和学校组织的一次去城外某个开放式农场的郊游相关。在这次郊游到来之前的那些日子里，杰米充满了期待，沉迷其中，每天除了它什么也不谈，当我根据自己在梅奥郡西部一个小农场的成长记忆回答了他的问题后，他的期望值就更高，这个了解他爸爸童年的机会简直太难得了。但是现在，这次郊游只剩废墟。凌晨时分的停电让闹钟收音机失灵，这和交通拥堵串通一气，让我们在校车开走了十五分钟以后才赶到学校。现在，我们站在他教室的死寂中，盯着一排排整齐的课桌和椅子，我暗自思忖，这世上肯定没有任何一个地方会比一间空空如也的教室缺席更多的人。

杰米的失望是巨大的。我都不用低头看他就能知道——我能感到它从他身上滑落下去，它那一股股深深的有毒的波流。为了不让我怀疑，他自己也这么告诉了我。

“我很失望，”他严肃地说道，“我能感觉到它在这里，就是这里。”他把手放在胸口下方位置，上上下下搓着，就像在试着缓解某种消化不良引起的疼痛。

“杰米，下周吧，”我向他保证道，“我们可以下周一起去，我们三个人。我保证。”

“我很痛，”他固执地继续着，“非常痛。”

“你会没事的，”我简短地回答道，“我说了下周。我们走吧。”

我拉着他的手，领着他向外往车走去。一月的日光低挂在空中，给人以压迫感，让我的胸口阵阵发紧。我讨厌这些冬天的月份，阴郁涌上了心头，夏天也似乎遥远得无边无际。

“这样的失望已经不是第一次了，”我拉开车门等着杰米时，他说道，“它们开始越积越多。我都能感到压力了。”

“有那么糟吗？”

他点点头，坐进车里，“是的，就是那么糟。我跟您说也只是为了您好。”

“拿出男子汉的样子来。”我脱口而出。我很失望自己让他失望，这让我变得很粗鲁。“把安全带系上。”

当然，对于一个八岁的孩子来说，并没有单纯的失望、小小的失望这么一回事。我当父亲的时间已经够长，知道这样的情感在它们到来的时候便已是成人的尺寸，非常残酷地同面前的问题不成比例，且从未准确地将大小调整到能够契合孩子世界的维度。它们带着粉碎的目的而来，完全足以摧毁他们脆弱的世界。如果有孩子能承受得住哪怕是它们中分量最轻的那一个，便已是奇迹。

我们向市中心方向往回开，早高峰以后，交通已经缓解。杰米静静地坐在后座上。我从后视镜里看了他一眼，他盯着一侧车窗往外看，苍白的脸蛋因为努力强忍着眼泪而显得瘦小。

八年前，他偶然地进入了我的生活，唤醒了我关于做父亲的梦想。这个梦想在我三十岁生日前出乎意料地到来，我却完全没有做好准备。在这之前，关于孩子我有各种完整的设想，但杰米的到来却让它们完全陷入了混乱。在我所有关于父亲角色的认识中，没有一项告诫过我一个事实，那就是，孩子不会是已经完全成型后才突如其来地降临，也没有一项提醒我父亲身份性质特别，这种特别性就是它的日常风格；大致说来就是，没有任何东西提醒过我要小心像这样的被搞砸的事情。

“有一天……”他突然从后座上叫喊起来，让这个词悬在半空中。

我们已进入了城西边缘两个环岛中的第一个。雨现在开始落了下来，那种告诉你它整天都不会消停的毅然决然清晨就开始下起来的毛毛细雨。

“有一天……”他重复道，从后视镜里盯着我。

“杰米，有一天怎么啊？大声地说吧。别在后面跟自己嘟囔。”

“有一天，”他说道，“当您坐在刑事法庭听众席中，听见陪审团做出了所有罪名都成立的裁决，听到法官宣布采用最重的量刑并且不建议保释时，您可能会问自己那一切是从哪儿开始出错的。好吧，您就放心吧，您只需要想到这个早晨就行了。”

“有那么糟吗？”

“我告诉您也只是为了让您安心。”

“谢谢你，你真是太好了。当我帮你筹备上诉的时候，我会记得的。”

八年前，我跌跌撞撞地走出了我的二十几岁，那是一个喝酒与吸毒的不负责任的十年，一个在白人男孩吉他乐队音乐唱片陪伴下熬夜与看录像的十年，一个靠打各种黑工和利用全国最容易骗的福利制度挣钱度日的十年。国家第二语言电视台的成立拯救了我，将那个了无生气、眨巴着眼睛的我拉了出来，将我带进了光明。流利的爱尔兰语帮我拿下了一个合同，给德语和斯堪的纳维亚语动画片做爱尔兰语字幕，在该电视台的起步阶段，这些动画片扩大了其爱尔兰语节目份额。月签合同发展为了年度合同，现在我已总共交了七份年度合同。每年我都决心找份永久性的工作，但每年的最后期限就那么和我擦肩而过。在过去的十二个月里，动画片已经让位给了为电视台每周播出两次的肥皂剧做字幕，在电视台的广告收入中，有很大的百分比是这部现在正在播出第五季的肥皂剧贡献的。一份让我每周只用工作三十小时的工作，留给我的时间绰绰有余，让我可以和杰米的妈妈玛莎分担照顾孩子的职责。

那时候，在这个城市的郊区出现的一个新电视台让一群全新类型的女性进入了人们的视野。她们高端上档次，且热情洋溢，总是身着短裙与长靴，在一座到那时为止还在将笨重的靴子与羊毛衫作为波希米亚理想和左翼政治主张的典型行头的城市里，她们焕发出的光彩让她们充满了魅力。尽管这些新式塞壬中的大多数也仅仅只是节目串联主持人、天气预报员，以及在肥皂剧中跑龙套的演员，这一事实却丝毫没有降低她们的诱惑力；她们带来了新的色彩，散发出了不加掩饰的乐观精神，这座城市因此而感激她们。这就是玛莎的圈子。她也有着一个拥有众多选择机会的年轻女性所具有的外表与漠然的沉着。因此，当我遇上她时，我居然有些欣慰地发现，事实上她的地位几乎和我的一样低下。她也是临时合同雇员，为节目串联主持人和女天气预报员打磨稿子，同时又在时时刻刻地幻想着另一个世界，在那个世界里她为电子游戏，特别是战术型世界建构游戏编写代码。当时，她手上的合同已近尾声，她正在考虑搬到伦敦，索尼公司发布了 PS2 以后，那里涌现了一批设计室，她希望能在其中某个设计室里找到工作。

我们相遇六个月以后，一根验孕棒小窗口所显示的一条连续的蓝线让一次偶然的风流变得严肃起来。紧接着的是大量郑重的谈话，又一次像以前一样权衡各方轻重，只是这次的参与者是两个同样都精于看到任何故事的两面却甚至不必做出决定的头脑。但是，我们最终还是在城郊的新住宅区租下了一套半独立式住宅，着手共同养育孩子。不过，三年后，我们却不得不面对一个事实，那就是我们已经不可救药地不再爱着对方了。随着所有的生理欲望逐渐消失，我们的关系仅剩下了彼此间平淡乏味的纠缠，我们的亲密也被滤掉了所有的情感。我们得出了一个结论，那就是，如果不是因为我们之间的这个孩子，我们早就已经分道扬镳了。杰米三岁后的某一天，我们坐了下来，总结我俩的人生所共同付出的代价。从所有方面看，代价还不算大。一个心爱的孩子，以及他对我们感官与灵魂的丰富，已远远足以抵消我们为了他而放弃梦想后所感到的种种遗憾。对我来说，这样的收支平衡单完全可以接受。我们聊到了深夜，为友好分居安排好了所有细节，这些条款将在三年后生效，我们轻率地认为，到时候杰米就到了一个能更好地应对这个创伤的年龄。我们对彼此说着“关爱你但不爱你”这样的话，还就“你值得拥有更好的”这样的尾声达成了一致，然后就坐在那儿为我们自己深感惭愧，静静地体会着恐惧：我们才三十出头，共同生活了三年，还养育了一个孩子，作为一次争吵，我们全力以赴能够做到的也就是这个了。我们怎么可能只有这么一点点感受？然后，出于一阵突发的对对方的强烈感激，我们几个月来第一次做了爱。第二天早晨，这些不坚定的亲密又让我们尴尬不已，于是我们又重申了前一天晚上的誓言。

三年期限到期后，我们让杰米坐在我俩中间，告诉他他的家现在将被分成两栋房子。他的反应不大，没有情绪失控，没有急切的恳求，也没有脸朝下捶打着枕头。他走进了自己的房间，将门在身后拉上，整个白天再也没有露面或作声。那天傍晚晚一些时候，他出来了，要了点儿吃的，脸涨得红红的，整个人都在一团懵懵懂懂中抽动着。

几周后，他就开始尿床了。

近来，他有了这个想法，或者更准确地说是一种痴迷。这个想法是如何控制住他的，我也说不好，但玛莎很确定它的出现时间是我们关系结束之后，在我搬出我们的房子、搬进了市中心的一套两居室的数周与数月后。玛莎猜测，它是父母婚姻破裂创伤的一部分，一个天真但却狡黠的手段，想要从我俩这里得到各种好处和特殊对待。我听玛莎的，因为她比我聪明，也比我更了解我们孩子的各种细微变化。而且，以她在游戏设计方面的背景，她也总能看出因果链。但这次，我觉得她错了。杰米对它的坚信有更深层次的缘由，并不是我们婚姻破裂造成的；它似乎源自他内心深处本身，激发起了他年幼灵魂中的某种阴郁的东西，让他在语言和行为方面完全不符合自己的年龄。

另一个例子：一天，他走进了厨房，身上晃荡着我的一件旧T恤衫，戴着顶棒球帽，帽檐朝着脑后。他的手差点儿就伸不出短袖的袖口，棒球帽也快落下来遮住了他的眼睛。这再现了我颓废的过去，让我想起了那焦虑的十年之初，当时很悖论的是，我的一部分同龄人将连环杀手视为伟大的反主流文化英雄、英勇的犯法人。红墨水勾画的形象一跃而出，迈克尔·鲁克饰演的片名主角，《杀手的肖像》[1]。

“你在哪儿找到的？”我问道。

“那盒子里。”

“我想我告诉过你的。”

“是的，是的——看看这个。”他举起了一份报纸，轻轻地敲了敲那一页中间的标题，上面写着《空军特种部队设计的游乐场》。

“跟我说说上面说了什么。坐上餐桌来，通心粉已经做好了。”

他拉出一把椅子，坐了下来，将报纸在自己前面摊开。“上面说，孩子们已经厌倦了荡秋千和滑滑梯，觉得它们太女孩子气，一点儿都不刺激，也不危险。全英国都没有人玩它们了。然后，有个人想到了请空军特种部队的教官来设计这些野战训练场，现在孩子们都玩不够。”

我把盘子放在桌上，递给了他刀和叉。“吃完。那些游乐场一年后就会被关掉。各种受伤与官司，他们要能撑上一年就已经够幸运了。”

杰米摇了摇头。“您这就错了。一人次手臂骨折，一人次脑震荡——这就是其中一家这样的游乐场一年的伤病名单。”他叠上报纸，脱下帽子，然后吃了起来。“您怎么看那个？那意味着什么？”

“嘴里塞得满满的时候别说话。”我递给他一张餐巾纸，他拿起在自己嘴上随意地抹了一下，左右两侧脸蛋上都留下了一道橙色的痕迹。“我怎么会知道，小孩子都疯疯癫癫的。谁知道他们脑子里

1　《杀手的肖像》(*Henry: Portrait of a Serial Killer*)：1986 年上映的美国黑色电影，影片中的连环杀手亨利将杀人作为一种艺术。

在想什么？”

“那倒是，看看我。”

“真的要看看你了。你今晚想待在这儿吗？”

“是的。”

“吃完你的通心粉，然后给你妈打个电话。”

“我已经打过了。”

我们离婚几周后，玛莎告诉我说，杰米开始尿床了。玛莎把他带到一旁，问了他这事。如果害怕和失望只以成人的尺寸出现，窘迫也是一样。他从厨房里冲了出来，将自己卧室的门摔上。玛莎买了一张橡胶板，告诉我别对他提起这事。一周后，他自己引出了这个话题。

“我需要点儿东西，”他说道，“我就直说了。”

“好的。”

“不绕圈子或者别的。”

“我竖着耳朵听着呢。”

“一个请求。”

“内容是？”

“您不会喜欢的。”

“杰米！”

“一顿揍。”

“一顿什么？”

“一顿揍。”

他站在门框里，像是一幅小小的痛苦的习作。又一次，他是那个同各种巨大的痛苦搏斗的孩子，它们威胁着要吞噬他。

“杰米，你做了什么？不管是什么，也不可能那么糟。”

“不是我做了什么，是我将要做什么。”

“那你究竟将要做什么才会必然要挨顿揍呢？”

他从餐桌那儿拉出一把椅子坐下。最近，每当他要袒露什么重大的事情时，他就这么做。这似乎给了他信心，对于一个处于如此境况的孩子来说，还让他处于某种优势地位。但就在那时，他仍然看起来迟疑不定，犹疑着是不是要宣布一个重要消息，又不确定该从何说起。

“你将要做的是什么啊？”我坚持着问。

“我来自一个离异家庭。”他开始说道。

“不，杰米，你来自一个分成了两栋房子的家庭，你同我俩每人待同样长的时间。不管你想要谁。”

他摇摇头，即便对他来说，这个辩解的瑕疵也太明显了。正是在这些时刻我觉得杰米在我前面狂奔，追上了那些按理说应该由我传递给他的真相与观点。

他暴躁地说：“就任何一个对正常家庭的定义而言，我都来自一个离异家庭。”

“杰米，我只是在猜测，但我认为你想说的并不是这个。”

“我尿床。”他绝望地脱口而出。

“是的，我知道，这没什么大不了的，你会好起来的。”

“我停不下来，每天晚上我都祈祷，但每天早晨我醒来的时候，仍然浑身都是尿。”

“上帝要考虑的事情太多了，杰米。他是个忙人，你可能得等着轮到你。但是，尿床也并不是挨揍的理由。”

“我将要做件坏事，一件真的很坏的事情。”

“我们都会在某个说不定的时候做件坏事。你将要做的是什么？”

“我要杀死某个人。”

“那的确很糟糕，”我承认道，“你知道这个‘某个人’是谁吗？该不会就是我吧。”

他举起手表示不知道。“我不知道，”他有些恼怒地说，“您会希望把这当回事的，因为以后您可能会责怪自己，而我不想要那样。”

“你怎么知道你将会杀人呢？”

“是有征兆的，”他说道，“有迹象的。”

“这都是那件 T 恤衫在作怪。我以前告诉过你别翻我的东西。”

“跟这件 T 恤衫没关系，”他突然大吼大叫了起来，“您没在听。”

我举起了手，“好的，我现在在听了。什么征兆？”

“像我说过的那样，我来自一个离异家庭，我已经开始尿床了。”

“那就足以把你变成一个凶手吗？”同八岁的儿子讨论这个话题，让我清楚地感到不舒服。这种失重的感觉再一次包围着我；我感觉自己飘浮了起来，离开了我自己。在我记忆中，玛莎给我看过的育儿手册没有一本提到过这类情形。但是，我也很明确地知道，我必须把这次对话进行到底。“这和想要挨一顿揍有什么关系呢？”

“离异家庭和尿床，是所有连环杀手在少年时期的两个经典信号。第三个是受到家长虐待。为了有一个完整的侧写，我需要挨一顿揍。那正是您需要发挥作用的地方。”

“为什么你会想要杀人呢？”

“并不是我想杀谁——只是事情就将会是那样。”

“这太荒唐了，杰米。对不起，今天我不会揍你的。”

他悲伤地看着我，叹了口气。“您有责任，”他轻轻地说道，“早晚有一天会有尸体开始出现。两具尸体上有着同样的作案手法和标记，可能只是个巧合，但是三具就表明有一个连环杀手。我们得给调查一切可能的机会。一个完整的侧写能在我进入状态之前就阻止住我。”

“胡说八道，杰米。这次谈话现在结束了。”我从餐桌旁站了起来，他抓住了我的手腕。

“他很安静，”他执着地说道，“他基本上不和其他人交往。”他阴郁地盯着我，“当我被带走的时候，邻居们就会这么说。当然，在此之前早就有其他所有征兆了——自卑、性无能……”他的声音渐渐变弱。

“对不起，今天我不会揍你。其他任何一天也不会。”

他提高了声音，“我只是在告诉您，一个人的孩童时代决定了他的未来。”

第二天我就告诉了玛莎这件事。她终于把她的电脑挪进了我还在那儿住时用作工作间的小储藏室。房间里的几件个人物品表明那是她的地盘。她背后的墙上挂着毕加索在他蓝色时期画的几个女性人物之一，朝着后花园的窗户窗台上放着一排小小的大理石佛像。关于杰米的鬼主意，她一无所知。

“他一点儿也没跟我提那事儿。听起来也像是一件父子之间的事情。”

“他花了很多时间上网吗？”

“每天也就一两个小时，在厨房的桌子上用笔记本上，在那儿我能盯着点儿他。约翰，他是个好孩子，我不能不让他做他的朋友们现在都在做的事情。能接受这个事实，他已经够坚强了。”

每次她谈论杰米的时候，我都能在她脸上看到他，他的影子掠过她的五官：两只眼睛同样离得远远的，冬天里额头上的雀斑就已经如此清晰。同样很明显的是，如果杰米照着现在的速度长个儿，他会像他母亲一样在买衣服时遇到相同的问题——窄窄的臀部，短裙和牛仔裤会闷闷不乐地挂在那里；消瘦的手腕，不管袖长留得多足也会露出来。我很高兴在她身上看到杰米的这些特点，这种延续感让我很快乐。不过，我有时候也会想弄明白因果链是不是总是从父母传到后代那里；自从杰米出生后，我可以发誓，我注意到，玛莎身上有一种疯狂，和她平素消沉的情绪格格不入。至于我自己，尽管我想当然地认为我儿子身上真的有我的某种东西，我却永远也无法确切地指出这个某种东西具体是什么。如果我真在这个问题上坚持问玛莎，她就会很随意地告诉我说，我俩年龄相同。

“玛莎，这让我很担心。你真该听听他是怎么说的，所有这些术语，而且还那么理性。还有，揍一顿这件事。”

“你揍了他吧。”

“看在上帝的分上，玛莎！”

她毫不掩饰地咧嘴笑了起来，“我知道的，我在故意气你。你太容易上钩了。”

“我们一起和他谈谈吧，这真把我吓着了。”

她从椅子那儿转过身来，亲了亲我的脸颊。从她的肩上看过去，我能看见她的电脑屏幕暂停着，两个正在横穿某种由延绵起伏的山岗构成的宏伟景观的小人被固定在了半路上，他们的方向是一片幽暗的森林。

“交给我吧，”她说道，“那或许需要一位女性来处理。”

我朝着屏幕扬了下头，“这次又是什么？”

她挥动着一只消瘦的手腕。

“兽族。精灵与兽人之间长达数世纪的纠纷、对边境的侵犯、开矿权，可以追溯到世界之初。我得把双方的力量对比朝着精灵一方倾斜，在第二版补丁中升级它们的装备属性。市场调查表明，精灵的支持率在所有人群中都上升了。看到它们如此轻而易举地被扁，游戏玩家们很不乐意。我得帮下一代补丁把力量对比调整一下。”

“它们还是赢不了，模板是固定的。”

“我知道，我只能帮它们在战斗中表现得更好一些。嗯，至少更公平一些。”

“对于一位成年女性来说，这是什么样的工作！”我逗了逗她。

“那种能把食物和房租摆在桌上的工作。”

我坐在她的椅子上，盯着屏幕。两个精灵正朝着一大片森林奔去，它们能在那儿藏身，还能找到隐藏的装备。调整力量对比，修改胜算，玛莎做的就是这类事情。

“玛莎，我们是如何变得这样微不足道的？精灵和字幕。我们是如何被拽进了这样的狗屁生活？”

她耸了耸肩，摇了摇头，“别问我。但如果你能让我看到另一份工作，一份每周工作二十小时就能支付房租和托儿费的工作，我会考虑它的。在那之前，我得给精灵们穿装备。”她突然咯咯地笑起来，把她的手放在我的肩上。“约翰，”她说道，“别担心。他的名字是杰米，不是达米安[1]。”

“天哪，玛莎！”

“对不起，我没忍住。”

不知道她用了哪种方法提起这个话题，反正她在杰米那儿没能取得任何进展；也不知道他对她说了什么，反正他的回答让她确信那是男人之间的事情。不，关于这个话题，没办法从他那里套出任何东西——他说了，他会跟爸爸说清楚的。所以，我就这么由着他了，希望他能不再去想整件事情，也认为，如果他的确需要谈论它，他会在自己方便的时候提出来。果然，他就提出来了。我们正一道坐在沙发上，刚看完两集《辛普森一家》。

“您就没再考虑过我的请求吗？”

“没，我不能说我考虑过了，你呢？”

他扭过身来面对着我，把脚缩到身下。

“嗯，我已经把一切都弄清楚了。昨天，我杀死了一只青蛙，在日记里记下了这件事，这足以说明对动物残忍这一点。现在再被痛打一顿，我的侧写就完整了，所有的条件就都符合了。只有草率的侦查才会查不出我。但是，我需要那一顿揍。一顿揍，被儿童权利机构记录下来，任务就完成了。”他把袖子卷了起来，露出了瘦小的上臂，“您可以把揍的范围控制在软组织、大腿和手臂这些地

1　达米安（Damien）：著名美国电影《凶兆》（1976）中的主角，剧中美国大使领养了一个男孩并取名“达米安”，后来发现这孩子是撒旦之子，他将为害人间。

方，这些地方的瘀青会很明显，却不会构成危害。但是，别在头部，我不想变笨。”

“那将会让我看起来像什么呢？留下了记录的殴打孩子的人？”

“我会证明您的清白的。我会说，那完全是行为失常，是我把您逼得走投无路了。”

“你是一个连环杀手，谁会相信你？”

“我发了誓，不会撒谎的。”

“侧写这玩意儿，它是美国人用的模板。”

“那又怎么样呢？”

“我想说的是，它可能不适用于大西洋这边。”

他悲哀地摇摇头，“爸爸，全世界的人都这么看。事情就是这样的。”

“不，事情不是非得这样。这些事情并不是一成不变的。”

我搂着他，把他拉到我身旁。并不是闹别扭，但他肩膀上的骨头顶着了我的肋骨。“杰米，你是怎么知道这些事情的？你是从哪儿得到这些想法的？”

“人们是怎么知道所有事情的？和所有人一样，我就是这么一路上学到的。这全是常识。”

“对我来说不是。你干吗不现在去投案自首，在你造成任何伤害之前？”

“谁会相信一个八岁大的孩子？”他抬头望着我，“它会让您很痛苦吗？”

“我永远也不会知道。”

他低下头。“这只是为了您好，”他说道，“您以后会为此而感谢我的。”

他上床后，我坐了很久，电视继续开着，没有声音。

有人曾对我说，在你有自己的孩子以前，你对爱会一无所知。你不会知道它的无条件的需求，也不会知道为了保护它你将会走到哪一步。这正是我最近几周来所感受到的，正是它让我精神紧张。我已见得够多，知道有爱就会有犯罪的机会。这和更多的法律和禁令有关，也和有更多违法与不履行法律责任的机会有关。

现在让我精神紧张的是，他的忧虑将成为我的忧虑，他的恐惧也将成为我的恐惧。有一天，它可能会从他那里弥漫开来，溜出他狭窄的边界，成为我的。然后，跟往常一样，由于处于两种思想状态，当我思考这些事情的时候，以前那种失重感又包围了我；我又再一次远离了我自己……某个晚上，当你无计可施时，全世界的人可能就真的想的东西都完全一样了。然后，因为你没有勇气去感受恐惧，没有勇气去承担起爱的全部责任，你会发现自己被抛入了某种境遇，而不仅仅止于惊讶于自己居然能被推到这一步。然后，因为这是一个歇斯底里被理性化的时代，也因为你摆脱不了他苍白的胳膊，你发现自己沿着客厅向他的卧室走去，去向那个他盖好了被子正酣然入梦的地方。然后，坐在他的床边，灯光从客厅中流淌进来，照亮了他的床，你将自己的理由又都过了一遍，修改自己的说法，以防某一天你将起立说出事实真相，说出全部真相，只说真相[1]。然后，当你总算在自己脑子里把这些事情都弄清楚了以后，你

1　原文为“tell the truth, the whole truth, and nothing but the truth”，是英美法系中证人宣誓的一部分。

伸出手去触碰他的肩膀，轻轻地碰他，悄声喊着他的名字，声音低得差不多刚好能进入他的梦乡……“杰米，”你喊着，“醒醒，杰米，醒醒，乖孩子……”

然而，你居然还能想这些事情，因为在这些时刻你处于两种思想状态，与更好的那部分你相隔如此遥远——这留给了你这样一个问题：现在你在走向哪里？你能向谁求助？

迈克·麦克康莫克
Mike McCormack

迈克·麦克康莫克，1965年出生于伦敦，在爱尔兰长大。他的第一部短篇小说集《完全弄懂》获1996年鲁尼爱尔兰文学奖，也被列为《纽约时报》1998年度图书。他还与他人合作，为一部获奖短片撰写剧本，该短片即改编自这部小说集中的一个故事《条款》。此外，麦克康莫克著有两部小说：《克洛的安魂曲》（1998）与《昏迷者手记》（2005），后者入围2006年度爱尔兰图书奖短名单。目前，他是爱尔兰国立高威大学的驻校作家，为硕士生教授小说创作。

美国人

音乐商店

The Music Shop

[冰岛] 吉迪尔·埃利亚松

郝宇　译

几天前我去了一家非同寻常的音乐商店。实际上，那不是个白天，而是个夜晚，而且我是在酣睡中造访的。不过梦里的我十分清醒，在一个阳光灿烂的春夜走在威斯特鲁卡达大街上。空气十分静谧，所有的花园都青翠欲滴。我几乎快走到路的尽头，然后拐弯发现来到了一条小路上。我不仅从来没去过那，甚至都不知道还有那么一条街存在。

我面前有一栋很高的蓝色建筑，平的屋顶，一楼有一间商店。门上方的牌子写着“阿拉丁音乐商店”。我没明白阿拉丁和音乐有什么关系，不过我读阿拉丁的故事已是太久前的事情，所以也不去多想了。

天性使然，我从不能过音乐商店而不入，这次也不例外，所以我沿着低矮的台阶拾级而上，走了进去。门铃叮咚宣告我进入商店，一位年轻的女孩从后面走了出来，对我说晚上好。

“我只想看看这里的音乐收藏。”

“别客气随便看。”她回答说。她的声音很悦耳；深色的头发，深色的眼睛。

"你们这么晚还开着。"我说。

"我们一直都开着。"

我走到 CD 架那里。就这家店的大小来说，它的音乐收藏算得上非常齐全。我在不同架子间快速地浏览。贝多芬的第十一交响乐——我很确定贝多芬从没写过这个，然而它就在眼前——一个很精致的德国版本。萨蒂[1]创作的由二百零三架钢琴演奏的军队进行曲也一样，据我所知从未演奏过。萨蒂去世后，人们在他的钢琴后面发现了三百五十四件脏衬衫——也许是他在写这部乐曲时流了太多的汗吧。

我移步到布鲁斯音乐区，不一会就找到了一张让我激动的密西西比约翰·赫特[2]的 CD；他弹奏着电吉他，演唱尼尔·杨[3]的歌曲。夜的阳光透过店门前宽大的窗户照进来，尽管没开灯，屋里却弥漫着蓝色的光。女孩依旧站在柜台旁，心不在焉地注视着外面的夜色。

"我想听听这一张。"

"当然可以。"

她走到后面，等到再回来的时候拿了一台机器，乍一看我以为是某种吸尘器。它让我想起了那种老式的筒型吸尘器；和它一样的银色，带着一根灰色的长长的折叠式风管。

她把 CD 放在机器上然后递给我一副耳机："你可以到外面的阳光里去听。拖着线，拿着机器就好了。"

我向她表示感谢然后打开了门，手里拿着机器，头上戴着耳机。

1　埃里克·萨蒂（Erik Satie, 1866—1925）：法国作曲家，是一位音乐怪杰。

2　密西西比约翰·赫特（Mississippi John Hurt, 1892—1966）：美国乡村蓝调歌手、吉他手。

3　尼尔·杨（Neil Young, 1945—　）：加拿大摇滚歌手、制作人。

门轻轻地关上，夹在风管上，我一边往外走，它一边渐渐拉长。

扯动风管的时候很顺滑，它每次都跟着变形。天气太宜人了，我决定走得再远一点，到这条街最西边的街角去，在那里我找到一个长椅坐了下来，沐浴在傍晚的阳光里。我开始听音乐，被密西西比约翰演唱的尼尔·杨歌曲的声音震撼了，尽管我十分清楚尼尔·扬从来没有演奏过那些歌曲，甚至也可能从来没有写过那些歌——至少据我所知是这样。

又过了一小会，另一位顾客从商店里走了出来，戴着和我一样的设备。他拽着身后的风管，好像消防员挥舞着水管，有那么一瞬间我担心他要把炎热的太阳浇灭。

但他只是靠近我坐在了长凳上，完全沉浸在音乐里。我不想打扰他，所以我们只是相互点头示意，两个灰色的圆柱放在我们中间，风管拖在地上，在渐弱的日光中闪烁着光芒。我从没有看到一个东西而不借此联想起其他的东西，所以我的思维漫游到了潜水员的呼吸管上。这里在市区的西侧，离海边如此近，此时太阳也快要沉入大海了。

坐在我身边的人摘下了耳机，目光望向不远处。在我们身后，房屋的影子正在渐渐拉长。我关掉 CD 机，也摘下我的耳机。

“你刚才在听什么？”我问。

“奥斯卡·皮特森[1]的竖笛演奏。”他回答说。

一开始我以为他在开玩笑，但接下来我注意到长凳上放在他身边的 CD 盒，的确没错：奥斯卡·皮特森，竖笛独奏，录于纽约，1967 年。我身边的这个人正值中年，两鬓微微泛白，有些微胖，

1　奥斯卡·皮特森（Oscar Peterson, 1925—2007）：加拿大钢琴家，爵士钢琴的领袖人物。

穿着一件绿色上衣，胸前口袋里插着一副很大的太阳镜。过了一小会他拿出了太阳镜，戴上，然后好像在直盯着火红的太阳。

“这家店不错。”我说。

他点头同意然后重新戴回了耳机，拿起了CD盒，一只手抓起了唱机，然后站了起来。他缓慢地向着商店的方向走回去，身后的风管蜿蜒摆动，好像一条随着舞蛇人的笛声起舞的蛇。

我也站了起来。一阵凉风从海边吹来，周围一切都蒙上了层暮光。往回走的路上我什么都没听，只有风管在地上摩擦，发出嗞嗞声。我把唱机归还给商店，然后告诉柜台后的女孩我要下次回来买这张CD。她能帮我留着吗？

她说恐怕不能。

我离开了商店，沿着来时的路往回走。一路走到家，上床然后睡着，直到梦结束才醒。尽管之后每晚我都不断地尝试，终究没能再回到那家店里去买密西西比约翰·赫特的CD。

我希望它不会倒闭。

英文由维多利亚·克里布译自冰岛语

吉迪尔·埃利亚松
Gyrðir Elíasson

吉迪尔·埃利亚松，1961年出生于冰岛雷克雅未克，但他的大部分童年时光都是在冰岛西北部的瑟伊藻克罗屈尔度过的。他是一位诗人、小说家和翻译家。他的第一部诗集出版于1983年。短篇故事集《石木》(2003)于2008年推出英文译本。埃利亚松也是一位勤劳的译者，曾翻译威廉·沙罗伊和理查·布罗提根的作品。他被誉为冰岛当代文学的"语言风格大师"，并在2000年凭短篇小说集《黄房子》获得了冰岛文学奖和哈尔多尔·拉克斯内斯文学奖。他曾两度获得北欧理事会文学奖提名并于2011年获得该奖项。目前埃利亚松与妻子和三个孩子生活在雷克雅未克。

桑德·斯诺
一块钱也是事

Thunder Snow AND When a Dollar Was a Big Deal

[挪威] 阿里·贝恩

郝宇　译

桑德·斯诺

过了很多天我们才开口和对方说话。在丹吉尔的宾馆，罗莎夫人把我俩分到一间脏乱的房间，我们各自睡在屋子一端。我们两个挪威人各自决定来探索北非。那时候的我毫不腼腆，可以随意和陌生人讲话，这也恰恰是为什么我会避开我的同胞的原因。我来这不是为了和挪威人交朋友的。

一天晚上他站在露台上和罗莎夫人低声说话。他穿着衬衫和马甲，留着长长的头发，戴顶礼帽。脖子上挂着杂乱的珠子，脚上是一双带尖的靴子，一定非常热。他身材高挑外形帅气，自称桑德·斯诺。我个子矮，马虎随便地穿着牛仔裤和T恤衫，上面印着四个毫无魅力的人的照片，照片上面印着“雷蒙斯乐队”（Ramones）的字样。几个月前我兑现了我的助学金并从大学退学。罗莎夫人向我挥手示意，我不情愿地走了过去，加入她和他当中。

“夫人说你认识保罗·鲍尔斯。”桑德·斯诺说，和我握了手。

他的手很有力，并且握了好一会。

“她的话你不能全都信。”我说。

“好吧，”他说，“那么我确定你认识他。”

第二天早晨我们在大都会咖啡厅吃了早餐，几个小时以后去海边洗浴。晚上我们拜访了保罗·鲍尔斯[1]。他给我们上了茶，还拿出了细细的手卷烟让我们抽。烟装在一个小金属盒子里。这是桑德·斯诺第一次抽大麻。他在这位美国作家狭小的卧室里坐着，眼睛出神，梦呓般念着要去廷巴克图看看。这座传说中的沙漠小镇是这个世界上他最想去看一看的地方了，比任何地方都更想去。鲍尔斯和蔼地笑了。

“我从没去过廷巴克图。”他说。

几天以后，我们和罗莎夫人道别，坐上了去卡萨布兰卡的火车。从那里我们乘巴士继续向西撒哈拉行进。在阿尤恩我们决定加入一个前往毛里塔尼亚首都努瓦克肖特的车队。这一路上我们多次看见了大篷车。图阿雷格人自由地在世界上最大的沙漠的边缘进进出出，与不同国家的人做买卖，在撒哈拉沙漠这是一种很明智的运送货物和交通的方式。

“这些图阿雷格人会带我们到廷巴克图。”桑德·斯诺说。不用说，关于沙漠城镇的那些故事让他着了迷。“一直以来我都知道，撒哈拉才是我的家。我属于这里的沙漠。我的后半生都会在廷巴克

1　保罗·鲍尔斯（Paul Bowles, 1910—1999）：美国小说家、编剧，十八岁以后一直在欧洲、北非、墨西哥等地旅行，代表作为《遮蔽的天空》。

图度过。”

“真好笑，”我说，“我也是这么想的。”

“你是开玩笑，对吧？”他看着我，又惊又喜的样子。

“我是认真的，”我说，“要不然我为什么会迎合你说要去廷巴克图这个荒唐的点子？”

汽车，巴士，卡车，最后是乘骆驼，花了一个多月的时间，我们才从努瓦克肖特赶到廷巴克图。途中我们都患了痢疾。当我们终于到达撒哈拉深处这个偏远小镇时我们都已经精疲力竭，没有精神庆祝了。我们在乐布陀酒店入住，然后睡了整整二十四个小时。

等醒来已是夜里，我们在几乎没人的餐厅里喝了汤。之后我们去酒吧喝了杯啤酒。酒吧里全是游客，法国的、德国的、美国的……

“我从没想过这里会有美国人和德国人。”桑德·斯诺说。

第二天上午我们起得很早。门缝下面吹进来的沙子在地板上堆出了细密的一小堆。就像挪威山区里的雪。我和桑德·斯诺穿好衣服，出门仔细看看这个小镇。

廷巴克图是一场骗局。它不过是无边的沙海中一个荒无人烟的高地上的一堆破房子。这个小镇无所给予，镇子里什么都没有。

“这地方太烂了，”我说，“在这么个破地方我们究竟能干啥？”

“什么也干不了，”桑德·斯诺说，“正因为如此这里才很完美。”

我被骗了，这就是我的感觉，虽然我从来都不知道自己的预期到底是什么。我焦躁不安，想要去冒险，仅此而已。到那里去，跟一群邋遢的游客和一个桑德·斯诺一样的怪人躲藏在巨大的沙漠里，这一点也不适合我。

“我要走了，”我说，“我不能待在这，肯定的。”

“你没有意识到吗，廷巴克图就像你心里的一个地方。”桑德·斯诺好像很动情，“这座城镇是一个梦，一个念头。所有的孩子都在长大的过程中听说廷巴克图是世界上最遥远的地方。现在我们在这了，你和我。我们费了好大力气才到这里。这里的街道不是金子铺的，这也没有涌现无穷智慧的大学，但你不能对此感到失望，那是最初来这里探险的人的想法。到这里以后他们和你一样失望。”

“上帝啊，”我说，“你听起来像个导游。”

桑德·斯诺自顾自哼着歌，斜戴着帽子沿着满是尘土的街道走着，同游客合影，显然把自己当成了一个景点。这让我更加郁闷了。廷巴克图绝不是久留之地。

我装好了背包，买了一张飞往莫普提的老式螺旋桨飞机的机票，飞机一周两班。我计划前往巴马科，马里的首都。

我不辞而别。

我曾两次回到廷巴克图试图找到他，但都以失败告终。遇到去过那里的人时，我就问他们是否在那见过一个神神秘秘的挪威人，戴顶帽子和一堆珠子，穿着马甲。得到的答案总是“没有”。了解廷巴克图的人都说从没有挪威人在那里生活过。现在我多少接受了这样的事实，他一定是我编造出来的一个人。

一块钱也是事

他任由胡子生长，跑去美国旅行，看阿蒂尔·兰波的书，然后写诗。在纽约前往洛杉矶的巴士上他遇到了一个逃亡的女孩。女孩说儿童保护部门的人在追她。她妈妈是一个瘾君子，而继父打她。他抚弄她的下体。第二天早晨她在诺克斯维尔下车的时候把她父亲的地址给了他。他手里握着那张小纸条，在车上待到第二天早晨晚些时候。在拉斯维加斯输掉了所有旅费，搭顺风车穿越莫哈韦沙漠之后他从洛杉矶飞回了家。回到挪威后他给那个在田纳西下车的女孩写了一封信。“你是发生在我身上最美好的事情，”他写道，“也许我们注定在一起……？”三周后信被退了回来。大写的“**地址不详**”几个字横在信封上。“**美国邮政服务已支付退信邮资**”。这一句也是大写的。好像一美元是件什么大事似的。

英文由罗伯特·弗格森译自挪威语

阿里·贝恩 Ari Behn

阿里·贝恩，1972 年出生于丹麦奥尔胡斯，成长于英格兰和挪威北部，目前生活在贝鲁姆。他的首部故事集《悲伤欲绝》于 1999 年出版并广受好评，此后他又出版了三部小说。他最近的新作是短篇小说集《幸运的天赋》（2011）。他于 2002 年与挪威公主玛塔·路易斯结婚，现有三个女儿。

图书在版编目（CIP）数据
最佳欧洲小说.3/（波黑）黑蒙（Hemon, A.）编；
李晖等译．—南京：译林出版社，2020.8
ISBN 978-7-5447-8167-1

Ⅰ．①最… Ⅱ．①黑… ②李… Ⅲ．①小说集－欧洲－现代 Ⅳ．①I504.5

中国版本图书馆CIP数据核字（2020）第036938号

著作权合同登记号　图字:10-2013-261号

最佳欧洲小说III ［波黑］亚历山大·黑蒙／编 李晖 等／译

责任编辑　宗育忍
组　　稿　严蓓雯
装帧设计　韦　枫
校　　对　孙玉兰　蒋　燕
责任印制　颜　亮

原文出版　Dalkey Archive Press, 2012
出版发行　译林出版社
地　　址　南京市湖南路1号A楼
邮　　箱　yilin@yilin.com
网　　址　www.yilin.com
市场热线　025-86633278
排　　版　南京展望文化发展有限公司
印　　刷　恒美印务（广州）有限公司
开　　本　850毫米×1168毫米 1/32
印　　张　17.375
版　　次　2020年8月第1版
印　　次　2020年8月第1次印刷
书　　号　ISBN 978-7-5447-8167-1
定　　价　78.00元